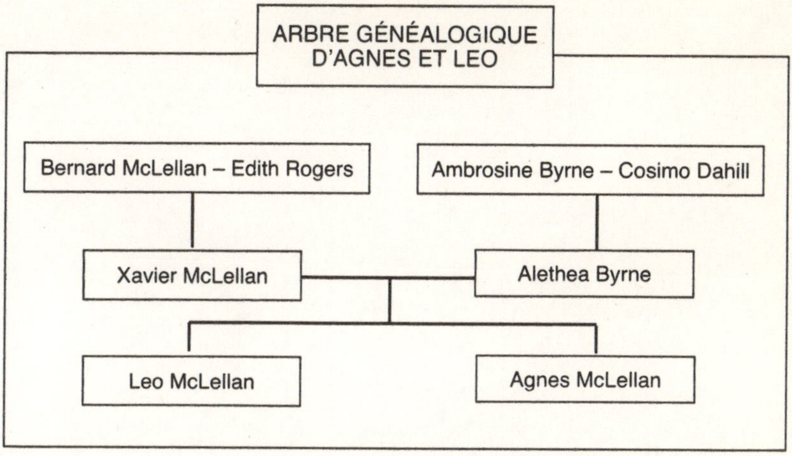
ARBRE GÉNÉALOGIQUE D'AGNES ET LEO
Bernard McLellan – Edith Rogers
Ambrosine Byrne – Cosimo Dahill
Xavier McLellan
Alethea Byrne
Leo McLellan
Agnes McLellan

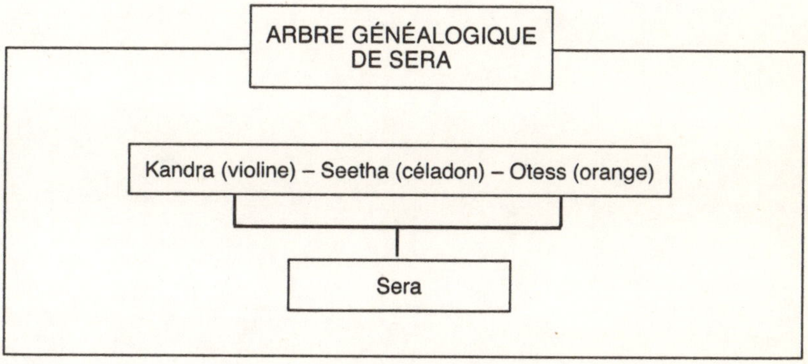
ARBRE GÉNÉALOGIQUE DE SERA
Kandra (violine) – Seetha (céladon) – Otess (orange)
Sera

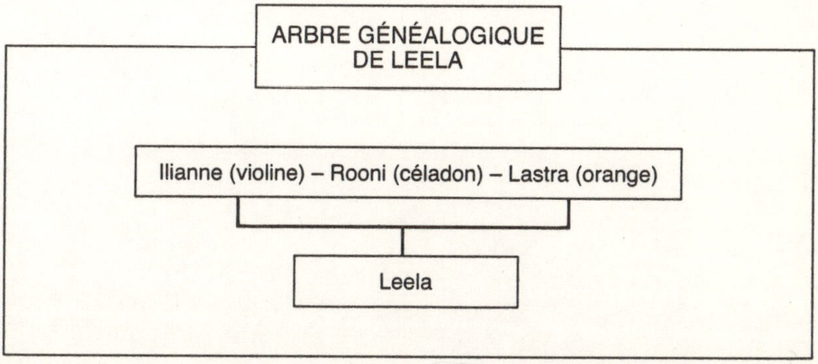
ARBRE GÉNÉALOGIQUE DE LEELA
Ilianne (violine) – Rooni (céladon) – Lastra (orange)
Leela

PREMIÈRE PARTIE

La Cité du Ciel

1.

Nous sommes les Céruléennes. Notre sang est magique.

Les mères de Sera le lui répétaient depuis sa naissance. Elles le lui enseignèrent avant même qu'elle ne parle, ne pense par elle-même ou ne comprenne ce que ça signifie. Toutes les enfants céruléennes savaient que la magie coulait dans leurs veines; que leur sang possédait des vertus curatives et qu'il créait entre elles une connexion des plus intimes.

Aujourd'hui toutefois, cette magie n'était d'aucun secours à Sera.

Dans le bois nébuleux, il faisait froid; c'était le seul endroit de la Cité du Ciel où l'air n'était pas parfaitement tempéré. L'herbe craquela sous ses pieds nus lorsqu'elle se pencha pour saisir une poignée de filaments de nuage accrochés aux feuilles noires d'un arbre nébuleux. Des filaments aussi fins qu'une toile d'araignée. Les cheveux d'ange lui échappèrent des mains pour aller se fixer sur une feuille plus en hauteur, hors de sa portée.

— Zut!

Deux filles proches d'elle poussèrent un petit cri de surprise. Koreen lui décocha un regard perspicace. Rejetant sa chevelure bleu vif dans son dos, elle enroula son nuage jusqu'à former un fil des plus délicats, comme pour montrer l'exemple à Sera. Celle-ci baissa les yeux sur sa robe en fils de nuage, celle que sa mère céladon lui avait confectionnée ; elle sut qu'elle n'arriverait jamais à tisser assez de nuages pour s'en fabriquer une elle-même.

— Ne cherche pas à les attraper, lui conseilla Leela, qui quitta son métier à tisser où elle avait déjà réuni une épaisse bobine de fil prête à être convertie en tissu. Laisse-les venir à toi.

— Facile à dire pour toi, rétorqua Sera. Voilà trois semaines qu'on travaille dans ce bois et je n'ai fait aucun progrès.

— On passera bientôt aux mines de gemmes d'étoiles, répondit Leela. Peut-être que tu y trouveras ta vocation.

Leela était la meilleure amie de Sera. Sa seule amie, à vrai dire. Sa fougue, ses emportements incontrôlables et ses questions incessantes n'avaient pas l'air de la déranger. Pas plus que ses accès de rire frénétiques qui effrayaient même les oiseaux dans la volière.

Leela la regarda, pleine d'espoir. Sera ne put se résoudre à lui dire qu'elle ne se croyait pas taillée non plus pour la chasse aux pierres précieuses. Elle ignorait quel rôle lui était destiné dans la Cité. Et bientôt, elle allait avoir dix-huit ans, elle deviendrait adulte. Elle craignait que la grande prêtresse ne lui attribue par défaut une place de novice au temple. C'était bien le dernier endroit au monde où Sera s'imaginait. Elle adorait Mère Soleil, évidemment, toutefois elle ne voyait pas l'intérêt de passer ses journées à chanter des cantiques en son honneur et à nettoyer le temple.

Mais son éducation était terminée. Cela faisait un an que sa mère céladon avait cessé de l'instruire. Ensemble, les jeunes Céruléennes s'étaient initiées aux diverses tâches de la Cité du Ciel. Sa mère céladon espérait la voir marcher dans ses pas et développer un goût pour le tissage de nuages. C'était d'ailleurs elle qui avait fabriqué toutes les robes de sa fille. Sa mère orange voulait qu'elle prononce ses vœux, mais c'était peu probable – Sera arrivait systématiquement en retard à la messe et aux prières du soir. Sa mère violine jouait la plus douce des musiques à la harpe – on lui réclamait toujours un morceau lors des grandes occasions. Mais Sera n'ayant aucun talent musical, elle ne lui avait jamais mis la pression. En outre, Sera était trop turbulente pour la volière ; elle s'ennuyait au pâturage lorsqu'elle devait surveiller le troupeau de moutons de brume ; et elle n'avait pas la patience de s'occuper des abeilles dans le rucher.

— Peut-être que Sera sera la première Céruléenne à n'avoir aucune vocation, fit remarquer Koreen d'un ton mielleux et cependant teinté d'acidité.

Treena et Daina échangèrent un regard. Daina avait déjà trouvé sa vocation, s'occuper des vergers, et elle avait reçu la bénédiction de la grande prêtresse. Sa mission débuterait bientôt. Sera était quasi sûre que Treena demanderait à travailler avec les sages-femmes d'un jour à l'autre.

— Bien sûr qu'elle va trouver sa vocation, rétorqua sèchement Leela.

— Mais ce n'est pas encore le cas, souligna Daina.

— Pour moi non plus, répliqua Leela du tac au tac.

— Oui, mais…

— J'aimerais m'occuper du cordon, l'interrompit Sera.

Elle ignorait d'où lui étaient venues ces paroles, mais une fois qu'elle les eut prononcées, elle sut que c'était vrai. Les autres filles la dévisagèrent d'un air ahuri comme s'il venait de lui pousser une deuxième tête.

— Le cordon ? répéta Elorin, perplexe.

— Personne ne s'occupe du cordon, railla Koreen. Ça fait des années et des années qu'on n'a pas eu *besoin* de s'en occuper. C'est justement pour cette raison qu'on a amarré notre Cité à la planète du dessous.

La Cité du Ciel n'avait rien de comparable aux autres planètes de l'univers. Pour commencer, ce n'était pas une planète à part entière. Elle n'était pas ronde comme un ballon mais plate, un disque ovale flottant avec un temple en son centre et un jardin tentaculaire à ses deux extrémités. Une fine membrane de magie l'englobait comme une coquille d'œuf, la protégeant du danger et sécurisant ses rebords pour empêcher les Céruléennes imprudentes de s'égarer et de tomber dans l'espace. Comme il n'y avait ni pluie ni neige ni aucune saison discernable, la Cité devait s'arrimer à une planète au moyen d'un lien, une fine chaîne magique constituée de maillons or, argent et bleu, invisible à l'œil humain mais parfaitement visible aux Céruléennes. Ce cordon alimentait la Cité, qui tirait ses nutriments de la planète à laquelle elle était attachée, il en aspirait les minéraux et les molécules de toutes sortes comme l'herbe puise l'eau dans le sol. Grâce à cela, le Grand Estuaire était rempli et les vergers arrosés. L'air était pur et les animaux en bonne santé.

D'après la mère céladon de Sera, le voyage qui les avait conduites vers cette planète avait été semé d'embûches. Il remontait à presque neuf cents ans, à la suite de la Grande Tristesse. La vie des Céruléennes avait alors changé de manière irrévocable. Il leur avait fallu si longtemps pour trouver l'orbe vert-bleu-marron qui gravitait au-dessous de la Cité que l'Estuaire s'était quasiment asséché, que les champs de fleurs de lune avaient fané et presque disparu et que les moutons de brume avaient commencé à mourir.

— Comment peut-on être sûre que le cordon est toujours vigoureux ? demanda Sera à Koreen. D'après ma mère céladon, il y avait autrefois des Céruléennes pour s'en occuper. C'étaient elles qui prévenaient la grande prêtresse lorsqu'il était temps pour la Cité de chercher un nouvel ancrage. Notre Cité bougeait tout le temps, n'est-ce pas ? Et voilà près d'un millénaire que nous sommes arrimées ici.

— Parce que Mère Soleil nous a donné un grand cadeau, répondit Elorin d'un ton pieux. (Elorin allait finir novice, c'était évident.) Cette planète a une telle abondance de ressources à partager que nous n'avons plus besoin de bouger.

— Mais nous sommes *censées* bouger, non ? insista Sera. Dans toutes les anciennes anecdotes, il est dit que les Céruléennes passaient de planète en planète, jusqu'à deux fois par an !

— Je ne sais pas ce que ta mère céladon t'a enseigné, rétorqua Koreen. Mais la mienne n'a jamais mentionné que des Céruléennes veillaient sur le cordon.

Les mères vertes dites céladon étaient les éducatrices ; c'étaient elles qui enseignaient à leurs filles les histoires et les légendes du peuple céruléen, transmises de génération en génération. Les Céruléennes ne possédaient ni livres ni langue écrite ; rien que les symboles inscrits sur les portes du temple, la langue de Mère Soleil que seule la grande prêtresse savait déchiffrer.

— Peut-être parce que tu n'as jamais posé la question, marmonna Sera.

— En plus, nous sommes *en sécurité* ici, poursuivit Koreen. Imagine que nous partions en quête d'une nouvelle planète et que nous n'en trouvions pas. Que nous bougions et qu'une nouvelle période de Grande Tristesse nous afflige. C'est ce que tu désires, Sera ?

Elle fut piquée au vif.

— Bien sûr que non !

La Grande Tristesse s'était produite sur la dernière planète à laquelle la Cité avait été attachée. C'était la pire tragédie qui soit jamais arrivée dans l'histoire céruléenne – deux cents de leurs membres furent massacrées par les humains vivant sur cette planète, contraignant la Cité à partir avant l'heure.

Il était hors de question que ça se reproduise. Sera aimait sa Cité de tout son cœur. Seulement, par moments… elle s'ennuyait un peu. Elle s'était habituée à la planète en contrebas ; les contours de ses deux pays, Kaolin et Pelago, s'étaient imprimés dans son esprit. Elle aurait pu les dessiner dans son sommeil. Kaolin était une terre imposante en forme d'étoile asymétrique ; Pelago se composait d'une myriade d'îles. En outre, elle avait déjà glané toutes les informations possibles concernant ces territoires auprès de sa mère céladon, qui ne pouvait guère lui transmettre que ce que sa propre mère céladon lui avait enseigné avant elle, et ainsi de suite. Sera se demandait souvent dans quelle mesure les histoires s'étaient déformées au fil des générations. Pour l'heure, elle avait le sentiment qu'elle n'avait plus rien à apprendre. Tant qu'elles resteraient attachées à cette planète, le cordon demeurerait le seul mystère. Elle l'apercevait depuis les rebords de la Cité, cette fine ligne bleu-argent-or qui fendait l'obscurité de l'espace. Elle se demandait à quoi ressemblait le point d'arrimage, juste en dessous ; si le cordon se rattachait à la Cité comme une toile d'araignée ou s'il en jaillissait tout simplement avec fierté.

Koreen afficha un sourire arrogant, puis changea de sujet.

— Bref, ma mère orange m'a confié un secret la nuit dernière…

Les autres filles se penchèrent en avant, impatientes d'entendre ce que Koreen avait à leur dire. Leela leva les yeux au ciel et Sera pouffa de rire.

— Il y aura bientôt une saison de mariages !

Des cris de ravissement s'élevèrent parmi les filles. Sera ne put s'empêcher de se joindre à l'enthousiasme collectif – elle n'avait jamais assisté à une saison de mariages et en avait toujours rêvé.

— Quand ça ?

— Tu en es sûre ?

— Oh ! c'est tellement excitant !

— La grande prêtresse l'a mentionné en présence de son groupe de prière, expliqua Koreen en recoiffant ses cheveux en arrière.

Toutes les Céruléennes avaient la peau argentée comme le clair de lune, la chevelure et les yeux bleus – de la couleur du sang qui coulait dans leurs veines ; mais, pour une raison inconnue, cela allait beaucoup mieux à Koreen qu'à Sera. Celle-ci n'aimait pas se regarder dans le miroir. Elle avait l'impression que sa peau était un mensonge, qu'elle dissimulait un secret que même Leela ignorait.

— Je rêve d'assister à une saison de mariages depuis toujours ! s'exclama Treena. Imaginez les robes !

— Et la nourriture ! renchérit Sera.

— Combien de triades vont se marier, à votre avis ? s'enquit Elorin.

— Combien vont se former en prévision de la saison ? demanda Daina avec un sourire espiègle.

— Allons, répliqua Leela. Le mariage est sacré. Mère Soleil ne permettrait pas qu'une triade se marie s'il ne s'agit pas d'un amour sincère.

Daina haussa les épaules, peu convaincue.

Les filles se mirent à émettre des hypothèses sur tout et rien : qui allait se marier, qui parmi les triades nouvellement formées serait une mère orange, verte ou violette, avec quelles fleurs elles confectionneraient les guirlandes qui orneraient leurs coiffes, si enfin elles allaient goûter le doux nectar pour la première fois et ressentir ses effets enivrants…

Comme la conversation s'éternisait, Sera se tourna vers son métier à tisser et saisit une boule de fil inutilisable.

— Je ne parlerai pas à mère céladon de mes piètres résultats, soupira-t-elle. Elle serait déçue.

— Elle ne désire que ton bonheur, rétorqua Leela. Elle a davantage de temps pour elle maintenant que tu ne la bombardes plus de questions du matin au soir.

Sera éclata de rire.

— Je n'ai pas été une élève facile, hein ?

— Disons que ta mère est une femme très patiente.

Sera laissa tomber la boule de nuage sur l'herbe gelée. D'après les histoires les plus anciennes, les arbres nébuleux proviendraient de l'une des premières planètes auxquelles la Cité du Ciel s'était liée, longtemps avant la naissance de Sera, de ses mères, et des mères de ses mères : un lieu froid et sombre et rempli de mystères. Cela faisait partie de la magie du cordon – il empruntait des éléments aux planètes hôtes, que ce soit une fleur, un insecte ou une pierre, pour pouvoir les reproduire ensuite. La grande prêtresse appelait cela les « dons planétaires ». Les poissons de l'Estuaire, par exemple, aux écailles lumineuses et changeantes et aux longs filaments qui recouvraient leurs yeux. Ceux-là provenaient de la dernière planète, celle qui avait tout changé, où la Grande Tristesse s'était produite. La plupart des Céruléennes évitaient ces poissons, mais Sera les trouvait charmants. Elle aimait s'asseoir immobile sur la berge et plonger sa main dans l'eau jusqu'à ce qu'ils viennent lui chatouiller les doigts.

Les dons de la planète actuelle n'étaient pas très intéressants : de petits oliviers rabougris et des coquillages blancs de Pelago ; des oiseaux gris à la gorge rouge et un métal couleur bronze de Kaolin qu'on extrayait des mines de pierres précieuses.

Leela posa la main sur le poignet de Sera, la tirant brusquement de ses pensées.

— Tu trouveras ta vocation le moment venu, dit-elle. Je le sais. En plus, tu es douée pour un tas de choses, et pas seulement pour poser plus de questions en une journée que Koreen en une année. (Sera esquissa un sourire tandis que Leela énumérait sur ses doigts.) Tu cours vite ; tu es la plus rapide de la Cité. Tu manges plus de fleurs de courge en un repas qu'une dizaine de Céruléennes réunies.

Tu escalades tout, branches ou pas – je sais que tu continues à grimper au sommet du temple.

Pour la énième fois, Sera se sentit chanceuse d'avoir Leela dans sa vie. Mais il fallait bien se rendre à l'évidence : outre la course et l'escalade, Sera ne savait pas faire grand-chose… à part peut-être aimer ses mères et se conduire envers Leela en amie loyale.

Elle souffla sur ses mains pour les réchauffer ; elle se baignerait dans l'Estuaire le soir même, après le dîner. Pourvu que ce soit mère céladon qui cuisine ce soir – depuis que Leela avait évoqué les fleurs de courge, Sera en avait l'eau à la bouche. Mère orange adorait s'essayer aux fourneaux, mais elle faisait toujours trop cuire la nourriture, et pour la taquiner mère violine lui conseillait de se contenter de faire des salades.

Soudain, des profondeurs de la Cité, retentit le carillon clair et grave des cloches du temple. Toutes les filles présentes dans les bois cessèrent net leur activité pour se tourner en direction du son. Ce n'était pas l'heure des prières du soir. Pourquoi les cloches sonnaient-elles ?

— Peut-être va-t-on annoncer la saison des mariages aujourd'hui ! s'exclama Daina.

Un froufrou s'éleva et Baarha, l'une des tisseuses adultes, apparut dans la clairière, à bout de souffle et le visage cramoisi.

— Dépêchez-vous, les filles ! Venez ! Laissez vos métiers à tisser ; il faut nous rendre au temple.

— Que se passe-t-il ? s'enquit Leela.

Baarha écarquillait les yeux d'un air appréhensif.

— Mère Soleil a parlé, dit-elle. Une cérémonie de sélection est sur le point de commencer. L'heure est venue pour la Cité de bouger.

2.

Les cloches tintaient encore lorsque Sera, Leela et les autres filles, hors d'haleine, franchirent en courant le pont de Faesa menant à l'île, au centre du Grand Estuaire, où se dressait le temple.

Elles se joignirent à la multitude de Céruléennes se déversant sur les trois ponts qui reliaient l'île au reste de la Cité. Un voile d'incertitude pesait sur le peuple tel un nuage, un nuage aussi noir que les feuilles des arbres nébuleux. Sera balaya la foule du regard à la recherche de ses mères, mais n'en vit aucune. Peut-être étaient-elles déjà à l'intérieur.

— À votre avis, qui va être choisie pour rompre le cordon ? chuchota Koreen.

— Une personne costaude, j'imagine, chuchota Daina. Peut-être Freeda ?

Freeda supervisait les vergers ; elle avait de larges épaules et des bras musclés. Cependant, le choix de Mère Soleil ne reposerait pas sur la seule force physique, Sera en était convaincue.

— Non. Une personne pieuse, répliqua Elorin. Peut-être une disciple.

Sera pria pour qu'on ne désigne pas l'une de ses mères. La Cité était attachée à cette planète depuis des centaines d'années. Au cours des siècles, certaines traditions s'étaient perdues, mais pas la cérémonie de création et de rupture du cordon. Et c'était un rituel sanglant, qui requérait le sacrifice d'une Céruléenne.

— Pourquoi maintenant, d'après vous ? demanda Sera. Qu'est-ce qui s'est passé pour que la Cité doive soudain bouger au bout de toutes ces années ?

— Tu n'as qu'à demander à ta mère céladon, rétorqua Koreen. Apparemment, elle a réponse à tout.

Sera grimaça. En réalité, les réponses de sa mère n'étaient que des hypothèses. Personne ne savait si une Céruléenne s'était déjà occupée du cordon. Personne ne se rappelait le nom de la planète qu'elles avaient quittée, ni même comment les rituels de sélection s'étaient mis en place ; et personne ne savait pourquoi les Céruléennes ne pouvaient plus visiter les planètes. Après tout, la Grande Tristesse remontait à des lustres. Et cette planète-ci était différente de la précédente.

Sa mère céladon lui avait transmis tout son savoir sur Kaolin et Pelago. Sera avait appris que, dans ces pays, les parents consistaient en un mâle et une femelle et qu'ils pouvaient avoir autant d'enfants qu'ils le désiraient. En toute franchise, cette idée ne plaisait pas vraiment à Sera, qui aimait être fille unique. Sa mère violine ne serait en mesure d'avoir une autre fille que lorsque Sera aurait quitté leur foyer pour vivre seule, et seulement si on annonçait une nouvelle saison des naissances. Pourtant, à Kaolin et Pelago, il n'y avait pas de tels cycles : les gens y étaient libres d'avoir des enfants n'importe quand. Les saisons des naissances céruléennes, elles, duraient de cinq à quinze ans. Celle au cours de laquelle Sera était venue au monde en avait duré huit. Et une fois terminée, il n'y avait plus de naissances jusqu'à la saison suivante. Dans la Cité du Ciel, la natalité était soumise à un contrôle strict et dix-huit années s'étaient écoulées depuis la saison précédente.

Sera était curieuse de voir à quoi ressemblait un mâle. Les Céruléennes n'avaient pas besoin d'hommes pour procréer; elles possédaient en elles ce pouvoir. Sa mère violine le lui avait expliqué quand elle avait eu douze ans – elle avait porté en son ventre un œuf qui s'était ouvert le moment venu pour former Sera. Mais à Kaolin et Pelago, il fallait un homme et une femme pour créer un enfant et, évidemment, cette information avait poussé Sera à poser des tas d'autres questions à propos de la planète; or sa mère céladon n'en savait pas assez pour satisfaire sa curiosité.

— Jadis, les mères céladon en savaient davantage, avait-elle déclaré. Surtout à l'époque ancienne, lorsqu'on visitait encore les planètes. Mais on ne s'y aventure plus.

— Pourquoi? avait demandé Sera.

Elle mourait d'envie de visiter Kaolin et Pelago. À quoi ressemblaient les gens? Quelles sortes de vêtements portaient-ils? Leur foyer était-il constitué de verre solaire comme celui des Céruléennes? Vivaient-ils aussi dans la lumière et l'amour de Mère Soleil?

— Il y a bien longtemps, s'était mise à raconter sa mère céladon de cette voix profonde et basse qu'elle employait pour les meilleures histoires, les Céruléennes voyageaient sur les planètes d'ancrage pour connaître leur peuple et appréhender d'un point de vue plus global l'univers auquel nous appartenons.

— Comment rejoignaient-elles la planète?

Ça avait dû être un véritable périple, une aventure palpitante!

— Je l'ignore. Ce n'est pas resté dans la mémoire collective.

Sera poussa un soupir de déception. C'était toujours la partie la plus intéressante qui se perdait avec le temps.

— Comment abordait-on les habitants des planètes? L'univers tout entier parle céruléen?

Sa mère avait pouffé de rire.

— Non, ma chérie. On parle une myriade de langues différentes à travers l'univers. Mais notre magie nous permet de toutes les comprendre et de les parler en retour. Certaines langues furent plus faciles à apprendre que d'autres – je me rappelle une merveilleuse histoire que ma propre mère céladon m'a contée. Celle d'une planète peuplée d'oiseaux géants au plumage coloré et à la crête de jade et d'or. Les Céruléennes de cette époque ont mis du temps à communiquer avec ces oiseaux. Mais une fois leur langage maîtrisé, elles furent autorisées à voler sur leur dos.

Cette anecdote fit rêver Sera. Elle n'imaginait rien de plus merveilleux que de découvrir une nouvelle planète de cette manière.

— Je ne sais pas si c'est vrai, avait ajouté sa mère. Ce n'était peut-être qu'une histoire inventée pour me divertir.

— Mais les Céruléennes descendaient effectivement sur les planètes pour les visiter ?

— Oui.

— Et s'il y avait des monstres sur ces planètes ? Ou une atmosphère toxique ?

— La magie qui coule dans nos veines nous permet de supporter n'importe quelle atmosphère. Nous pouvons respirer dans n'importe quel lieu.

— Mais si nous ne nous sommes jamais aventurées sur cette planète-ci, comment sait-on quoi que ce soit sur Kaolin et Pelago ?

— La grande prêtresse sait discerner la vie d'une planète, sa population et ses ressources, et occasionnellement ses coutumes. Mais la manière dont elle pressent ces choses est un secret qu'on ne confie pas à une modeste mère céladon. Elle requiert une magie bien plus puissante que celle que nous possédons toi et moi.

Sera songea que si la grande prêtresse savait comment accéder à cette connaissance, elle devrait la partager avec tout le monde. Le partage ne faisait-il pas partie intégrante de la vie céruléenne ?

Sentant l'irritation de Sera, sa mère prit la défense de la grande prêtresse.

— Elle nous a enseigné le peu qu'elle savait sur cette planète, et c'est suffisant. Elle ne fait que nous protéger. Tu as parlé de monstres un peu plus tôt, mais tu as touché un point plus important que tu ne le penses. Tous les monstres n'ont pas forcément des cornes, des dents acérées ou des griffes. Sur la dernière planète, les humains étaient cruels et égoïstes. Ils se sont méfiés de notre peuple et ils ont voulu exploiter notre magie à leurs propres fins.

Sera poussa un petit cri.

— Ils peuvent faire ça ?

Sa mère avait brandi un doigt phosphorescent.

— Notre magie réside dans notre sang, mais on peut l'en extraire, oui. Ou s'en alimenter, comme la maladie du sommeil s'en nourrit.

La maladie du sommeil était la seule affection à laquelle les Céruléennes pouvaient succomber. Elle se nourrissait de leur magie. Or, sans cette magie qui animait son sang, une Céruléenne ne survivait pas. Mais on n'avait recensé aucun cas de maladie du sommeil depuis des lustres. De son vivant, Sera n'en avait jamais connu. Fascinée, elle observa ses mains. À quoi ressemblait sa magie hors de son corps, hors de son sang ?

— Autrement dit, si nous descendions sur cette planète, les humains voudraient nous voler notre sang ? avait demandé Sera.

— C'est possible. Nous n'en sommes pas sûres. Mais ne vaut-il pas mieux prévenir plutôt que guérir ? Plutôt que risquer de subir une autre tragédie de l'ampleur de la Grande Tristesse ?

Sera en doutait. Évidemment, elle ne désirait pas mettre les Céruléennes en danger, mais il y avait tant de choses que son peuple ignorait… Et si ça se trouve, les humains de cette planète étaient différents.

Elle passait de longs moments dans les jardins Diurnes, perchée sur le vieux saule qui surplombait l'extrémité de l'Estuaire lequel se déversait dans l'espace, à contempler la planète en contrebas et à se demander quelle existence on y menait et à quel point elle différait de la sienne.

Personne d'autre ne semblait se préoccuper autant de la planète, aussi Sera avait-elle enfoui ces pensées avec tous ses autres secrets et questionnements.

Mais aujourd'hui, enfin, l'une de ses questions allait trouver une réponse. Une cérémonie de sélection ! Comment allait-elle se dérouler ? S'ensuivrait un voyage à travers l'espace vers une autre planète. Peut-être, après tant d'années, les Céruléennes seraient-elles autorisées à visiter la future planète d'ancrage. Peut-être Sera y trouverait-elle sa vocation.

Son cœur cognait comme s'il voulait jaillir de sa poitrine. Accompagnée de Leela, elle gravit les marches du temple, en franchit les majestueuses portes dorées et gravées des inscriptions mystérieuses de Mère Soleil. Une fois à l'intérieur, Sera aperçut sa mère orange.

— Sera ! Viens !

Leela lui pressa la main.

— On se retrouve après, dit-elle.

Sera hocha la tête et se fraya un passage parmi la foule. Le ruban mandarine au cou de sa mère luisait contre sa peau argentée tandis qu'elle se baissait pour lisser la chevelure de Sera et rajuster sa robe. Mère Soleil avait créé les Céruléennes à partir de trois gages empruntés à chacune des trois filles de la Lune – une larme de Dendra la dévote, une mèche de Faesa la sage, et une note du rire mélodieux de la douce Aila. Chaque fille était représentée par une couleur – orange, vert, et violet – et chaque couleur était attribuée à une femme céruléenne lorsqu'elle se mariait, afin d'indiquer son rôle au sein de la famille. Les mères orange enseignaient la prière et la dévotion, les vertes se chargeaient de l'instruction, et les violettes étaient les nourricières ainsi que les génitrices ayant reçu le don de la procréation.

Elles tombaient amoureuses en trio, cherchant dans un sens à réunir les dons des filles de la Lune ; du moins était-ce ce que sa mère violine lui avait dit. Sera savait que ce n'était pas à prendre au pied de la lettre – les filles de la Lune étaient sœurs, après tout, et non pas épouses. Pourtant, elle savait en observant ses mères ensemble, dans ces moments de tranquillité qui suivaient le souper alors qu'elles croyaient Sera partie se préparer pour la nuit, ainsi que dans les regards attendris qu'elles s'adressaient les unes aux autres tandis qu'elles jardinaient, qu'aucune ne serait entière sans les deux autres.

Tout en se faufilant avec sa mère orange jusqu'à l'emplacement réservé à sa famille, Sera éprouva une légère déception face à la normalité de la scène. Le temple avait son aspect habituel ; des coussins étaient disposés partout dans la grande salle circulaire, comme lors des prières du soir ; le plafond de la coupole couvert de représentations du soleil, des lunes et des étoiles. Cependant, d'ordinaire, pour se rendre au temple, tout le monde portait des robes de prière (un habit bleu pâle tissé dans la laine soyeuse des moutons). Mais comme la cérémonie avait été annoncée de manière soudaine, personne n'avait pu se changer. Voir des vêtements de tous les jours dans l'enceinte du temple semblait étrange.

La famille de Sera était placée sur la droite, près de l'alcôve où se dressait l'autel des Trépassées : un soleil immense constitué d'un entrelacs de fils d'or solaire et d'argent lunaire. De minuscules pierres d'étoile en forme de larmes ornaient sa surface étincelante, représentant chacune une Céruléenne ayant perdu la vie lors de la Grande Tristesse.

— Tu es impatiente ? demanda sa mère violine en s'installant sur un coussin.

— Tu vas enfin avoir l'occasion de voir une autre planète, commenta sa mère céladon.

— À votre avis, qui sera l'Élue ? demanda Sera.

Elle ressentit une pointe de culpabilité ; il n'était pas bien d'être si excitée alors qu'à l'issue de la cérémonie une Céruléenne serait sacrifiée, même si c'était une mort honorable.

— Chut ! Cette décision ne nous revient pas, intervint sa mère orange.

Sera tendit le cou à la recherche de Leela ; sa famille était assise non loin de la sienne. Sa meilleure amie lui adressa un petit geste de la main.

Dès que l'assemblée fut au complet, la grande prêtresse fit son apparition, traversant le chœur pour aller se tenir derrière la chaire. Les novices formèrent une longue procession le long des murs du temple, et les trois disciples se placèrent derrière la grande prêtresse, affichant une expression solennelle.

La grande prêtresse était la plus grande Céruléenne de la Cité et elle possédait une grâce éthérée. Elle portait une robe en tissu de nuage d'un bleu étincelant assorti à sa chevelure, et elle avait la tête auréolée d'un diadème en or orné en son centre d'une pierre de lune. La pierre de lune était extrêmement rare ; d'après sa mère céladon, elle était autrefois magique. Dans quelle mesure, elle l'ignorait. Les seules pierres de lune qu'on trouvait encore dans la Cité étaient les trois statues des jardins de la Lune, l'obélisque qui se dressait devant les maisons d'accouchement, et celle qui ornait le diadème de la grande prêtresse.

Ainsi que la pierre que Leela avait trouvée, mais celle-ci était un secret que seule Sera connaissait.

La grande prêtresse était belle; malgré son grand âge, ses joues argentées reflétaient encore l'éclat de la jeunesse. C'était Mère Soleil qui déciderait du moment où il serait temps pour elle de passer le flambeau.

La grande prêtresse plaça sur la chaire un bol que Sera n'avait jamais vu. Il en existait plusieurs, chacun destiné à un usage différent lors des cérémonies, célébrations et autres offices, et qui s'emplissaient de la lumière de Mère Soleil dans des teintes allant du jaune pâle au vert foncé. Mais cette coupe-là était vieille et ébréchée. Moins massive que les récipients habituels. Une inscription à moitié effacée était gravée sur le rebord, semblable à celle des portes du temple.

— Bienvenue, mes enfants, proclama la grande prêtresse en levant les mains. Que Mère Soleil nous bénisse de sa lumière et de son amour. Louée soit-elle.

— Louée soit-elle, répéta la congrégation.

— Le moment est enfin venu, poursuivit-elle. Mère Soleil s'est exprimée. Nous sommes prêtes à quitter cette planète pour partir à la recherche d'un nouvel ancrage dans les confins de l'univers. Êtes-vous prêtes, mes enfants ? Êtes-vous prêtes à ce sacrifice ?

— Oui, répondirent les Céruléennes à l'unisson.

La grande prêtresse plaça ses paumes de part et d'autre de la coupe. Sera craignit qu'elle ne la brise. Mais le récipient était plus solide qu'il ne le paraissait.

— Qui parmi nous est assez forte pour rompre le lien ? Qui parmi nous a le cœur pur et la foi infaillible ? Dis-nous, Mère Soleil, désigne l'Élue !

Les novices entonnèrent une prière nouvelle. Sans doute réservée à la cérémonie de sélection. Elle se demanda comment les religieuses avaient pu l'apprendre si vite. Peut-être s'agissait-il d'un chant enseigné puis oublié qu'elles avaient révisé en toute hâte. Elle se balança d'avant en arrière sur son coussin, à l'exemple de ses mères et du reste de l'assemblée. La grande prêtresse ferma les yeux et se pencha sur la coupe. Au fond, une lumière dorée se mit à briller. De plus en plus vive, jusqu'à devenir éblouissante. Sera se couvrit les yeux. Elle eut l'impression d'entendre s'échapper de la coupe d'étranges chuchotements dans des langues étrangères.

Le fredonnement des novices s'éleva. Dans l'assistance, la plupart des mères orange se mirent à prier avec ferveur, oscillant de plus en plus vite sur leurs coussins. Certaines mères violines pleuraient ouvertement. Aveuglée par la lumière, sa mère orange avait les yeux clos. Sera eut bientôt les oreilles qui bourdonnaient ; le chant monta jusqu'à ce qu'elle ait l'impression que ses tympans allaient éclater. Elle voulut détourner le regard mais resta pétrifiée, incapable de ciller. Lorsque la lumière devint insoutenable et que sa rétine se mit à brûler, les inscriptions *bougèrent.* Et sans savoir pourquoi ni comment, Sera comprit leur signification.

Elles indiquaient : « Guéris-les. »

Le son strident cessa et la lumière s'éteignit. L'inscription redevint illisible et Sera se frotta les yeux, le cœur battant, décontenancée. Cramponnée d'une main au garde-fou, la grande prêtresse était pliée en deux, le souffle court. Ses trois disciples échangèrent des regards nerveux, mais lorsque l'une d'elles s'avança pour lui venir en aide, la grande prêtresse se redressa.

— Mère Soleil s'est exprimée, déclara-t-elle d'une voix qui trahissait sa fatigue.

Elle balaya la foule du regard à deux reprises avant de s'immobiliser.

— Sera Lighthaven, appela-t-elle.

Toutes les têtes se tournèrent, synchrones. Sa mère orange lâcha un petit cri et sa mère violine un gémissement. Son sang frémit à la surface de sa peau et une chaleur effrayante s'empara de tout son corps ; le coin de ses yeux la piqua.

— Sera Lighthaven, répéta la grande prêtresse.

— Debout, ma chérie, chuchota sa mère orange.

Les jambes flageolantes, Sera se leva. Tous les yeux se posèrent sur elle tels des faisceaux de lumière lui transperçant la peau. Elle voulut jeter un coup d'œil à Leela mais son regard restait aimanté au visage de la grande prêtresse. Son cœur, qui tambourinait dans sa poitrine un instant auparavant, s'était calfeutré dans un profond silence.

— Mère Soleil t'a désignée, déclara la grande prêtresse. C'est toi qui rompras le cordon. (Elle tendit les bras en direction de l'assemblée.) Louez-la, mes enfants ! Louez l'Élue !

Et le temple tout entier s'inclina, posant le front au sol. Même les novices. Et même les *disciples.*

Sera avait toujours désiré connaître les vertus de sa magie, outre son pouvoir de guérison et de connexion. Elle était convaincue qu'elle recelait une force insoupçonnable, surtout depuis qu'elle savait que les humains avaient voulu la leur voler. En revanche, elle n'avait jamais imaginé assister un jour à une cérémonie de sélection et n'avait donc jamais envisagé la menace que représentait son sang.

— Dans trois jours, Sera Lighthaven procédera au plus grand acte de foi qu'une Céruléenne puisse accomplir, annonça la grande prêtresse. Elle plongera du promontoire situé dans les jardins Nocturnes et répandra son sang pour rompre le cordon. Elle sera honorée et chérie par nous toutes tandis que nous voyagerons vers notre nouvelle destination.

Sera se sentait comme engourdie. Son cerveau refusait de faire le lien avec ce qu'elle venait d'entendre, comme si la grande prêtresse parlait de quelqu'un d'autre.

Nous sommes les Céruléennes. Notre sang est magique.

Ces mots prirent un sens nouveau et absolument terrifiant à ses oreilles.

Son sang allait causer sa mort.

3.

Lorsque Sera quitta le temple accompagnée de ses mères, tous les regards la suivaient.

La grande prêtresse ayant annoncé une soirée de silence et de méditation, les Céruléennes rentrèrent prier chez elles afin de se préparer pour les jours à venir.

Sera avait hâte d'échapper à la foule. Elle n'avait même pas essayé de trouver Leela dans la multitude qui l'entourait, la louant ou la contemplant avec une admiration teintée d'effroi, comme si elle était devenue un objet digne d'émerveillement au cours de la dernière demi-heure. Rien de tout cela ne lui plaisait. Elle était toujours la même que ce matin, dans le bois nébuleux.

— C'est un honneur, avait déclaré sa mère orange d'une voix nouée, une fois qu'elles se furent éloignées de la foule.

Sa mère violine ne dit rien.

Pour une fois, il ne vint pas un millier de questions à l'esprit de Sera. Il n'y en avait qu'une seule, qui la martelait encore et encore, inlassablement, noyant les battements de son cœur.

Pourquoi ?

Pourquoi elle ? Elle ne connaissait que très peu de détails sur les cérémonies de sélection passées, mais elle avait toujours cru que l'Élue était une adulte. Et puis, outre la question de l'âge, elle n'était pas aussi dévote qu'Elorin, pas aussi belle que Koreen. Elle n'était pas aussi aimable que Daina ou patiente que Leela. La grande prêtresse l'avait même qualifiée d'enquiquineuse le jour où elle l'avait surprise à escalader la flèche du temple. Pourquoi Mère Soleil élirait-elle une Céruléenne aussi médiocre qu'elle pour sauver la Cité ?

— Tu as faim, Sera? lui demanda sa mère céladon quand elles parvinrent à la maison. Je peux te préparer des beignets de fleurs de courge.

Mais son appétit s'était envolé et la proposition de sa mère lui parut de très mauvais goût.

— On pourrait prier ensemble, suggéra sa mère orange.

Sa mère violine se contenta de tendre une main, son index bleu phosphorescent tandis que sa magie tourbillonnait sous sa peau. Il suffisait que Sera invoque son propre pouvoir et pose son index contre celui de sa mère. Cette dernière lirait dans son cœur et elle n'aurait pas besoin de s'expliquer.

Mais Sera n'était pas d'humeur à créer une connexion.

Elle tourna les talons et se précipita dans sa chambre, regrettant pour la première fois de sa vie qu'il n'y ait pas de porte à claquer. Les seules portes présentes dans la Cité étaient celles du temple et des maisons d'accouchement.

Des bruits de pas se rapprochèrent. Sa mère orange l'avait rejointe. Sera s'affala sur son lit face au mur de verre.

— Otess, appela sa mère violine. Laisse-la tranquille.

Un silence. Puis les bruits de pas s'éloignèrent. Une vague de honte submergea Sera. Elle aimait ses mères plus que tout. Elle détestait leur faire du mal.

Pourtant, elle ne rappela pas sa mère orange à ses côtés.

Elle demeura immobile, à fixer le mobile étoilé pendu au plafond, juste au-dessus de son lit, tandis que le jour laissait place à la nuit. Elle entendit ses mères se préparer, les draps se froisser et les oreillers se gonfler. Les murmures d'une conversation lui parvinrent. Elle perçut son prénom à plusieurs reprises mais on ne vint pas la voir. Tant mieux. D'ordinaire, à l'heure du coucher, la maison résonnait d'éclats de rire et de tendres baisers. Mais pas ce soir. Sera se demanda si ses mères étaient aussi bouleversées qu'elle.

Elle ne comprenait pas pourquoi Mère Soleil l'avait choisie elle. Ça n'avait aucun sens. En plus, Sera était vraiment différente des autres. Elle dissimulait un secret inavouable : elle était incapable d'aimer. Bien sûr, elle aimait ses mères et Leela, mais ce n'était pas suffisant. Elle désirait une autre sorte d'amour. Un an plus tôt, elle avait écouté d'un air songeur le récit du premier baiser de Leela. Celle-ci lui avait décrit comment son cœur s'était emballé, prêt à exploser. Elle lui avait raconté le plaisir enivrant ressenti au contact des lèvres d'une autre sur les siennes, les mains d'une autre sur sa peau. Et Sera avait pouffé de rire et caché sa douleur, sachant qu'elle ne ressentirait jamais ça pour aucune des filles de la Cité.

Elle le savait d'instinct, comme on savait courir, grimper et respirer. Ce n'était pas comme les religieuses qui avaient choisi de renoncer au mariage dans le but de servir Mère Soleil. Et ce n'était pas comme les Céruléennes qui préféraient une vie solitaire, comme Freeda – elles s'adonnaient quand même au plaisir physique de temps à autre ; elles refusaient simplement de former une triade. Sera quant à elle n'avait rien choisi du tout.

Pire encore, elle avait appris à mentir à ce sujet. Même lorsqu'elle se connectait aux autres par le sang. Ce secret, elle le gardait enfoui si profondément que même sa mère violine ne pouvait l'entendre dans son cœur. Et mentir, c'était mal.

La maison était trop exiguë, trop oppressante, trop silencieuse. Sera se glissa hors du lit, sortit par la fenêtre et se mit à courir.

Elle s'élança le long des berges du Grand Estuaire, savourant la caresse du vent dans ses cheveux, la boue entre ses orteils, esquivant les branches de chêne et d'épicéa. Les feuilles dorées des arbres polaires lui chatouillaient le crâne et le murmure apaisant de l'eau lui tint compagnie jusqu'à ce qu'elle parvienne à l'île où se dressait le temple, un cône de verre géant pointant vers le ciel, sa flèche reflétant la lumière des étoiles.

Au clair de lune, le pont d'Aila était blanc comme l'ivoire. Les planches grincèrent sous ses pas et elle n'approcha pas les portes du temple, craignant qu'elles ne possèdent des yeux. Elle songea à la coupe, à la manière dont les inscriptions s'étaient soudain transformées pour prendre sens à ses yeux. « Guéris-les. » Oui, elle les guérirait. Elle guérirait sa Cité chérie en la débarrassant de sa présence…

Elle franchit la haie à l'arrière du temple et traversa les jardins de la Lune jusqu'au bâtiment des novices. Elle se hissa sur le toit en verre avec habileté et grimpa jusqu'au sommet du temple où elle se percha. Ici, c'était paisible. Elle abandonna tout derrière elle : la Cité, ses mères, le destin sombre qui l'attendait. Ici, il n'y avait rien que les étoiles.

Si seulement elle avait pu déployer les bras et s'envoler, comme les colombes de laurier qui vivaient dans la volière. Peut-être que si elle pouvait voler, elle aurait moins peur de plonger.

— Sera ! chuchota Leela.

Son murmure ricocha contre la façade en verre comme un galet à la surface de l'eau. Sera distingua la silhouette de sa meilleure amie en contrebas, au pied du bâtiment ; elle lui adressa un signe de la main.

Leela n'était pas téméraire. Sera s'étonna qu'elle ait fait le mur en pleine nuit.

— Qu'est-ce que tu fabriques ici ? lui demanda Sera à voix basse.

— Descends !

Sera contempla les étoiles une dernière fois et glissa le long de la flèche avant de sauter par terre. Leela étouffa un petit cri.

— On dirait que c'est la première fois que tu me vois faire ça.

— Chut ! (Leela brandit un doigt bleu luminescent.) Il ne faut pas réveiller les novices.

Sera serra les lèvres et hocha la tête. Le temple était ouvert aux Céruléennes à toute heure du jour et de la nuit – comme la plupart des lieux de la Cité. Toutefois, on ne verrait pas d'un très bon œil que l'Élue erre dans la nature en cette nuit si particulière, consacrée au recueillement.

L'Élue. Son ventre se noua.

Le lien du sang était l'un des aspects les plus sacrés de la magie céruléenne. C'était une connexion profondément personnelle et intime. Sera n'avait établi de lien qu'avec Leela et ses mères. Lire dans le cœur de l'autre, ce n'était pas à prendre à la légère.

Leurs doigts se touchèrent. Une vague de chaleur familière envahit Sera tandis que la magie de Leela s'insinuait en elle ainsi qu'un sentiment de puissance galvanisant : son pouvoir se diffusa dans les veines de Leela jusqu'à s'enrouler autour de son cœur. Elle sentit les battements cardiaques de son amie, un pouls qui battait à l'unisson du sien.

Effrayée, disait le cœur de Sera.

Les Céruléennes n'étaient pas censées avoir peur. Elles devaient être d'une sérénité à toute épreuve. Aimer. Placer Mère Soleil et leur communauté au-dessus de tout le reste. Elles étaient supposées être bien meilleures que ne l'était

Sera. Toutes ces pensées, elle les transmit à Leela sans avoir besoin d'ouvrir la bouche.

Effrayée, répondit le cœur de Leela. Et Sera sentit la confusion de son amie ; elle fut surprise de trouver en elle de la colère, également. Leurs peurs s'entremêlèrent et Sera éprouva une bouffée de soulagement. Pas parce qu'elle désirait que Leela ait peur, mais parce que, l'espace d'un instant, elle se sentit moins seule.

— Sera, l'appela sa mère violine. Tu as de la visite.

Sera se frotta les yeux. La pâle lumière du matin emplissait sa chambre ; elle avait assisté au lever progressif du soleil, incapable de fermer l'œil. La connexion qu'elle avait établie avec Leela lui avait procuré un certain réconfort. Mais il s'était vite dissipé, remplacé par la peur, qui l'avait rongée toute la nuit.

— Sera.

Sa mère violine se tenait dans l'encadrement.

— Je ne veux voir personne, répliqua Sera, le regard rivé à son mobile étoilé.

Pourquoi était-ce si dur pour elle de regarder sa mère ?

— C'est la grande prêtresse.

Sera se redressa d'un bond et sa tête se mit à tourner.

— Ici ? Chez nous ?

À sa connaissance, la grande prêtresse ne s'était jamais rendue au domicile d'une Céruléenne.

— Ta mère orange prépare le thé, dit sa mère violine en lui adressant un petit sourire de connivence.

Sa mère orange devait paniquer à l'idée de recevoir une visiteuse si prestigieuse. La veille encore, Sera en aurait ri avec sa mère violine.

Elle se leva ; ses jambes étaient engourdies. Sa mère l'aida à enfiler une robe propre et elle l'accompagna au salon. Elles arrivèrent pile au moment où l'on servait le thé. L'odeur de la citronnelle et de la sauge embaumait la pièce.

— Te voilà ! s'exclama sa mère orange. Regarde qui est venue te rendre visite.

C'était bizarre de voir la grande prêtresse assise sur son canapé – un peu comme apercevoir un mouton en habit de prière ou contempler une colombe qui vole à l'envers. Ça n'avait aucun sens. Son éclat rendait la pièce fade, des tapisseries aux tasses en passant par les tableaux de fleurs séchées accrochés aux murs.

— L'Élue, dit-elle d'une voix douce comme le miel en se levant, les bras tendus.

Sera ignorait ce que ce geste signifiait. Sa mère orange lui adressa un signe de la tête, encourageant Sera à esquisser quelques pas en direction de la grande prêtresse. Celle-ci plaça ses mains sur les épaules de Sera – leur chaleur transperça le tissu de sa robe. C'était la première fois que la grande prêtresse la touchait.

— Tu viens faire un tour avec moi ? Nous avons beaucoup de choses à nous dire.

La perspective de se retrouver en tête à tête avec cette femme puissante était encore plus troublante que le reste. Cependant, Sera hocha la tête ; elle avait l'impression de ne plus être maîtresse de son corps, qui répondait de manière automatique. La grande prêtresse sortit et Sera lui emboîta le pas. Au passage, elle aperçut sa mère céladon dans la cuisine, penchée sur la table, une aiguille à la main.

L'air sentait le soleil et l'herbe encore humide de la rosée ; c'était le parfum d'un nouveau jour sur le point de commencer. L'odeur était plus puissante aujourd'hui, comme pour rappeler à Sera qu'il ne lui restait que très peu de matinées à vivre. Elles contournèrent le jardin de sa mère orange ; une belle tomate pulpeuse pendait à un pied, prête à être cueillie. Pour la première fois, Sera remarqua à quel point ces fruits étaient parfaits – leur couleur riche, leur parfum terreux, leur chair juteuse. Comment une chose si rudimentaire pouvait-elle soudain prendre un aspect si précieux ?

Elle se rendit alors compte que ses voisines l'observaient avec curiosité et son humeur s'altéra.

— Je suppose que tu as beaucoup de questions à me poser, dit la grande prêtresse en s'engageant sur un sentier peu fréquenté.

Flanqué de haies, il menait à l'extrémité de la Cité.

Sera attendit qu'elles aient dépassé la dernière demeure pour lui demander :

— Pourquoi moi ? Pourquoi Mère Soleil m'a-t-elle choisie ?

— Parce qu'elle t'en a jugée digne. Tout cela doit te paraître très effrayant pour l'instant, mais sache que tu as été élue pour une raison. Tu ne le vois pas encore, mais Mère Soleil est omnisciente ; elle a vu quelque chose en toi. Elle te connaît, Sera Lighthaven. Et elle t'aime. (Avec un sourire, elle lui prit la main – sa peau était brûlante.) N'aie pas peur. Tu ne souffriras pas.

Sera n'avait pas encore songé à la douleur. Le plongeon en soi avait accaparé ses pensées. Une nouvelle crainte lui noua le ventre.

— Vous êtes certaine qu'il n'y a pas… Peut-être que Mère Soleil… a fait une erreur…

La grande prêtresse lui lâcha la main et recula d'un pas.

— Mère Soleil ne commet aucune erreur, dit-elle d'un ton culpabilisant.

Sera eut honte d'avoir émis une telle suggestion. Koreen n'aurait sans doute pas remis en question la volonté de Mère Soleil. Pas plus que Treena ou Daina. Pourquoi Sera ne pouvait-elle pas être comme les autres ?

La grande prêtresse poussa un soupir.

— La dernière cérémonie remonte à si longtemps que j'ai perdu un peu de ma patience. Je m'en excuse. Tu n'es pas la première à questionner le choix de Mère Soleil et à ne pas te sentir digne de cette mission.

— Ah bon ? bredouilla Sera.

La grande prêtresse se pencha en avant pour que son visage soit à la hauteur de celui de Sera. Sa chevelure bleue dissimulait en partie son expression.

— Une Céruléenne fut aussi choisie pour *créer* ce cordon. Je pensais que tu t'en souviendrais, vu l'intérêt que tu portes au passé.

Sera se sentit mal à l'aise, comme si la grande prêtresse en savait plus à son sujet qu'elle n'en avait conscience.

— Ta mère céladon ne savait pas toujours comment répondre à tes questions. Parfois, elle venait me consulter, et je lui répondais dans la limite de mes compétences. Malheureusement, beaucoup de connaissances sont tombées aux oubliettes. Et certaines choses ne valent pas la peine d'être retenues.

La veille encore, Sera aurait été surprise d'apprendre que sa mère était allée chercher conseil auprès de la grande prêtresse. Mais aujourd'hui, elle n'avait qu'une seule chose en tête.

— Qui était-ce ? s'enquit-elle avec ferveur. Celle qui a plongé en dernier. La Céruléenne qui a créé ce lien.

Il y en a eu tant, songea Sera. Non seulement celle qui avait créé le cordon qui les ancrait aujourd'hui à cette planète, mais aussi celle qui l'avait rompu après la Grande Tristesse, et celle qui l'avait créé avant… Hier encore, ce n'étaient que des histoires, mais aujourd'hui, tout prenait une tournure bien réelle. Ces Céruléennes qui avaient vécu dans la Cité l'avaient aimée, et s'étaient sacrifiées pour elle. Elles avaient bel et bien existé.

Le regard de la grande prêtresse s'assombrit un instant ; le bleu de son iris se durcit et se cristallisa comme une pierre d'étoile. Un frisson parcourut Sera; la silhouette qui la dominait lui parut soudain dégager une onde glacée. Puis le voile passa et le visage de la grande prêtresse reprit son expression bienveillante.

— Elle s'appelait Wyllin, dit-elle, se redressant et détournant la tête.

Wyllin, se répéta Sera. C'était réconfortant pour elle de songer à une fille qui s'était retrouvée dans la même position, une personne avec un prénom et une vie, une personne qui s'était probablement promenée avec la grande prêtresse et avait posé les mêmes questions, neuf cents ans plus tôt.

— Était-elle aussi jeune que moi ?

— Quasiment. Elle avait vingt et un ans. C'était l'une de mes disciples. (Elle pinça les lèvres.) Je n'en étais qu'aux balbutiements de ma carrière. La blessure de la Grande Tristesse était encore fraîche. Le voyage jusqu'à cette planète avait été long et pénible. J'avais perdu espoir à de nombreuses reprises. C'est Wyllin qui a repéré cette planète. Je me souviens d'avoir songé : « Mère Soleil, elle nous a sauvées ! » J'ignorais à quel point mes paroles se révéleraient justes. Car ensuite, elle fut élue.

Une disciple, songea Sera. *Un choix bien plus judicieux qu'une gamine céruléenne sans talent particulier.*

— Elle aussi, elle se trouvait indigne, poursuivit la grande prêtresse. Nous doutons toutes de nous à un moment donné. Nous doutons de notre pouvoir, de notre valeur. J'ai guidé cette Cité durant l'une des plus grandes tragédies qu'elle a connues, et je me demande souvent si je n'ai pas commis des erreurs en cours de route.

— Vraiment ? s'étonna Sera.

— Oui, répondit la grande prêtresse avec douceur. Dans le fond, je ne suis qu'une Céruléenne comme les autres. En revanche, j'ai une confiance absolue en Mère Soleil. Lorsque je doute et que les craintes m'envahissent, elle m'apporte du réconfort. Lorsque je suis perdue, elle éclaire mon chemin. Elle nous a menées jusqu'ici, elle nous a offert cette planète et nous a protégées pendant longtemps. Mais les Céruléennes ne sont pas destinées à rester éternellement au même endroit.

Les haies étaient de plus en plus hautes. Soudain, la grande prêtresse s'arrêta et tendit une main – l'une des haies s'écarta, s'effaçant pour révéler une vue époustouflante de la planète en contrebas. Sera allongea le bras pour toucher le bouclier invisible qui l'empêchait de tomber dans le vide. Il était à la fois résistant et élastique, comme de la gélatine. Au-dessous, l'archipel de Pelago ressemblait à des insectes difformes rampant sur une surface bleutée.

— Tu ne peux pas imaginer la joie que notre peuple a ressentie lorsque nous avons découvert ce monde, reprit la grande prêtresse. Nous avions traversé une période si sombre, perdu tant de proches… Ce fut notre salut. J'avoue que c'est avec tristesse que je quitte cet endroit.

— Pourquoi maintenant ? demanda Sera. Au bout de toutes ces années… Que s'est-il passé pour que la Cité doive de nouveau bouger ?

— Nous avons suffisamment puisé dans les ressources de cette planète. Elle ne peut plus nous alimenter. (Son visage se plissa d'inquiétude et elle parut soudain vieille.) Notre Cité a besoin d'un nouvel ancrage pour rester forte. J'ai confiance en Mère Soleil ; elle nous guidera vers un endroit meilleur.

— J'aurais aimé connaître cette planète, confessa Sera.

La grande prêtresse posa son doigt sous son menton et la força à redresser la tête.

— Je sais. Tu en as toujours rêvé, n'est-ce pas ? Mais tu seras en sécurité dans l'étreinte de Mère Soleil. Tu seras aimée pour l'éternité.

La seule étreinte que désirait Sera était celle de ses mères. Mais il aurait été impertinent de le dire.

— Les choses seront différentes pour toi lors des prochains jours, continua la grande prêtresse. C'est ainsi et nul n'y peut rien. En revanche, tu seras libre de vivre ces journées à ta guise. Tu n'es plus contrainte d'assister aux prières du soir si tu n'en as pas envie. Tu n'auras plus à suivre les apprentissages, pas plus que tu ne devras participer aux préparatifs du voyage – récoltes, stockage, etc. Tu peux rester chez toi toute la journée si tu le souhaites, ou te baigner dans le Grand Estuaire parmi les poissons. Tu pourras même escalader la flèche du temple et t'y nicher comme un oiseau, ajouta-t-elle avec un clin d'œil. Jusqu'à l'après-midi de la cérémonie, les tâches quotidiennes de la vie céruléenne ne te concerneront plus.

Sera déglutit.

— En gros, il me reste aujourd'hui et demain, et ensuite…

La grande prêtresse hocha la tête.

— Dans deux jours, le sacrifice aura lieu. À l'heure de la lumière. Dans les jardins Nocturnes. Nous donnerons un banquet chaque soir en ton honneur. Tu seras tenue d'y assister. (Son visage se crispa.) Je suis terriblement navrée. Je ne m'exprime pas correctement. À une époque… (Elle secoua la tête.) Je suis navrée.

La grande prêtresse s'excusait auprès d'elle ? Jamais Sera n'aurait imaginé ça.

— Ce n'est pas grave, répliqua-t-elle, même si elle était loin de le penser.

Ce n'était pas la grande prêtresse qui allait devoir se jeter dans le vide d'ici trois jours.

La grande prêtresse plongea son regard dans celui de Sera d'une manière presque aussi intime que lors d'une connexion par le sang. Le ventre de la jeune fille se noua, toutefois elle fut incapable de détourner les yeux.

Cet instant s'étira à l'infini. Sera perdit la notion des secondes, des minutes, et des heures.

— Tu nous sauveras, Sera Lighthaven. Ton sang permettra à notre Cité de demeurer forte, animée et vivante, conclut la grande prêtresse d'un ton à glacer le sang.

Les poils se dressèrent sur sa nuque. Elle ouvrit la bouche et fut incapable d'articuler le moindre mot. Lorsque la grande prêtresse décrocha enfin son regard d'elle, Sera se sentit fébrile, hors d'haleine, comme si elle venait de piquer un sprint le long de l'Estuaire.

— Je vais te laisser, à présent. Tu as besoin d'être un peu seule, je crois.

En effet. Sera était très lasse. Un poids énorme pesait sur ses épaules, une responsabilité immense. En plus, elle était morte de trouille. Elle pivota de côté pour contempler encore la planète qu'elle désirait tant connaître. Ça allait lui manquer. L'étoile asymétrique que dessinait Kaolin était à peine visible, cachée par un voile de nuages ; elle eut presque l'impression que les îles lui disaient au revoir. Étrange qu'elle éprouve un tel chagrin pour un lieu qu'elle n'avait jamais visité, un endroit qui ignorait jusqu'à son existence, celle de sa Cité et de son peuple.

Lorsqu'elle se retourna, la grande prêtresse avait disparu.

4.

Sera ne rentra pas tout de suite chez elle. Plusieurs heures s'écoulèrent sans qu'elle bouge.

Les cloches sonnèrent, indiquant la prière de midi. La faim s'insinua dans son ventre, mais elle n'y prêta pas attention. Elle demeura assise par terre devant la trouée, à contempler la planète en contrebas ainsi que le cordon diapré qu'elle devait rompre, et l'espace séparant sa Cité de la planète. Quelle distance cela représentait-il ? Pendant combien de temps chuterait-elle avant de perdre connaissance, vidée de son sang ? Allait-elle seulement se rendre compte qu'elle quittait ce monde pour rejoindre l'étreinte éternelle de Mère Soleil ?

Sera ne retourna chez elle qu'à l'heure de l'agneau.

Ses mères orange et violine s'entretenaient dans la cuisine. La discussion semblait tendue, même si Sera ne perçut que des bribes de phrases. Elles l'entendirent entrer et s'interrompirent.

— Sera ?

Les visites avaient dû se succéder aujourd'hui. Des Céruléennes venues dans l'espoir de voir l'Élue… Heureusement qu'elle s'était isolée toute la matinée.

— C'est moi, les rassura-t-elle.

Elles surgirent dans le salon.

— Nous nous sommes fait un sang…, balbutia sa mère orange.

— Nous sommes contentes de te voir, la coupa sa mère violine.

Une pointe de culpabilité assaillit Sera ; elle se comportait de manière terriblement égoïste. Ses mères allaient perdre leur enfant. Leela, son amie. Allait-elle éviter celles qui comptaient le plus à ses yeux alors qu'il lui restait si peu de temps à passer en leur compagnie ?

— Je suis désolée de vous avoir causé de l'inquiétude. Je suis juste…

Comment achever sa phrase sans tomber dans le mélodrame ?

— Tu avais besoin de temps pour toi, intervint sa mère violine.

— C'est tout à fait compréhensible, acquiesça sa mère orange.

Mais Sera lut la panique dans leur regard ; ses mères avaient-elles redouté qu'elle se soit enfuie ?

— La grande prêtresse ne vous a pas dit où j'étais ?

Sa mère orange parut surprise.

— Nous ne l'avons pas revue depuis que vous êtes parties ensemble.

Sera écarquilla les yeux.

— Vous n'avez pas assisté à la prière ?

Sa mère orange ne manquait jamais une seule prière. Jamais, même lorsqu'elle s'était cassé la cheville en pourchassant une paonne dans la volière et qu'il avait fallu une journée entière pour que sa blessure cicatrise, grâce à ses pouvoirs.

— Elle a refusé de quitter la maison tant que tu n'étais pas rentrée, expliqua sa mère violine.

— Vous n'avez pas peur que Mère Soleil vous en tienne rigueur ?

Sa mère orange s'avança vers elle et lui adressa un regard ardent.

— C'est une *mère* avant tout. Elle comprend.

Sera cligna des paupières. Les larmes lui montèrent aux yeux, mais elle refusait d'y céder.

— Où est mère céladon ? demanda-t-elle.

Les deux femmes échangèrent un regard.

— Elle te confectionne une nouvelle robe, répondit sa mère violine. Pour le banquet de ce soir.

— Leela a proposé de passer, au cas où tu voudrais aller te baigner dans le Grand Estuaire avant, commenta sa mère orange.

Sera n'avait aucune envie de sortir de chez elle. Pour qu'on la regarde comme une bête de foire ? Non, merci ! Mais elle ne s'était pas baignée la veille et elle ne pouvait pas se rendre dans cet état à un banquet donné en son honneur.

— Je vais me changer, acquiesça-t-elle en se dirigeant vers sa chambre.

Elle opta pour une vieille chasuble, sobre et sans fioritures, presque trouée aux coudes. Elle accrocha sa robe tissée de nuage à un cintre puis s'effondra sur son lit et contempla son mobile.

— Je suis une Céruléenne, dit-elle à voix haute. Mon sang est magique.

Le mobile tournoya lentement sur lui-même sans lui procurer le moindre réconfort.

— Sera ?

Sa mère violine se tenait sur le seuil. Sera ne l'invita pas à entrer, mais elle ne lui demanda pas de la laisser tranquille non plus. Pourquoi était-ce si difficile pour elle de parler avec ses mères à un moment où elle aurait dû vouloir se rapprocher d'elles ?

Sa mère s'installa sur le lit et Sera cala sa tête au creux de son épaule. Le ruban à son cou lui chatouilla le front. Elle inhala son parfum de chèvrefeuille.

— Ta mère orange a fabriqué ça pour toi le jour de ta naissance, commenta sa mère violine en lui indiquant les étoiles du mobile. On t'a déjà raconté cette histoire ?

— D'après mère céladon, vous vous êtes toutes rendues dans une maison d'accouchement, où tout s'est passé dans la plus grande sérénité. Quelques heures plus tard, je suis née et vous m'avez ramenée à la maison.

Sera récita cette anecdote d'une voix morne. Sa naissance et les détails qui l'enveloppaient n'avaient plus guère d'intérêt à ses yeux.

Sa mère violine éclata de rire.

— Une chose est sûre, Seetha a tendance à abréger les histoires et à les édulcorer.

— Ça ne s'est pas passé comme ça ?

— Eh bien, nous sommes effectivement allées dans une maison d'accouchement, mais nous y sommes restées plus de quelques heures et ce fut tout sauf calme et serein. L'accouchement se fait dans le sang et la douleur, Sera. Ta mère céladon a quitté la salle pendant un petit moment.

— Elle avait peur ?

— Oui. Elle avait peur pour moi. Elle ne supportait pas de me voir souffrir.

Sera se redressa.

— Je t'ai fait mal ?

Sa mère lui caressa la joue.

— Oh ! ma chérie ! C'est une douleur que j'endurerais volontiers une seconde fois. Car je t'ai eue toi. Et la sage-femme t'a placée dans mes bras. Tu étais si petite et si chaude. Je n'avais jamais rien vu d'aussi beau.

Sera se blottit contre elle ; les larmes qu'elle avait retenues jaillirent de ses yeux et ruisselèrent le long de ses joues. Sa poitrine fut secouée de sanglots.

Sa mère la serra en silence, et lorsque les larmes cessèrent, elle brandit un index brillant.

Je ne veux pas, avoua le cœur meurtri de Sera, rongée par la douleur. La douleur de sa mère se mêla à la sienne, un chagrin plus ancien et plus fort, nuancé de sentiments qu'elle ne saisissait pas tout à fait. Pour la première fois, le cœur de sa mère violine s'exprimait dans un langage dépourvu de mots. Il n'était que souffrance.

Leur étreinte fut brusquement interrompue par l'arrivée de Leela.

— Sera ! s'écria-t-elle depuis le couloir.

Son amie se donnait du mal pour paraître joyeuse.

— Viens ! Si tu empestes autant que moi, tu dois mourir d'envie de prendre un bain !

Sa mère partit d'un petit rire teinté d'amertume.

— C'est une bonne amie, dit-elle en posant un baiser sur le front de Sera.

Elle se leva et se dirigea vers le seuil de la chambre. Elle marqua une pause et se retourna.

— Tu seras aimée à jamais, Sera. Souviens-t'en. Tant que les étoiles brilleront dans le ciel, je t'aimerai.

Le Grand Estuaire était bondé de Céruléennes se baignant avant le banquet, nues et enjouées, pataugeant et se jetant des regards à la fois empreints de curiosité et de désir.

Lorsque Sera et Leela arrivèrent, le silence se fit.

— Ne fais pas attention à elles, commenta Leela.

Elles ôtèrent leur robe et s'avancèrent dans l'eau jusqu'à la taille.

Tout le monde l'observait, même les adultes. Certaines s'inclinèrent, d'autres murmurèrent : « Louée soit-elle » ou encore : « l'Élue. » Plenna, Jaycin et Heena se tenaient non loin d'elles ; elles avaient quelques années de plus que Sera et formaient une triade depuis plusieurs mois déjà.

Elle se souvint de ce que Koreen avait dit la veille dans le bois nébuleux : la saison des mariages approchait. Les trois filles s'uniraient bientôt. Et Sera allait manquer ça.

— Bonjour, Plenna, lança Leela avec un geste de la main.

Plenna était la voisine de Leela. Si seulement Leela n'était pas aussi sympathique avec tout le monde, songea Sera. Elle s'en voulut aussitôt. Ce n'était pas la faute de son amie si elle avait été élue. De toute façon, les gens ne pouvaient pas s'empêcher de la fixer.

La fille salua Leela avant de reporter les yeux sur Sera.

— Bonjour, l'Élue, dit-elle.

Sera lâcha un petit rire forcé.

— Allons, je suis toujours Sera.

Plenna se sentit bête. Jaycin l'enlaça par la taille et adressa à Sera un salut plus cordial.

— Bonjour.

Sera remarqua qu'elle non plus n'avait pas employé son prénom.

Elle eut envie de disparaître sous terre. Si seulement tout pouvait redevenir comme avant, lorsqu'elle n'était qu'une fille bizarre. Aujourd'hui, les regards de ses pairs lui transperçaient la peau comme des aiguilles. Elle inspira à fond et plongea dans l'Estuaire, se propulsant à l'aide de ses jambes. Sous l'eau, tous les sons étaient étouffés. La truite solaire se fichait qu'elle soit l'Élue. Un silence béni l'enveloppa tandis que l'eau glissait sur sa peau.

Elle nagea longtemps, ne refaisant surface qu'une seule fois pour reprendre son souffle avant d'atteindre la rive opposée.

Puis elle s'assit sur la berge boueuse, le corps immergé, la tête hors de l'eau, et elle observa ses congénères. Après son départ, les rires, les blagues et les jeux avaient repris. Plenna, Heena et Jaycin batifolaient dans l'eau. Plenna, qui nettoyait le dos de Heena, lui posa un baiser sur l'épaule. Celle-ci ferma les yeux en esquissant un sourire. Jaycin en profita pour les arroser. Heena poussa un petit cri strident, étreignit Jaycin et, ensemble, elles disparurent sous l'eau en s'embrassant sous les yeux de Plenna, qui secoua la tête d'un air faussement exaspéré.

Cette complicité, elle en rêvait mais elle savait qu'elle était incapable d'aimer de cette manière. Une douleur enfla dans sa poitrine. Celle de devoir dire adieu à ce monde qui était le sien.

Près d'elle, une chevelure bleue surgit de l'eau. Sera bondit de terreur.

— Je ne nage pas aussi vite que toi, dit Leela en s'asseyant à côté d'elle. En revanche, je retiens mon souffle plus longtemps.

— C'est vrai, admit Sera, bousculant Leela d'un petit coup d'épaule. Et tu es plus douée que moi pour convaincre Freeda de nous chiper une prune ou deux dans le verger.

Leela afficha un grand sourire.

— Je suis si charmante ! Personne ne me résiste.

Sera pouffa de rire et éprouva un sentiment de bien-être. Pourvu que Leela sache à quel point leur amitié lui était précieuse. Surtout aujourd'hui, alors que son univers était totalement chamboulé.

— Par contre, reprit Leela, tu es douée pour rendre la disciple Imina dingue avec toutes tes questions.

— *Ça suffit*, Sera ! s'écrièrent ensemble les deux jeunes filles en imitant la voix nasillarde de sœur Imina.

Elles piquèrent un fou rire.

Sera plongea la tête dans l'eau et lorsqu'elle en resurgit, sa bonne humeur s'était volatilisée.

— J'aimerais bien qu'elles ne me traitent pas comme une étrangère, dit-elle en observant l'autre berge.

Leela lui prit la main.

— Tu es une Céruléenne. Tu n'es pas une étrangère.

Sera voulut sourire, mais sa bouche restait figée.

— Je suis différente désormais, et en voilà la preuve. Je me demande si elles sont soulagées qu'on m'ait choisie moi. Je me demande si je leur manquerai après mon départ.

Départ. Ce mot flotta dans l'air, oscillant entre elles comme un lourd pendule.

Leela plaça ses mains sur les épaules de Sera ; ses yeux s'assombrirent.

— Je sais qu'on est censées s'en remettre à Mère Soleil et à la grande prêtresse. Je sais que cette cérémonie est nécessaire. Je sais que c'est le mieux pour notre peuple. Mais…

Elle parcourut les environs du regard et, une fois certaine qu'elles étaient seules, elle brandit un index.

Je hais ça, s'exclama le cœur de Leela avec virulence. Sera poussa un petit cri et écarta la main.

La haine, c'était pire que la peur ou la colère. La haine n'était ni un sentiment ni un mot acceptable dans la Cité du Ciel. Les Céruléennes ne haïssaient pas.

— Cette situation me met hors de moi, murmura Leela. Je suis pleine de haine. Le fait qu'on t'enlève à moi. Qu'on t'ait choisie, toi. Tout ça me rend folle. Et moi, je vais devoir rester seule et passer le reste de mes jours sans toi. (Une larme roula sur sa joue et tomba dans l'eau dans un petit « plouf ».) Et ce que je hais par-dessus tout, c'est de ne pouvoir rien y faire.

Sera eut l'impression qu'on l'étranglait. Elle observa le visage aimant de Leela et tendit son index bleuté.

Leur magie brilla de conserve, et Sera rassembla tout l'amour qu'elle ressentait pour son amie et le lui transmit via leur connexion. Chaque souvenir, chaque instant. Elle ouvrit son cœur tout entier à Leela.

Amour, amour, amour.

Elle ne dissimula qu'une seule chose, comme toujours. Son secret. Même maintenant, elle refusait de le révéler.

L'amour de Leela l'emplit, et leurs deux cœurs battirent à l'unisson. Elles flottèrent dans cette bulle de bien-être. De petites vagues léchèrent leur corps jusqu'à ce que Leela redresse le menton et sèche ses larmes.

— Allons jeter un coup d'œil à la robe que ta mère céladon te confectionne, dit-elle. Elle doit être magnifique !

Sera hocha la tête et ravala ses craintes. Elle lança un regard en direction de l'autre rive, où ses vêtements étaient posés par terre parmi tant d'autres.

— Je préférerais prendre le chemin le plus long pour rentrer, si ça ne te dérange pas, dit Leela en se levant et en essorant sa chevelure. On séchera en marchant.

Sera savait qu'elle disait cela par égard pour elle ; elle avait senti sa réticence à regagner l'autre berge. Tant pis pour sa robe. Ses mères ne lui en voudraient pas. De toute façon, bientôt, elle n'en aurait plus besoin.

Leela l'aida à sortir de l'eau.

— On va d'abord faire une halte chez moi, déclara-t-elle avec un sourire espiègle. Et ne t'en fais pas, j'ai fait promettre à mes mères de ne pas t'appeler l'Élue !

— Merci. C'est atroce, hein ? Toutes ces filles qui me fixent du regard et répètent « louée soit-elle » !

— Je me demande si Koreen va faire semblant d'être ta meilleure amie maintenant que tu es populaire.

— Populaire… Ce n'est pas le terme que j'emploierais.

— Je te parie que tu pourrais la mener par le bout du nez, songea Leela.

— Tu cherches déjà à pousser l'Élue à abuser de son pouvoir ? plaisanta Sera.

— Ce serait drôle ! Imagine toutes les farces que tu pourrais faire. Freeda te donnerait tout le verger. Tu n'aurais qu'à claquer dans tes doigts.

Elles parvinrent chez Leela, qui lui prêta une robe puis la fit patienter dans le salon pendant qu'elle se changeait. Comme toujours, les mères de Leela se montrèrent douces et attentionnées à son égard. Elles ne la traitèrent pas différemment, et Sera leur en fut reconnaissante.

Lorsqu'elles retournèrent chez Sera, elles découvrirent que Seetha n'avait pas chômé. Elle s'était surpassée.

La robe en fil de nuage dégringolait en cascade jusqu'au sol ; le tissu était léger et fluide, si étincelant à vrai dire que Sera se demanda si elle l'avait tissé le jour même. L'habit était orné de jeunes boutons de rose et de gypsophile. Sur sa tête, sa mère céladon plaça une couronne de myosotis violet vif. Lorsque Sera consulta son image dans le miroir, elle fut époustouflée. Et pourtant, elle n'avait jamais vraiment aimé son reflet. Leela applaudit :

— Sera ! Tu es magnifique !

Sa mère orange s'agenouilla devant elle et noua à son poignet gauche trois bracelets arborant chacun une pierre précieuse : une violette, une verte et une orange.

— Mère ! s'exclama Sera.

Son poignet brillait de mille feux.

— Nous les avons fait faire exprès, répliqua Otess d'une voix tremblante. Pour ton prochain anniversaire.

Sera était trop émue pour répondre.

— Moi aussi j'ai un cadeau pour toi, intervint Leela. Mais je… je préférerais te le donner en privé.

— Bien sûr, rétorqua sa mère violine. Nous allons vous attendre dans le salon.

Une fois qu'elles furent en tête à tête, Leela déposa une fine chaîne en or au creux de la paume de Sera. Et celle-ci comprit pourquoi sa meilleure amie ne l'avait pas autorisée à entrer dans sa chambre un peu plus tôt. Et pourquoi elle avait insisté pour que les mères de Sera les laissent seules.

— Leela ! Non !

Le pendentif en pierre de lune luisait dans sa main. Leela avait trouvé la pierre un an auparavant, alors qu'elles farfouillaient ensemble sur les berges du Grand Estuaire à la recherche de galets pour faire des ricochets. Elles n'en avaient parlé à personne, priant pour que la pierre leur révèle une partie de sa magie. Ce qui ne s'était jamais produit, à leur grande déception. Puis Leela l'avait sertie dans un style typiquement céruléen (une étoile à multiples branches) lorsqu'elle s'était exercée à l'art de la joaillerie. Elle ne l'avait jamais portée, du moins pas à la connaissance de Sera, et les filles avaient conclu un accord tacite : jamais elles ne dévoileraient l'existence de la pierre de lune à quiconque.

— Je ne peux pas accepter, dit Sera.

— Si. Fais-le pour moi.

— Mais la pierre de lune est si rare. Elle devrait rester dans la Cité, tu ne penses pas ?

— Nulle ne sait que nous l'avons en notre possession, donc personne ne remarquera sa disparition. Elle est à toi désormais, dit-elle en agrafant la chaîne au cou de Sera. Il n'y a rien de plus précieux au monde que ton amitié. Je refuse que tu t'en ailles sans que je t'aie offert une partie de moi.

Sa voix s'était brisée. La chaîne était longue et Sera enfouit l'étoile dans son décolleté, contre sa poitrine, près de son cœur.

Nous sommes les Céruléennes. Notre sang est magique.

Sera se raccrocha à cette pensée. Elle était céruléenne. Elle aimait sa Cité. Elle était terrifiée, certes, mais elle ne comptait pas se laisser dévorer par ses craintes. Elle avait toujours rêvé d'aventures, non ? Il suffisait qu'elle considère sa mission comme un voyage, un voyage qu'aucune autre Céruléenne n'avait effectué en près de mille ans. Elle réunit son courage et en enveloppa son cœur.

Peut-être qu'en faisant semblant, elle n'aurait plus peur.

Elles rejoignirent ses mères dans le salon.

— Je suis prête, déclara-t-elle.

5.

Les jardins Diurnes se trouvaient à l'extrémité ouest de la Cité du Ciel. Luxuriants, ils abondaient en fleurs aux couleurs des plus vives – hortensias violets et tulipes jaunes, tournesols rougeoyants et orchidées rose pâle, et, les préférées de Sera, les fleurs du troubadour – leurs pétales irisés se déclinaient dans un arc-en-ciel de nuances et s'ouvraient et se fermaient en produisant une douce mélodie.

On la reçut comme une reine. Rien à voir avec l'accueil qu'on lui avait réservé dans le Grand Estuaire. Tout le monde voulait lui parler, lui baiser la main, l'ourlet de sa robe. Les Céruléennes ne semblaient pas trouver sa présence gênante, peut-être parce que ce banquet était donné en son honneur. Cachée sous sa robe, la pierre de lune chauffait contre sa peau. Elle avait l'impression de porter le cœur de Leela à côté du sien.

Lorsqu'elle apparut dans les jardins Diurnes, Koreen se précipita vers elle, suivie de Treena et Daina.

— Sera ! Je suis tellement heureuse pour toi ! Mère Soleil t'a rendu grâce ! Qu'est-ce que ça fait ?

C'était apparemment la question que tout le monde se posait. Sauf que personne n'attendait la réponse que Sera aurait aimé leur donner.

— Je suis très honorée, merci.

C'était plus facile que la vérité.

— J'ai cru que j'allais m'évanouir lorsque la grande prêtresse a prononcé ton nom ! s'exclama Daina. C'était très excitant, non ?!

— C'est sans doute la chose la plus excitante qui soit arrivée depuis des années, c'est ma mère céladon qui l'a dit, ajouta Treena. Elle n'aurait jamais cru que la Cité bougerait de son vivant.

— Oh ! Sera !

Atana se rua sur elle et lui colla un baiser sur la joue. Bizarre. Elle qui n'avait jamais pu l'encadrer… Visiblement, tout le monde avait retourné sa veste.

— Tu dois être très honorée ! Qu'est-ce que tu as ressenti lorsque tu as entendu ton nom ?

— J'ai eu très chaud, répondit Sera en toute franchise.

Atana hésita. Elle ne savait pas si Sera plaisantait.

— Ah ! oui… Eh bien, tu es adorable. C'est ta mère céladon qui a confectionné cette robe ? (Sera hocha la tête.) Il faudra qu'elle me donne deux ou trois conseils. Vous avez entendu, il y aurait bientôt une saison de mariages !

Sera n'en croyait pas ses oreilles. En un clin d'œil, on avait oublié son sacrifice imminent pour parler chiffons et mariages. Elle avait mal au crâne et voulut aller se réfugier dans un endroit calme où on lui ficherait la paix.

Koreen lui adressait un sourire inédit. Jamais de sa vie on ne lui avait souri de cette manière.

— On pourra aller se balader près de la volière un peu plus tard, si ça te dit, proposa-t-elle en enroulant une mèche autour de son doigt.

Sera n'en revenait pas. Koreen était-elle en train de *flirter* avec elle ? C'était bien la première fois qu'on la draguait. Elle avait elle-même tenté le coup à une ou deux reprises, sans grand succès. Les filles n'étaient jamais intéressées. Sera non plus, d'ailleurs.

Elle contempla la peau lisse et argentée de Koreen et ses grands yeux azurés, sa poitrine ronde, sa longue chevelure bleue. Et elle essaya. Elle essaya de la trouver désirable. Elle essaya de toutes ses forces.

Mais à l'intérieur, elle était vide.

Leela se racla la gorge et Sera prit conscience qu'elle n'avait pas répondu à la question.

— Je… je ne peux pas. Désolée.

Elle pivota sur ses talons et se faufila à travers la foule en évitant les regards, craignant qu'on ne lui demande une énième fois ce que ça faisait d'être l'Élue.

Leela la rejoignit et plaqua une main sur sa bouche pour étouffer un éclat de rire.

— Tu viens de dire non à Koreen ? Koreen ! (Elle secoua la tête.) Je parie que c'est une première pour elle. Tu vois, je t'avais dit qu'elle te courrait après maintenant que tu es…

— L'Élue, la salua une mère céladon en s'approchant et en lui baisant la main. Puis-je demander… ?

— L'Élue a soif, l'interrompit Leela d'un ton péremptoire qui ne lui ressemblait pas. Pouvez-vous aller lui chercher une boisson, s'il vous plaît ?

La mère céladon inclina la tête. Le ruban de jade à son cou se fripa.

— Tout de suite.

Leela entraîna Sera derrière un gros rhododendron orné de boutons magenta.

— Voilà qui est mieux, dit-elle. Un peu de calme. Pour une seconde ou deux.

Sera la prit dans ses bras. Elles n'avaient pas besoin de se connecter par le sang pour lire dans le cœur l'une de l'autre.

— C'est atroce, dit Leela. Tout le monde s'arrache ta personne. Hier encore, ils…

— Je sais. Hier encore, tout le monde me trouvait très pénible. Et aujourd'hui… De toute façon, la Cité sera bientôt débarrassée de moi.

Sa tentative de fanfaronnade était pitoyable et Leela n'était pas dupe.

— Tu es une Céruléenne à part entière.

Mais Leela en doutait.

À cet instant, les fleurs du troubadour se mirent à chanter, un air à la fois gai et éthéré annonçant le début de la célébration.

— Viens, dit-elle en prenant Leela par la main. Il est temps d'arrêter de se cacher.

Il y avait eu très peu de temps pour les préparatifs. On avait tendu des draps en tulle sur lesquels on avait disposé des plateaux de nourriture et des brocs d'eau et de nectar. Sous un orme, on avait dressé une table pour la grande prêtresse, Sera et ses mères. Sera prit place sur un tabouret à côté de la grande prêtresse. Elle aurait préféré être chez elle, dans sa propre cuisine. Leela et sa famille s'installèrent non loin de leur table. Chaque fois qu'elle croisait son regard, Leela lui faisait une grimace pour la faire rire. Jusqu'à ce que sa mère céladon s'en aperçoive et la réprimande.

Les disciples assuraient le service. Sera s'aperçut que ses mères étaient aussi mal à l'aise qu'elle. Sa mère orange ne tenait pas en place.

— Otess, cesse de t'agiter, lui murmura sa mère céladon en posant une main sur sa cuisse.

— Je n'aime pas me faire servir, surtout par une adepte, chuchota-t-elle. Ce n'est pas normal. Ce serait plutôt à moi de les servir !

— Dans la Cité du Ciel, nous sommes toutes servantes, rétorqua la grande prêtresse qui avait surpris les paroles de ses mères. (Elles sursautèrent.) Ne soyez pas embarrassées. C'est un honneur pour mes disciples de s'occuper de la famille de l'Élue.

L'adepte Endaria acquiesça d'un hochement de tête tout en remplissant le verre de mère orange.

— En effet. Vous nous avez donné un présent d'une valeur inestimable.

— C'est-à-dire ? s'enquit mère violine.

Son franc-parler étonna Sera. C'était la première fois qu'elle entendait sa mère violine s'exprimer d'un ton si tranchant.

L'adepte Endaria afficha un sourire.

— Eh bien, vous nous avez donné l'Élue ! (Elle posa le broc et prit la main de Sera et celle de sa mère violine.) La Cité vous remercie.

— Je n'ai pas donné la vie à Sera pour que la Cité la lui reprenne, merci bien, répliqua mère violine en dégageant sa main.

— Kandra, la gronda mère orange d'un ton réprobateur.

L'adepte Endaria interrogea du regard la grande prêtresse, qui la chassa d'un geste de la main.

— Tout va bien, Endaria. Réunis les novices. L'heure de l'adoration a quasiment sonné.

Sera eut un mauvais pressentiment.

— Je ne peux imaginer la peine que vous éprouvez, dit la grande prêtresse à ses mères. La perte de Sera vous causera une souffrance contre laquelle je ne peux rien. Mais sachez que vous permettez à toutes ces familles de continuer à vivre ensemble. (D'un geste de la main, elle balaya l'assemblée de Céruléennes réparties sur les couvertures. Elles se sustentaient le cœur léger et le sourire aux lèvres tout en jetant des coups d'œil furtifs en direction de leur table.) C'est un don inestimable.

Mère violine marmonna dans sa barbe. Mère céladon s'était réfugiée dans le silence et se tenait droite comme un *i*.

— Nous comprenons, répondit mère orange, tête baissée.

Sera bouillonnait intérieurement. Certes, elle était morte de trouille. Mais qu'on rabroue ses mères en public et qu'on leur affirme qu'elles devraient se sentir honorées, c'était insupportable. Morose, elle grappilla quelques morceaux de melon et des graines de grenade. Vivement que le banquet s'achève. Elle voulait rentrer chez elle. Mère orange lui préparerait une tisane à la lavande, comme toujours après le souper. Et mère violine leur jouerait de la harpe pendant qu'elles feraient la vaisselle.

La grande prêtresse se leva et le silence s'abattit sur l'assemblée.

— Mes enfants, déclara-t-elle d'une voix mélodieuse. L'heure de l'adoration de notre chère Élue est presque arrivée. Songez à ce que vous allez dire, à la manière dont vous allez lui rendre hommage. Car elle est la lumière que Mère Soleil a choisie pour nous. (Elle se tourna vers Sera et tendit un bras.) Viens.

Sera se mit debout sans prendre la main qu'on lui présentait. Inutile qu'elle se fasse conduire ; elle n'était plus une gamine. Si elle était assez grande pour se sacrifier pour sa Cité, elle l'était assez pour marcher toute seule.

La grande prêtresse hésita une seconde. Puis, sans un mot, elle se retourna et emprunta un sentier flanqué d'hortensias. Des lucioles leur éclairèrent le passage tandis qu'elles s'enfonçaient dans les jardins Diurnes. Bientôt, elles parvinrent à une clairière située à l'extrémité de la Cité ; le Grand Estuaire s'y déversait. La planète en contrebas était plongée dans l'obscurité, comme si elle aussi rendait hommage à Sera.

— Les jardins Diurnes représentent la vie et le renouveau, annonça la grande prêtresse. De même que les jardins Nocturnes symbolisent la mort et la fin de toute chose. Ton voyage débute ici, à l'opposé de la mort. Demain, la célébration aura lieu au temple, à mi-chemin entre la vie et la mort. Et le jour suivant…

— Aux jardins Nocturnes, acheva Sera.

— Je sais à quel point cette épreuve est pénible pour toi, reprit la grande prêtresse. Mais ça ne durera pas. En autorisant la Cité à te remercier, à passer du temps avec toi, à apprendre à te connaître et à t'apprécier… tu agiras au mieux pour tout le monde. J'espère que tu comprends la démarche.

Il aurait mieux valu qu'on cherche à la connaître avant qu'elle ne devienne l'Élue, songea Sera. Ce que seule Leela avait su faire. Des voix lui parvinrent bientôt ; les disciples ouvraient la marche, suivies des Céruléennes extatiques. Combien de familles repartiraient ce soir chez elles le cœur joyeux ? Combien veilleraient jusqu'à l'aube, galvanisées par le nouveau chapitre que s'apprêtait à entamer la Cité ?

Combien éprouveraient ne serait-ce qu'une once d'empathie pour Sera ? Et pour ses mères ?

Au crépuscule de sa vie, Sera devait choisir la personne qu'elle voulait être. Serait-elle égoïste ? Dirait-elle à tous ces gens ce qu'elle ressentait ? Ou afficherait-elle un sourire inébranlable afin de leur donner de l'espoir ?

Comment Wyllin s'est-elle comportée à la fin ? La question lui brûlait les lèvres. Elle imagina la Céruléenne se tenant ici même, auprès de la grande prêtresse, à l'heure de l'adoration. Avait-elle gardé la tête haute ? Ou bien cédé à la peur ? Sera se sentit soudain connectée à cette inconnue morte tant de siècles auparavant. Le cordon que Wyllin avait créé, Sera allait devoir le rompre.

Nous sommes les Céruléennes, songea-t-elle, plus résolue que jamais. *Notre sang est magique.*

L'adepte Klymthe apparut à la lisière du bois. Elle interrogea la grande prêtresse du regard. Celle-ci attendit la permission de Sera.

— Laissez-les venir, dit la jeune fille.

6.

Le lendemain soir, les festivités ressemblèrent beaucoup à celles de la veille, à la différence près qu'elles se déroulèrent au temple. La nuit passa en un éclair et le jour se leva bientôt. Sera s'éveilla la peur au ventre.

Les novices chantaient pour célébrer le début de cette nouvelle journée. Partout dans la Cité, les Céruléennes ouvraient les yeux les unes après les autres et se préparaient au bouleversement qui allait survenir. Sera imaginait leur joie, leur excitation, leur nervosité, leurs craintes. Comment leur en vouloir ? Si elle n'avait pas été choisie, aurait-elle éprouvé de l'empathie pour l'Élue ?

Au moins, c'en était fini des célébrations. Elle en avait sa claque. La soirée au temple avait été pénible, Sera faisant son possible pour rester forte et polie, pour accepter les remerciements et les louanges de son peuple. Certaines s'étaient montrées si démonstratives que les disciples avaient dû intervenir et les prier de s'éloigner. D'autres avaient pleuré, avouant leur crainte de quitter cette planète pour une destination inconnue. Sera s'était vite rendu compte qu'elle n'avait pas besoin de parler. Un simple hochement de tête ou une tape sur l'épaule suffisait. Tant mieux, car elle n'aurait pas su quoi dire.

Sera se glissa hors de son lit. Elle avait la langue sèche, la peau qui tirait. Lorsqu'elle se brossa les cheveux, son cuir chevelu la picota.

Elle enfila un peignoir et se dirigea vers la cuisine, alléchée par le parfum de l'ail et de la tomate.

Dans le couloir, des voix lui parvinrent et elle se figea net.

— … un autre enfant, disait mère céladon.

— Ce n'est pas la question, Seetha, répliqua mère violine.

— Tu as raison. (Il y eut un silence ; mère céladon reprit la parole d'une voix peinée.) Je ne sais pas quoi ajouter. Je n'ai pas de réponses. C'est une souffrance que je n'ai jamais connue jusque-là.

Une autre pause. Sera devina qu'elles étaient en train de se connecter par le sang. Puis mère violine s'emporta à voix basse. Le silence finit par retomber, troublé par le bruit d'un baiser.

— Je sais, Kandra, reprit mère céladon à mi-voix. Je sais.

Sera en avait assez entendu.

— Bonjour, mères ! s'écria-t-elle en entrant dans la cuisine, laissant suffisamment de temps aux deux femmes pour se détacher l'une de l'autre et faire mine de préparer le petit déjeuner. De minuscules œufs de chardonneret frémissaient dans une casserole, près d'une poêlée de tomates et de feuilles de jacinthe mijotant dans l'ail.

— Bonjour Sera, répondit mère céladon en remuant les rondelles de tomate dans la poêle.

— Bonjour ma chérie, dit mère violine en venant lui baiser le front.

— Mère orange est à la prière ? s'enquit-elle en s'asseyant sur la chaise près de la fenêtre.

Sur le rebord était posée une petite jardinière de plantes aromatiques, et Sera s'efforça de mémoriser l'odeur du basilic et du thym, comme pour les emporter avec elle.

Mère violine lui versa une tasse de tisane d'ortie avant de s'en servir une. Elle s'assit à table avec elle.

— Ta mère orange s'est levée aux aurores pour te coudre une robe. Pour la cérémonie.

En d'autres circonstances, on aurait ri des talents de couturière de mère orange qui, la dernière fois qu'elle avait tenté de coudre une robe pour Sera, s'était trompée dans les mesures. Mais pas aujourd'hui. Le souvenir de cette robe trop courte d'une dizaine de centimètres pesa dans la gorge de Sera comme un galet. Elle aspira une gorgée de thé mais la chaleur ne la réconforta pas, pas plus qu'elle n'apaisa la tension dans sa poitrine. Lorsque mère céladon posa une assiette d'œufs brouillés et de tomates devant elle, Sera ne fit que déplacer sa nourriture dans son assiette.

— Sera, tu devrais manger, bredouilla mère céladon.

Sa mère violine la fit taire d'un regard. Elles firent mine de prendre leur petit déjeuner. En réalité, elles sirotèrent leur thé en consultant l'horloge murale. L'heure du serpent était passée. La cérémonie débuterait d'ici une heure, à l'heure de la lumière.

— Je suis désolée, mère céladon, s'excusa Sera en contemplant son assiette. (Un puissant sentiment de culpabilité l'envahit soudain ; elle songea que si elle s'était mieux comportée, tout cela ne serait pas arrivé.) Tu as été une si bonne enseignante pour moi et moi… je n'ai pas… je n'ai pas…

— Mon cœur. (Mère céladon s'était agenouillée devant elle. Elle prit son visage en coupe.) Ce fut une grande joie pour moi de t'éduquer. Toutes les autres mères céladon se demandaient comment je pouvais faire face à tant de questions à la fois – et tu en avais plein en réserve ! Et sais-tu ce que je leur ai répondu ?

Sera secoua la tête ; sa gorge était trop douloureuse pour qu'elle articule le moindre mot.

— J'ai dit : « Chacune de ses questions est un cadeau. » Certaines mères céladon ont l'esprit étriqué. Elles croient que nous sommes uniquement censées inculquer notre histoire et nos coutumes à nos filles. Mais toi, tu m'as aidée à comprendre que la véritable sagesse réside dans le fait d'apprendre l'une de l'autre. J'ai appris beaucoup à ton contact, mon enfant.

— Je ne t'ai pas déçue, alors ?

Il fallait à tout prix qu'elle sache avant de mourir.

— Oh ! Sera ! s'exclama mère céladon en la prenant dans ses bras. Non, murmura-t-elle.

Mère violine se joignit à leur étreinte.

— Tu es notre plus grand amour, dit-elle d'une voix qui se brisa. Tu nous as changées. Ta joie est contagieuse, ton cœur énorme, et ton âme sublime. (Elle prit la main de Sera dans la sienne.) Souviens-toi de ce que je t'ai dit.

— Tant que les étoiles brilleront dans le ciel, tu m'aimeras, chuchota Sera.

Elle inhala le parfum de ses mères, un mélange de chèvrefeuille et de menthe poivrée, et tâcha de conserver cette odeur dans un coin de son esprit avec celle du basilic. *Je t'en prie, Mère Soleil, permets-moi d'emporter avec moi une petite partie de mes mères, si infime soit-elle.*

La voix de mère orange retentit :

— Sera ! Tu peux venir, s'il te plaît ?

Le cœur lourd, elle se dirigea vers la chambre maternelle. Son corps pesait une tonne. Le lit de forme circulaire était couvert d'oreillers et de couvertures en tulle. Un grand miroir ovale se dressait d'un côté. Mère orange avait l'air épuisée. Elle avait les yeux rougis et les traits tirés.

Elle brandit le tissu soyeux des deux mains.

— J'espère que tu ne seras pas déçue.

Sera se tourna pour enfiler la robe, glissant le collier de Leela sous son décolleté pour que la pierre de lune reste pressée contre son cœur. Elle ne savait pas pourquoi elle avait caché l'existence de ce bijou à ses mères. Mais ça lui avait paru la bonne chose à faire. C'était leur secret, à elle et à Leela.

La robe était en fil de nuage et non pas en laine de mouton soyeux comme le reste de ses habits de prière. Elle avait des manches courtes, une capuche malhabilement brodée de fil d'or, sa taille était marquée d'une ceinture de fil d'argent de lune et l'ourlet était orné d'un entrelacs de fils verts, orange et violets.

— La coutume veut que ce soit la grande prêtresse qui confectionne la robe de l'Élue, commenta mère orange, les yeux baissés. Elle aurait réalisé un meilleur ouvrage. Mais je… j'ai demandé si je pouvais…

Elle déglutit avec peine et pinça les lèvres.

Sera l'adorait comme jamais elle n'avait aimé une robe.

— Elle est parfaite ! s'exclama-t-elle en prenant mère orange dans ses bras.

— Tu as été notre soleil, Sera Lighthaven, répondit mère orange, les yeux brillants de larmes. (C'était la première fois que Sera la voyait pleurer.) Tu as illuminé notre monde. (Sa voix s'étrangla.) Tu es prête à te rendre aux jardins Nocturnes ?

Non. Pas du tout. Sera ne s'était jamais sentie aussi peu préparée.

— Oui, mère, murmura-t-elle. Allons-y.

Les jardins Nocturnes se trouvaient à l'extrémité orientale de la Cité du Ciel.

Les Céruléennes commençaient à se rassembler pour la cérémonie et les rues s'emplirent peu à peu de femmes en robe blanche. Aujourd'hui, personne n'avait adressé la parole à Sera. En fait, personne n'avait ouvert la bouche. Sera aperçut sa meilleure amie dans la foule. Leela lui décocha un faible sourire qu'elle fut incapable de lui rendre. Comme si le moindre mouvement était un calvaire pour ses muscles.

Son cœur battait si fort qu'elle se demanda s'il n'avait pas été volé durant la nuit et remplacé par les ailes d'un colibri.

À l'approche de l'heure de la lumière, les jardins Nocturnes étaient resplendissants. Ici, les couleurs, plus sombres, contrastaient avec les nuances vives des jardins Diurnes. Pelouses ornées de dahlias écarlates, de lis blancs et de roses grises et plantées de lilas aubergine ainsi que d'arbres nébuleux à l'écorce argentée et aux feuilles noires, le tout agrémenté de minuscules feux follets. Les Céruléennes longèrent les berges du Grand Estuaire qui s'étrécissait pour finir en cascade. À cette extrémité, un promontoire en verre surplombait les chutes d'eau et s'avançait dans l'espace. Le ventre de Sera se noua. Beaucoup de Céruléennes s'étaient déjà agenouillées. Sera et ses mères se faufilèrent parmi la foule pour rejoindre la grande prêtresse.

— L'Élue, annonça la grande prêtresse en les apercevant.

Elle écarta les bras. Sera aurait aimé qu'elle l'appelle tout simplement par son prénom. Celui que ses mères lui avaient donné. La grande prêtresse plongea son regard dans le sien. Et Sera se sentit profondément vulnérable.

— Tu possèdes un grand pouvoir, déclara la grande prêtresse. Mère Soleil n'aurait pas pu choisir une candidate plus adéquate et plus digne. (Elle baissa la voix et, à sa grande surprise, elle se mit à genoux devant elle.) Je sais que tu as peur. Mais si Mère Soleil t'a choisie, c'est pour une raison précise. C'était ta destinée.

Elle se leva et se tourna vers les mères de Sera.

— Pour la dévotion, dit-elle en baisant la joue de sa mère orange. Pour la sagesse, ajouta-t-elle en embrassant sa mère céladon. Et pour l'amour, conclut-elle en effleurant le front de sa mère violine.

Sera gravit les marches du promontoire à la suite de la grande prêtresse. Ses jambes se mirent à trembler comme celles d'un agneau qui vient de naître.

— Aujourd'hui est un jour historique ! proclama la grande prêtresse. Le début d'un nouveau chapitre pour notre Cité adorée. Cette cérémonie nous délivrera du lien qui nous retient à cette planète, et Mère Soleil nous guidera vers notre nouvelle demeure. Louée soit sa lumière éternelle !

— Louée soit-elle ! répliqua la foule.

Sera fouilla l'assemblée du regard à la recherche de Leela et la repéra sur sa droite, près d'un buisson de fleurs de lune argentées. Elle effleura son pendentif, dissimulé sous sa robe, et Leela hocha la tête, le visage ravagé par les larmes.

La grande prêtresse poursuivit son homélie. Étonnamment, Sera ne pleura pas. Peut-être parce qu'elle n'avait pas conscience de la réalité et qu'elle se croyait encore dans un rêve. Elle avait l'impression d'être dans la peau d'une autre. Un peu comme si elle assistait à la cérémonie sans en faire partie.

La grande prêtresse enduisit ses poignets et ses tempes d'un baume au lilas. Puis elle dégaina de sa ceinture une lame ancestrale. Qu'est-ce que Wyllin avait ressenti quand on avait brandi la dague ? Sera tenta de l'imaginer. Toutefois, Wyllin ne lui fut d'aucun réconfort. Elle était morte depuis longtemps. Et Sera était vivante et terrifiée.

Le son du cor retentit dans les airs ; triste, mélancolique comme une étoile mourante, comme le vide de l'espace. Ses trois mères avaient le visage noyé de larmes ; la grande prêtresse approcha la lame de Sera et lui fendit la peau, juste sous le coude. Un filet de sang s'écoula. Bleu et luminescent.

Douleur. C'était la première fois que Sera éprouvait cette sensation. À l'endroit de la coupure, sa peau brûlait. La douleur exacerba ses sens. La peur se diffusa à travers son corps tout entier, lui écrasant les épaules et la saisissant à la gorge jusqu'à la suffocation. Impossible ! Elle ne pouvait pas ! Elle ne pouvait pas sauter !

La coupure ne se referma pas tout de suite, contrairement à toutes les autres blessures qu'elle avait reçues au cours de sa vie. La dague était imprégnée d'un sort empêchant la cicatrisation immédiate. Sera observa le sang dégouliner le long de son bras et fut prise d'un haut-le-cœur. Elle avait la langue gonflée et peinait à respirer. Elle fut prise de tournis. Et lorsque la grande prêtresse reprit la parole, sa voix lui parut très lointaine.

— Pour notre Cité ! dit-elle en lui entaillant l'autre coude. Que Mère Soleil te recueille et te chérisse pour l'éternité.

Elle agita la main.

Le bouclier s'ouvrit. Il laissa entrer un courant d'air glacial, un froid qui lui rongea la peau et pénétra son squelette.

Un épais silence l'enveloppait à présent. Sera savait ce qu'elle devait faire, mais elle ignorait comment s'y prendre. Son cœur colibri battait à tout rompre comme s'il voulait s'envoler. Tous les regards étaient braqués sur sa personne. Une éternité s'écoula avant qu'elle ne trouve la force de faire un pas en avant.

Au-delà du bouclier, le froid l'assaillit. Elle eut l'impression de pénétrer dans une autre dimension, où les éléments étaient figés dans le temps. En quelques pas à peine, tout avait changé. Le sang qui dégoulinait sur sa peau était chaud.

Sera porta le regard vers l'infini de l'espace et contempla les étoiles pour la dernière fois, rassemblant son courage. Elle fut incapable de jeter un ultime regard à ses mères et à Leela. Si jamais elle se retournait, elle n'aurait plus la force de s'en aller.

Elle écarta les bras, ferma les yeux et plongea dans le vide pour sauver son peuple.

DEUXIÈME PARTIE

Old Port City, Kaolin

7.

LEO

Leo en avait ras le bol d'Old Port.

Pire que ça. Il s'ennuyait. À mourir.

Non. À vrai dire, même la mort serait moins pénible que son existence.

L'air était lourd, chaud et humide, si dense qu'on aurait pu le recueillir dans un saladier et le servir au dîner en guise de potage. Soupe à la sueur. Spécialité gastronomique de Kaolin.

Peut-être qu'au nord, dans les montagnes Escarpées, il faisait frais et qu'un chevrier sirotait en ce moment même un verre de citronnade en humant le fumier de ses biquettes. Mais à en croire les journaux, la canicule s'était abattue sur l'ensemble du territoire, battant des records de températures ; une vague de chaleur sans précédent enveloppait les plaines de Knottle tandis que des incendies de forêt ravageaient la région de Looten Lake.

Le ronron des moteurs et le claquement des sabots résonnaient dans la rue. La bibliothèque baignait dans la pénombre. Tous les rideaux de la maison étaient fermés pour empêcher la chaleur d'entrer. En réalité, l'atmosphère était encore plus irrespirable. Leo pestait, avachi dans son fauteuil favori. Son front était moite, sa chemise lui collait au torse et le cuir le faisait transpirer comme un bœuf. Du coup, il changea de siège et joua à faire rebondir une balle contre le mur d'en face pour tuer le temps.

« Boing, schboing, schlac. Boing, schboing, schlac. »

Il aurait dû passer l'été dans la résidence secondaire de sa famille, au sud, près de Pearl Beach. À l'heure actuelle, il ferait la fête avec ses amis, nagerait dans les eaux fraîches de l'océan Adronique, et convaincrait les filles du coin de lui montrer leur petite culotte. Au lieu de quoi il se liquéfiait dans une maison de ville sur Creekwater Row, accablé par la chaleur et l'ennui.

Lorsque Xavier McLellan, son père, avait annoncé qu'ils ne partiraient pas en vacances cet été, Leo, son fils unique, avait espéré que c'était pour lui offrir un poste dans l'entreprise familiale, ce qu'il désirait de tout son cœur depuis sa plus tendre enfance. Mais les jours, puis les semaines avaient filé sans que rien arrive. Le mois d'août touchait quasiment à sa fin, et visiblement, Xavier n'avait pas l'intention d'inclure son fils dans quoi que ce soit. Peut-être Leo aurait-il dû exprimer le désir d'aller à l'université, comme Robert, son meilleur ami. Il avait toujours cru que Xavier attendait qu'il soit majeur. Et maintenant que Leo avait dix-huit ans, ne serait-il pas normal qu'il ait sa place dans l'empire McLellan ?

La balle rebondit contre une moulure et alla rouler sous le canapé, hors de sa portée. Il avait trop chaud pour aller la chercher. Sur une console près de lui, un livre était ouvert – l'*Histoire complète des guerres des îles*, d'Edward G. Bates. Leo en feuilleta quelques pages. Il était surtout question de politique et des accords commerciaux conclus entre les deux pays à l'époque de la guerre, lorsque les produits pélagiens importés furent fortement taxés tandis que la demande augmentait en flèche. Comme aujourd'hui, Kaolin avait souffert de la canicule. Dans le Sud, la famine avait frappé les habitants ; épuisé par la surpêche, le golfe de Windsor n'avait plus fourni assez de poissons pour nourrir la population. Ses eaux étant riches et son sol fertile, Pelago avait moins souffert de la chaleur que Kaolin. La tension était alors montée entre le président de Kaolin et le triumvirat de Pelago. Jusqu'au point de non-retour et de rupture, lorsque Kaolin avait envoyé sa flotte attaquer l'armada pélagienne. Mais au bout de compte, c'étaient les Pélagiens qui avaient triomphé.

C'était sans doute Agnes, sa jumelle, qui avait laissé le livre en évidence. C'était le genre de lecture chiante dont sa sœur raffolait. En outre, elle était beaucoup plus intéressée que lui par leurs racines pélagiennes – trop intéressée, même. Comme si elle n'avait pas remarqué que leur père dirigeait la chaîne de théâtres antitalmane la plus appréciée du pays et qui produisait des pièces vitupérant les déesses de Pelago. Si Xavier McLellan avait épousé leur mère, une Pélagienne, c'était seulement pour son argent. Et vu qu'elle était morte en couches, Leo ne se sentait quasiment pas pélagien. Toutefois, à en croire leur chauffeur pélagien, Eneas, il était le portrait craché de sa mère avec sa peau claire et ses yeux turquoise. Eh bien, Leo n'avait pas envie d'être son portrait craché ! Seul avantage : ça irritait sa sœur qui était la version féminine de leur père – peau caramel, cheveux châtains, yeux cannelle. Pour des jumeaux, ils n'avaient pas grand-chose en commun, que ce soit au niveau de l'apparence ou du caractère.

— Alors comme ça, on étudie pendant les vacances d'été ?

Leo sursauta. Sa sœur était appuyée contre l'encadrement de la porte, une pomme à moitié croquée à la main, les cheveux noués en un chignon indiscipliné sur le sommet de son crâne. Leo referma le livre.

— Les *Guerres des îles*? Vaut mieux pas que Père te surprenne en train de lire un bouquin sur une victoire pélagienne.

Agnes haussa les épaules d'un air désinvolte, mais Leo n'était pas dupe. Ils avaient beau être comme le jour et la nuit, une chose les rapprochait pourtant : ils redoutaient leur père.

— C'est son livre, répliqua-t-elle. Ce n'est pas moi qui l'ai acheté.

— Bref. Qu'est-ce que tu fabriques ici? bougonna Leo. Tu n'as pas une grenouille à disséquer?

— Un rat, rectifia Agnes en croquant dans sa pomme. Et c'est déjà fait.

— *Beurk!*

Agnes adorait les sciences. À Kaolin, les femmes de la haute bourgeoisie n'avaient pas le droit de travailler. Cependant, son père l'autorisait à étudier dans l'intimité du foyer, une chose que Leo lui enviait et qu'il n'avait jamais vraiment comprise. Ça ne ressemblait pas du tout à Xavier. Le patriarche avait été jusqu'à construire à sa fille un petit laboratoire dans le dressing de sa chambre. Leo trouvait ça macabre : qui voudrait dormir parmi des cadavres de grenouilles et de serpents baignant dans des bocaux de formol?

— Pour un homme grand et fort comme toi, je te trouve atrocement délicat.

— Pour une femme délicate, je te trouve atrocement dégoûtante. (Il la jaugea de la tête aux pieds.) J'imagine que Père n'est pas encore rentré.

Si jamais Xavier surprenait Agnes à se promener dans la demeure avec son accoutrement de labo, il serait fou de rage.

Elle portait une vieille chemise d'Eneas – qui passait son temps à la gâter et à céder à ses moindres caprices – et un ancien pantalon de Leo. Le temps qu'il s'aperçoive qu'elle le lui avait chipé, le vêtement était déjà couvert de taches douteuses.

— Non, dit-elle. J'ai encore jusqu'au dîner avant de devoir enfiler une stupide robe. À ce propos, d'après Eneas, il faudra faire un effort ce soir. Le Pélagien avec qui Père a travaillé toute l'année vient d'arriver à Old Port. Il vient dîner. Et je crois que Père a invité une célibataire mondaine de Kaolin pour le divertir.

Leo esquissa un sourire. Son père était malin. L'homme serait sans doute ravi de découvrir les femmes kaolines, réputées pour leur raffinement, contrairement aux Pélagiennes.

Une pensée lui vint. C'était le moment ou jamais ! Il allait impressionner l'associé de son père et prouver à Xavier qu'il était capable de rejoindre l'entreprise familiale. Il ignorait tout de ce nouveau projet (son père était incroyablement discret), mais il effectuerait quelques recherches de base sur ses autres spectacles – celui avec l'homme à deux têtes et les femmes à barbe à Pearl Beach marchait pas mal. Quant aux représentations du *Grand Picando*, qui se jouait au Maribelle, le joyau des théâtres de son père sur Central Square, elles venaient juste de s'achever. Leo y avait assisté à plusieurs reprises ; il appréciait le fait qu'il compte des comédiennes dans sa troupe, contrairement à d'autres pièces kaolines où on engageait des hommes pour les rôles féminins. En revanche, l'intrigue était plutôt insipide et rebattue. Du genre « sauvons la Kaoline des péchés démoniaques du polythéisme ». Le Grand Picando était incarné par James Roth, une star montante de la scène nationale. Leo avait demandé à son père de le lui présenter, mais celui-ci avait dû oublier. Ce qui était compréhensible – son père était un homme très occupé.

C'était une occasion en or. La chance pour Leo de prouver qu'il comptait ! Qu'il était un McLellan à part entière.

Agnes grogna.

— Toi, tu mijotes quelque chose, avec ton petit sourire narquois. Mais je préfère ne rien savoir. Le souper est à vingt heures. Tu as intérêt à te mettre sur ton trente et un.

— Je n'y manque jamais, répliqua-t-il. (Ce qui était vrai. Leo maîtrisait l'art de l'élégance mieux que personne. Tous ses amis le lui répétaient.) Si tu as besoin d'un conseil vestimentaire, n'hésite pas. Je suppose que tu possèdes quelque part dans ta garde-robe un vêtement du siècle actuel.

Agnes lui décocha un sourire mielleux.

— Merci, cher frère, mais en matière de mode, je préférerais encore demander des conseils à mon rat disséqué.

Sur ces mots, elle pivota sur ses talons et claqua la porte derrière elle.

À dix-neuf heures quarante-cinq, Leo était prêt. Il avait même eu le temps de demander à Janderson, son valet, de lui fournir des chiffres concernant l'entreprise.

Apparemment, les pièces antitalmanes faisaient fureur dans les campagnes autour des plaines de Knottle ainsi que sur la côte du golfe de Windsor. Les Points, les trois péninsules qui jaillissaient de l'extrémité sud-ouest de Kaolin, semblaient préférer les spectacles plus outranciers de Xavier – ours dansants et hommes aux pieds palmés. Quant à la ville d'Old Port, elle appréciait un mélange des deux. Leo fut surpris d'apprendre que *Le Grand Picando* n'avait pas rencontré le succès prévu ; les ventes avaient chuté au fil des représentations.

Il étudia son reflet dans le grand miroir doré de sa coiffeuse et fut bien forcé d'admettre qu'il était à tomber.

Sa cravate bleu-vert se mariait à merveille avec ses iris tout en contrastant avec sa chemise ivoire. Son veston en lin et son pantalon beige complétaient sa tenue. D'ordinaire, Leo ne mettait pas son regard en valeur, mais il avait songé qu'en présence d'un autre Pélagien, ça pourrait toujours servir. La seule chose qui lui manquait, c'était la barbe. Sans doute une bizarrerie héritée de sa mère. Leo avait le visage glabre, un détail dont il avait profondément honte. Quelques poils épars jaillissaient de sa lèvre supérieure, sans plus. Un Kaolin digne de ce nom portait fièrement la barbe et s'en enorgueillissait. Celle de Xavier McLellan frisait l'œuvre d'art.

Leo détourna le regard de son reflet et tendit les poignets à Janderson qui lui mit ses boutons de manchettes.

— Non, pas ce soir, dit-il lorsque le valet brandit ses favoris, des boutons de manchettes bleu clair incrustés de diamants. Apportez les triangles solites.

Il était impressionné que Janderson ait choisi les bleus, car en temps normal, il aurait opté pour. Mais il ne dit rien – il n'avait jamais entendu son père complimenter un domestique. Pas même Swansea, le vieux majordome qui travaillait pour eux depuis la nuit des temps. Son père était méticuleux et maintenait la hiérarchie à n'importe quel prix. Leo suivrait son exemple.

Xavier apprécierait qu'il porte les boutons de manchettes solites. Le bijou brillait de mille feux et attirerait tous les regards. Il s'agissait d'un triangle surmonté d'un croissant; il représentait la lumière dont le seul Dieu véritable baignait le peuple de Kaolin. En arborant ce symbole, Leo aurait le sentiment d'être à sa place à table ce soir.

— De quoi ai-je l'air? demanda-t-il à Janderson.

— Vous êtes parfait, Monsieur, répondit le jeune homme. Votre père sera ravi.

Leo songea qu'il devrait peut-être donner un ordre avant de quitter la pièce. Xavier le faisait toujours.

— Rangez ce bazar avant mon retour, lança-t-il en agitant la main en direction des papiers éparpillés sur son bureau.

Et il sortit sans attendre de réponse.

À son entrée, Agnes était déjà dans le salon.

Fidèle à elle-même, elle portait une vieille guenille hideuse ; une robe marron au col montant et aux manches garnies de ruches. *Beurk!* En plein mois d'août qui plus est ! Ils n'avaient vraiment rien en commun. Comment pouvaient-ils être jumeaux ?

Agnes se tenait entre deux jeunes femmes séduisantes d'une vingtaine d'années, une coupe de champagne à la main et la mine renfrognée. Leo ne connaissait qu'une des deux : Elizabeth Conway, la sœur de son meilleur ami, Robert. Les Conway avaient construit la plupart des chemins de fer de Kaolin et acquis une immense fortune au fil des années. Il était fort improbable qu'Elizabeth accepte d'épouser un Pélagien ; peut-être son père l'avait-il invitée pour faire montre de son pouvoir et prouver à cet homme qu'il avait le bras long et des amis puissants.

À vrai dire, Leo était surpris qu'Elizabeth soit encore sur le marché. Elle était bien trop belle et bien trop riche.

Agnes l'aperçut et lui adressa une grimace, peut-être une tentative de sourire. Sa sœur détestait les événements mondains. Et pour cause, elle était d'une épouvantable gaucherie. Elizabeth se retourna et son visage s'illumina.

— Leo ! Ma parole, tu es magnifique !

Elle s'approcha de lui d'un pas de velours et lui posa un baiser sur la joue. Son parfum de jasmin s'attarda quelques instants sur lui. Elle portait une robe rose pastel à mancherons ornée d'un joli ruban à l'épaule. Sa jupe en taffetas tombait en cascade jusqu'au sol tout en soulignant la couleur caramel de sa peau. Sa chevelure brune était nouée en une demi-queue qui dégringolait dans son dos en formant des anglaises.

— Il faut absolument que je te présente mon amie Marianne qui me rend actuellement visite. Elle vient de Lady's Point.

— Enchanté, la salua poliment Leo en lui baisant la main.

Marianne n'était pas aussi jolie qu'Elizabeth, mais bien plus tendance qu'Agnes. Elle était vêtue d'une robe bleu nuit dont la jupe était garnie de roses dorées et le corsage incrusté de minuscules saphirs. Son corset était serré et sa poitrine menaçait de déborder de son décolleté. Les filles de l'Ouest n'étaient pas aussi pudiques que celles de l'Est. Leo se sentit soudain très à l'étroit dans son pantalon.

— Ravie de faire votre connaissance, monsieur McLellan.

— Appelez-moi Leo.

— J'étais en train de questionner Agnes sur le dernier projet de ton père, reprit Elizabeth. Mais elle n'a pas l'air au courant ! Peut-être que tu pourrais éclairer notre lanterne ?

— Tu connais Père. Il ne dévoile jamais rien de son jeu.

Son regard s'égara sur le décolleté de Marianne et il dut se rappeler à la raison. Ce n'était pas pour le divertir qu'on l'avait conviée.

Les jeunes filles de bonne famille, ce n'était jamais pour lui. En revanche, les filles des commerçants du coin et les serveuses de bars miteux, oui. Le genre de personnes avec qui on passait un bon moment. Pas des filles qu'on épousait.

— Leo ne sait rien, rétorqua Agnes, sortant enfin de son mutisme.

Comme toujours, elle causa un malaise général.

Heureusement, la sonnette d'entrée retentit. Swansea se précipita vers la porte et l'ouvrit en s'inclinant respectueusement.

— Bonsoir, monsieur. Puis-je vous débarrasser de votre chapeau ?

— Bien sûr, mon bonhomme ! s'exclama un homme d'une voix euphorique et un peu trop bruyante.

C'était vraiment l'associé de son père ? Étonnant, songea Leo. Après avoir franchi le seuil, le Pélagien confia sa canne et son chapeau au majordome.

Il était vêtu d'un costume normal. Dieu merci, il n'était pas accoutré à la mode pélagienne, où pantalon moulant et chemise bouffante étaient de mise. En revanche, il avait les yeux soulignés de khôl, autre tendance fâcheuse chez les hommes de Pelago, et dans sa tignasse rousse était épinglé un coquillage miniature. Leo fut ravi de constater qu'il ne portait pas l'un de ces chapeaux ridicules dont raffolaient les Pélagiens fortunés. Agnes était obsédée par la mode pélagienne. Elle observait le coquillage avec intérêt.

— Bonsoir ! lança-t-il à la cantonade. Quelle charmante demeure !

Cet homme était complètement exalté. Toutes ses phrases semblaient s'achever par un point d'exclamation. Du coup, on avait du mal à savoir s'il était sincère.

— Je m'appelle Ezra Kiernan. (Il leur offrit une révérence exagérée qui fit glousser Elizabeth et Marianne.) Où puis-je trouver M. Xavier McLellan ?

— Ici, rétorqua une voix grave, empreinte d'autorité.

Et sur ces mots, Xavier McLellan fit son apparition.

8.

AGNES

Agnes avait *horreur* des mondanités.

Surtout lorsque son père et son frère étaient présents. Elle aurait largement préféré se faire porter un plateau-repas dans sa chambre pour le manger parmi ses grenouilles, ses rats et ses lapins. Ces créatures étaient de bien meilleure compagnie que la plupart des fréquentations de son père. Et plus intelligentes, qui plus est.

Agnes aurait donné n'importe quoi pour être née à Pelago. Elle haïssait Old Port, ses coutumes guindées et ses lois étriquées. Elle détestait les robes amidonnées et les corsets trop serrés, et elle ne supportait pas la place secondaire où étaient reléguées les femmes. La société attendait d'elle qu'elle soit belle et se taise alors qu'elle ne savait faire ni l'un ni l'autre. Pis encore, plus les jours passaient, et plus approchait l'heure fatidique. Celle de son mariage. Rien ne la révulsait plus au monde.

Ses yeux s'égarèrent sur le décolleté de Marianne. Jusque-là, elle avait réussi à détourner le regard, mais son imagination s'emballa malgré elle. Elle aurait volontiers effleuré ces courbes voluptueuses. Elles devaient être douces comme des pétales de rose…

Mais son père surgit dans la salle et elle s'efforça de chasser cette image. Ces pensées étaient dangereuses.

Mortelles. L'argent de Xavier, son influence et sa réputation ne suffiraient pas à la sauver, viendrait-on à découvrir qu'elle était *ce genre* de fille. Connaissant son père, ce serait sûrement lui qui l'inculperait.

— Ah ! mon cher Xavier ! Enfin, nous nous rencontrons ! s'exclama M. Kiernan en s'inclinant encore. Après tous ces mois de correspondance, c'est un plaisir de se retrouver face à face.

Difficile de dire ce que Xavier pensait de ce Pélagien extravagant – même si Agnes avait sa petite idée –, car son père était expert dans l'art de dissimuler ses émotions. Elle avait appris à le décrypter un peu au bout de dix-huit ans d'observation, mais pas assez pour affirmer qu'elle le cernait. Elle lui ressemblait beaucoup physiquement, et c'était sans doute leur seul point commun. Parfois, avant de se coucher, Agnes examinait ses cheveux à la recherche d'un reflet auburn. (Apparemment, sa mère était rousse.) Elle avait même observé une mèche au microscope. Mais non, elle était châtain de chez châtain.

Son père afficha un sourire.

— J'espère que votre voyage ne fut pas trop pénible.

— Pas le moins du monde, répondit M. Kiernan en saisissant des deux mains celle que lui tendait Xavier. Mais je suis soulagé qu'il ait pris fin.

— Je n'en doute pas, rétorqua son père d'un ton qui la surprit. (Agnes eut le sentiment que quelque chose lui échappait.) Puis-je vous offrir un rafraîchissement ?

Comme par magie, Swansea apparut avec un plateau. Il offrit une nouvelle coupe de champagne aux convives. Agnes se cramponna à son verre. Ce soir, ce serait sans doute sa seule source de réconfort. Allons, ce n'était qu'un mauvais moment à passer. Ensuite, elle retournerait dans son labo et elle redeviendrait elle-même. Elle attendrait, sans grand espoir, une lettre qui pourrait lui changer la vie.

Une réponse de l'université.

Agnes avait secrètement postulé à l'académie des sciences de l'université d'Ithilia, l'école la plus prestigieuse de Pelago. Avec l'aide d'Eneas, elle s'était procuré un dossier d'admission, l'avait scrupuleusement rempli et envoyé. Ça lui avait demandé une bonne dose de courage. Mais deux mois s'étaient écoulés depuis, et elle n'avait toujours pas eu de réponse. Eneas avait loué une boîte au bureau de poste d'Olive Town, le quartier pélagien d'Old Port, pour que la réponse y soit adressée. Car si jamais son père découvrait le pot aux roses, Agnes passerait un sale quart d'heure ! Malheureusement, sa candidature n'avait pas dû être retenue. Dans le cas contraire, comment s'y rendrait-elle ? Comment trouverait-elle de quoi payer ses études ? À Kaolin, il était quasi impossible pour une femme de faire quoi que ce soit sans l'autorisation d'un homme. Il lui faudrait l'accord de son père, que ce soit pour retirer de l'argent de son compte ou pour réserver un billet sur un bateau.

Mais elle refusait de renoncer à ses rêves. Pas encore. Pas alors qu'elle avait encore un minimum de liberté. Une fois qu'elle serait mariée, cette maigre lueur d'espoir s'éteindrait.

— Permettez-moi de vous présenter mon fils Leo, dit Xavier.

Leo afficha un sourire si suave qu'Agnes eut envie de vomir.

— Enchanté, monsieur Kiernan.

— Ma parole ! s'exclama le Pélagien. Vous êtes son portrait craché !

Cette remarque ne manquait jamais d'irriter les jumeaux, quoique pour des raisons différentes. Mais ce soir, Leo sourit :

— En effet, monsieur, on me le répète souvent.

Agnes fut surprise que son frère prenne si bien cette remarque. Il devait avoir une idée derrière la tête ; en plus, il portait une cravate assortie à ses yeux, un trait de son visage qu'il ne mettait jamais en valeur car il rappelait à son entourage ses racines pélagiennes.

Mais à vrai dire, Agnes se fichait de savoir quel plan machiavélique son frère échafaudait encore. C'était le cadet de ses soucis.

— Vous connaissiez ma mère ? demanda-t-elle à Kiernan.

Il se racla la gorge, mal à l'aise.

— Pas personnellement.

— Mais vous savez à quoi elle ressemblait ?

Kiernan parut regretter le tour que prenait la conversation. Agnes savait qu'elle marchait sur des œufs, mais c'était plus fort qu'elle. Elle voulait absolument savoir.

— Tout le monde connaît les Byrne à Pelago. Ils possèdent des traits très particuliers, dit-il en indiquant Leo comme pour illustrer son propos.

— Vous connaissez ma grand-mère ?

À peine la question eut-elle jailli de ses lèvres qu'Agnes sut qu'elle avait dépassé les bornes.

Xavier lui décocha un regard noir. Agnes se recroquevilla sur elle-même, les joues en feu. La famille de sa mère, les Byrne, était un sujet tabou. Personne n'avait le droit d'en parler. Même Eneas ne faisait jamais référence à eux, et pourtant, il avait travaillé pour les Byrne toute sa vie avant de venir s'installer ici avec la mère des jumeaux. Chaque année, Agnes envoyait une lettre à sa grand-mère, Ambrosine Byrne, dans l'espoir d'une réponse qu'elle n'avait jamais reçue. En vérité, Agnes n'était pas certaine qu'on ait posté son courrier. Enfant, elle avait confié ses missives à Swansea, ce qui avait été stupide de sa part. Adolescente, elle se rendait elle-même à la poste. Mais elle soupçonnait son père de soudoyer un employé là-bas.

Eneas avait refusé en bloc lorsqu'elle lui avait demandé son aide. Elle avait l'impression qu'il redoutait sa grand-mère. Il n'avait jamais rien dit sur elle, à part que c'était une « femme formidable et impressionnante ».

— Nous ne parlons pas de la famille Byrne sous ce toit, rugit Xavier.

M. Kiernan eut l'air plus que ravi de changer de sujet.

— Vous êtes la fille de M. McLellan, n'est-ce pas ? Agnes, si je ne m'abuse ?

— En effet, répondit Xavier à sa place.

Agnes esquissa une révérence maladroite – elle n'avait jamais appris à la faire correctement – en se maudissant intérieurement. Elle aurait dû questionner M. Kiernan en privé ; il aurait été plus loquace.

— Puis-je également vous présenter Miss Elizabeth Conway d'Old Port et son amie Miss Marianne Ellis, de Lady's Point, poursuivit Xavier. Miss Ellis est de passage chez nous pendant un mois.

Marianne lorgnait M. Kiernan avec un intérêt certain. Agnes ne trouvait pas cet homme particulièrement séduisant, mais elle n'était pas la meilleure juge en la matière. Elle aimait bien le khôl qui rehaussait son regard, et le coquillage dans ses cheveux.

On échangea de brèves boutades, on trinqua au champagne, puis Swansea annonça que le dîner était servi.

— Jolie cravate, marmonna Agnes en s'asseyant à côté de son frère. Tu cherches à te faire passer pour un Pélagien, maintenant ?

Xavier et M. Kiernan s'étaient installés aux deux extrémités de la grande table en acajou. Elizabeth et Marianne faisaient face aux jumeaux.

— Jolie robe, marmonna Leo. Tu cherches à te faire passer pour une vieille veuve de quatre-vingts ans ?

On servit un potage froid en entrée et M. Kiernan commenta à peu près tout ce qui se trouvait dans la salle.

« Délicieux ! J'adore les courgettes ! »

« Quels magnifiques chandeliers ! »

« Mon cher Xavier, cette cuillère est absolument ravissante ! »

« Ces serviettes ne sont-elles pas adorables ?! »

Agnes se demanda comment il faisait pour ne pas s'évanouir à force de libérer autant d'énergie positive.

— Que pensez-vous d'Old Port City, monsieur Kiernan ? s'enquit Elizabeth en prenant une maigre cuillerée de soupe.

Elizabeth Conway faisait partie de ces filles qu'Agnes aurait aimé haïr sans toutefois y parvenir. Elle était riche, belle et populaire, mais elle s'était toujours montrée gentille envers elle. La plupart des filles d'Old Port trouvaient Agnes étrange et revêche, un sentiment qu'elle encourageait souvent vu qu'elle n'appréciait pas particulièrement leur compagnie. Il était cependant agréable de ne pas être traitée comme une bête de foire de temps à autre.

Un bref instant, elle se demanda si son père savait qu'Elizabeth était gentille avec elle, et si c'était pour cette raison qu'il l'avait invitée ce soir.

— C'est un ravissement pour les yeux, répondit Kiernan. Les voitures ! Les bâtiments ! Toute cette industrie ! Et, évidemment, l'incomparable scène théâtrale !

Il décocha un clin d'œil à Xavier.

— Parlez-nous de votre projet top secret, monsieur McLellan ! implora Elizabeth.

— Oh oui ! renchérit Marianne.

— Je ne vois pas du tout à quoi vous faites allusion, répliqua Xavier, feignant la surprise.

— Allons ! Une personne de confiance m'a rapporté que vous avez passé l'été à travailler sur un mystérieux projet. Depuis la fin de *Picando*, insista Elizabeth.

— Apparemment, James Roth a encore voulu impressionner ces dames en racontant n'importe quoi.

Elizabeth esquissa un sourire.

— J'ignore de quoi vous voulez parler, monsieur McLellan, minauda-t-elle.

Son père partit d'un petit ricanement ; Swansea et deux valets vinrent débarrasser les bols pour apporter le plat suivant. Il se tamponna la bouche avec sa serviette au cas où il aurait eu des résidus de soupe dans la barbe.

Xavier possédait une barbe fantastique. Beaucoup de Kaolins portaient la leur longue et tressée, ou broussailleuse et taillée selon diverses formes. Mais pas Xavier. La sienne était rasée de près, dessinant de magnifiques motifs le long des pommettes et sous sa mâchoire, volutes et pointes réalisées avec une précision extrême. Ornant sa lèvre supérieure, une moustache qu'il caressait souvent, surtout lorsqu'il réfléchissait à une réponse ou lorsqu'il savourait l'instant avant de prendre la parole. Ce qui était précisément le cas.

— Swansea, dit Xavier d'une voix autoritaire.

— Oui, Monsieur ?

— Allez me chercher le portfolio qui se trouve dans mon étude.

— Tout de suite, Monsieur.

Après son départ, Xavier se pencha en avant et pressa ses mains l'une contre l'autre.

— Permettez-moi de vous poser une question, mesdames, dit-il avec un sourire espiègle. (C'était agaçant de constater à quel point il pouvait être charmant lorsqu'il le voulait.) Avez-vous apprécié jusque-là les spectacles produits par McLellan ?

— Oh que oui ! s'exclama Marianne. J'ai vu *La Femme entêtée de Weltshire Street* le mois dernier, et c'était à tomber. Et puis *Le Lézard et la grenouille* est à l'affiche depuis un petit moment à Lady's Point. Cet homme aux pieds palmés qui joue la grenouille est merveilleux !

Agnes crispa les mâchoires. « Cet homme » se prénommait Jeremy. Il avait joué dans l'un des *freak shows* de Xavier à Old Port jusqu'à ce que le public s'en lasse. Xavier avait alors déplacé le spectacle sur la côte ouest. C'était un homme timide et gentil, et lorsqu'elle était enfant, il lui racontait toujours des blagues très drôles. Jusqu'à ce qu'elle comprenne que son père ne voulait pas qu'elle converse avec les « monstres ».

— Vous seriez donc déçues d'apprendre que je travaille sur mon ultime spectacle ? Après cela, je compte me retirer de la scène.

Elizabeth poussa un petit cri de surprise et Marianne s'écria :

— Non !

Quant aux enfants de Xavier, ils se contentèrent de le fixer du regard d'un air stupéfait. Son *ultime* spectacle ? Agnes fut quelque peu soulagée : Leo n'avait pas l'air au courant non plus.

— Mais… *Le Grand Picando* a rapporté plus de cinquante mille krogers la première semaine, répliqua Leo comme s'il venait de mémoriser la liste des recettes.

— Cinquante mille, Leo. Il n'y a vraiment pas de quoi s'en vanter ! rétorqua Xavier d'une voix cinglante. *Picando* n'a pas eu le succès escompté. Il y a bien trop de pièces antitalmanes qui pullulent dans les théâtres d'Old Port. Non, le vent tourne. Il est temps de changer d'orientation.

Swansea reparut et tendit un portfolio en cuir à Xavier.

— J'ai aperçu de vieilles affiches pour *Picando* au port, à mon arrivée, commenta Kiernan. Je suis navré de ne pas y avoir assisté.

Agnes se demanda ce qu'un Pélagien penserait d'une pièce qui dépeignait sa religion comme hérétique et amorale. Et lorsque le plat suivant fut servi, elle fut encore plus perplexe. Il s'agissait d'un mets pélagien traditionnel de l'île principale de Cairin – thon grillé sur lit de verdure, le tout arrosé d'ail et d'huile d'olive. Ça faisait une éternité qu'ils n'avaient pas mangé de poisson sous ce toit. Son père préférait la viande rouge.

Kiernan était enchanté par le menu. Il saisit sa fourchette.

— Toutefois, il me faut d'abord finir de me convertir au solitisme.

— Vous vous convertissez ? s'étonna Agnes.

À Kaolin, les Pélagiens convertis ne couraient pas les rues.

— Bien entendu, répondit Kiernan. Il me semblait plus que normal d'adopter la religion de mon nouveau pays.

— Je vous félicite, monsieur, commenta Leo en portant sa coupe de champagne à ses lèvres.

— Comme c'est merveilleux ! s'exclama Elizabeth.

— Vous avez prévu de vous installer ici pour longtemps ? demanda Agnes.

— Pour le reste de ma vie, aussi longue soit-elle !

— Vous ne retournerez jamais à Pelago ?

— Non, répondit-il d'un ton décidé.

— Entre-temps, nous avons de grands projets, les interrompit Xavier. (Kiernan lui décocha un coup d'œil nerveux.) Ne vous en faites pas, Ezra, je ne révélerai pas nos petits secrets ce soir. (Il fit courir ses doigts le long du portfolio et observa les deux jeunes femmes assises face à Agnes.) Si je vous en fais part, mesdemoiselles, vous me promettez de ne rien répéter ?

Marianne et Elizabeth hochèrent vivement la tête. Ces deux mondaines étaient des commères notoires. À peine auraient-elles mis le pied dehors qu'elles s'empresseraient de tout répéter.

Agnes comprit alors pourquoi son père les avait conviées : il *voulait* justement qu'elles parlent. C'était génial ! Un coup de pub gratuit. Kaolin avait beau être un pays plus conservateur que Pelago, où que l'on soit, les jolies femmes faisaient vendre. En outre, ce serait la dernière production McLellan… À cette nouvelle, Old Port s'enflammerait et tout le monde se ruerait aux guichets. Ça allait sans aucun doute relancer les ventes de tous les spectacles de Xavier aux quatre coins du pays.

Agnes se sentit mal à l'aise. Une bouffée de chaleur lui monta le long du cou. Évidemment. Son père n'avait pas invité Elizabeth par égard pour elle, parce qu'il la savait gentille avec sa fille. Comme elle avait été gourde ! Mis à part le laboratoire qu'il avait fait installer dans son dressing, son père n'avait jamais eu la moindre attention pour elle. Elle devrait s'en satisfaire.

Et pourtant, ça ne lui suffisait pas.

Xavier ouvrit son portfolio et brandit une photo. Et Agnes cessa de ruminer.

C'était impossible.

— C'est…

Elizabeth fronça les sourcils.

— Un arbre, acheva Leo, tout aussi perplexe.

Pour la première fois depuis son arrivée, Kiernan devint sérieux.

— Ce n'est pas un arbre comme les autres, mes jeunes amis. C'est…

— Il a un *visage*, commenta Agnes.

Comment cela avait-il pu leur échapper ? La photo était en noir et blanc. L'arbre était chétif, son tronc était pâle et ses feuilles noires. Et à mi-hauteur, dans le tronc, trois yeux formant un triangle et, en dessous, une fente en guise de bouche.

— Bien vu, mademoiselle McLellan ! Vous êtes très observatrice, la complimenta Kiernan.

Xavier affichait une expression impénétrable. Leo but une autre rasade de champagne, l'air maussade.

— Mais qu'est-ce que c'est ? s'enquit Elizabeth.

— C'est un *arboréal*, expliqua Xavier.

— Ils appartiennent à la légende de mon pays, expliqua Kiernan. Bien que, de toute évidence, ce ne soit plus une légende. Votre père et moi-même avons remué ciel et terre pour dénicher ce phénomène, et mes associés l'ont apporté de Pelago il y a deux mois.

— Quels sont ses pouvoirs ? demanda Marianne.

Xavier sourit et secoua la tête.

— Ça, je ne le révélerai pas. Pas encore.

Il posa la photo de l'arboréal et en saisit une autre. Celle-ci était sombre et floue. Agnes distingua à peine deux orbes saillants qui ressemblaient à…

— Des yeux ! s'écria Marianne d'une voix stridente. Ce sont des yeux, n'est-ce pas ?

— En effet, acquiesça Kiernan.

Leo avait l'air de plus en plus mécontent. Il engloutit d'une traite le reste de son champagne. Il était sans doute déçu que la conversation ne tourne pas autour de lui.

— C'est un *mertag*, une créature marine qui vit dans les courants autour des îles de Pelago. Nous avons capturé ce spécimen au large de la côte de…

— Il nous a donné du fil à retordre, l'interrompit Xavier. Très dur à attraper.

— Et je suppose que vous ne nous direz pas non plus de quelles vertus il dispose ? s'enquit Elizabeth.

Xavier lui fit un clin d'œil.

— Vous avez bien supposé.

Leo s'agita sur sa chaise tandis qu'un valet s'approchait pour emplir de nouveau son verre. Agnes se demanda s'il partageait sa pensée : à savoir que leur père aurait dû leur présenter ces photos en privé. Elle avait le sentiment que Marianne et Elizabeth leur volaient leurs répliques.

— Et ces créatures figureront dans le nouveau spectacle ?

— En effet, confirma Xavier. Et ce ne sera pas tout. (Il adressa un regard appuyé à Kiernan.) Mais nous sommes encore en train de prospecter. Apparemment, il existe des elfes qui vivent dans les plaines de Knottle. Nous allons y envoyer une équipe pour voir si nous pouvons mettre la main dessus.

À la grande surprise d'Agnes, Kiernan devint blanc comme un linge. Il se cramponna à son verre.

— À quoi ressemblent-ils ? demanda Marianne.

— Allons, intervint Kiernan, empêchant Xavier de répondre. Nous ne voudrions pas trop en dire.

Ils échangèrent un regard impossible à déchiffrer. Puis le visage de son père se détendit.

— Vous avez raison, mon ami. Vous avez raison. Mesdames, sachez simplement que ce spectacle sera sans précédent. Et il n'y aura qu'une seule représentation – une soirée de magie et de mystères que vous ne voudrez rater pour rien au monde !

*

— Père ! explosa Leo, enivré par le champagne. Je souhaite me joindre à cette expédition. Je vais vous aider à trouver ces lutins et vous les amener, je vous en donne ma parole. Laissez-moi cette opportunité et je vous promets que je ne vous décevrai pas.

Xavier McLellan fronça ses sourcils broussailleux. Le sort de son frère ne tenait qu'à un fil. Agnes ne donnait pas cher de sa peau… Leo se plaignait sans cesse de ne jouer aucun rôle dans l'entreprise familiale. Mais de là à proposer de partir lui-même en quête de créatures fantastiques ! Quelle mouche l'avait piqué ? Agnes hésitait. Elle ressentait un mélange d'agacement et d'admiration envers son crétin de frère.

Tout le monde observait le débat qui se jouait entre Xavier et Leo. Même Marianne eut l'air de comprendre que l'enjeu était de taille.

— Très bien, acquiesça Xavier, adressant un bref hochement de tête à son fils. (Il tendit son verre pour que Swansea le resserve et afficha un petit sourire en coin.) Peut-être que tu tiens davantage de moi que de ta mère après tout.

Pour Agnes, ce fut comme un coup de poing dans le ventre. Elle était beaucoup mieux taillée que son frère pour cette expédition ! Elle s'y connaissait en médecine, en anatomie, en sciences. Ce serait l'occasion pour elle d'étudier la faune et la flore, d'analyser les empreintes, etc. Il y avait tant de possibilités. Elle était intelligente et beaucoup plus dégourdie que son abruti de jumeau avec son sourire obséquieux.

Elizabeth et Marianne admirèrent le coup d'éclat de Leo. Elles babillèrent entre elles, émoustillées par l'annonce du futur spectacle. Kiernan et Xavier les observaient, tout sourire, tandis qu'Agnes se taisait. Elle fixait le morceau de thon dans son assiette en fulminant.

9.

LEO

D'accord, le dîner ne s'était pas tout à fait passé comme prévu.

Assis dans le salon, Leo sirotait son expresso l'oreille tendue vers le bureau de son père. Xavier et Kiernan y étaient enfermés depuis près de une heure. Ils avaient attendu la fin du repas et pris congé des deux demoiselles. Agnes était montée dans sa chambre depuis belle lurette. Quant à Leo, il veillait dans l'espoir de toucher un mot à son père, en tête à tête.

Xavier avait décidé de cesser le financement de nouvelles productions sans en avoir préalablement informé sa famille. Leo n'en revenait toujours pas ! Et c'était quoi cette histoire de créatures bizarres, ce poisson-homme et cet arbre ? Pourquoi n'y aurait-il qu'une seule représentation ? Et pourquoi Xavier ne leur avait-il pas expliqué dans quelle direction il comptait emmener l'entreprise familiale ? Leo avait été pris de court, il n'avait pas eu l'occasion de caser les connaissances acquises dans l'après-midi. Les deux filles avaient monopolisé toute l'attention. Qui plus est, il ne comprenait pas pourquoi son père s'était associé à ce dénommé Kiernan. Ce guignol l'avait visiblement aidé à dénicher ces étranges créatures de Pelago... Mais pourquoi prendre la peine de les ramener à Kaolin ?

Leo allait devoir trouver ces elfes tout seul pour prouver à son père qu'il était digne de faire partie de l'entreprise familiale.

« Peut-être que tu tiens davantage de moi que de ta mère, après tout. »

Ces paroles le flattaient. Il consulta la pendule ancestrale ; combien de temps encore la réunion allait-elle durer ?

Je vais lui montrer de quoi je suis capable. Je suis son fils. Un McLellan pur sang.

Dans leur demeure, il n'y avait nulle trace de leur mère. Ni photo ni souvenir. Rien. À l'exception d'Eneas. Eneas qui ne cessait de lui répéter à quel point il ressemblait à sa mère, à son grand dam.

Xavier n'avait jamais aimé leur mère et Leo était sans doute pour lui un rappel incessant de ce mariage forcé, du fait qu'il avait dû épouser une hérétique pour racheter ses dettes. Mais aujourd'hui, Xavier McLellan n'avait plus besoin de l'argent pélagien.

À moins que… Leo se souvint des recettes en chute libre du *Grand Picando.* Son père avait mis un terme brutal aux représentations. Peut-être leur affaire était-elle dans une mauvaise passe. Était-ce pour cette raison qu'il changeait de cap ? D'accord, de nombreuses compagnies théâtrales s'étaient établies ces derniers temps, faisant concurrence à son père. Mais aucune n'avait le prestige ni le panache de l'empire McLellan. À moins que Leo ne soit pas assez objectif pour faire la part des choses.

Il posa sa tasse et se mit à arpenter la pièce. Demain, il se mettrait en route pour les plaines de Knottle. Il avait redouté que Xavier ne lui donne pas le feu vert. Son refus l'aurait terrassé. Elizabeth l'aurait répété à son frère ; puis Robert aurait tenté de le réconforter et ça n'aurait fait qu'aggraver les choses. Robert était un ami loyal, mais il manquait parfois de discernement. Par exemple, il partait du principe qu'un père était forcément fier de son fils. Que tout le monde avait une mère aimante et une sœur normale, et pas totalement grotesque comme Agnes.

Leo ne pouvait ni ressusciter sa mère ni transformer sa sœur. En revanche, il pouvait faire en sorte que son père soit fier de lui. Et il se mettrait en devoir de gagner son estime dès le lendemain.

La porte du bureau s'ouvrit; les voix firent sursauter Leo.

— ... peu probable qu'on puisse en obtenir d'autres, disait Kiernan.

— Ce n'est pas ce que vous m'avez dit lorsqu'on l'a importé par bateau, répliqua sèchement Xavier. D'après vous, cet arbre pouvait en produire des centaines.

— Je vous ai dit que nous marchions en terre inconnue. Les facteurs sont différents à Kaolin – le climat, le sol, la qualité de l'eau...

— Inutile de me faire un cours de géologie, ça ne m'intéresse pas.

— Tout ce que je dis, c'est que nous aurions dû garder les elfes à Pelago puisque vous êtes convaincu qu'ils peuvent trouver l'île.

— J'ai bien conscience de ce que nous *aurions dû* faire, dit Xavier d'une voix menaçante. Mais vous m'avez certifié qu'il ne fallait pas laisser de traces. Qu'autrement, on risquait de remonter jusqu'à vous.

— Jusqu'à *nous*, rectifia Kiernan.

Leo ne comprenait rien à la discussion. Il avait cru que les elfes étaient originaires de Kaolin. Et à quelle île Kiernan faisait-il allusion? Pelago se composait de centaines d'îles. De toute évidence, Kiernan ne faisait pas référence aux îles principales de Pelago, qu'il s'agisse de Thaetus ou de Cairin.

La conversation était tendue. Leo hésita à révéler sa présence. Il avait espéré que les deux hommes le mettraient spontanément dans la confidence. Après tout, il faisait désormais partie de l'expédition. Toutefois, il ne voulait pas interrompre son père en pleine dispute. Xavier serait fou de rage s'il se rendait compte que Leo avait assisté à la discussion. Peut-être était-il encore temps de se faufiler à l'étage… Les voix se rapprochèrent dans le couloir ; les hommes se dirigeaient vers la porte d'entrée.

— Si vous vouliez vraiment comprendre ces créatures, il fallait venir à Pelago.

— Je ne remettrai jamais les pieds dans ce satané pays de mon vivant, et vous le savez, Ezra. Ne faites pas l'imbécile, ça ne vous va pas.

Leo fut étonné. À sa connaissance, Xavier n'avait jamais été à Pelago. Comment pourrait-il y « remettre » les pieds ?

— Nous ne disposons pas de ressources illimitées, Xavier.

— Ah bon ? (Silence glacial.) Je sais qui vous êtes et ce que vous avez fait, Ezra. Tâchez de ne pas l'oublier. Ici, je peux vous protéger. Mais ma patience a des limites. Ne vous payez pas ma tête ou je vous remets demain matin dans un navire en partance pour Pelago. Et cette chienne se montrera moins clémente que moi.

— Oui, oui, je sais. (Le Pélagien n'avait pas l'air rassuré.) Vous n'auriez pas dû leur dire que les elfes vivaient dans les plaines de Knottle, dit-il après une pause.

— C'est là qu'ils sont censés se rendre, d'après vous. Dans les prairies.

— Oui, mais ce n'est pas de là qu'ils sont originaires !

— Je ne vois vraiment pas quelle différence ça fait.

— Ces créatures sont pélagiennes ! Il faut rendre à César ce qui appartient à César.

— N'allez pas me faire croire que vous êtes soudain devenu fier de votre héritage ?! lâcha Xavier d'un ton méprisant. En outre, ces créatures sont mortes, d'après vous.

— Alors pourquoi partir à leur recherche ?

Leo se plaqua contre une étagère, le cœur battant à tout rompre.

— Parce que je ne baisse jamais les bras avant d'avoir épuisé toutes les options, répliqua Xavier. S'il y a une chance, même infime, d'en récupérer quelques-unes, il faut essayer. À moins que vous n'ayez une autre idée, une boussole ou une carte magique qui nous indiquera où se trouve l'île.

Kiernan marmonna. Xavier répondit par un ricanement à glacer le sang.

— Vous pensiez que je plaisantais, Ezra, lorsque je vous ai demandé de ne pas prononcer ce nom ? Vous croyiez que je jouais la comédie devant mes enfants ? Je vous ai sorti de Pelago de justesse. Vous avez de la chance. Ambrosine Byrne pourrait mettre un terme à cette opération en un éclair. Vous n'auriez même pas le temps de dire « mertag ». Je ne me servirai pas de ma famille comme d'un appât.

Ça n'avait aucun sens. Depuis la mort de leur mère, Xavier n'avait gardé aucun contact avec la famille Byrne, encore moins avec la grand-mère. Pourtant il parlait d'elle comme s'il la connaissait personnellement.

Kiernan répondit d'une voix étouffée :

— Ça pourrait être utile, c'est tout.

— J'ai parfaitement conscience qu'il lui ressemble, merci. Mais c'est Agnes qu'elle voudra, et jamais je ne le permettrai, répliqua Xavier d'un ton décisif. Oubliez les elfes. Branson les trouvera ou pas, et nous n'en parlerons plus. Ce dont nous avons vraiment besoin, c'est un autre arboréal, plus gros, plus fort. Les vagues de chaleur augmentent ; ça va de mal en pis. Il est grand temps que notre tournée commence.

— On fait notre possible, mais…

— Faites mieux. Ce sont *vos* arbres sacrés. Vous ne devriez pas avoir trop de mal à en trouver, non ?

— Tous les arbres de Naifa ne sont pas des arboréals, Xavier. Et nous *ne pouvons pas* retourner à Culinnon.

Grâce aux pièces de son père, Leo savait que les arbres de Naifa étaient sacrés aux yeux de la religion talmane et qu'ils ne poussaient qu'à Pelago. Il ignorait ce qu'était Culinnon – une autre île peut-être ?

— En outre, poursuivit Kiernan, beaucoup de Pélagiens n'accepteront pas le travail qu'on leur propose, quel que soit le salaire.

— Employez mes hommes, dans ce cas. Eux au moins, ils ne font pas dans leur culotte devant de satanés arbres.

— Les gens n'exagèrent pas quand ils vous traitent de salaud sans cœur !

— En effet. J'en suis un.

Leo demeura immobile. La porte d'entrée s'ouvrit.

— L'île, Ezra. C'est tout ce qui compte.

Kiernan poussa un soupir sonore.

— Xavier, vous êtes certain que ce n'était pas qu'une histoire qu'elle vous a racontée ? Pour vous impressionner ou…

— Ce n'était pas une histoire. C'est réel. (La voix de son père était fragile comme la rosée du matin.) Et elle n'a jamais cherché à m'impressionner.

Un long silence s'ensuivit.

— Nous reparlerons demain, conclut finalement Kiernan.

Une fois le Pélagien parti, son père appela Swansea.

— Oui, Monsieur ?

— Faites suivre cet homme, ordonna Xavier. Je veux qu'on me tienne au courant de ses moindres faits et gestes. Mettez Roth sur le coup. Il connaît plein de personnages louches et il me doit bien ça.

Roth ? songea Leo. *James Roth ?*

— J'en déduis que vous ne faites pas confiance à ce Pélagien, Monsieur ? s'enquit Swansea.

— Je n'ai confiance en personne, Swansea. (Une pause.) Pourquoi les lumières du salon sont-elles allumées ?

— Je l'ignore, Monsieur. J'étais dans la cuisine, j'ai cru que Janderson…

Son père somma le majordome de se taire. Sans attendre, Leo s'avachit dans le fauteuil le plus proche et ferma les yeux en inclinant la tête de côté pour feindre le sommeil. Des bruits de pas se rapprochèrent et il tâcha de réguler son souffle. Si son père découvrait qu'il avait épié sa conversation…

— Leo.

Il ouvrit les paupières et se frotta les yeux pour se donner de la contenance.

— Oh ! navré, Père. Je me suis assoupi.

— Hum. (Xavier fronça les sourcils.) Va te coucher. Une longue journée t'attend.

— Oui, Père. (Leo se leva et s'étira.) Bonne nuit.

Mais Xavier regagnait déjà son bureau. Swansea disparut dans son sillage et Leo se retrouva seul, le cœur battant. Quel sale coup son père mijotait-il ?

10.

AGNES

Agnes s'était réfugiée dans son petit laboratoire de fortune. Elle griffonnait à la lueur d'une chandelle. Elle reporta dans son journal le maximum de détails concernant l'arboréal et le mertag. Elle se demanda également quel usage son père avait l'intention d'en faire et coucha ses hypothèses sur le papier.

C'était le seul endroit d'Old Port où Agnes se sentait à l'aise. Elle avait peint les murs en vert, mais depuis, ils s'étaient salis, maculés de sang et gribouillés de notes prises à la va-vite, lorsqu'elle n'avait pas son carnet sous la main. Elle n'avait pas assez de matériel à son goût. Rien qu'un microscope, un bec Bunsen, quelques béchers, des verres doseurs et un assortiment de scalpels. Elle possédait également des bouteilles de produits chimiques : acide chlorhydrique, éthanol, xylène, paraffine… elle n'avait pas encore eu le cran de demander à son père la permission d'employer de l'hydroxyde de potassium.

Agnes posa son stylo et fit craquer ses articulations. Donc son père avait prévu de tirer sa révérence après avoir monté un spectacle mémorable… Une seule représentation… Voilà qui piquait sa curiosité.

À vrai dire, Agnes se fichait pas mal des pièces de son père. Tant mieux s'il se retirait de la course : le nombre de spectacles antitalmans diminuerait à Old Port.

Agnes n'était pas particulièrement portée sur la religion, mais dans cette société, il fallait forcément croire à *quelque chose*. Et visiblement, la science ne comptait pas. Le talmanisme lui semblait moins opprimant que le solitisme; surtout envers les femmes. Cependant, le projet top secret de son père ne lui disait rien qui vaille. Elle avait le sentiment que Xavier ne se limiterait pas à la simple propagande, cette fois. Elle redoutait qu'il ne passe à l'étape supérieure et ne mûrisse un projet beaucoup plus dangereux.

La bougie cracha et s'éteignit, plongeant le laboratoire dans le noir. Agnes se leva et s'étira. Puis elle quitta la pièce, la verrouilla à double tour et dissimula la clé dans sa cachette habituelle, à l'intérieur d'une vieille boîte à bijoux. Elle jeta un coup d'œil par la fenêtre de sa chambre; Creekwater Row était faiblement éclairée aux becs de gaz et flanquée de maisons mitoyennes aussi majestueuses que la leur. La rue baignait dans le silence et la pénombre. L'air nocturne était lourd et humide.

Soudain, le hululement d'une chouette résonna dans la nuit. Elle cria deux fois, marqua une pause et recommença une fois. Agnes se figea.

— Eneas? dit-elle à mi-voix par la vitre entrouverte.

Le chauffeur s'avança dans l'allée, quittant l'ombre de la voiture. Il agita la main. Elle aperçut une enveloppe. Ses jambes se dérobèrent sous elle. Elle pointa du doigt la porte de la cuisine et Eneas hocha la tête en signe d'acquiescement avant de disparaître.

Agnes eut envie de dévaler l'escalier, mais elle ne pouvait pas risquer de réveiller Leo, et encore moins son père. Au rez-de-chaussée, elle aperçut un filet de lumière sous la porte du bureau. Redoublant de vigilance, elle gagna la cuisine à pas de loup, contourna la grande table qui trônait au milieu de la pièce et rejoignit la porte de service. Elle l'ouvrit et plaça son index devant sa bouche en indiquant à Eneas le bureau de son père. Il comprit et lui tendit l'enveloppe en silence. Elle la prit d'une main tremblante. Le timbre lui apprit que la lettre provenait de Pelago.

Elle contempla l'adresse de l'expéditeur : « Université d'Ithilia Académie des sciences ». L'enveloppe était épaisse. Elle la déchira et en retira le contenu qu'elle lut à la faible lumière de la cuisine.

« Chère Mademoiselle McLellan,

« Merci pour votre dossier de candidature à l'académie des sciences de l'université d'Ithilia. J'ai le plaisir de vous informer que votre demande a été retenue et que vous avez réussi la première étape d'admission. Nous vous invitons à nous soumettre une deuxième dissertation, qui sera suivie d'un entretien avec les professeurs de l'académie avant qu'une décision définitive ne soit prise. Nous vous prions de nous adresser votre rédaction le 12 septembre au plus tard. Les entretiens se dérouleront la première semaine d'octobre.

« Dans l'attente d'une réponse de votre part, nous vous prions d'agréer, Mademoiselle, l'expression de nos sentiments distingués.

« Magdalena Lokis

« Responsable des admissions

« Université d'Ithilia. »

— J'ai réussi, susurra-t-elle. (Elle porta son regard sur Eneas, les yeux brillants de larmes.) J'ai réussi le premier test d'admission !

Un oiseau poussa un petit cri aigu et s'envola d'une branche de sumac grimpant. Eneas la prit dans ses bras.

— Votre mère serait si fière de vous, murmura-t-il. À présent, filez dans votre chambre avant que votre père ne vous surprenne !

Agnes hocha la tête et pivota sur ses talons, retenant son souffle jusqu'à ce qu'elle soit à l'abri dans sa chambre. Elle s'effondra sur son lit et relut la lettre à plusieurs reprises avant de vraiment prendre conscience qu'elle avait été *acceptée*. D'accord, il y avait encore quelques obstacles à franchir, mais c'était déjà mieux que rien ! La dissertation ne lui faisait pas peur. C'était l'entretien qui poserait problème. À cette pensée, son cœur chavira. Comment pourrait-elle se rendre à Pelago pour la première semaine d'octobre ?

L'enveloppe contenait un deuxième papier avec les consignes de la rédaction. Elles se résumaient en une phrase. « Décrivez en détail le plus bel acte de bravoure que vous ayez accompli au nom de la science. »

La première chose qui lui vint à l'esprit fut le jour où elle avait demandé à son père de lui construire le laboratoire. Mais à moins de connaître Xavier McLellan, ça n'apparaissait pas comme un acte particulièrement courageux. Et ça n'était pas une découverte scientifique sinon une victoire personnelle. Toutes ses expériences lui parurent stupides et puériles, rien qui vaille la peine d'être couché sur le papier.

Elle s'assit au bord de son lit et se rongea l'ongle du pouce. Il fallait qu'elle se démarque des autres. Qu'elle songe à quelque chose d'impressionnant, d'unique…

Une idée lui vint soudain. Les elfes ! Quoi de plus audacieux que de se joindre en secret à une expédition au nom de la science ? Pour trouver une créature magique, qui plus est ?! En plus, elle pourrait peut-être découvrir une nouvelle espèce. Voilà qui retiendrait l'attention des professeurs. Elle pourrait voler un spécimen pour l'cxaminer ensuite dans son laboratoire.

Il lui faudrait être prudente. Si jamais on l'attrapait… mieux valait ne pas y songer. Elle serra la lettre entre ses mains et son monde se mit à tourner. Un pas supplémentaire vers la réalisation de son rêve.

Elle glissa de son lit et farfouilla sous son matelas. Elle plongea les doigts dans une fente qu'elle avait faite dans le sommier et palpa les contours de l'objet le plus sacré et le plus illicite qu'elle possédait.

Dès sa plus tendre enfance, Agnes s'était demandé pourquoi il n'y avait aucune photo de sa mère dans la maison. Jusqu'au jour où, âgée de onze ans, alors qu'elle prétendait être la grande exploratrice pélagienne Cadhla Hope, elle avait découvert un carton entier consacré à sa mère dans le grenier. Il contenait des lettres, des photos, et même une bague. Mais Swansea l'avait prise la main dans le sac. Elle avait tout juste eu le temps de glisser une photo dans une poche secrète qu'elle avait cousue dans sa jupe avant qu'on ne la renvoie dans sa chambre.

Le soir suivant, lorsqu'elle était retournée en catimini dans le grenier, le carton avait disparu.

Elle sortit la photo et s'appuya contre son lit. Elle ignorait où ce cliché avait été pris – quelque part à Kaolin, sans doute. À la campagne, pas à Old Port.

Sa mère, Alethea Byrne, posait avec sa bicyclette devant un petit cottage en pierre, au toit de chaume et couvert de vigne vierge. Elle portait un gros pull en laine, un pantalon et des bottines à lacets. Un pied sur la pédale, une main sur la hanche. Son visage rayonnait. Elle éclatait de rire tandis que le vent jouait avec ses boucles ; la photo était en noir et blanc mais Agnes savait que sa mère était rousse. Elle avait l'air heureuse et insouciante. Et pleine de vie.

Au dos de la photo était inscrite une légende.

« Prise par X, le 12 mars. Runcible Cottage, le Bout du Monde. »

Agnes passa ses doigts sur l'écriture de sa mère. Elle avait tenté d'en imiter le style sans y parvenir. « Prise par X, le 12 mars. » Son père avait pris cette photo. De sa femme en train de rire. Sur un vélo. Vêtue d'un *pantalon.*

Elle la retourna et contempla le visage de sa mère.

— J'ai été reçue à l'académie des sciences. Enfin, quasiment. J'ai réussi le premier test avec succès. Eneas dit que tu serais fière de moi. C'est vrai, Mère ? tu serais heureuse pour moi ?

Sa mère rit, et rit encore, mais ne répondit pas.

Agnes finit par reprendre ses esprits et elle remit la photo dans sa cachette. Elle glissa la lettre dans un livre, sur sa table de chevet. Puis elle se mit au lit, le cerveau en ébullition, songeant à l'avenir.

11.

LEO

Leo avait encore plus chaud sur la banquette arrière de cette voiture pourrie que dans la bibliothèque d'Old Port.

Si la température augmentait encore, sa peau allait fondre. Sur ses mains et son visage, des plaques rouges se déployaient et le démangeaient.

La voiture n'avait ni vitres ni toit. Une simple toile la recouvrait. Le soleil lui cramait le corps par intermittence. Ses lunettes de protection étaient couvertes de poussière. En fait, tout son attirail était tapissé d'une fine couche de terre – ses bottes flambant neuves, sa chemise, ses cheveux. Il avait même du sable dans la bouche.

Ils étaient partis au lever du jour et n'avaient pas fait une seule halte depuis. L'homme aux commandes de cette expédition était un grand gaillard prénommé Branson. Il était flanqué de trois sbires, des types fort peu aimables. Le premier chiquait sans cesse du tabac ; le deuxième, qui partageait la banquette arrière avec Leo, se trifouillait allègrement le nez. Quant au dernier, celui qui conduisait la camionnette de ravitaillement qui les suivait, Leo ne le connaissait pas.

— C'est encore loin ? demanda-t-il.

Il posait la même question une fois par heure depuis cinq heures. C'était plus fort que lui. Pourquoi n'avaient-ils pas pris le train ? Ils auraient profité du wagon-bar et auraient fait un trajet autrement plus agréable. D'autant plus que Leo avait pour habitude de voyager en première classe – avoir pour meilleur ami le futur PDG de Conway Rail avait ses avantages. Et ce n'était pas les gares qui manquaient dans la région des plaines.

Mais au fil du chemin, il s'était aperçu qu'ils ne se dirigeaient ni vers Alacomb ni vers Oakbend. Ils se rendaient au cœur des plaines. La nature à l'état sauvage. Rien que l'herbe, le ciel, l'herbe et encore le ciel. Rien à voir avec la pelouse souple et verte des *fairways* du Country Club d'Old Port. Cette herbe-là était dure et jaune comme de la paille. Ils avaient dépassé et franchi bon nombre de cours d'eau et de plans d'eau asséchés ou presque. La plupart des fermes paraissaient abandonnées. C'était un spectacle plutôt déprimant.

Branson, qui conduisait, lui répondit par un grognement.

Agnes, elle, serait comme un poisson dans l'eau. Elle aurait repéré un million d'insectes bizarroïdes qu'elle aurait mis dans des bocaux et disséqués une fois de retour chez eux. Le ventre de Leo se nouait rien qu'à l'idée des bestioles qui grouillaient dans les hautes herbes.

Des perles de sueur dégoulinèrent dans son dos et s'engouffrèrent dans son pantalon. Il mourait d'envie de prendre une douche. En fin de compte, les plaines de Knottle, c'était d'un ennui mortel. Peut-être était-ce pour cette raison que son père ne s'était pas joint à l'expédition… Il avait préféré s'en remettre à des voyous comme ce Branson. Est-ce que ça signifiait que Xavier avait une piètre opinion de son fils et le prenait également pour un moins-que-rien ? Non. Il refusait de le croire.

« Peut-être que tu tiens davantage de moi que de ta mère, après tout. »

Leo se repassait en boucle la conversation qu'il avait surprise entre son père et Kiernan. Le Pélagien semblait penser que les elfes étaient morts. Si c'était le cas, pourquoi se donner la peine de lancer une expédition ? Et pourquoi voulait-il trouver un autre arboréal ? Et quelle était cette île à laquelle ils avaient fait allusion ? Trop de questions auxquelles Leo craignait de ne jamais obtenir de réponses.

Des heures parurent s'écouler avant que le soleil n'embrase l'horizon, arrosant le ciel d'une palette de roses et d'orangés. Leo aurait sans doute savouré le spectacle s'il n'avait pas eu si mal aux fesses.

Branson coupa le moteur.

— Terminus ! Tout le monde descend, lança-t-il à la cantonade.

En se mettant debout, Leo éprouva un soulagement indescriptible. Ses muscles se délièrent et un grognement de plaisir lui échappa. Il leva les bras vers le ciel et s'étira le dos. Branson déplia une carte et l'étala sur le capot. Chique et Crottes de nez se joignirent à lui. Leo porta sa gourde à sa bouche et avala une gorgée d'eau tiède. Si seulement il pouvait appeler Swansea et lui demander de lui apporter un bon thé glacé !

Le type qui conduisait le camion de ravitaillement les rejoignit. Il était mince et sec et portait une moustache entortillée. Il alluma une cigarette et lorgna son véhicule comme s'il craignait qu'il ne s'en aille sans lui.

— Tiens, dit Branson en passant un morceau de papier froissé à Crottes de nez. Ça ressemble à ça, les elfes. Ils s'illuminent au crépuscule ; c'est l'heure idéale pour les dénicher.

— Ça me dit rien de partir à la recherche de ces satanées créatures pélagiennes, bougonna Crottes de nez en examinant le dessin. Elles n'ont rien à faire dans notre pays, en plus.

— Elles vont rapporter de l'argent au patron et donc à nous, répliqua Branson. Alors ferme ton clapet et fais ton travail.

Crottes de nez tendit le papier à Leo. Il contempla le dessin. Il représentait une minuscule créature qui ressemblait à… un brin d'herbe. Un brin d'herbe avec des bras et des jambes et la tête auréolée d'une étrange couronne. Leo porta son regard sur la prairie qui s'étirait dans toutes les directions.

Autant chercher une aiguille dans une botte de foin. Comment attrapait-on un elfe ? Bon sang ! Vingt-quatre heures plus tôt, Leo ignorait jusqu'à leur existence !

— Il me semble que l'un d'entre nous devrait rester ici pour surveiller les voitures, dit-il. Ces elfes se trouvent sûrement dans les parages. Je n'ai qu'à rester dans le coin et m'occuper de fouiller le périmètre. Ça vous convient, messieurs ?

Chique cracha une substance rougeâtre répugnante à ses pieds et Branson esquissa un sourire narquois.

— Bonne idée. (Leo eut le sentiment qu'il se payait sa tête.) On vous retrouve ici à l'heure du crime.

Leo ignorait ce qu'était l'heure du crime, mais pas question qu'il l'admette devant ces hommes.

— Excellent, acquiesça-t-il. L'heure du crime ! Bonne chance à vous, messieurs. Nous ferions mieux de nous mettre à l'œuvre tant qu'il fait encore jour.

— Bien dit, lança Branson. On rassemble notre équipement et on se met en route.

Leo fit mine de frapper avec le pied dans l'herbe pour débusquer les créatures le temps que Branson et ses adeptes s'éloignent et ne forment plus que des taches au loin. Puis il s'étendit à l'ombre de la voiture et s'endormit.

Il se réveilla en sursaut. La nuit était tombée. Dans son sommeil, il avait senti une présence.

— Qui va là ? cria-t-il d'une voix assoupie.

Sa langue était engourdie et sa bouche sèche. Des brins d'herbe lui piquaient les fesses à travers son pantalon.

La silhouette se figea et une voix familière marmonna :

— Merde !

— Agnes ?

Il ne savait plus où il était. Au bout de quelques instants, il retrouva ses repères. L'expédition, les elfes… tout lui revint pêle-mêle.

— Où est Branson ?! s'exclama-t-il.

La voiture et le camion n'avaient pas bougé, mais les hommes n'étaient toujours pas rentrés.

— Ils devaient rentrer à l'heure du crime… (Son ventre gargouilla bruyamment.) Qu'est-ce que tu fiches ici ?

— Je me suis cachée dans le camion de ravitaillement et j'ai filé un billet au conducteur, rétorqua Agnes sans vergogne. (Elle avait fourré sa chevelure sous une casquette et elle portait des vêtements de garçon.) Pour ta gouverne, l'heure du crime, c'est minuit. C'est passé depuis longtemps.

— Tu n'es pas censée être ici, dit Leo en se levant tant bien que mal. Père va te trucider.

— Pas si tu ne lui dis rien.

Il esquissa un sourire canaille.

— Bien tenté. Tu me prends pour un crétin ? Si je ne lui dis rien et qu'il le découvre de toute façon, moi aussi je serai un homme mort. Ne t'inquiète pas. Il se contentera de te marier à un vaurien d'Old Port pour se débarrasser de toi.

Il savait qu'il faisait allusion à un sujet sensible. Elle parut touchée ; elle lui tourna le dos et leva les yeux au ciel.

— Il y a tellement d'étoiles ici. C'est magnifique.

Pour l'heure, Leo n'avait que faire des étoiles, de leur nombre, de leur beauté. Mais Agnes continua à les contempler en murmurant.

— Il fallait que j'essaie.

— Que tu essaies quoi ? De te liquéfier à l'arrière d'une fourgonnette pendant toute une journée ?

Elle le foudroya du regard.

— Tu ne peux pas comprendre. (Elle mit les mains sur les hanches et parcourut des yeux les environs.) Je ne pense pas qu'il y ait des elfes dans les parages. Et même si c'était le cas, les plaines sont trop immenses. Mais j'ai vraiment cru que j'en trouverais un.

Elle lâcha un petit cri dépité.

— Kiernan pense qu'ils sont tous morts, commenta Leo.

— Pardon ? Il a dit ça ?

— Oui. Hier soir. J'ai surpris une conversation entre Père et lui.

— Alors pourquoi… ?

Elle s'interrompit en pleine phrase et secoua la tête comme si elle avait répondu à sa propre question avant même de l'avoir achevée.

Le ventre de Leo se remit à gargouiller.

— Tu as mangé ? s'enquit-il.

— Ils ont emporté la nourriture, répondit Agnes d'une voix terne.

— Quoi ? Pourquoi tu ne les en as pas empêchés ?

La perspective de sauter un repas le terrifiait.

— Et toi ? rétorqua-t-elle. Tu étais censé les accompagner. J'aurais pu explorer les plaines en paix et personne ne m'aurait fait la morale. Mais non, il a fallu que tu te comportes comme le sale gosse de riche pourri gâté qu'ils voient en toi.

— Ils vont revenir quand même, hein ?

Leo avait tellement peur de ne pas dîner qu'il n'arrivait pas à s'emporter contre sa sœur.

Agnes haussa les épaules.

— Ça m'étonnerait. C'est pour ça qu'ils ont tout emporté. Pour donner une bonne leçon au fils du patron. C'est peut-être même Père qui le leur a demandé.

Elle poussa un soupir et Leo frémit. Il n'y a que la vérité qui blesse…

— Mais… mais… qu'est-ce qu'on va faire? Dormir ici? Sans lit? Sans avoir dîné? (Il se rassit et prit sa tête dans ses mains.) C'était une erreur, marmonna-t-il. Je ne suis pas… peut-être que tu as raison. Il voulait me donner une leçon.

La douleur était là, comme toujours; elle attendait en coulisse. *Pas assez bien*, susurrait-elle à son oreille. *Nul. Tu auras beau faire, tu auras beau t'escrimer, tu ne gagneras jamais son respect.* Leo tâcha de se concentrer sur le calme et le parfum de l'herbe, mais la réalité était là. Il allait devoir rentrer bredouille chez lui à un moment donné et affronter son père, les mains vides. Au bout d'un moment, Agnes s'assit à côté de lui.

— Tiens, j'ai un paquet de cacahuètes. On n'a qu'à partager.

Leo accepta avec gratitude. Les cacahuètes étaient bonnes, croquantes et salées. Ils les finirent en un rien de temps. Agnes n'avait pas l'air de se soucier de l'absence de nourriture, au grand dam de Leo. Elle s'allongea et se mit à énumérer les constellations.

Et elle se demande pourquoi elle n'a pas d'amis, songea-t-il.

— L'Organisateur. La Juge. Le Cheval ailé. Le Harem d'Aethus…

— Ce n'est pas le Harem d'Aethus, répliqua Leo.

— Bien sûr que si, insista Agnes.

— Non.

Le Harem d'Aethus était la seule constellation que connaissait Leo, car il avait vu une photo de harem lorsqu'il avait neuf ans et les femmes étaient toutes seins nus. La constellation était beaucoup moins excitante que la photo, mais quand même. Elle était restée imprimée dans sa mémoire.

— Leo, je pense mieux savoir que toi.

— Il y a trop d'étoiles, dit-il. Regarde, c'est censé être celle-là, celle-là, celle-là… (Leo les pointa les unes après les autres.) Mais celle-là, la grosse étoile bleue, elle ne fait pas partie du harem.

Agnes répondit par un silence, ce que Leo prit pour un aveu de défaite. Il avait raison.

— Qu'est-ce que c'est que cette étoile, d'ailleurs? demanda-t-elle.

— Je ne sais pas, mais ça prouve bien que ce n'est *pas*…

— C'est bon ! Arrête un instant de te regarder le nombril. Regarde. C'est… elle grossit.

— Agnes, je ne vois vraiment pas…

Mais il laissa sa phrase en suspens, contemplant la boule de lumière bleutée. Elle avait raison. Elle grossissait au fil des secondes. Et elle se déplaçait. Lorsqu'il l'avait remarquée pour la première fois, elle se trouvait à la droite du harem. À présent, elle avait presque atteint le milieu de la constellation.

— Peut-être que c'est une étoile filante ? suggéra-t-il.

— Les étoiles filantes laissent une traînée dans leur sillage en pénétrant dans l'atmosphère.

— Dans ce cas, je donne ma langue au chat. Tu as une meilleure idée ?

Agnes n'eut pas l'occasion de répondre, car l'étoile devint éclatante et s'embrasa dans le ciel. Leo s'apprêtait à fanfaronner, « Tu vois, j'avais raison ! C'est une étoile filante ! », quand soudain, quelque chose s'écrasa dans la plaine, non loin d'eux. La voiture décolla et retomba lourdement et Leo s'avachit sur sa sœur. Un nuage de poussière lui fouetta le visage, et il se mit à tousser.

— Bon sang ! bredouilla Agnes en repoussant Leo. Qu'est-ce que c'était que ça ?

— Je ne sais pas, dit-il, saisi d'une soudaine détermination. Mais on va le savoir très vite.

TROISIÈME PARTIE

Les plaines de Knottle
et
Old Port City, Kaolin

12.

SERA

Sera volait.

Elle avait eu peur durant quelques secondes seulement, lorsque la Cité du Ciel avait virevolté dans son champ de vision tandis qu'elle dégringolait dans l'espace. En dessous, elle était de toute beauté – des couches et des couches de verre se terminant en une stalactite d'où jaillissait le cordon.

C'est donc à ça que ça ressemble.

Sa chute suivit le tracé du cordon. Il était encore plus beau de près : diapré, il se composait d'un entrelacs de chaînes de couleurs or, argent et bleu. Par endroits, il scintillait comme des perles de rosée au clair de lune. À d'autres, il luisait comme l'index d'une Céruléenne au moment de la connexion par le sang.

Peu à peu, la Cité rétrécit et s'estompa. Jusqu'à disparaître. Et Sera se retrouva parmi les étoiles.

Évidemment, elles étaient trop éloignées pour qu'elle puisse les toucher, mais elle sentit leur présence comme si elles l'accueillaient parmi elles dans l'espace. Tantôt elle se sentait légère comme une plume, tantôt elle avait l'impression de ne pas bouger du tout. Ses poumons se déployaient et se contractaient, et l'air était d'une finesse absolue. Sera n'en finissait pas de s'émerveiller. Son corps s'était acclimaté à cet étrange environnement froid. C'était comme sa mère céladon l'avait prédit : ses pouvoirs lui permettaient de s'adapter à toutes sortes d'états. Mais Sera aurait préféré en faire l'expérience dans un contexte différent.

La planète se rapprocha de manière si graduelle qu'elle ne s'en rendit pas compte tout de suite. Les formes familières de Kaolin et de Pelago ne parurent pas augmenter.

Jusqu'à ce que son vol se transforme en chute.

Sa sérénité s'évapora. Chuter était terrifiant. Elle était à l'envers et elle ne maîtrisait plus rien. Elle heurta l'atmosphère de la planète et sa peau se mit à grésiller.

Voilà. Mon sang va se répandre, le cordon se rompra et Mère Soleil me recueillera en son sein.

Dans l'atmosphère, le cordon était couleur feu. Rouge et orange, telle la lueur vacillante d'une bougie. Le sang qui giclait de ses coudes se mit à couler à flots, grésillant sur sa peau, formant de petites bulles bleues qui éclataient. Sera se sentit faiblir. Les bracelets à son poignet lui firent la sensation de petites boules de feu alors que la pierre de lune était froide contre sa poitrine. La chaleur devint de plus en plus intense et lorsqu'elle crut sa fin venue, tout s'arrêta net.

Que se passe-t-il ? Son corps était en suspension dans une brume nacrée. La chaleur diminua. Le sang cessa de s'écouler de ses blessures. La brume apaisait sa peau comme un baume. La grande prêtresse ne lui avait pas décrit cette partie. Était-elle censée faire autre chose ? Mourir, c'était bien suffisant déjà ! Peut-être la grande prêtresse avait-elle créé cette brume pour la soulager, calmer ses esprits. Mais Sera était encore plus terrifiée. Le cordon se trouvait juste en dehors de cette bulle nacrée et elle sentait que le moment était venu de le couper. Elle tendit le bras dans sa direction, pleine d'appréhension. Serait-il brûlant ou glacé ? Se dissoudrait-il à son contact ? À moins qu'il ne se rompe en deux d'un coup sec ?

Et une petite voix dans sa tête qu'elle aurait préféré faire taire demanda si la mort était *très* douloureuse.

Mais à l'instant où elle allait toucher le cordon, la brume se mua en un tourbillon, s'enroulant autour d'elle comme un cocon, et la tirant d'un seul coup en arrière tel un élastique géant et la catapultant vers l'avant si vite que ses yeux s'emplirent de larmes et que sa vision se brouilla. Son souffle en fut coupé. Quelque chose clochait. Ce n'était pas prévu.

Elle heurta une surface dure et sa gorge, ses yeux, ses oreilles et ses narines s'emplirent de terre. Lorsqu'elle voulut respirer, ses poumons la brûlèrent ; et lorsque enfin elle eut craché toute la poussière hors de son organisme, elle avala l'air à grandes goulées. La brume s'était dissipée. Sera s'étendit sur le dos, savourant sa respiration retrouvée et le contact de ses membres sur un sol ferme. Les coupures à ses coudes s'étaient refermées.

Je suis vivante.

Elle roula sur le flanc et régurgita le peu qu'elle avait dans l'estomac. Elle s'essuya la bouche du dos de la main et parcourut les alentours du regard. Elle se trouvait dans un cratère. La terre était sèche et friable, contrairement au sol riche et argileux des jardins de la Cité. Sa robe était déchirée, maculée de boue, mais à son grand soulagement, les bracelets ainsi que le collier de Leela étaient intacts.

— Je suis vivante ! s'écria-t-elle en partant d'un éclat de rire hystérique.

Elle n'avait pas péri ! Elle était toujours de ce monde, elle respirait encore. Agrippant le pendentif d'une main, elle leva la tête.

Son cœur chavira.

Par la trouée, elle apercevait le ciel. Il était noir, comme le ciel qu'elle connaissait, mais si distant. Les étoiles n'étaient que de minuscules points pas plus grands que les gemmes à son poignet. Elle avait perdu son foyer, son peuple, et tout ce qui lui était cher et familier, et cette prise de conscience la frappa de plein fouet. Laquelle de ces étoiles était sa Cité ? Sans doute s'était-elle déjà détachée de la planète… À l'heure actuelle, elle se dirigeait sûrement vers sa nouvelle destination.

À moins que… Sera poussa un petit cri. Si elle n'était pas morte, le cordon était intact. Autrement dit… la Cité du Ciel était-elle encore reliée à cette planète ?

Elle se mit debout et s'aperçut qu'elle n'avait pas le même ressenti ; son corps lui semblait différent. Ses membres étaient beaucoup plus lourds. Son souffle moins fluide, quoique plus aisé que lors de sa chute. L'air qui l'enveloppait était chaud et collant tandis que la terre était aride.

Quelle était cette brume et où était-elle passée ? Pourquoi n'avait-elle pas coupé le cordon comme prévu ? Pourquoi ne pouvait-elle rien faire convenablement, même mourir ?!

— Oh ! Mère Soleil ! s'écria-t-elle en s'effondrant par terre et en pressant ses paumes contre ses yeux. J'ai échoué.

C'était une catastrophe. Elle n'avait pas souhaité mourir, mais tel était son destin, et maintenant, elle se retrouvait dans un endroit inconnu, vivante et esseulée. Et elle ignorait ce qu'elle devait faire. Sa Cité était à des milliers et des milliers de kilomètres. Elle avait failli à son peuple, et cette idée la rendait malade. Les Céruléennes avaient déjà dû se rendre compte que le cordon avait résisté au sacrifice. Si seulement elle était dans son lit, à contempler son mobile, blottie dans les bras de sa mère violine. Elle referait volontiers ce plongeon, à la différence près que, cette fois, elle ferait les choses bien. Si seulement elle avait une seconde chance – et quelques instants de plus en compagnie de Leela et de ses mères !

Elle resta assise là, en proie au désespoir, et perdit la notion du temps. Soudain, des voix se rapprochèrent, la tirant de sa léthargie. Le désespoir fit place à la peur. Elle n'avait nul endroit où se cacher. Que faire ?

— Le vent a poussé la terre dans cette direction, commenta une fille. Tu vois, ça a laissé une traînée.

Une autre voix répondit, mais elle était trop basse. Elle attendit, pétrifiée.

Deux têtes apparurent à l'entrée du cratère ; mais il faisait trop noir et Sera ne distingua pas leurs traits. Des silhouettes sombres se détachant contre le ciel. Elle se décala pour mieux les voir.

— Là ! s'écria la fille. J'ai vu un truc bouger.

Sera se maudit en silence.

— Où ça ? Je ne vois rien. Passe-moi une lampe.

La deuxième fille possédait une voix grave, comme la mère orange de Koreen, qui était très âgée. Sauf que cette fille ne semblait pas vieille du tout.

Une nouvelle étoile apparut soudain. Beaucoup plus éclatante et proche que les autres, et juste à l'entrée du trou. Un faisceau de lumière s'insinua dans le cratère pour se poser aux pieds de Sera. Elle recula.

Les filles cessèrent de se chamailler.

— Tu as vu ça ?

— Il y a quelque chose au fond, dit la fille à la voix grave.

Sera n'était pas ravie qu'on la traite de « chose ».

— Bien sûr qu'il y a quelque chose ! répliqua la fille à la voix normale. On aurait dit des pieds. (Elle éleva la voix.) Nous ne te voulons aucun mal !

Cet élément réconforta quelque peu Sera. Elle se risqua à prendre la parole ; peut-être que ces filles pourraient lui venir en aide.

— Moi non plus ! répliqua-t-elle.

Sa voix résonna étrangement à ses oreilles.

— Tu crois que c'est un animal blessé ? demanda la voix grave.

— Quelle sorte d'animal pousse ce genre de cri ? répliqua la fille.

— Je ne suis pas un animal, s'indigna Sera. Je suis une Céruléenne !

— Je crois qu'il s'énerve, fit remarquer la voix grave.

— Chut ! siffla la fille.

Le faisceau de lumière éclaira le visage de Sera et l'éblouit.

— Le voilà ! s'écria la voix grave tandis que Sera se mettait à l'abri, fuyant l'étrange lumière. Il bouge, ne le perds pas !

— La ferme, Leo ! s'emporta l'autre fille. Tu lui fais peur.

En effet, Sera n'était pas rassurée. Elle n'aimait ni cette fille à la voix grave ni cette étoile qui l'éclairait, ni la voix qui était sortie de sa propre bouche. Peut-être que la fille avait menti en déclarant qu'elle ne lui voulait aucun mal. Les gens mentaient sans arrêt sur les planètes, sa mère céladon l'avait prévenue. Dire la vérité leur importait peu. C'était à cause de ça que la Grande Tristesse s'était produite. À cause de tous ces mensonges et toutes les supercheries dont les humains avaient usé pour voler la magie céruléenne.

Son cœur se serra. Ces filles allaient-elles tenter de lui voler ses pouvoirs ? Pourquoi leur avait-elle parlé ?! Pourquoi ne s'était-elle pas plutôt enfuie ?

Bon... Sera n'était pas la grimpeuse la plus aguerrie de la Cité du Ciel pour rien ! Elle planta les doigts et les orteils dans la terre friable, s'y ancra, jaugea l'angle de la pente, et l'escalada à toute allure. La terre se désintégrait sous ses pieds mais elle était rapide comme l'éclair. Elle émergea de la cavité et atterrit sur la terre ferme.

Il faisait moins sombre à l'extérieur. La lune était claire et illuminait les lieux. Les deux filles avaient l'air perplexes. Elles continuaient à examiner le fossé en agitant leur faisceau.

— Je crois qu'il a déguerpi, dit la fille.

— Ah ! s'écria l'autre voix, plus grave. Quelque chose m'a effleuré.

— Leo, c'était moi !

— Ah…

Sera ne savait pas quoi faire. Tout autour d'elle, c'était le vide. Ni arbres ni demeure, ni temple. Rien que le néant. Pendant quelques secondes, elle demeura immobile, pétrifiée par l'incertitude.

Soudain, un bruit sec retentit. Sera fut frappée en pleine figure et s'affala par terre. Ce qui l'avait touchée lui enveloppait le corps tout entier et plus elle se débattait, plus le piège se refermait sur elle. On aurait dit la ficelle que sa mère céladon employait pour attacher les pieds de tomates aux tuteurs, mais c'était en fait plus épais et plus rêche.

Le faisceau se rapprocha et Sera se ratatina. Elle n'aurait jamais dû hésiter. Elle aurait dû prendre ses jambes à son cou.

— Qu'est-ce que tu fabriques ? s'écria la fille.

Sera crut qu'elle s'adressait à elle, jusqu'à ce que l'autre réponde d'une voix triomphante :

— Je l'ai capturé. C'est *à moi*. Et je le rapporte à Père.

13.

AGNES

Il fallait voir la tête que Branson et ses adeptes firent quand ils revinrent le lendemain, et qu'ils trouvèrent Leo en compagnie d'Agnes et de la fille argentée à la chevelure bleue !

La situation dégénéra vite. On se disputa pour déterminer qui du groupe allait rapporter le « trophée » à Xavier. Branson insista sur le fait qu'il était en grande partie responsable de la capture puisqu'on avait employé son lance-filet. Leo en rit, déclarant qu'il lui allouerait dix pour cent de la récompense, « l'équivalent de sa contribution ». L'après-midi était déjà bien entamé lorsqu'ils eurent fini de remballer leurs affaires et furent prêts à retourner à Old Port.

La fille ne mesurait qu'un ou deux centimètres de plus qu'Agnes ; elle était plus fine qu'elle. Un poids plume. Leo la déposa à l'arrière de la fourgonnette. Agnes préféra voyager avec elle bien que le véhicule fût plein à craquer ; elle déclina l'offre que lui faisait Branson d'une place dans la voiture de tête. Elle avait pitié de la créature. La pauvre, elle devait être terrorisée !

— Je suis vraiment désolée, répéta Agnes encore et encore lors du trajet de retour.

Sa peau était irisée, plus étincelante, plus précieuse qu'un objet d'orfèvrerie ; quant à sa chevelure bleue, elle était parfaitement assortie à son iris. Une couleur à la fois intense et profonde. *Bleu céruléen*, songea Agnes. Mis à part ces deux éléments, la jeune fille ressemblait à une Kaoline. Elle portait un collier avec un pendentif en forme d'étoile, mais pas une étoile ordinaire. Elle possédait de multiples branches asymétriques. En son centre, une pierre magnifique semblable à une opale. Trois bracelets ornaient son poignet droit, et sa robe, déchirée et crasseuse, était confectionnée dans un tissu d'une douceur incroyable et ourlée de trois couleurs – violet, orange et vert – dessinant un zigzag maladroit.

La fille s'exprimait dans une langue inconnue. Sa voix était mélodieuse. Et même si elles ne se comprenaient pas, Agnes lui fit la conversation. C'était la moindre des choses.

— Tu es à Kaolin. C'est un grand pays où on crève de chaud en ce moment, comme tu as pu le constater par toi-même. Je ne sais pas comment est le climat dans ton pays, mais ici, j'ai l'impression qu'il fait de plus en plus chaud chaque année.

Elle se mordit la lèvre et fit la grimace.

Le temps, Agnes ? Tu es potentiellement en présence d'une nouvelle espèce et tu lui parles du temps ?!

Mais ça n'avait pas l'air de déranger la fille. Elle ne cessait de se débattre dans son filet.

— Je suis désolée, répéta Agnes pour la énième fois. Je te libérerais volontiers mais je suis déjà dans la mouise. (*Du moins, je le serai une fois de retour à la maison.*) Mon père est un peu… disons que ce n'est pas un homme facile, pour dire les choses simplement. À mon retour, il m'interdira probablement de sortir de ma chambre pendant un mois. J'ai l'impression que je ne serai jamais la fille qu'il aimerait que je sois. Je n'entre pas dans le moule de la société d'Old Port et je n'en ai pas envie, d'ailleurs. (Elle noua ses mains.) Si je me suis greffée à cette expédition en douce, c'était seulement pour capturer un elfe et avoir un sujet pour la dissertation qui me permettra d'être reçue à l'université d'Ithilia. Et je sais que je n'irai jamais là-bas. Je vais rester coincée à Old Port pour le restant de mes jours, obligée de coller un sourire sur mon visage et d'imiter toutes ces filles à qui je ne ressemble pas. La vie n'est pas toujours juste, tu sais ?

Agnes croyait faire un monologue lorsque la fille hocha la tête avec compassion.

— Tu… tu comprends ce que je dis ?

Nouveau hochement de tête.

— Mais… comment connais-tu le kaolin ?

La jeune fille réfléchit un instant avant de hausser les épaules en indiquant le creux de son coude, couvert de terre. Agnes ne vit pas où elle voulait en venir. Elle n'en revenait toujours pas que la fille la comprenne. C'était incroyable ! Agnes sentait qu'elle était sur le point de faire une découverte d'envergure, une découverte dépassant de loin celles de la grande Cadhla Hope.

— Tu viens de Pelago ? demanda-t-elle, songeant que cette fille était peut-être comme l'arboréal et le mertag.

Elle se ravisa aussitôt : son interlocutrice ignorait sans doute ce qu'était Pelago. Pourtant, celle-ci secoua la tête et Agnes fut de nouveau surprise.

— Tu connais Pelago ?

La fille acquiesça d'un signe de tête. Puis elle se mit à parler très vite, et Agnes devina que derrière son charabia mélodieux se cachait un flot de questions de plus en plus pressantes.

— J'aimerais beaucoup t'aider. Mais je ne comprends pas ce que tu dis. C'est la première fois que j'entends une langue comme la tienne.

La fille bascula en arrière et contempla le plafond de la fourgonnette en poussant un gémissement teinté d'une tristesse infinie.

— Je ne comprends pas, soupira Agnes.

La fille soupira elle aussi et le silence tomba entre elles. L'émerveillement d'Agnes fit bientôt place à l'inquiétude. Quelles que soient ses origines, cette fille était intelligente, sensible et extraordinaire. Xavier McLellan n'hésiterait pas un seul instant à l'enfermer avec ses autres créatures. Son instinct de protection s'éveilla. La pauvre ! Elle ne méritait pas le sort que son père lui réserverait. Elle souhaitait sans doute retourner chez elle.

— Je pense qu'il vaut mieux que personne ne sache que tu comprends le kaolin.

Son père exploiterait cet élément et s'en servirait à son avantage, Agnes n'en doutait pas. La fille l'observa d'un air inquiet avant de hocher la tête.

Ils avaient quitté les plaines trop tard pour rejoindre Old Port le jour même. Aussi, ils passèrent la nuit dans une auberge. Lorsqu'elle comprit que ces crapules avaient l'intention de laisser la fille seule dans la fourgonnette pour la nuit, Agnes refusa de prendre une chambre. Elle insista pour rester avec elle. À vrai dire, elle avait une double raison de le faire. Dans l'auberge, elle devrait se comporter comme une dame et, entre autres réjouissances, plaquer un sourire sur son visage. Tout ce dont elle avait horreur. Surtout, elle se méfiait vraiment de Branson et de ses sbires. Les regards libidineux qu'ils jetaient à la jeune fille ne lui avaient pas échappé. Ces hommes l'écœuraient. Pas question qu'elle les laisse poser leurs sales pattes sur sa nouvelle protégée ! Par mesure de précaution, elle avait chipé un poignard dans la fourgonnette. Elle le fourra dans sa ceinture pour le garder à portée de main.

— Sortez-la au moins du filet pour qu'elle puisse dormir un peu, demanda Agnes.

Branson s'esclaffa.

— Quoi ? Pour qu'elle se fasse la malle pendant la nuit ? Vous, les femmes, vous êtes trop sentimentales. Là, on parle boulot. Elle vaut sûrement beaucoup plus que l'arbre et l'homme-poisson réunis. (Il se pencha vers Agnes et lui agrippa les épaules; son haleine fétide lui piqua les narines.) Si jamais tu touches à ce filet, c'est pas la punition de ton petit papa que tu devras redouter.

La gorge d'Agnes se noua, mais elle ne voulut pas se laisser intimider.

— Ôtez vos sales pattes de moi !

Branson la lâcha en renâclant.

— Tâche de garder en tête ce que je viens de te dire, la menaça-t-il avant de rejoindre le reste de sa troupe dans l'auberge.

C'était un bel établissement pourvu d'une immense salle commune et de grandes fenêtres ouvertes. La nuit était venteuse et les voix parvenaient jusqu'à Agnes, assise sur le marchepied de la fourgonnette. Elle surveillait la porte. De toute évidence, Leo avait bu un peu trop de whisky; il se mit rapidement à brailler de manière insupportable. Elle songea à la nuit passée, lorsqu'il avait cessé de fanfaronner pour admettre que, peut-être, leur père lui avait confié cette mission pour le voir se planter. C'était ce Leo-là qu'elle appréciait et avec qui elle voulait bien partager son paquet de cacahuètes. Le Leo de ce soir, elle n'avait qu'une envie : lui foutre un pain.

— Elle est dans la fourgonnette, beuglait Leo. Je l'ai attrapée de mes propres mains ! se vanta-t-il.

Ma parole, il était complètement idiot ou quoi ? Avait-il idée du risque qu'il faisait courir à la jeune fille en se faisant mousser ? Une nouvelle salve de ricanements lui parvint de l'auberge et Agnes dégaina le poignard de sa ceinture. Pas question qu'on fasse le moindre mal à cette jeune fille, peu importent les conséquences. Elle allait la libérer en dépit des menaces que l'autre ordure avait proférées à son égard. À cet instant, la porte de l'auberge s'ouvrit à la volée et les deux sbires de Branson en jaillirent en roulant des mécaniques.

— On a reçu la consigne de monter la garde pour la nuit, dit l'un des deux. Pour s'assurer qu'il n'arrive rien.

Agnes rengaina discrètement sa lame, se maudissant intérieurement d'avoir trop tardé. Les deux hommes s'avachirent par terre à l'entrée de la fourgonnette grande ouverte, et Agnes se replia à l'intérieur pour aller se percher sur une caisse près de la fille, qui paniqua.

— Désolée, dit-elle. Ces types sont de vrais connards. (La fille parut perplexe.) Ce ne sont pas de gentilles personnes, précisa-t-elle.

La fille plissa les yeux et produisit un son à mi-chemin entre le grognement et le ronron.

Agnes partit d'un rire léger.

— Je ne sais pas d'où tu viens, mais c'est forcément mieux qu'ici.

La fille haussa les épaules avec modestie.

— Au fait, je m'appelle Agnes, dit-elle, prenant soudain conscience qu'elle ne s'était pas présentée.

La fille émit un couinement et Agnes en conclut que c'était son prénom.

— Si seulement je comprenais ta langue ! soupira-t-elle.

L'arrière de la fourgonnette était encombré de cartons et de matériel, mais il restait un petit espace vide, tapissé de sable, de poussière et de terre. La jeune fille passa ses doigts entre les mailles du filet et dessina dans le sable. Des volutes, des triangles et des cercles agrémentés de barres obliques et autres signes qu'Agnes n'avait jamais vus de sa vie. Lorsqu'elle fut à court d'espace, elle effaça les symboles, recommença à écrire, et un mot se forma.

« Sera ».

— Tu sais écrire ?! s'écria-t-elle. (La fille contemplait les lettres, apparemment aussi surprise qu'Agnes.) Sera… C'est ton prénom ?

Elle hocha vigoureusement la tête. Une bourrasque s'engouffra à l'arrière du fourgon ; le sable s'envola et alla se loger dans leur gorge. Elles toussèrent.

— Eh bien... enchantée, Sera. Enfin, « enchantée » n'est pas le terme adéquat au vu des circonstances, mais... je suis contente de connaître ton prénom.

Sera baragouina une réponse et Agnes sentit qu'elle partageait ses sentiments.

Quelle incroyable tournure prenait cette expédition ! Elle avait fait tout ce chemin pour capturer un elfe et elle avait fait une découverte encore plus singulière !

Mais bien sûr ! Plus besoin des elfes pour rédiger sa dissertation ! Elle allait passer la nuit à l'arrière d'une fourgonnette, et elle était en train de communiquer avec une créature d'un autre... monde. C'était ce qu'on pouvait appeler un acte de bravoure scientifique ! Certes, il était difficilement envisageable de l'emmener à Pelago pour la montrer à ses futurs professeurs. Mais si elle pouvait récolter un ongle, ou bien...

Elle hésita.

— Sera ?

Contrairement à Xavier et Leo, Agnes n'était pas une voleuse. Elle ne lui prendrait rien sans avoir préalablement obtenu son consentement.

— Ça va sans doute te paraître très étrange comme requête, mais... pourrais-je avoir une mèche de tes cheveux ? Pour l'étudier dans mon laboratoire. Je suis une scientifique, vois-tu, et j'aimerais bien en apprendre plus sur toi, sur l'endroit d'où tu viens, ce genre de choses. Tu serais d'accord ?

Sera se pencha en avant pour inscrire un nouveau mot dans le sable, mais le vent l'avait emporté. Elle produisit un gémissement plaintif et bien qu'elle ne parlât pas la même langue, Agnes comprit.

— Tu veux juste rentrer chez toi, hein ? (Sera hocha la

tête, les yeux embués de larmes.) Je ferai mon possible pour t'aider. Tu as ma parole.

Et elle était sincère. Elle essaierait, même si elle n'avait pas la moindre idée de la démarche à entreprendre. Mais elle avait le sentiment d'être en partie responsable du sort de cette fille.

Sera observa le visage d'Agnes pendant un moment comme si elle se demandait si elle pouvait lui faire confiance.

— Ça restera entre nous, la rassura Agnes pour lui prouver sa bienveillance.

Sera porta la main à sa tête et arracha une mèche bleue. Elle la contempla un instant, comme si elle possédait une valeur mystérieuse.

Puis elle la lui tendit à travers le filet. Agnes sortit de sa poche un tube qu'elle avait emporté dans la perspective d'y mettre un elfe. Elle dévissa le bouchon et y glissa la mèche d'un geste précis et délicat.

Puis elle caressa son poignard ; son regard navigua des hommes postés à l'extérieur au filet ; elle envisagea les différentes possibilités qui s'offraient à elle.

14.

LEO

Leo ne s'était pas réveillé. À cause de lui, ils avaient quitté l'auberge un peu tard. Lorsqu'ils arrivèrent enfin à Old Port, un tramway avait déraillé dans le quartier des finances, perturbant fortement la circulation.

Leo avait le ventre en vrac. Il n'aurait jamais dû boire comme un ivrogne la veille. Il aurait dû se porter volontaire pour monter la garde devant la fourgonnette. Qu'est-ce que son père penserait de lui s'il avait vent de son comportement ? Il s'était senti comme le roi du monde après avoir capturé la fille argentée. Elle était tellement plus impressionnante qu'un minuscule lutin de rien du tout. Leo se demanda si Kiernan était au courant de l'existence de ces êtres, ou s'il venait de découvrir une nouvelle espèce à lui tout seul.

D'accord, Agnes avait contribué. Il se demanda si elle appréhendait son retour et la réaction de leur père. C'était une transgression très grave, même pour elle. OK, il admirait son audace. Agnes avait beau lui fiche la honte lors des événements mondains, elle avait du cran. Leo imaginait mal Elizabeth Conway se cacher dans un camion pour braver les plaines de Knottle.

— On la ramène au théâtre avec les autres ? s'enquit la Chique.

Branson secoua la tête.

— Il faut d'abord la présenter au patron. Histoire de voir ce qu'il en pense.

Le soleil entamait sa descente vers l'horizon lorsqu'ils parvinrent au sud-est de Jevet's Park, s'extirpant enfin des bouchons pour se faufiler à travers les rues plus calmes de Upper Glen. Quand ils s'arrêtèrent devant la maison de Creekwater Row, Leo avait développé une migraine atroce.

Il descendit de voiture, lissa sa chemise et passa sa main dans ses boucles, dans l'espoir d'être quelque peu présentable. Eneas nettoyait la voiture dans l'allée.

— Déjà de retour, monsieur Leo ? le salua-t-il avec un geste de la main.

Leo riva son regard à la porte d'entrée tout en gravissant les marches du perron.

Père, vous ne devinerez jamais ce que j'ai trouvé dans les plaines !

Venez donc jeter un coup d'œil dans la fourgonnette, Père, il y a une chose qui devrait à mon avis vous plaire...

Nous n'avons pas trouvé d'elfes, mais...

Avant qu'il n'ait eu le temps de trouver une manière d'annoncer l'heureuse nouvelle à son père, ce dernier ouvrit la porte à la volée et sa silhouette menaçante se dressa devant lui.

— Pas d'elfes, bredouilla Leo. Mais on a trouvé autre chose.

— Quoi donc ? demanda-t-il d'une voix impérieuse.

— Vaudrait mieux que vous veniez la voir de vos propres yeux, monsieur, intervint Branson.

Leo ne s'était pas aperçu qu'il l'avait suivi jusqu'à l'entrée.

La voir ? Une femelle ? Xavier étrécit les yeux.

— Très bien.

Branson se dirigea vers la fourgonnette, mais Leo le devança. Plutôt mourir que de ne pas présenter lui-même la fille à son père ! Il tira brutalement sur la poignée et ouvrit la portière arrière.

— Je l'ai capturée avec un lance-filet, dit-il. Et on l'a ligotée. On ne sait pas trop ce que…

Un éclair vif-argent lui fonça dedans, interrompant son discours.

— Attrapez-la ! s'écria Branson.

D'instinct, Leo noua les bras autour de la silhouette délicate. Il ne s'était pas attendu à ce qu'elle partage autant de caractères avec les humains. À travers le tissu de sa robe, il sentit ses côtes, sa colonne, son ventre. Elle avait la peau chaude et veloutée et de sa chevelure émanait un parfum unique. Elle était plus forte qu'elle n'en avait l'air, et elle se débattit vigoureusement dans ses bras en poussant des hurlements. Il resserra son étreinte.

Un bruit sec retentit ; elle bascula la tête sur le côté et son corps devint tout mou. Branson venait de lui assener un coup à la tempe. Leo n'avait rien vu ; tout était arrivé trop vite.

— Non ! s'exclama Agnes, qui, dressée à l'arrière de la fourgonnette, contemplait la fille inanimée avec horreur. Qu'est-ce que vous avez fait ?! cria-t-elle à Branson.

En un éclair, Xavier saisit Agnes par le poignet. Il la tira vivement à l'extérieur.

— Qu'est-ce qui t'a traversé l'esprit ? Mme Phelps a failli avoir une crise cardiaque lorsqu'elle s'est aperçue de ta disparition. Qu'est-ce qui ne tourne pas rond chez toi ? Et qu'est-ce que c'est que cette tenue ?! (Il jeta des coups d'œil dans la rue comme s'il redoutait qu'on surprenne sa fille en pantalon.) Rentre tout de suite !

Agnes savait qu'il était inutile de discuter. Elle baissa la tête et, après avoir lancé un dernier regard à la jeune fille, elle se dépêcha de gravir le perron et de pénétrer dans la maison. Leo ne savait pas trop quoi faire. Le corps de la créature était affalé sur son bras gauche ; sa chevelure lui cachait le visage.

— Bien, bien, bien, dit Xavier en s'approchant. Qu'avons-nous là ?

— Je l'ai trouvée dans les plaines. Elle…

— Remettez-la dans la fourgonnette, ordonna Xavier.

Branson se pencha et lui saisit les pieds. Avec l'aide de Leo, il la déposa au milieu des cartons. Un bleu s'épanouissait sur sa tempe. Elle avait l'air… jeune. Et vulnérable.

Il détourna le regard.

— On ne sait pas qui elle est, Père. Je l'ai trouvée dans un fossé, au beau milieu des plaines.

Xavier examinait la créature, lui tournant la tête d'un côté puis de l'autre, étudiant ses paumes et ses pieds, palpant le tissu de sa robe.

— Emmenez-la au théâtre avec les autres, ordonna-t-il à Branson. Enfermez-la. Et convoquez Kiernan demain à la première heure. Il faut qu'on sache de quoi il s'agit. (Il tapota l'épaule de Leo.) Bien joué, fiston. Dans le pire des cas, ce sera toujours un ajout au nouveau spectacle. Si nous ne lui trouvons pas d'autre utilité.

Il afficha un sourire et Leo se sentit à la fois fier et mal à l'aise, un mélange plutôt troublant.

Il chassa ce sentiment et s'efforça de se concentrer sur l'ici et le maintenant. Son père était *fier* de lui. C'était l'essentiel.

— Viens, dit Xavier tandis que Branson et son équipe s'apprêtaient à repartir. Allons boire un verre dans mon bureau. Tu me raconteras toute l'histoire.

Leo n'avait jamais été invité dans le bureau de son père, sauf pour y recevoir un châtiment. Mais y être convié à prendre un verre et conter ses aventures dans les plaines ? C'était un rêve devenu réalité !

— Oui, Père, répondit-il avec ardeur.

— Une seconde. (Xavier se tourna vers l'homme qui conduisait la fourgonnette, celui qu'Agnes avait soudoyé.) Vous saviez qu'elle se cachait dans ce véhicule ?

L'homme devint blême.

— N... non, monsieur, je vous jure. Pas avant qu'on ait quitté Old Port et qu'on soit loin...

— Et pourquoi ne l'avez-vous pas ramenée immédiatement à la maison ?

— Eh ben, je...

— Elle l'a acheté, Père, balança Leo.

Xavier demeura imperturbable. Sa fureur se traduisit par une simple dilatation des narines.

— Je ne vous paie pas suffisamment? demanda-t-il à l'employé.

— Bien sûr que si, monsieur. Je suis désolé, je...

— De toute évidence non, puisque vous êtes prêt à accepter l'argent de ma fille pour arrondir vos fins de mois. La cupidité est un péché. (Il fit un pas en avant et Leo eut un frisson.) Je veillerai à ce que plus personne ne vous emploie dans cette ville. Et j'ai le bras long. Suis-je assez clair ?

L'homme tremblait comme une feuille. Son visage vira au blanc porridge.

— O-oui, monsieur.

— Bien. À présent, dégagez-moi le plancher ! Que je ne vous revoie plus.

L'homme sursauta comme un lapin effrayé et se précipita au volant de son camion.

— La prochaine, fois, choisissez mieux vos hommes, dit-il à Branson. Ou vous devrez trouver un autre employeur.

Branson n'était pas facilement intimidable ; il crispa les mâchoires.

— Oui, patron.

Les véhicules s'éloignèrent.

— Bande d'imbéciles, marmonna Xavier en les suivant du regard.

Il rentra chez lui à grands pas, Leo dans son sillage. Swansea était posté devant la porte. Leo entendit son père lui glisser :

— Envoyez tout de suite un message à Forester Grange. Dites-lui que le marché est conclu.

Forester Grange dirigeait une entreprise de moquette à Old Port. Sa famille n'avait rien de prestigieux. Il rêvait de se faire une place au sein de l'élite d'Old Port, ce qui n'était pas chose aisée. Malheureusement pour lui, il ne suffisait pas d'être riche. Leo se demanda si son père avait l'intention de changer la moquette du Maribelle.

Le bureau de Xavier se situait à l'arrière de la maison. C'était une pièce ovale dotée de grandes fenêtres donnant sur la terrasse, meublée de canapés en cuir et remplie de vieux livres reliés. Sur un mur était suspendu un portrait du grand-père de Leo. Il était d'ailleurs surpris que son père ne l'ait pas décroché. N'avait-il pas dilapidé la fortune familiale et n'était-ce pas à cause de lui que son père avait dû épouser une Pélagienne ? Sur le bureau, une carafe en cristal. Son père la déboucha et servit deux verres de whisky ; il en tendit un à Leo.

— À une expédition couronnée de succès ! trinqua-t-il.

— Santé, répondit Leo.

Ils sirotèrent leur boisson, et Xavier s'installa dans son fauteuil club. Leo s'assit sur une chaise inconfortable face au bureau.

— Alors, reprit Xavier en lorgnant son fils par-dessus le rebord de son verre. Raconte-moi tout.

Leo s'exécuta. Il éluda le passage où il s'était endormi, arrangeant l'histoire à sa sauce. Il fouillait, prétendit-il, les environs du convoi à la recherche d'elfes lorsqu'il était tombé sur Agnes. En revanche, il décrivit tout le reste dans les moindres détails. Xavier lui posa de nombreuses questions sur l'étrange jeune fille ; il fut incapable de répondre à la plupart d'entre elles, vu qu'il ignorait tout d'elle, à l'exception de son apparence et du fait qu'elle parlait une langue bizarre et mélodieuse, une sorte de langage musical.

— Et il ne s'est rien produit d'étrange à son contact ?

— Non, Père. Rien.

Il avait le sentiment que c'était la bonne réponse.

Le jour était tombé et la salle s'était assombrie. Xavier se pencha en avant et alluma la lampe de bureau.

— C'est du bon travail, Leo. Je ne m'attendais pas à ce que tu t'en tires si bien.

— Merci, Père.

— Je veux que tu assistes Kiernan demain lorsqu'il examinera la fille.

La poitrine de Leo enfla. Enfin ! On l'impliquait dans l'entreprise familiale ! Il hésita un instant, puis décida de pousser son avantage.

— Pourquoi est-ce votre dernier spectacle, Père ?

Xavier vida d'un trait le reste de son whisky et posa le verre sur la table. Ce geste lui parut calculé, comme s'il réfléchissait à ce qu'il allait dire ou s'il hésitait à répondre tout court. Leo retint son souffle et attendit.

— Sais-tu ce que ça fait de ne rien posséder, Leo ? demanda-t-il d'une voix aussi effrayante que le sifflement d'un serpent. De voir ton univers s'effondrer et se réduire à néant ? Non, bien sûr que non. Parce que j'ai fait en sorte que tu ne manques jamais de rien. (Il se tourna vers le portrait de son père et le contempla d'un air dédaigneux.) Je conserve ce tableau dans cette pièce pour ne jamais oublier que j'ai failli tout perdre à cause de la faiblesse impardonnable d'un homme. Mon père était un personnage très apprécié à Old Port ; c'était un homme jovial, un très bon conteur, et un panier percé. Il buvait beaucoup et il était très naïf. Le peu d'argent qu'il n'a pas perdu au jeu, il l'a dépensé dans l'alcool et les femmes de mauvaise vie. Et tout du long, il nous a menti. À ma mère, à moi... Il mentait avec aisance et sourire, et nous avalions tout. Jusqu'au jour où l'une des bonnes l'a retrouvé mort, un pistolet dans la bouche et une montagne de dettes à ses pieds. Et comme ça, en un éclair, l'homme que je pensais connaître, l'homme que je respectais et aimais a disparu et mon monde s'est effondré.

Leo demeura immobile. On ne lui avait jamais raconté cette version-là de la mort de son grand-père. Il n'avait pas envisagé que Xavier ait pu aimer son père.

Xavier remua dans son fauteuil; dans la lumière tamisée, ses yeux marron paraissaient noirs comme du goudron.

— Ce furent des années difficiles. Ta grand-mère a failli succomber à la honte. Ce fut à moi de chercher une nouvelle source de revenus. Et lorsque ce fut fait, je me suis promis de ne pas trahir ma mère comme mon père avant moi. Je veillerais par tous les moyens à ce que la réputation de notre famille demeure intacte.

Une manière un peu froide de décrire son mariage, mais qui avait le mérite d'être honnête, songea Leo. Il tenta d'imaginer l'existence sous ce toit lorsque sa mère était encore en vie. Peut-être le couple s'évitait-il, tout simplement, chacun vivant sa vie de son côté sans tenir compte de l'autre.

— Et derrière chaque réputation, poursuivit Xavier, se trouvent respect et surtout *argent*. Les pièces antitalmanes ont fourni les deux à cette famille pendant des années. Mais la concurrence est de plus en plus rude et la scène théâtrale est désormais saturée. Si je veux faire perdurer le nom McLellan, il est temps pour moi de passer à autre chose et de me réinventer, ce dont mon père fut incapable. L'innovation, Leo. C'est la clé du succès.

— Les créatures que vous avez découvertes à Pelago? C'est ça que vous appelez l'innovation?

Un sourire au coin des lèvres, son père répliqua :

— Tout à fait. T'es-tu déjà demandé pourquoi Pelago recelait autant de ressources ? Pourquoi Kaolin souffre de la canicule et de la surpêche alors que Pelago mène la belle vie ?

Leo avait toujours cru qu'il s'agissait d'un coup de chance, comme quand on tire à la courte paille. Il n'avait jamais songé qu'il existait des raisons expliquant cette différence entre les deux pays.

— L'arboréal et le mertag ne sont pas seulement grotesques, reprit Xavier sans attendre sa réponse. Ils possèdent des pouvoirs. Des pouvoirs inimaginables.

— Vous voulez parler de… magie ? demanda-t-il.

Ça semblait tiré par les cheveux.

Son père ricana.

— On peut dire ça. La magie a une connotation trop frivole et trop fantasque, malheureusement. Or ces créatures possèdent des talents bien réels.

— Que font-elles ?

Xavier se pencha en avant.

— Elles nourrissent la terre. Elles peuvent rendre ce pays aussi riche et abondant que Pelago. Imagine que nous ne soyons plus obligés de nous plier aux exigences du triumvirat. Imagine que nous n'ayons plus à obéir aux diktats de ces trois reines sans foi ni loi. Sans oublier que nous posséderons ce pouvoir, Leo. Nous le contrôlerons, nous, les McLellan, et notre nom restera gravé dans l'histoire du pays. Nous serons à jamais les sauveurs de Kaolin. (Une lueur fanatique brillait dans ses yeux ; elle mit Leo mal à l'aise.) Ils ont gardé ce secret pendant des années, ces Pélagiens cupides. Elle se croit intouchable. Mais elle verra…

Il laissa sa phrase en suspens.

Elle ? se demanda Leo. Mais il décida de ne pas creuser la question. Il avait un mauvais pressentiment à ce sujet, surtout depuis qu'il avait surpris la discussion entre Kiernan et son père. Il y avait quelque chose de très louche dans cette histoire. Peut-être qu'il ferait mieux de cesser de poser des questions, tout simplement. Pourtant, c'était la première fois que son père se confiait à lui, et il éprouvait l'irrésistible désir d'en savoir davantage.

— Alors pourquoi donner un spectacle ? s'enquit-il.

Xavier se resservit un whisky.

— Pour la publicité. Et l'argent. Pourquoi me priverais-je d'un dernier hourra avant de quitter pour de bon la scène théâtrale ? Et le meilleur moyen de faire circuler la nouvelle, c'est de faire un bon coup de pub. Tout le monde saura à qui ces êtres appartiennent et qui les a rapportés à Kaolin. Ces créatures sont *à moi*, et personne ne me les prendra.

Cette facette de son père l'intimidait encore plus que celles qu'il connaissait déjà.

— J'ai passé ma vie à réparer les dégâts causés par mon père, à veiller à ce que cette famille reçoive tout le respect qui lui est dû. (Il avait le regard fiévreux.) Songe à l'homme que tu veux être, Leo. Songe aux responsabilités qui t'incomberont un jour. Il n'est pas question que l'empire que j'ai construit soit dilapidé à nouveau. Je ne supporterai pas que mon propre fils fasse couler sa famille.

Leo déglutit avec peine et hocha sèchement la tête.

— L'ingéniosité dont tu as fait preuve dans les plaines m'a surpris. Capturer cette fille et la rapporter à la maison… Espérons qu'elle ne nous décevra pas.

On frappa à la porte et Swansea aventura sa tête par l'entrebâillement.

— J'ai eu une réponse de M. Grange. C'est bon, Monsieur.

— Bien.

Xavier se leva et alla se placer devant la fenêtre qui donnait sur le jardin.

— Tu peux te retirer, Leo. Envoie-moi ta sœur.

Une fois sorti, Leo se rappela qu'il avait omis de questionner son père au sujet de l'île. Peut-être que c'était mieux ainsi ; il avait déjà été largement récompensé. Et il ne voulait pas que Xavier pense qu'il écoutait aux portes.

15.

AGNES

Agnes était assise dans la baignoire tandis que Hattie, la bonne, lui frottait le dos. Elle se repassait en boucle l'instant où Branson avait frappé Sera à la tête.

Elle s'en voulait d'être restée les bras croisés. Mais qu'aurait-elle pu faire d'autre ? Même si elle en mourait d'envie, elle était incapable de tenir tête à son père en sa présence. Filer en douce, c'était une chose, mais désobéir ouvertement, c'en était une autre.

— C'est donc Mme Phelps qui lui a dit que j'étais partie ?

Lorsqu'elle avait élaboré son plan d'évasion, elle avait omis de tenir compte de la gouvernante.

— Oui, Mademoiselle, répondit Hattie. (Elle baissa la voix.) Je ne l'avais jamais vu aussi furieux. Il s'est muré dans le silence. Comme s'il s'était transformé en pierre.

Agnes frémit. Mme Phelps entra en trombe dans la salle de bains et Hattie se tut.

— Comment allez-vous, ma chérie ? s'enquit-elle, vérifiant la température de l'eau et s'essuyant ensuite les mains sur son tablier. Ajoute de l'eau chaude, Hattie.

Celle-ci s'inclina et sortit. Mme Phelps n'était pas aussi loquace que la jeune servante, mais Agnes avait besoin de savoir.

— Où s'est rendue la fourgonnette ? demanda-t-elle.

— Ne vous préoccupez pas de cela.

Mme Phelps se pencha en avant, trempa un gant dans la baignoire et frotta le bras droit d'Agnes, puis le gauche. La broche à sa gorge reflétait la lumière. Un triangle solite.

— Nous allons vous débarrasser de toute cette crasse.

— Un peu de saleté ne m'a jamais dérangée, marmonna Agnes.

Mme Phelps poussa un soupir.

— Je le sais bien. En revanche, votre père n'en est pas friand.

Il s'agissait toujours de ce que son père voulait. Elle songea au bocal contenant la mèche de cheveux de Sera, à présent dissimulé dans son laboratoire. Et à la lettre de l'université, glissée dans un livre. Elle aurait dû éprouver un sentiment de fierté, mais elle avait l'impression de ne rien avoir accompli. Elle aurait dû aider Sera à s'échapper dès le départ. Trouver un moyen de se rendre à Pelago. Et tant pis pour l'argent de son père. Elle possédait quelques bijoux de valeur qu'elle aurait pu mettre au clou. Il devait bien exister un navire pélagien qui l'accepterait à bord, en dépit des lois kaolines qui stipulent que, pour qu'une femme voyage, il lui faut la permission d'un homme. Université ou pas, elle aurait pu être elle-même une fois la frontière franchie. Les paroles de Leo résonnèrent dans sa tête.

« Ne t'inquiète pas. Il se contentera de te marier à un vaurien d'Old Port pour se débarrasser de toi. »

Son père en était bien capable. C'était d'ailleurs un miracle qu'il ne l'ait pas déjà fait ! Son ventre se noua à l'idée d'épouser un homme, et surtout de partager son lit ! Si sa mère était encore de ce monde, aurait-elle pu se confier à elle ? Lui avouer pour qui son cœur penchait ? Pelago n'était pas aussi fermé que Kaolin en termes de sexualité. Au sud de l'archipel se trouvaient deux îles,

Lisbe et Crake, presque exclusivement homosexuelles. Plus jeune, lorsqu'elle s'était aperçue qu'elle était différente des autres filles, elle rêvait de s'installer là-bas. Mais même petite, elle savait qu'il était dangereux d'exprimer son désir.

— Ça n'aurait pas été un problème pour ma mère, marmonna-t-elle.

— Bien sûr que si, répliqua Mme Phelps. Vous avez tendance à l'idéaliser, mais je suis certaine qu'elle aurait voulu que sa fille soit propre. Comme votre père.

Le cœur d'Agnes cessa de battre une seconde. La gouvernante avait-elle lu dans ses pensées ? Non. Elle faisait toujours référence à la saleté physique et non pas à son âme.

— Vous ne la connaissiez même pas !

Mme Phelps avait été embauchée après le décès de sa mère.

— Non, en effet. Et je ne peux pas dire que je le regrette. À l'époque, je travaillais au service des Horne. Mais tout le monde connaissait la femme pélagienne de Xavier McLellan. Toutes les soirées qu'elle organisait, sa manière de se vêtir… Je n'aime pas dire du mal des morts, mais c'était une femme dangereuse, votre mère. Débridée. Excentrique. On racontait qu'elle avait employé sa magie talmane, qu'elle avait invoqué une déesse et contraint votre père à l'épouser en lui jetant un sort.

Agnes renâcla.

— C'est grotesque !

— Une chose est sûre, à son contact, il a fini par se comporter bizarrement. Et lorsqu'elle est décédée, il est redevenu lui-même. Mieux vaut ne pas remuer le passé, Mademoiselle.

— Il se comportait bizarrement ? s'étonna Agnes.

Elle s'était toujours focalisée sur sa mère. Tant et si bien qu'elle ne s'était jamais demandé comment son père avait pu être à cette époque. Elle était partie du principe qu'il avait toujours été égal à lui-même. Rigide et autoritaire.

— Comment ça ?

— Ils n'étaient pas souvent à la maison, expliqua Mme Phelps en massant le cuir chevelu d'Agnes avec du shampoing au gardénia. Ils voyageaient sans cesse. Et puis ils donnaient toutes ces soirées… On y servait des plats étrangers et on y recevait des gens pas très recommandables, si vous voyez ce que je veux dire. Elle était déchaînée, et elle a fini par déteindre sur lui. Elle a refusé d'accoucher à l'hôpital d'Old Port. Non, il a fallu que *Madame* choisisse une clinique privée en dehors de la ville. C'était ça ou rien.

— Comment savez-vous ça ?

— Les domestiques parlent entre eux, ma chère. Je ne travaillais peut-être pas dans cette maison à l'époque, mais ce genre d'anecdotes se répand comme une traînée de poudre, surtout dans cette ville. Les McLellan ont quitté Old Port ensemble et votre père est rentré seul avec vous deux. (Elle inclina la tête d'Agnes et plongea son regard dans le sien. Elle lui sourit.) Mais cette femme nous a fait un beau cadeau en vous mettant au monde. Et c'est tout ce qui compte. Ah ! Hattie !

La jeune servante reparut munie d'un seau d'eau chaude d'où s'élevaient des volutes de vapeur. Elle le versa sur la tête d'Agnes pour rincer le shampoing.

— Voilà ! Ça ira comme ça, déclara Mme Phelps. Levez-vous.

Agnes sortit de la baignoire et la gouvernante la couvrit d'une épaisse serviette-éponge. Hattie enveloppa sa chevelure d'une seconde serviette et la conduisit jusqu'à sa chambre. Leo était appuyé contre le chambranle de sa propre chambre, un sourire d'une arrogance insupportable aux lèvres. Tel un chat venant de tuer sa proie.

— Père t'attend dans son bureau.

— Où l'a-t-il emmenée ? s'enquit Agnes.

— Je vous en prie, ne vous chamaillez pas, les implora Hattie en se penchant au-dessus de la rampe pour jeter un coup d'œil dans le hall.

Leo haussa les épaules.

— Tu n'as qu'à le lui demander toi-même. Je ne suis pas sûr qu'il te le dise. En tout cas, moi je vais la voir demain. Je lui passerai le bonjour de ta part.

Puis il rentra dans sa chambre en bombant le torse et ferma la porte derrière lui.

Hattie voulut lui mettre une de ses jolies robes, mais Agnes n'avait pas envie de se faire belle pour recevoir une volée de bois vert. Elle opta pour un simple chemisier blanc et une jupe grise, et elle noua sa chevelure encore humide en un chignon. Hattie y planta quelques épingles pour l'agrémenter et lui mit son pendentif en or en forme de triangle solite autour du cou. Avant de descendre dans le bureau de son père, Agnes vérifia que la porte de son laboratoire était bien verrouillée. Depuis que la mèche de cheveux de Sera s'y trouvait, Agnes était un peu parano.

Quand elle pénétra dans la pièce, son père était penché sur un tiroir ouvert. Il le referma sèchement.

— Assieds-toi, ordonna-t-il sans préambule en indiquant l'une des deux chaises inconfortables disposées face à son bureau.

Xavier aimait mettre ses invités mal à l'aise dans son bureau. Agnes s'installa en silence ; elle savait qu'il était inutile de s'excuser. De toute façon, il allait la punir.

En outre, elle n'était pas désolée, et elle n'avait aucune envie de prétendre le contraire. Xavier se cala dans son fauteuil et l'observa. La vieille horloge résonnait bruyamment et Agnes tâcha de se concentrer sur son rythme régulier. Elle avait l'impression que son père sondait son âme, après l'avoir écorchée couche après couche. Hors de question de lui montrer combien il l'intimidait. Non, elle ne lui ferait pas ce plaisir.

— Si seulement tu avais été un garçon, finit-il par lâcher.

Ces paroles lui firent l'effet d'un coup de poignard en plein cœur. Ce n'était pas nouveau, évidemment. Elle savait que son père regrettait amèrement d'avoir eu un enfant de son sexe. Si au moins elle se comportait comme les autres jeunes filles… Leo ne cessait de le lui répéter.

Mais c'était la première fois que Xavier exprimait son dépit à voix haute.

— Je suis désolée de vous décevoir.

Son regard devint encore plus pénétrant.

— C'est faux, tu n'es pas désolée. (Il se tourna vers la fenêtre.) J'ai été beaucoup trop indulgent avec toi. Le laboratoire, ta conduite… J'ai même permis à Eneas de t'enseigner la culture pélagienne… (Agnes sentit son cœur chavirer.) Tout ça, c'est terminé. Le père d'Ebenezer Grange m'a proposé une dot très généreuse en échange de ta main. Tu rencontreras Ebenezer demain et nous officialiserons vos fiançailles.

— Pardon ?!

Agnes avait toujours cru que, le moment venu, elle aurait au moins voix au chapitre. Elle savait que son père aurait le dernier mot, mais là, c'était vraiment cruel. Les Grange étaient une famille de commerçants arrivistes ; Ebenezer était un garçon maigrichon auquel Agnes n'avait jamais prêté attention. Et on lui annonçait soudain qu'elle devait l'*épouser* ?

— Père, vous ne pensez pas que… ?

— Ne me dis pas ce que je dois penser, Agnes, et estime-toi heureuse que je ne t'envoie pas dans un sanatorium pour jeunes filles hystériques. (Il pivota face à elle.) Je n'aurais jamais dû être aussi laxiste avec toi, mais j'ai cru…

Il serra les mâchoires et Agnes devina qu'il avait été sur le point d'évoquer sa mère. Elle prit son courage à deux mains, du moins le peu qu'il lui restait, et posa la question qui lui brûlait les lèvres depuis des années :

— Pourquoi ne pas m'envoyer chez ma grand-mère ? Je serais moins gênante à Pelago. Je ne ferais honte à personne, et peut-être…

Mais les mots moururent sur ses lèvres. Agnes se souvint de la remarque de Hattie. Xavier s'était muré dans le silence en apprenant sa disparition. Il était devenu pierre. Et c'était en train de se reproduire. Il crispa le poing et étrécit imperceptiblement les yeux. Hormis ces deux détails, il demeura de marbre.

— Tu crois que si je t'envoie vivre avec cette harpie dans ce pays impie, tu me feras *moins* honte ? Et moi qui te croyais la plus intelligente de mes deux enfants.

Le couteau dans son cœur s'enfonça davantage.

— Mère aurait aimé que je la connaisse !

Xavier abattit son poing sur la table ; elle sursauta.

— Tu ne sais pas ce que ta mère aurait voulu ! rugit-il. Et tu ignores qui est Ambrosine Byrne. Tu penses que ta grand-mère est une sorte de maîtresse d'école, bienveillante et grisonnante ? Réfléchis un peu, Agnes.

Le feu lui monta aux joues, car, en vérité, c'était précisément le portrait qu'elle s'était fait d'elle.

— Parlez-moi d'elle, dans ce cas. Si je suis si stupide, éclairez-moi.

— Je n'ai pas dit que tu étais stupide, reprit Xavier. Je dirais plutôt que tu es naïve. Tu idéalises Pelago, ta mère et sa famille. Les Byrne ne sont pas ceux que tu crois. Ils sont égoïstes, cupides et arrogants. Tu t'es imaginé un monde qui n'existe pas. C'est ici que tu vis et tu dois respecter les règles.

— Je n'aurais pas à idéaliser Mère et sa famille si vous nous en parliez de temps en temps.

Agnes poussait sa chance, mais c'était plus fort qu'elle. Que voulait-il dire par « égoïstes et arrogants » ? Peut-être racontait-il n'importe quoi pour lui faire passer l'envie de connaître les Byrne. Eneas avait qualifié sa grand-mère de personne « formidable. » Autrement dit, c'était une femme imposante. Agnes se l'était toujours représentée comme quelqu'un de noble et imposant le respect.

Elle en avait assez de devoir se contenter de miettes d'informations. C'était profondément injuste. À tel point qu'elle s'emporta.

— D'après Mme Phelps, Mère et vous, vous voyagiez tout le temps. Vous organisiez des fêtes où vous invitiez toutes sortes de gens. Elle dit que vous étiez différent à cette époque.

Xavier s'était composé un masque impénétrable, mais Agnes sentit l'émotion l'envahir et regretta aussitôt d'avoir impliqué la gouvernante dans cette discussion.

— Mme Phelps parle sans savoir, répliqua-t-il froidement. Elle n'était pas à mon service à cette époque.

— Si vous vouliez vraiment briser les illusions que je nourris au sujet de Pelago, vous me laisseriez y aller. Pour que je voie de mes propres yeux.

— Non.

— Pourquoi ?

— Tu le sais parfaitement.

— Parce que ça vous ferait de la mauvaise publicité, bougonna-t-elle.

— En effet.

— Mais vous êtes associé à un Pélagien !

— Un homme. En outre, Kiernan possède des atouts non négligeables dont j'ai grand besoin. Ce qui n'est pas ton cas. Et t'envoyer à Pelago serait une erreur monumentale.

— Ma mère aurait désiré mieux pour moi qu'Ebenezer Grange, insista Agnes. Et avec elle, j'aurais au moins eu mon mot à dire dans cette histoire !

— *Ça suffit!* Tu obéiras et nous ne parlerons plus de ta mère.

— Pourquoi? Pourquoi ne puis-je rien savoir sur elle? De quoi avez-vous si *peur*?

Agnes sut qu'elle venait de dépasser les bornes. Quelque chose se brisa entre eux.

— File dans ta chambre sur-le-champ, ordonna Xavier d'une voix glaciale, le visage cramoisi, une veine battant à sa gorge. Tu es privée de dîner. Sors.

Elle se précipita hors de la pièce, gravit l'escalier en courant, passa devant une Hattie médusée, et faillit bousculer Swansea. Elle se jeta sur son lit.

— Alors, le verdict? Quel est ton châtiment? Un nouveau stage à l'école des bonnes manières de Miss Elderberry?

Leo se tenait sur le seuil de sa chambre, un sourire aux lèvres. Une vague de soulagement inonda Agnes. Son père n'avait pas parlé à Leo de ses fiançailles. Lorsque l'un d'eux était puni, l'autre s'en délectait. C'était la tradition, chez les McLellan. Mais cette fois, c'était différent. Elle n'était ni privée de son labo, ni contrainte à suivre des leçons d'étiquette. C'était sa vie tout entière qui était en jeu.

— Franchement, je ne sais pas pourquoi il s'acharne à t'envoyer là-bas, poursuivit Leo, à côté de la plaque. Peut-être qu'il ferait mieux de t'enfermer à l'hôpital psychiatrique de Larker…

— Dégage, Leo.

— Agnes… (Il fronça les sourcils et fit un pas dans la chambre.) Je suis…

— Quoi? Tu es désolé? Je n'arrive pas à croire que tu aies laissé Branson la frapper sans lever le petit doigt!

Elle n'avait pas prévu d'évoquer Sera, mais c'était plus facile pour elle de se mettre en colère pour ça que de penser à Ebenezer Grange.

— Qu'est-ce que tu aurais aimé que je fasse ? Ce n'est pas comme si c'était moi qui l'avais frappée.

— Non, toi tu t'es juste contenté de la capturer. C'est beaucoup plus louable.

— Tu as la mémoire courte. Je te rappelle que tu m'as *aidé* à la trouver.

— Je ne savais pas qu'elle était là !

— Moi non plus !

Ils s'observèrent en silence. Leo plissa les yeux.

— Qu'est-ce qu'il se passe ?

— Rien.

Les larmes lui montèrent aux yeux. Elle tenta de les réprimer.

— Allons, tu ne sais pas mentir. Quoi ? Il va cadenasser ton labo jusqu'à la fin de l'année ?

Bien que Leo l'ait raillée à ce sujet, il ne se doutait pas lui-même que Xavier la marierait si brutalement. Ça lui vrillait le cœur de penser ça.

Soudain, elle vit une lueur briller dans ses yeux. Il venait de comprendre. Une seule chose pouvait la bouleverser à ce point. La seule punition dont elle ne pouvait pas rire avec lui.

— C'est… Tu es fian…

— Tais-toi. (Les larmes embuèrent sa vision. Elle fut incapable de les arrêter. Et jamais elle n'avait pleuré en présence de Leo.) Je t'en prie… laisse-moi seule.

— Agnes, je…

Il tendit les bras pour la réconforter, ce qui empira les choses. Elle ôta une chaussure et la lança sur lui ; le soulier manqua la tête de Leo de quelques centimètres et alla heurter la porte.

— DÉGAGE !

Il poussa un juron et disparut.

Elle se mit debout, claqua la porte, puis s'agenouilla

devant son sommier pour sortir la photo de sa cachette. Le visage de sa mère lui apparut flou à travers les larmes.

— Pourquoi tu m'as abandonnée ? Pourquoi tu n'es pas là pour me protéger de lui ?

Sa mère riait aux éclats. Agnes s'essuya le nez sur sa manche.

Fiancée. Quel cauchemar ! Demain, elle rencontrerait Ebenezer Grange, son futur époux. Son corps tout entier se récria à cette pensée.

Elle posa son regard sur le livre où était cachée la lettre et une ferme résolution s'empara d'elle. Bon sang ! Elle avait autant de sang Byrne que de sang McLellan. De quoi Mme Phelps avait qualifié sa mère ? De femme débridée ? Excentrique. Eh bien, Agnes l'était aussi.

Elle saisit le livre et se rendit dans son laboratoire. Elle allait rédiger cette dissertation. Elle réserverait un billet pour Pelago le plus tôt possible – Eneas l'accompagnerait au port le lendemain sans qu'elle ait besoin de se justifier. Elle rencontrerait sa grand-mère. Elle se rendrait à l'entretien universitaire et elle vivrait son existence comme elle l'entendait !

Agnes sortit le bocal de sa cachette, tout au fond du placard où elle stockait ses produits, et elle le dévissa. Elle stérilisa une pince à épiler, disposa un cheveu sur une lame qu'elle plaça sous la lentille du microscope et régla le grossissement à dix fois. Elle colla son œil à l'oculaire et ne vit rien de plus qu'un cheveu bleu. Elle augmenta le grossissement à vingt, puis cinquante. Le cheveu était d'une couleur absolument parfaite. Bleu céruléen. Non, c'était une teinte encore plus riche, plus intense. Comme un ciel pur d'été. Elle était tellement captivée par la couleur qu'elle mit quelques instants à s'apercevoir qu'il manquait un élément.

Agnes augmenta le grossissement à cent et poussa un petit cri. La cuticule censée protéger le cortex de la tige était dépourvue d'écailles. Ce cheveu était totalement lisse. Ça n'avait aucun sens. Ce n'était pas ainsi qu'était constitué le cheveu. Elle retira la lame du microscope et coupa le cheveu en deux avec un scalpel. Puis elle recueillit l'échantillon à l'aide de la pince à épiler et le tint sous la lentille, la partie découpée face à l'objectif.

La moelle, autrement dit le cœur du cheveu, était quasi impossible à observer – Agnes avait essayé des milliers de fois avec ses propres cheveux, sans succès. Mais au centre du cheveu de Sera brillait une minuscule lumière qui palpitait comme un astre. Elle se rassit et remit le cheveu sur la lame ; elle se frotta les yeux. En principe, un cheveu était constitué de cellules mortes, mais celui de Sera semblait *vivant*. Agnes ignorait ce que ça signifiait, en revanche, elle savait qu'elle venait de mettre le doigt sur un élément crucial. Les professeurs de l'université n'avaient sans doute jamais rien vu de tel. Elle se mit à griffonner dans son carnet, y reportant ses remarques et ses pensées et ce qu'elle comptait faire pour tester les propriétés de son échantillon.

Une pointe de culpabilité la transperça : cet examen ne lui avait fourni aucune réponse quant à la provenance de Sera et à la manière de l'aider à retourner chez elle. Mais pour l'heure, Agnes avait ses propres soucis. Elle vivait elle aussi dans une cage. Elle se mordit la lèvre. L'idée de ne pas pouvoir être plus utile à la jeune fille la rendait malade. Elle avait l'impression de l'abandonner entre les griffes de son père.

Agnes travailla jusqu'à minuit passé. Puis elle s'effondra sur son lit, épuisée, et sombra dans un sommeil sans rêves.

16.

SERA

Lorsque Sera revint à elle, elle se trouvait dans une grande caisse entourée d'une chaîne. Elle eut beau cogner et pousser de toutes ses forces, le bois ne céda pas.

— Laissez-moi sortir ! Mère Soleil, entendez-moi ! Aidez-moi, je vous en prie !

Elle éclata en sanglots. On ne lui répondit pas. Son souffle saccadé résonnait dans le silence. À quelques mètres de sa cage, une étrange lueur mauve s'élevait du sol. Peu à peu, ses yeux s'habituèrent à la pénombre et elle parcourut les lieux du regard.

Elle se trouvait sur une estrade entourée d'épais rideaux rouges. De part et d'autre de la scène, des tapis de mousse verte dotés de fleurs colorées. C'étaient celles-ci qui produisaient la lumière.

À l'arrière de l'estrade, un jardin se substituait au plancher. Une pelouse grasse parsemée de minuscules fleurs et plantée de jeunes arbustes. Au centre de la pelouse se dressait un arbre élancé au tronc argenté. Ses feuilles de jade étaient veinées d'un bleu conférant à l'ensemble du feuillage une nuance turquoise. Les arbustes n'avaient pas la même splendeur ; de simples troncs marron habillés de feuilles vertes.

Pour une raison qu'elle ignorait, Sera eut le sentiment que l'arbre était triste. Ses branches ployaient comme sous un lourd fardeau et sur son tronc apparaissaient des lignes rappelant celles d'un visage chagrin. Ce n'était pas un très grand arbre – en se mettant sur la pointe des pieds, elle pouvait sans doute toucher ses branches supérieures. Elle se demanda ce qu'il fabriquait cloîtré dans une salle… quel que soit cet endroit. La mousse et les arbustes également. Pourquoi les habitants de Kaolin faisaient-ils pousser de la mousse et des arbres à l'intérieur ?

Et que fichait-elle ici ? Que lui voulait-on ?

Sera frémit, se rappelant les événements de la nuit passée. La fille à la voix grave était en réalité un *mâle* prénommé Leo ; Sera s'en était rendu compte en le voyant à la lumière du jour.

Les mâles ressemblaient aux femelles, à la différence près qu'ils n'avaient pas de seins, qu'ils étaient plus grands, plus velus et plus méchants. Elle toucha sa tempe, où l'autre mâle avait abattu son poing. Sera n'avait jamais reçu de coup de toute sa vie. Ç'avait été très douloureux. Heureusement, la magie qui coulait dans ses veines avait guéri l'hématome. Sa peau n'avait gardé aucune trace de l'impact. Mais le souvenir de la douleur, lui, était resté.

Agnes était la seule à lui avoir témoigné un peu de gentillesse. Sera avait hésité à lui donner sa mèche de cheveux, redoutant qu'elle ne tente de lui subtiliser ses pouvoirs comme les humains sur leur dernière planète d'adoption. Mais ce n'était que des cheveux, et pas du sang. En outre, si elle voulait retourner chez elle, elle aurait besoin d'une alliée.

Mais Agnes n'était pas là, et Sera ignorait si elle la reverrait un jour. Son pouls se précipita tandis qu'elle envisageait des solutions pour se sortir de là. En vérité, elle n'en avait aucune. Elle était prise au piège. Sa Cité était loin. Et elle ne parlait pas la langue de ce peuple.

Sa mère céladon lui avait dit que les Céruléennes pouvaient communiquer avec les habitants de cette planète. Mais Sera ne voyait pas comment. Y avait-il un secret, perdu avec le temps, un rituel ou une pratique qui pourrait faire tomber la barrière du langage ?

Tu peux toujours écrire, songea-t-elle. C'était surprenant. Elle avait eu l'intention de tracer les symboles qu'elle avait retenus de la coupe ; le message qui lui était apparu, « Guéris-les. » Peut-être ces symboles pourraient-ils expliquer pourquoi la cérémonie avait échoué, pourquoi elle avait atterri ici – et au fond de son être, elle espérait qu'ils pourraient l'aider à retourner chez elle. Elle aurait dû questionner la grande prêtresse, mais elle n'avait jamais envisagé la possibilité de se retrouver coincée à Kaolin. Aussi, elle avait passé les doigts entre les mailles de cet atroce filet et avait inscrit ce dont elle se souvenait dans le sable et alors, tandis qu'Agnes priait pour comprendre le langage de Sera, elle s'était mise à inscrire différents symboles, des signes qu'elle n'avait jamais vus de sa vie. Et c'était son prénom qu'elle avait écrit.

Peut-être une autre cérémonie avait-elle eu lieu depuis la sienne, pour réparer son échec. Peut-être une Céruléenne plus apte, plus digne qu'elle avait été choisie. Et à l'heure actuelle, peut-être que la Cité voyageait à travers l'espace, abandonnant Sera pour toujours sur cette planète. Cette pensée était insupportable. Elle se remit à donner des coups de pied dans sa caisse. Si seulement elle pouvait apercevoir les astres…

Ou le cordon ! Elle cessa de s'agiter et redressa le buste. Si elle retrouvait le cordon, elle saurait si la Cité était toujours là. Peut-être lui permettrait-il de retourner chez elle ? Le problème, c'est qu'elle ne savait pas où le cordon était ancré. Elle se trouvait à Kaolin. Et si le point d'ancrage était à Pelago ? Serait-elle en mesure de le voir à une telle distance ? Et quel type de distance ? Elle n'avait aucune notion des distances sur cette planète. Elle ne l'avait vue que d'en haut, où tout lui avait paru petit. Pelago se situait à l'est de Kaolin, de l'autre côté de la mer. Et Kaolin était un immense territoire. Une terre immense en forme d'étoile asymétrique. Où se trouvait-elle sur le territoire ? Quelle distance séparait les deux pays ?

Elle recommença à cogner dans la caisse. Encore et encore. Jusqu'à ce qu'elle s'écorche les pieds et soit à bout de forces. Ses jambes la lâchèrent. Elle avait mal au ventre ; le désespoir menaçait de l'avaler tout entière.

— Mère Soleil, je t'implore, murmura-t-elle, les larmes ruisselant le long de ses joues. Si tu m'entends… je t'en prie, aide-moi.

— *Il pleure.*

Sera redressa brusquement la tête. La voix était râpeuse et sifflante. Deux yeux globuleux remuèrent au bord de la scène. Une main semblable à une serre surgit, suivie d'une seconde ; puis une étrange créature se hissa sur l'estrade en gigotant. Elle rampa sur la mousse. Sera poussa un cri d'effroi et se terra au fond de sa caisse.

La créature était petite (moins d'un mètre de long) et vert pâle. Le haut de son corps était d'apparence humaine – un torse, deux bras et une tête. Mais en guise de jambes, elle avait une queue de poisson couverte d'écailles. Elle avait une tête toute ronde dans laquelle étaient sertis deux yeux lumineux et des dents semblables à des lames de rasoir. Son crâne était saillant. En guise de sourcils, trois filaments luisants oscillant au gré de ses gestes. Les mains-serres comptaient chacune sept doigts palmés.

Les filaments qui ornaient son arcade sourcilière étaient magnifiques et délicats comme du cristal, réfractant la lumière générée par les fleurs. Et à l'extrémité de chaque filament, une minuscule ampoule. Cela lui fit penser aux poissons qui nageaient dans le Grand Estuaire, des poissons que redoutaient toutes les Céruléennes. Toutes sauf Sera.

La créature contempla Sera sans ciller. Sera l'observa en retour. Apparemment, cet être n'avait pas de paupières.

— Tu… tu as dit quelque chose ? demanda-t-elle.

Elle se sentit un peu stupide. À supposer que ce soit lui qui avait parlé, il ne comprendrait même pas sa question.

— *Il pleure dans sa boîte, si triste, si loin de chez lui, la mer, la mer.*

Sa bouche ne remuait pas, mais les filaments chatoyaient suivant un motif de couleurs. Cuivre, magenta, bleu. La voix indiqua à Sera qu'il s'agissait d'un mâle.

Elle s'approcha de la paroi et se cramponna aux lattes de la caisse.

— C'est comme ça que tu parles ? dit-elle. Avec des lumières ?

Soudain, elle remarqua que le bout de ses doigts luisait, comme lors d'une connexion par le sang. Mais pas seulement son index. Les trois doigts du milieu, sur ses deux mains. Elle les contempla, médusée.

— Que se passe-t-il ? dit-elle à voix haute.

Le bout de ses doigts se mit à chatoyer comme les filaments. Violet, vert-jaune, violet. Elle se rappela l'histoire que sa mère céladon lui avait racontée. Celle de la planète aux oiseaux géants. Sa magie lui permettrait-elle de communiquer avec cette créature ?

Sera hésita, se souvenant de la mise en garde d'Agnes. *Il ne fallait pas qu'on sache qu'elle comprenait.* Mais ça ne s'appliquait qu'aux humains. Or cette créature n'était pas humaine. Elle leva les mains pour qu'il puisse les voir.

— Je m'appelle Sera Lighthaven. Je suis céruléenne et mon sang est magique.

Ses doigts s'illuminèrent. Face à elle, la créature réagit ; son corps tout entier se mit à briller dans un arc-en-ciel de couleurs.

— *Elle parle ! Elle parle le langage des couleurs !*

Une vague de soulagement la balaya. On l'entendait, on la comprenait… elle fut saisie d'une joie presque douloureuse.

— Où sommes-nous ? demanda-t-elle tandis que ses doigts passaient de l'ambre à l'écarlate. Quel est cet endroit ? Qui es-tu ?

— *Qui je suis ? Eh bien, je suis un mertag, fier et froid et véritable. Mon nom… mon nom est trop long pour les habitants de la terre et vieux, très vieux oui, par les bulles et les poissons-globes, mais personne ne me parle ici, personne ne comprend. On m'appelle Errol, encore et encore, Errol Errol Errol. Errol est le prénom que je porte ici et il n'est pas plus mauvais qu'un autre, Sera Lighthaven.*

— Errol, murmura-t-elle.

Le mertag semblait content de pouvoir communiquer. Ses lumières s'illuminèrent à plusieurs reprises.

— *De l'océan je suis venu, oui, des eaux sombres de Pelago, mais ils m'ont capturé, ils m'ont arraché à la mer, mon foyer, ces cruels humains armés de filets et de lumières traîtresses, ils m'ont volé et m'ont plongé dans cette fausse mer, ce minuscule océan.* (Il se retourna vers la mousse et poussa un petit cri dédaigneux. Sera devina qu'il devait y avoir de l'eau de l'autre côté.) *Depuis longtemps maintenant, je suis ici, trop longtemps, trop de lumière, aucun courant pour nager.*

Errol frémit et frotta sa main palmée sur son crâne grêlé.

— Que nous veulent-ils ? demanda-t-elle. Pourquoi nous gardent-ils prisonniers ici ?

— *Qui sait ce qui motive les humains et pourquoi ils font ce qu'ils font ? Ils vont, ils viennent, ils détruisent, ils prennent, ils se fichent de notre lieu d'appartenance, ils ne pensent qu'à eux. Plus de poissons ils désirent, encore plus, toujours plus, et des fleurs aussi, et pendant ce temps-là, Errol est tellement fatigué.*

Sera n'était pas certaine de tout comprendre, mais elle partageait son avis. Les hommes étaient cruels et égoïstes.

Elle se rappela combien Kaolin et Pelago l'avaient intriguée. Elle avait tant désiré savoir à quoi ressemblait l'existence des gens sur ces terres. Elle avait voulu les visiter comme les Céruléennes visitaient les planètes dans l'ancien temps. À présent, elle avait honte de sa curiosité. Elle aurait dû apprécier davantage sa Cité chérie quand elle en avait encore l'occasion.

Une pensée lui vint.

— Tu peux m'aider à sortir de cette caisse, Errol ?

Le mertag inclina la tête.

— *Je peux essayer.*

Il rampa à travers l'estrade à l'aide de ses bras, sa queue de poisson gigotant dans son sillage. Il approcha de la chaîne et l'examina.

— *Je crains qu'elle ne soit verrouillée,* Sera Lighthaven, déclara-t-il en tirant sur le lourd cadenas en métal. (Il mordit dans la chaîne.) *Et trop épaisse pour ce vieil Errol. Je suis navré.*

— Ah…

Sera ne put dissimuler sa déception. Le mertag planta les dents dans la caisse et recracha des échardes, dégoûté.

— Puisque tu peux sortir de ton bassin, pourquoi ne t'enfuis-tu pas ?

Errol lâcha un coassement que Sera interpréta comme un ricanement.

— *Tu crois que ça ne m'a pas traversé l'esprit, Sera Lighthaven ?! Les mertags sont intelligents, beaucoup plus rusés que les humains, de loin. Mais il n'y a pas de sortie. Des murs et des murs, et encore des murs, et aucune issue. Tu verras bientôt ; la lumière va revenir. Et je ne peux pas rester hors de l'eau éternellement, non, pas éternellement, un petit moment, c'est tout.* (Il rit de nouveau.) *Mais ils ne le savent pas. Oh ! non ! Les humains pensent qu'Errol a toujours besoin d'eau. Les hommes sont aveugles ; aucune cervelle.*

Sera n'était pas si tranchée. Agnes n'avait certainement pas l'air stupide. Au moins, Sera n'était plus seule. Elle pouvait parler à Errol, aussi étrange fût-il. Elle remercia Mère Soleil. Puis elle poursuivit sa conversation avec son nouvel ami.

Les lumières revinrent, comme Errol l'avait prédit.

Sera s'était endormie sans s'en rendre compte. Un grand fracas la réveilla en sursaut. Une série de lumières s'allumèrent et une voix guillerette retentit :

— Bonjour, Boris ! Bonjour, Errol, vieux bougre ! J'espère que vous avez tous fait un bon dodo…

Sera cligna des yeux, éblouie par la lumière ; un jeune mâle se tenait devant sa caisse, le visage clair auréolé d'une tignasse blond cendré. Il eut l'air aussi surpris de la voir que l'inverse. Elle se figea, méfiante.

— Bonjour, dit-il. Je ne savais pas qu'on attendait de nouveaux arrivants. (Il s'accroupit près de la caisse.) Ouah ! tu n'es pas ordinaire ! Je me suis habitué à Errol et Boris. (Il indiqua l'arbre d'un geste du menton.) Tu dois avoir faim.

Elle prit sur elle pour ne pas hocher la tête et l'implorer de lui donner de la nourriture. Elle mourait de faim. Mais il était hors de question qu'elle révèle à ce mâle qu'elle le comprenait.

Il examina l'intérieur de la caisse et secoua la tête d'un air écœuré.

— Pas même un verre d'eau ? Ou un seau pour te soulager ? C'est du Branson tout craché, marmonna-t-il. Je reviens tout de suite, dit-il à Sera.

Pourquoi continuait-il à lui parler ? Savait-il qu'elle comprenait sa langue ? Son cœur se vrilla. Agnes avait-elle trahi leur secret ?

À présent qu'il y avait de la lumière, elle distinguait nettement le décor de sa prison. La pièce était plus grande qu'une demeure céruléenne. Le plafond était voûté comme celui du temple, sauf qu'il n'était pas translucide. Des rangées de sièges rouges en gradins étaient disposées dans les trois quarts de la salle. Trois niveaux de balcons couraient tout autour, les uns au-dessus des autres. Les murs étaient ornés de fruits et de fleurs, de sculptures couvertes de feuille d'or, et le sol était tapissé d'une moquette assortie aux fauteuils.

L'homme revint avec un bol, un petit seau et une scie. Sera se réfugia tout au fond de sa cage, intimidée par les dents acérées de l'outil.

— N'aie pas peur, dit-il en posant le seau et le saladier. Je vais juste découper une de ces lattes pour te passer ça. On ne m'a pas confié les clés du cadenas et M. McLellan m'étriperait si jamais je retirais la chaîne. (Il la contempla d'un air apitoyé.) Ils auraient dû te donner tout ça hier soir. Je suis désolé.

Il avait l'air sincère, mais Sera préférait se méfier. Il découpa une ouverture assez large pour permettre le passage du seau et du bol.

— Soupe d'orge et de carotte. Elle est froide, mais c'est tout ce que j'ai sous la main.

Sera attendit qu'il se soit éloigné avec la scie avant de s'approcher de l'ouverture pour renifler la nourriture. Elle devait se méfier, mais en sentant l'odeur du potage et de la carotte, son ventre gargouilla et elle se jeta sur le bol et en engloutit le contenu en un rien de temps.

Une fois la portion finie, elle observa le mâle. Il arrosait l'arbre prénommé Boris. Elle se rendit compte qu'il parlait à tout le monde, et pas seulement à elle.

— Que dis-tu de ça en guise de petit déjeuner, Boris ? Tes jeunes arbustes se portent bien aujourd'hui. Je te parie qu'ils ont poussé depuis hier. Je te donnerai un peu de soleil dès que j'aurai nourri Errol.

Il revint avec un seau d'où émanait une odeur âcre et fumée.

— C'est l'heure de grailler, Errol ! dit-il en s'approchant du bassin.

Il jeta le contenu de son seau dans l'eau où vivait Errol.

Ce comportement laissa Sera perplexe. Il avait l'air gentil ; c'était sans doute le mâle le plus gentil qu'elle avait rencontré jusqu'ici. En revanche, il ne voulait pas la relâcher et il travaillait pour ceux qui l'avaient enfermée là. Comment une personne si gentille pouvait-elle se retrouver mêlée à des gens si cruels ? Après avoir nourri Errol, il disparut de nouveau. Un grincement retentit et le volet qui occultait le plafond se rétracta. Sera lâcha son bol de soupe et colla son visage à la caisse. Le ciel apparut peu à peu, centimètre par centimètre.

Le ciel ! Un ciel différent du sien. Il était d'un bleu éclatant, tel l'œuf d'un rouge-gorge. Pas une étoile en vue. Le soleil brillait à travers le verre, plus éblouissant que le soleil auquel elle était habituée. Il aspergea de ses rayons l'arbre chétif et ses arbustes. Sera eut l'impression que Boris se redressait légèrement. Son feuillage s'agita imperceptiblement et ses branches s'étirèrent.

— C'est bon, hein ? s'exclama le mâle en revenant.

Il tapota le tronc d'un geste affectueux.

À cet instant, une porte à l'arrière du bâtiment s'ouvrit et un roux muni d'une sacoche noire surgit dans la salle, suivi d'un visage familier.

Sera émit un sifflement en apercevant Leo. Ils remontèrent l'allée jusqu'à la scène.

— Bonjour, Francis ! s'écria le rouquin.

— Bonjour, monsieur Kiernan, répondit le gentil mâle.

— Apparemment, nous avons une nouvelle recrue, dit-il en gravissant une volée de marches sur le côté de l'estrade.

— En effet, monsieur.

— Vous connaissez Leo McLellan ? Le fils de Xavier. Ce sont sa sœur Agnes et lui qui ont dégoté cette proie.

Sera ne s'était pas rendu compte que Leo et Agnes étaient apparentés. Ils n'avaient rien en commun. Pas plus dans leur comportement que dans leur apparence. Francis serra la main de Leo.

— Boris a l'air heureux aujourd'hui, commenta le dénommé Kiernan. C'est notre arboréal, ajouta-t-il à l'intention de Leo. Et Errol est notre mertag. Il est assez timide, j'en ai peur. Il passe la quasi-totalité de son temps au fond de son bassin. (Il se frotta les mains et se tourna vers Sera.) Voyons voir ce que nous avons là !

Il s'accroupit près de la caisse et en l'apercevant, son visage devint blême et ses yeux s'exorbitèrent.

— Mon… Dieu ! s'exclama-t-il.

— Qu'est-ce que c'est, monsieur ? s'enquit Leo. Vous savez à quelle espèce elle appartient ?

— Je suis céruléenne, espèce d'abruti ! rétorqua Sera.

Leo parut surpris par la brutalité de son ton, et Sera éprouva un sentiment de satisfaction. Alors elle se souvint qu'elle aurait dû se taire. Mais les deux mâles ne se rendirent pas compte qu'elle les avait compris.

— Elle n'a pas l'air de vous porter dans son cœur, ricana Kiernan. Et non, je ne sais pas ce qu'elle est. Elle ressemble presque à… (Il hésita, se pencha en avant pour l'examiner de plus près, et il secoua la tête.) Non, je n'ai jamais rien vu de tel. Mais tâchons d'en apprendre davantage à son sujet, non ?

Qu'est-ce qu'il se passait ?

Kiernan farfouilla dans son sac ; il en sortit une longue aiguille. Allait-il lui demander de lui coudre un vêtement ? Non. Il lui planta l'aiguille dans le pied. Elle poussa un cri de douleur et le noir l'avala.

17.

AGNES

Au petit déjeuner, Agnes avait une mine lugubre. Elle faisait une tête de six pieds de long.

Son père passa tandis qu'elle finissait son café.

— Bonjour.

— Bonjour, répondit-elle sèchement.

— Prête à rencontrer ton fiancé ? (Il la jaugea et parut contrarié.) J'aurais dû demander à Leo de te choisir une tenue.

Qu'est-ce qui clochait dans sa tenue ? C'était une robe bleu marine avec des broderies rouges et une ruche blanche au niveau du corsage. Hattie avait insisté pour lui épingler sur le devant de la tête un chapeau bleu et rouge assorti. Sa tenue était flamboyante.

— Je suis certaine que ça ne dérangera pas Ebenezer, répondit-elle d'une voix mielleuse. Il n'a pas vraiment le choix, de toute façon ?

— Monsieur.

Swansea s'approcha de son père par-derrière, le quotidien à la main. Il paraissait nerveux.

— Qu'y a-t-il ? s'enquit Xavier.

Swansea lui tendit le journal. Son père prit connaissance de la une et perdit aussitôt contenance.

— Convoquez immédiatement Kiernan. Et Roth. *Vite !* (Agnes crut qu'il allait déchirer le journal tant il le serrait fort.) Enfin ! souffla-t-il d'un ton presque révérencieux.

Sans une explication, Xavier se précipita dans son bureau. Agnes demeura seule dans la salle à manger. Dubitative.

Eneas se hasarda dans la pièce.

— Vous êtes prête, Mademoiselle ?

Sa tignasse noire et bouclée dépassait de sa casquette de chauffeur, et son expression d'ordinaire si guillerette était teintée de compassion. Il savait où ils se rendaient et pour quelle raison. Agnes hocha la tête et le suivit jusqu'à la voiture, garée devant la maison.

— Vous avez lu le journal ? demanda-t-elle lorsqu'il lui ouvrit la portière.

— Non, mais Olive Town était en effervescence ce matin. Apparemment, on aurait fait une découverte sur l'une des îles Perdues. C'est peut-être un tissu de mensonges, commenta-t-il en mettant le contact et en reculant dans l'allée. Personne n'a vu une île Perdue depuis... depuis des générations. C'est pour ça qu'on les qualifie de « perdues », non ?

— Hum, murmura Agnes.

Eneas était originaire de Thaetus, l'île la plus au sud de l'archipel pélagien ; il en parlait toujours avec nostalgie et en brossait un portrait paradisiaque. Les oliviers et les vignobles, les collines et les eaux limpides comme du cristal, et le marché animé d'Arbaz, la capitale de l'île.

Les Grange vivaient à l'ouest d'Old Port, dans le quartier d'Ellsbury Park, pas aussi classe que Upper Glen mais pas mal non plus. Il leur fallut une éternité pour traverser la ville. Ils furent immobilisés pendant une bonne dizaine de minutes à Central Square, un fiacre s'étant coincé une roue dans les rails du tramway. En d'autres circonstances, Agnes aurait harcelé Eneas pour qu'il lui apprenne un nouveau mot pélagien, ou bien elle aurait cherché à en savoir davantage sur sa mère.

Mais pas aujourd'hui.

Chaque fois qu'Agnes avait songé au mariage, c'était Susan Bruckner qui lui était venue à l'esprit. Susan était dans sa classe à l'école des bonnes manières de Miss Elderberry; sa famille était de Pearl Beach. Ses parents l'avaient envoyée à Old Port pendant un an. Contrairement aux autres filles, Susan n'avait pas trouvé Agnes bizarre, malgré son comportement excentrique. Un jour, elle lui avait même demandé de l'aider à lacer son corset. Agnes avait gardé l'image en mémoire : sa peau brune contrastant avec la dentelle blanche, sa poitrine débordant du corsage. Cette vision l'avait titillée entre les cuisses.

Elle ouvrit sa pochette rouge en satin et palpa les bijoux qui s'y trouvaient. Ses pièces les plus précieuses. Ce n'était pas grand-chose, mais elle avait bon espoir que ça suffise à lui payer un aller simple pour Arbaz. Thaetus était plus près de Kaolin que Cairin, l'île principale où se situait Ithilia. Avec un peu de chance, le voyage serait donc moins onéreux. Elle n'avait jamais organisé elle-même ses propres déplacements.

La voiture s'arrêta, la ramenant brutalement à la réalité. La maison de ville des Grange était un bâtiment de brique d'un étage pourvu au rez-de-chaussée d'une grande baie vitrée et d'un balcon surplombant la porte d'entrée. Agnes déglutit. Elle avait la bouche sèche comme du papier. Le moteur ronronna encore pendant une minute. Puis Eneas fit remarquer :

— Je pense qu'il est temps d'y aller, ma chère.

Ses jambes se déconnectèrent de son corps. Elle longea le sentier menant au perron, gravit quatre marches et appuya sur la sonnette un peu malgré elle. Un grand « boum » retentit à l'intérieur. Quelques instants plus tard, un vieux domestique grisonnant lui ouvrit. Un grand triangle solite était épinglé à sa poitrine.

— Mademoiselle McLellan, la salua-t-il en s'inclinant. Mon jeune maître vous attend. Entrez, je vous en prie.

L'homme la conduisit dans le petit salon ; elle eut l'impression qu'un nid d'araignées grouillait dans son ventre. La pièce était décorée de meubles en bois clair et tapissée dans des nuances cuivre et bleu. Une peinture à l'huile représentant un navire en pleine tempête était accrochée au-dessus de la cheminée. Dans un coin du salon se trouvait un petit chariot-bar où reposaient des carafes en cristal. Sur un mur, une étagère remplie de livres reliés en cuir. Sur la table basse, un service à thé ; et sur un guéridon, un bouquet de lilas et de lis. Il faisait une chaleur étouffante bien que les fenêtres soient ouvertes.

Ebenezer Grange était assis sur un canapé pervenche ; il avait l'air presque aussi nerveux qu'Agnes. En l'apercevant, il sursauta ; il cacha quelque chose sous un coussin et se mit debout.

— Mademoiselle McLellan, annonça le majordome.

— Merci, Peter, dit-il d'une voix nasillarde.

Il avait d'épais cheveux châtains et une modeste barbe qui plut à Agnes – elle avait horreur de la manière dont les hommes d'Old Port taillaient leur barbe, l'ornaient de rubans, d'épingles, de boucles et, pire encore, la parfumaient ! Ebenezer avait la peau mate et le teint un peu cireux ; il portait des lunettes à monture métallique qui glissèrent sur l'arête de son nez. Il les remonta en clignant d'une paupière. Dans l'ensemble, il lui fit penser à un hibou maigrichon.

— Enchanté, Agnes.

Il s'avança en lui tendant la main.

Puis il dut se souvenir que les hommes ne serraient pas la main aux femmes, et il rangea son appendice insultant dans sa poche, le ressortit, l'essuya sur son pantalon, et le rangea de nouveau.

— Enchantée, répondit Agnes d'une voix sèche en lui offrant une révérence maladroite.

Son père avait dû ricaner en songeant au couple qu'ils formeraient. Deux marginaux inadaptés qui faisaient tout de travers.

— Désirez-vous une tasse de thé ?

Agnes aurait préféré qu'on lui propose ce qui se trouvait dans les carafes en cristal. Elle ne buvait jamais d'alcool fort, mais aujourd'hui, elle était prête à faire une exception.

— Volontiers, merci, répondit-elle en s'asseyant à l'extrémité du canapé, le plus loin possible d'Ebenezer.

La main du jeune homme tremblait si fort qu'il faillit renverser le thé en le servant. Agnes eut presque pitié de lui. Mais pas autant que d'elle-même.

Elle tint sa soucoupe et aspira une gorgée de thé. Le silence devint vite oppressant. Ebenezer prenait son temps, veillant à ajouter dans sa tasse la même portion de lait et de sucre. Elle se demanda si c'était parce qu'il était nerveux ou bien s'il avait un toc.

Ils burent leur thé dans un silence total que seuls perturbèrent des bruits de moteur occasionnels et le gazouillis d'un oiseau.

— C'est une sacrée vague de chaleur qui nous accable en ce moment, vous ne trouvez pas ? finit par lâcher Ebenezer.

Agnes bougonna en son for intérieur.

— Oui. Il fait encore plus chaud que l'année dernière.

Le silence retomba. Agnes en avait sa claque. Elle n'avait rien demandé à personne et elle n'avait pas l'intention de se plier en quatre pour Ebenezer Grange.

— Au moins, vous n'êtes pas forcé de porter un corset, dit-elle. J'ai l'impression que mes côtes sont prises dans un étau dégoulinant de transpiration.

Ses paroles eurent leur effet : Ebenezer avala son thé de travers ; ses joues prirent une nuance cramoisie.

— Je… je… je, bégaya-t-il.

— Quoi ? demanda-t-elle d'un ton innocent. Vous savez ce qu'est un corset, n'est-ce pas ?

— Bien sûr, mais… (Son visage était de plus en plus rouge.) C'est la première fois que j'entends une dame en parler en public de cette manière.

Agnes balaya la pièce d'un geste ample de la main.

— Nous sommes seuls dans votre salon. Ce n'est pas comme si nous étions dans le hall du Régent.

Ebenezer voulut reprendre une gorgée de thé mais sa tasse était vide. Il la reposa dans un cliquetis de porcelaine.

— Mon père ne m'a annoncé nos fiançailles qu'hier soir, dit-il. Je suis un peu… pris de court.

— Tout comme le mien, répliqua Agnes. Et je le suis aussi.

Il se racla la gorge.

— Ce n'est pas juste, n'est-ce pas ? De les laisser décider pour nous.

— En effet. (Elle posa à son tour sa tasse.) Écoutez, Ebenezer, je sais que je ne corresponds pas à l'idée que vous vous faites de l'épouse idéale. Certes, mon père possède de l'argent et un nom, mais je ne suis pas une jolie petite Kaoline mondaine. Je passe mon temps à dire ce qu'il ne faut pas, je ne m'habille pas convenablement et je hais les fêtes et les bavardages inutiles. Et pour être tout à fait franche, si j'avais la possibilité de me rétracter, je le ferais sans hésiter.

— Moi aussi, répondit Ebenezer d'un ton misérable. (Agnes commença à le trouver sympathique. Il eut l'air mortifié.) Je ne veux pas dire que vous soyez… je ne voulais pas… (Il se tordit les mains.) Je ne voulais pas vous offenser.

— Je ne le suis pas. Si nous devons endurer cette atroce mascarade, autant se parler franchement. Vous ne pensez pas ?

Il retroussa ses minces lèvres.

— Vous n'êtes pas une fille comme les autres, Agnes McLellan.

— En effet. Je ne suis pas comme les autres.

C'était bon de le dire à voix haute. Heureusement qu'on ne la forçait pas à épouser un type comme Robert Conway ou Bernard Foster-Brown, ou un autre des amis épouvantables de son frère. Elle préférait de loin la gaucherie à l'arrogance.

— Votre père a-t-il fixé une date pour le mariage ? demanda-t-il.

— Non. Et le vôtre ?

— Non.

— Peut-être qu'il nous reste encore un peu de temps, alors.

Ebenezer renâcla.

— Connaissant mon père, ça m'étonnerait. Il n'attend qu'une chose, c'est que je débarrasse le plancher. Comme ça, il pourra se focaliser entièrement sur Gerald et Louis. Son but depuis toujours. (Il poussa une sorte de croassement comme s'il voulait ravaler ses paroles.) Désolé. Je n'aurais pas dû…

— Ebenezer, l'interrompit Agnes avant qu'il ne s'excuse plus avant. Rien de ce que vous direz ne pourra m'offusquer. Mon père aurait voulu que je sois un garçon ; il me l'a dit lui-même. Je ne suis pas une adepte des bonnes manières et de la courtoisie, et je suis bien placée pour savoir à quel point un père peut être cruel. Ne vous excusez jamais de dire le fond de votre pensée, du moins devant moi. C'est rafraîchissant, à vrai dire.

Il afficha un grand sourire.

— La vieille société d'Old Port peut s'avérer très étouffante, n'est-ce pas ?

— Vous n'avez pas idée, soupira-t-elle.

— Je ne savais pas que votre père connaissait mon existence, par ailleurs, ajouta Ebenezer en ôtant ses lunettes pour nettoyer les verres.

— Il met un point d'honneur à connaître tout sur tout le monde, répliqua-t-elle. Afin de mieux exploiter les faiblesses des uns et des autres.

— Il a l'air terrifiant.

— Il l'est. (Elle se remémora la veine qui palpitait à son cou le soir précédent lorsqu'elle lui avait tenu tête.) Je crains qu'il ne fasse pas un beau-père très sympathique. Mais je ne pense pas qu'il nous rendra beaucoup visite.

— Le mien non plus, fit Ebenezer, songeur. (Il lui adressa un regard apeuré.) Y a-t-il un jeune homme à Old Port qui sera furieux d'apprendre notre... arrangement ? Je suppose que ma famille n'est pas la seule à avoir sollicité votre main.

— Non, il n'y a personne, répliqua Agnes. Je ne sais pas s'il y a eu d'autres propositions. Père ne me consulterait jamais pour ce genre de décision futile. Il ne s'agit que de mon futur mari, après tout.

Elle accompagna ses paroles d'un sourire pour qu'il comprenne qu'elle plaisantait. Il se détendit.

— Et vous ? demanda-t-elle, s'apercevant qu'elle se comportait de manière très égoïste.

Il se pouvait très bien qu'Ebenezer soit amoureux d'une autre et qu'on lui refuse ce bonheur en le mariant de force à Agnes.

Il devint rouge jusqu'à la pointe des oreilles.

— Il y avait une fille... mais elle, euh, disons qu'elle ne partageait pas mes sentiments.

— Je suis navrée.

Il haussa les épaules.

— Ce n'est rien. Je n'étais pas vraiment surpris. Je sais que ma famille n'est pas aussi riche que d'autres, et je ne suis certainement pas aussi beau que… eh bien, que votre frère, pour ne citer que lui. Les filles ont l'air de l'apprécier.

Elle leva les yeux au ciel.

— Pitié ! Qu'il ne vous entende jamais dire ça ! Ça le rendrait encore plus insupportable qu'il ne l'est déjà.

— Je suis vraiment soulagé, Agnes. Vous êtes très différente de ce que j'avais imaginé.

— C'est-à-dire ?

Il inclina la tête de côté et réfléchit un instant.

— J'imaginais une sorte de directrice d'école autoritaire.

— Le cauchemar, dit-elle avec un sourire. Ne vous en faites pas, je m'habille comme telle, mais c'est tout.

Ebenezer partit d'un éclat de rire.

— Vous êtes la fille la plus caustique que je connaisse.

— Peut-être. Ou bien c'est simplement que les autres filles ne sont pas assez courageuses pour exprimer le fond de leur pensée.

Il parut surpris.

— Je n'avais jamais considéré les choses sous cet angle.

Sans blague.

— Je vous ressers du thé ? proposa-t-il.

— Merci, dit-elle en lui tendant sa tasse.

— Vous avez lu le journal aujourd'hui ? demanda-t-il en la servant. Il y a toute une histoire à propos de…

— Vous avez le journal ? l'interrompit Agnes. (Pourquoi n'y avait-elle pas songé avant ?) Mon père a pris le nôtre. Et je n'ai entendu que des bribes d'informations que mon chauffeur m'a transmises.

— Oui, j'étais en train de le lire quand vous êtes entrée.

Ebenezer sortit un journal plié de sous le coussin. Il le lui tendit.

« DÉCOUVERTE DE RUINES ANTIQUES ! » annonçait la une de l'*Old Port Telegraph.* Le sous-titre indiquait en caractères plus petits : « Un trésor enfoui se trouverait-il sur cette île pélagienne retirée ? » Agnes posa sa tasse sur la table et saisit le journal des deux mains.

« Le célèbre capitaine Wendell Rivington et son équipage, de retour d'un long et éprouvant voyage sur les îles situées à l'extrême-est de Pelago, se sont fait surprendre par une tempête qui a dévié leur trajectoire. Pendant cinq jours, ils ont navigué à travers le brouillard sans savoir où ils allaient. Le sixième jour, le brouillard s'est levé, révélant l'île de Braxos, l'une des îles Perdues, comme les appellent les Pélagiens, en vertu de l'épais brouillard qui les dissimule.

« Le capitaine Rivington et son équipage ont dû faire preuve de tout leur savoir-faire pour ne pas s'échouer sur ses côtes, et tandis qu'ils esquivaient l'île, ils ont aperçu les ruines d'une très ancienne forteresse protégée par des portes de métal rutilant orné de symboles étranges. Des gemmes de couleurs stupéfiantes étincelaient sous l'eau, encourageant les hommes à jeter les filets dans l'espoir d'en attraper. Le marin Harry Withers, un photographe amateur, a réussi à prendre un cliché des ruines (ci-dessous) avant que le brouillard n'engloutisse de nouveau Braxos, forçant le navire à faire demi-tour pour rejoindre des eaux plus sûres.

« Depuis combien de temps les ruines demeurent-elles sur cette île, intouchées par l'homme ? Quels mystères dissimulent ces portes ? Comment se fait-il que les eaux environnantes abondent de pierres précieuses ? Et surtout, qui sera le premier à explorer cette découverte insaisissable et revendiquer ces richesses comme siennes ? »

— Gerald et Louis n'ont parlé que de ça au petit déjeuner, commenta Ebenezer. Je crois que Louis a oublié qu'il ne savait pas nager.

Il rit de sa blague mais Agnes ne l'écoutait pas. Elle contemplait la photographie en noir et blanc de mauvaise qualité. Les ruines étaient immenses, perchées sur une falaise surplombant l'océan. Des tours se dressaient de toutes parts, tels des serpents de granit. Les portes apparaissaient de manière très nette. Elles étaient étincelantes.

Et ornées en leur sommet d'un symbole qui lui fit palpiter le cœur.

— Vous avez une loupe ?

— Il doit y en avoir une dans le secrétaire, répondit Ebenezer, surpris par son sérieux. (Il s'approcha du meuble en bois de rose près de la porte et farfouilla dans l'un des tiroirs du bas.) Voilà !

La loupe possédait une poignée en ébène polie ; elle était très propre. Elle la porta au-dessus de la photo.

Une étoile lui apparut. Une étoile asymétrique. Une étoile qui lui sembla étonnamment semblable à un pendentif aperçu au cou d'une fille argentée à la chevelure bleue.

C'était l'étoile du collier de Sera.

18.

LEO

Sous le regard embarrassé de Leo, Kiernan sortit de la caisse le corps inanimé de la fille.

La discussion qu'il avait eue avec son père la veille au soir avait beau l'avoir émoustillé, la réalité le rattrapait à grands pas. Certes, on l'incluait enfin, mais dans quoi ? Leo avait souhaité diriger une compagnie de théâtre. Il en avait rêvé toute sa vie. En se portant volontaire pour l'expédition, il avait cru qu'en retour on lui proposerait le poste d'assistant du directeur ou un rôle mineur dans une pièce. Ainsi, il aurait appris les rouages du métier, ce qui se passait dans les coulisses lors d'une représentation ; il aurait peut-être même flirté avec la chef costumière. Le jour où son père se serait retiré, il aurait repris le flambeau ; il aurait sélectionné les pièces, contribué au casting des comédiens, etc. Mais la compagnie de théâtre n'en avait plus pour longtemps à vivre, et Leo ne savait pas trop quoi penser de ces créatures volées à Pelago, de la fille qu'il avait lui-même capturée, et du rôle qu'il avait joué dans tout ça.

Elle portait encore sa robe crasseuse. Kiernan commença par lui retirer ses bracelets et son collier.

— Ma parole ! s'exclama-t-il en brandissant le pendentif en forme d'étoile. Je n'ai jamais vu une pierre pareille.

Et ma tante était orfèvre. J'ignore qui est cette fille, mais une chose est sûre : elle ne vient pas de Pelago.

Pas besoin d'être devin pour en venir à cette conclusion. Leo aurait pu le lui dire. À moins qu'elle n'ait fait un bond de Pelago jusqu'aux plaines de Knottle, il était impossible qu'elle soit originaire des îles. Même si c'était insensé, il avait le sentiment qu'elle avait un lien avec l'étoile filante qu'il avait vue avec Agnes. Kiernan fourra les bijoux dans sa sacoche puis il sortit une seconde seringue.

— Qu'est-ce que vous allez faire avec ça ?

— Lui prélever du sang, mon garçon.

Kiernan enfonça l'aiguille au creux de son coude et ce qu'il aspira les surprit tous les deux. Le sang de la fille était bleu comme sa chevelure. Il leva la seringue et Leo observa son contenu bouche bée. Le liquide était parcouru d'éclairs qui crépitaient comme des synapses.

— Ouah ! murmura-t-il.

— Comme tu dis, ajouta Kiernan.

— Qu'est-ce que ça signifie, à votre avis ?

— Aucune idée, mais sache que je vais le découvrir.

Il rangea l'échantillon de sang et sortit de sa sacoche une petite paire de ciseaux. Il lui coupa une mèche de cheveux et quelques bouts d'ongles qu'il mit dans des tubes distincts. Puis il prit une lampe et examina chacun de ses yeux – la couleur de son iris était incroyable. Plus claire et plus vive qu'un saphir. Kiernan déroula enfin un mètre de couturière. Il commença par mesurer la longueur de son bras, celle de sa jambe, puis il prit le tour de son cou et de sa tête, et enfin son tour de taille. Il reporta les mesures dans son carnet.

— Aide-moi à la soulever, dit-il en passant le mètre autour de son corps.

Leo la fit rouler sur le flanc. Il avait des scrupules à la manipuler alors qu'elle était inconsciente. C'était mal. Lorsqu'il la toucha, il vit ses paupières remuer.

— Je crois qu'elle est réveillée, monsieur Kiernan.

— C'est impossible. L'anesthésique que je lui ai injecté assommerait un cheval. Elle ne reprendra pas connaissance avant deux heures au minimum.

Il inscrivit le dernier chiffre dans son calepin et le referma. Leo avait un pressentiment. Quelque chose le turlupinait, hormis le fait qu'il l'avait vue remuer les paupières. Elle avait le visage serein, les cils d'un bleu profond. Sa peau argentée aurait fait saliver tous les orfèvres d'Old Port. Ses lèvres étaient légèrement entrouvertes. Et il sentit de nouveau le parfum de sa chevelure, une odeur enivrante, indéfinissable.

— C'est bon, déclara Kiernan. Remettons-la dans sa caisse.

— Dans la caisse ?

— Où voudrais-tu qu'on la mette ?

Leo regarda la cage en bois. Ce n'était qu'une... fille. C'était mal de l'emprisonner là-dedans. Kiernan l'avait saisie par les jambes.

— Allons, viens me donner un coup de main, s'impatienta-t-il. On n'a pas toute la...

La porte du théâtre s'ouvrit brutalement. James Roth s'élança en direction de la scène.

— Kiernan ! On m'avait dit que je vous trouverais ici. Xavier nous attend. (Il s'arrêta net en apercevant la fille.) Par le seul et unique Dieu ! Qui est-ce ?

— C'est ce qu'on cherche à déterminer, répliqua Kiernan en se levant et en essuyant ses mains sur son pantalon avant d'aller serrer celle de James. J'ai prélevé quelques échantillons ; on en saura plus ce soir. Qu'est-ce qu'il se passe ?

Leo ne put s'empêcher de dévisager James Roth, qu'il avait admiré dans *Le Grand Picando.* Il était pareil. Sauf qu'aujourd'hui il était en tenue de ville. Il avait la peau mate, une épaisse crinière noire, et des yeux d'un vert perçant. En revanche, il était un peu plus petit que sur scène.

— Mon Dieu, vous n'avez pas lu le journal?! s'écria James. Il y a du nouveau. On a découvert une île à Pelago. On nous attend à... Oh! bonjour, s'interrompit-il en apercevant Leo. Désolé, vous êtes nouveau dans l'équipe?

— C'est le fils de Xavier, intervint Kiernan, surpris. Vous ne vous êtes jamais rencontrés?

— Je n'ai pas eu ce plaisir, répliqua James en lui tendant la main. James Roth.

— Leo McLellan.

— C'est Leo qui a capturé notre dernière recrue, expliqua Kiernan en indiquant la fille d'un mouvement de la tête.

— Ah bon? (James eut l'air impressionné.) Vous avez une petite idée de ce qu'elle a comme pouvoirs? Elle est comme les autres?

Leo se dit qu'il faisait référence au mertag et à l'arboréal, mais vu qu'il n'était pas encore certain des pouvoirs de ces derniers, il haussa les épaules.

— On ne sait pas grand-chose encore.

— Eh bien, vous êtes le fils de Xavier. Je suis certain que vous résoudrez cette énigme en un rien de temps. (Il posa les yeux sur la fille.) Elle est jolie dans son genre, non? Une beauté étrange. Unique.

Leo ne s'était pas penché sur la question. James décocha un regard à Kiernan.

— Bon, on y va? Nous sommes attendus.

— Pourquoi Père nous a-t-il convoqués? s'enquit Leo tandis que Kiernan s'agenouillait pour rassembler ses affaires.

James eut l'air navré.

— Désolé, mon vieux, mais tu n'es pas censé nous accompagner. C'est juste Kiernan et moi.

— Ah! s'exclama-t-il, tâchant de réprimer sa déception.

Il avait cru que les choses seraient différentes depuis sa discussion avec son père. Il aurait dû s'en douter.

— Je suis presque prêt, dit Kiernan. Il faut qu'on la remette dans la...

Soudain, la fille bondit sur ses pieds d'un mouvement si preste que Leo ne vit rien venir.

— Eh ! s'écria James en faisant un pas en arrière.

La fille se dressa devant eux. Son regard navigua de Kiernan à Leo, en passant par Francis qui se tenait dans un coin de la scène et enfin James. Puis elle porta les yeux vers le dôme en verre avant de les reposer sur Kiernan.

— Comment est-ce possible ? s'exclama Kiernan.

Elle contempla son poignet, puis palpa son cou, désemparée, et lâcha un flot de paroles incompréhensibles.

— Je pense qu'elle veut qu'on lui rende ses bijoux, dit Leo.

Elle le foudroya du regard et poussa un rugissement.

— Elle n'a pas l'air de t'apprécier, commenta James. Très bien, mademoiselle, dit-il d'une voix douce en esquissant un pas prudent vers elle, les mains tendues comme s'il s'approchait d'un cheval agité. (Elle recula.) Personne ne va vous faire de mal. Je vous le promets. On veut juste vous mettre à l'abri.

À cette remarque, une autre salve de charabia jaillit de sa bouche. Elle se replia vers l'arboréal. Qui, Leo remarqua, était beaucoup plus beau qu'en photo, avec son tronc argenté et ses feuilles turquoise. Il était assez petit aussi, un mètre quatre-vingts au maximum.

— Francis, allez chercher le lasso de capture, ordonna Kiernan sans quitter la fille du regard.

Francis eut l'air tiraillé. Il la fixa d'un air consterné jusqu'à ce que Kiernan perde patience.

— Bon sang, Francis ! Dépêchez-vous !

Il disparut au pas de course. Les yeux écarquillés, la fille cherchait désespérément une issue tandis que Leo,

Kiernan et James l'encerclaient peu à peu. Leo était le plus proche, sur sa droite ; James se tenait au milieu et Kiernan sur sa gauche.

Vive comme l'éclair, elle s'élança entre James et Kiernan, renversant au passage la sacoche dont le contenu s'éparpilla sur la scène.

— Mes tubes ! s'exclama Kiernan pendant que James tentait de la rattraper.

Elle se dégagea de son étreinte et se rua dans la direction opposée en contournant l'arboréal ; entre-temps, Kiernan était penché vers le sol, occupé à ramasser ses effets. Leo marcha sur un objet ; il baissa les yeux et aperçut le collier. Sans réfléchir, il le récupéra et le glissa dans sa poche. Francis revint équipé d'une longue perche avec une boucle à l'extrémité ; Kiernan la lui arracha des mains.

— Bloquez-la dans un coin, ordonna-t-il.

Leo la distinguait à travers les branches de l'arbre. Ses traits étaient empreints de peur. Il fit un pas vers elle.

— Leo, sur ta droite ! cria James lorsque la fille surgit de l'arboréal et se précipita vers l'extrémité de la scène.

À l'instant où Leo allait l'agripper, il reçut un coup en pleine figure. Il vit des étincelles et sombra dans le noir.

Il se réveilla dans son lit.

Son crâne palpitait ; il poussa un gémissement en se palpant la joue. Un éclair de douleur lui transperça la mâchoire.

— Swansea ! (La voix de Janderson était étouffée comme si Leo l'entendait au travers d'une épaisse couche de coton.) Il est réveillé.

La vision de Leo était floue, et il mit quelques secondes à reprendre ses esprits. Il avait le corps fourbu et courbatu. Le moindre mouvement déclenchait une série de douleurs. Une minute plus tard, son père entra, suivi de

Kiernan et de James. Leo ne s'était pas préparé à recevoir James Roth dans sa chambre. Il essaya de redresser le buste et d'adopter un air nonchalant, mais un cri de douleur lui échappa.

— Reste immobile, dit Xavier.

— Tu t'es pris un sacré coup dans le crâne, fit remarquer James.

— C'était absolument incroyable ! J'ignorais que l'arboréal pouvait *bouger.*

Kiernan avait l'air extatique. Il omettait un détail de moindre importance : Leo souffrait le martyre.

— Incroyable, en effet. (Xavier avait le regard enfiévré. Il se tourna vers James.) Et vous dites qu'il cherchait à protéger la fille ?

— C'est l'impression que j'ai eue. À l'instant où votre fils l'a attrapée, *Bam!* La branche s'est abattue sur son visage et l'a assommé.

— Heureusement, la fille était aussi surprise que nous, commenta Kiernan. J'ai profité de sa stupeur pour la capturer et avec l'aide de James, je l'ai remise dans la caisse.

— Est-ce qu'il y a de quoi être inquiet? s'enquit Xavier. Il ne faudrait pas que l'arboréal s'attaque à nos acheteurs.

— Ou aux acteurs, ajouta James.

— Pour être franc, je ne sais pas trop, répondit Kiernan. C'est la première fois que je me retrouve confronté à ce problème. Boris n'a jamais bougé ne serait-ce qu'une feuille depuis que nous l'avons. Et ça fait plusieurs mois. Il se contente en général de fredonner des chants étranges qui encouragent ses arbustes à pousser.

— C'est la première fois que Francis le voit faire ça, et c'est lui qui passe le plus de temps avec ces créatures, ajouta James.

— Quels rebondissements extraordinaires, marmonna Kiernan. Cette fille qui apparaît, et puis ces ruines sur l'île de Braxos. Et enfin Boris qui s'anime.

Leo observait son père. Son cerveau carburait.

— Extraordinaires, certes. Mais fortuits, ou non ?

— Vous pensez que ces événements pourraient avoir un lien entre eux ? s'enquit Kiernan.

— Je ne crois pas aux coïncidences, rétorqua Xavier. Je vous l'ai dit, Ezra. Je vous ai dit que l'île existait. Nous devons la trouver les premiers. C'est impératif. Il nous faut un navire pélagien. Il sera plus rapide et attirera moins l'attention une fois dans l'archipel. Beaucoup de gens, Kaolins et Pélagiens confondus, vont se mettre en quête de Braxos. (Son regard devint lointain.) Braxos, murmura-t-il comme s'il s'agissait d'un vieil ami oublié.

Mais ce bref instant s'évapora aussi vite qu'il était apparu et lorsqu'il reprit la parole, sa voix était dure :

— Ambrosine est sans doute en train de préparer une flotte. Il faut agir vite.

Ambrosine, songea Leo. Ce prénom lui était familier, mais il n'arrivait pas à le remettre. Tout lui semblait flou, comme si cette conversation se déroulait dans un rêve.

Son père se tourna vers James.

— Vous avez toujours des relations au port ?

— Oui. Des connaissances qui datent du temps où je jouais dans les tavernes et autres.

— Oui, répliqua Xavier d'une voix pleine de sous-entendus. Et autres. (James piqua un fard et Leo devina qu'il y avait anguille sous roche.) Je veux savoir tout ce qu'il se passe là-bas – qui se lance dans l'expédition et quels navires. Il faut que je connaisse mes concurrents. Et je veux qu'on me rapporte les rumeurs aussi, même si elles sont tirées par les cheveux. Compris ?

James hocha vivement la tête. Il posa les yeux sur Leo.

— Votre fils devrait mettre de la glace sur sa joue. Il va avoir un sacré hématome.

Ce mot provoqua un déclic dans le cerveau de Leo. Lorsqu'il s'était retrouvé face à la fille, il avait examiné son visage, remarqué la couleur de ses cils, et il n'avait vu aucune trace du coup de poing de Branson, le bleu qu'il avait vu s'épanouir le jour d'avant. Comment était-ce possible ? Elle aurait dû au moins avoir une marque.

— Pas d'hématome, marmonna-t-il.

Sa mâchoire lui faisait un mal de chien.

— Ne t'en fais pas mon garçon, ça aura disparu d'ici à quelques semaines, le rassura Kiernan.

— Les dames apprécient les hommes qui ont quelques blessures de guerre, fit remarquer James avec un clin d'œil. Mais ne leur précise surtout pas que c'est un arbre qui t'a cogné dessus.

Décidément, ils ne comprenaient rien.

— Non. (Leo se redressa sur son oreiller malgré la douleur.) La fille. Elle n'avait pas d'hématome. (Il leva les yeux vers son père.) Branson l'a frappée fort, vous étiez présent. Elle aurait dû avoir un bleu au visage, mais elle n'avait aucune trace. C'était… comme s'il ne l'avait pas frappée du tout. Vous l'avez vue, insista-t-il en se tournant vers Kiernan.

— Oui ? Elle a pris un coup, dites-vous ?

— Elle essayait de s'enfuir, intervint Xavier. Une sorte de tendance chez elle, apparemment.

— Mais le petit a raison, elle n'avait pas une seule égratignure. (Kiernan se frotta le menton en marmonnant dans sa barbe. Puis il lâcha un petit cri.) C'est peut-être son sang !

— Pardon ? dit James.

— Son sang – il est bleu et… il crépite.

James ricana.

— Regardez par vous-même, s'indigna Kiernan en sortant l'échantillon de sa sacoche.

C'était encore plus impressionnant dans la chambre de Leo, qui baignait de soleil. La substance bleue était parcourue d'éclairs. C'était une vision fascinante. James passa du doute à l'émerveillement.

— Peut-être que son sang possède des vertus curatives, un anticorps, ou… (Kiernan poussa un soupir.) Mais ce ne sont que des hypothèses.

— Faites le test, ordonna Xavier d'une voix fébrile.

Il refrénait son enthousiasme mais il ne quittait pas le tube des yeux.

— Je vous demande pardon ?

Xavier indiqua le visage de Leo.

— Si ce sang possède des vertus curatives, testez-le. Sur lui.

— Monsieur, à mon avis ce n'est pas prudent. Ce n'est qu'une hypothèse de ma part. Nous ignorons ce que…

— Leo, autorises-tu Ezra à tester sa théorie sur toi ? (Sans attendre sa réponse, il se tourna de nouveau vers Kiernan.) Ce n'est que du sang, pour l'amour du ciel ! Au pire, qu'est-ce qu'il risque ?!

Leo n'était pas franchement emballé à l'idée de servir de cobaye. Il aurait mieux fait de se taire. Mais il ne pouvait pas se permettre de décevoir son père.

— C'est bon, dit-il. Ça ne me dérange pas.

Kiernan hésita.

— Je ne sais pas…

— Il a dit que ça ne le dérangeait pas, insista Xavier.

Kiernan dévissa le tube d'une main tremblante. Il avait l'air aussi nerveux que Leo. Il plongea lentement une pipette dans le sang.

— On ne sait pas s'il faut l'ingérer ou si une application locale suffit.

— Commençons par essayer la deuxième solution, suggéra Leo avant que quiconque ne puisse ajouter son grain de sel.

Il ne voulait pas boire le sang. Mais si son père le lui ordonnait, il le ferait.

Kiernan s'avança vers le lit comme s'il s'approchait d'un animal blessé. Il porta la pipette sur le visage meurtri de Leo, prit une profonde inspiration, et appliqua trois gouttes de sang sur la plaie.

L'effet fut instantané. Leo laissa échapper un petit cri de plaisir tandis qu'une sensation froide agréable se diffusait à travers son visage. Il sentit le sang s'insinuer dans sa blessure, sa peau cicatriser, la boursouflure se rétracter jusqu'à ce que la douleur ait complètement disparu. Un crépitement de chaleur se propagea dans ses veines, son cuir chevelu le démangea et l'éclat de rire d'une fille lui parvint tandis qu'un parfum familier lui chatouillait les narines – l'odeur de la chevelure de Sera, mais plus entêtante encore. Un parfum de fleurs. Un mélange enivrant de freesia et de basilic frais avec une touche indéfinissable – de la poussière d'étoiles. En un éclair, l'odeur se volatilisa ainsi que le rire et la chaleur.

— Putain de merde, marmonna James en contemplant Leo d'un air ébaubi.

— Je n'ai jamais rien vu de tel, murmura Kiernan. Et pourtant, j'ai assisté à pas mal de choses dans ma vie.

— Je suis comment ? demanda Leo.

James s'esclaffa.

— Comme neuf ! dit-il. Mon Dieu ! Mais qui est cette fille ?

Une lueur victorieuse brilla dans les yeux de Xavier, deux petites flammes cupides qui irritèrent Leo. L'espace d'un instant, il regretta que le sang ait eu le moindre effet sur sa blessure. Il aurait mieux valu endurer la douleur. L'éclat de rire de la fille résonnait encore dans sa tête ; un rire insouciant et joyeux. Et Leo se sentit profondément honteux.

— Qui elle est, ce n'est pas notre problème, répliqua Xavier. (Il arracha le tube des mains de Kiernan et le porta à la lumière.) Il va nous en falloir plus, beaucoup, beaucoup plus.

Ils le laissèrent se reposer même s'il n'en avait plus besoin. Leo comprit qu'ils désiraient parler de tout ça entre eux. Sans lui. Ce qui n'aurait pas dû le blesser autant. Il glissa les jambes par terre et se redressa en position assise avec prudence. Il marcha jusqu'à sa coiffeuse et contempla son visage dans le miroir. Il était intact.

Incroyable... Mais également troublant et un peu inquiétant. Il eut le sentiment d'avoir ouvert une porte secrète qui aurait dû rester fermée. Il se tint droit et mit les mains dans ses poches, se demandant ce qu'il devait faire maintenant. Soudain, un objet pointu lui effleura la paume. Il sortit le collier ; sa pierre opaline luisait comme le clair de lune.

Il la brandit en l'air, dubitatif. Il devrait remettre ce bijou à son père – Xavier serait satisfait de cette preuve de loyauté. Mais il se souvint du désespoir de la fille lorsqu'elle s'était aperçue que le collier n'était plus à son cou, la plainte à fendre le cœur qu'elle avait lâchée. La pierre était froide contre sa paume, lui rappelant la sensation réconfortante qu'il avait éprouvée lorsque son sang avait guéri sa blessure.

Son père avait déjà la fille. C'était amplement suffisant. Leo cacha le collier tout au fond de son tiroir à chaussettes.

19.

AGNES

Après sa visite chez les Grange, Eneas la conduisit au port.

Les quais étaient toujours très animés, mais encore plus cet après-midi-là. En plus des navires qui déchargeaient leur cargaison – de grosses caisses et de lourds sacs d'épices et d'olives en provenance de Pelago ainsi que des coffres pleins d'aurums (devise pélagienne) prêts à être échangés contre des krogers (monnaie kaoline) –, se dressaient des tentes montées à la va-vite où l'on vendait des cartes pour l'île perdue de Braxos, des boussoles infaillibles, et des manuels au sujet des pierres précieuses. Devant la plupart des bateaux, des pancartes annonçaient des prix exorbitants et des horaires de départ. Agnes savait que ça allait empirer au fil des jours, vu l'afflux important de personnes à la recherche du trésor caché. Tous débarquaient à Old Port dans l'espoir de trouver un navire qui les conduirait à Pelago.

Les pêcheurs vendaient des brochettes de cabillaud et de noix de Saint-Jacques ainsi que des calamars frais grillés par leurs soins; des prostituées se penchaient aux fenêtres des bordels en petite tenue et hélaient les marins. L'allée principale était maculée de sang, jonchée de mégots de cigarettes, d'entrailles de poissons et autres fluides dont Agnes ne souhaitait pas connaître la provenance.

Elle avait demandé à Eneas d'attendre près de la voiture, le temps qu'elle aille s'acheter des bracelets vendus par les femmes de marins. Mais elle n'était pas certaine qu'il l'ait crue. Elle en acheta une poignée au premier stand qu'elle croisa pour que son mensonge soit crédible. Pour amadouer Eneas, elle prit également un sachet de cacahuètes caramélisées, ses friandises préférées.

Agnes chercha du regard le drapeau pélagien – un étendard vert arborant l'emblème argenté de Pelago : deux chevaux se cabrant de part et d'autre d'un olivier. Mais les seules bannières qu'elle vit exhibaient l'écusson kaolin : un soleil doré sur fond de rayures rouges. Elle repéra deux Pélagiennes de la haute société, reconnaissables à leur tenue traditionnelle : robe en dentelle et coiffe ornée de coquillages. Les dcux femmes se faufilaient à travers la foule, bras dessus bras dessous. Elle les suivit dans l'espoir qu'elles soient elles aussi à la recherche d'un navire.

Elles parlaient pélagien et Agnes ne maîtrisait pas assez bien la langue pour les comprendre. Mais elles la conduisirent jusqu'à un bateau et elle reprit espoir. C'était un grand galion avec une tête de cheval sculptée en tête de proue. Le capitaine, une Pélagienne d'âge mûr, salua les dames qu'Agnes avait suivies. Elle descendit la passerelle à grands pas pour aller leur baiser la main. Agnes musarda dans les parages, attendant que les femmes aient conclu leur affaire pour aborder à son tour le capitaine. Elle palpa son sac de bijoux dans sa poche et craignit soudain que ce navire ne soit trop huppé pour sa maigre contribution. Si seulement elle avait accès à son compte en banque ! Elle possédait un fidéicommis avec assez de krogers pour se payer une place sur ce bateau. Mais jamais son père ne lui permettrait de retirer autant d'argent.

Soudain, une pancarte plantée près de la passerelle attira son attention. « Pelagan Paisivatis Monach. » Traduit en dessous, en kaolin : « Passagers pélagiens uniquement. »

Son cœur sombra. Elle aurait beau posséder toute la fortune du monde, on ne l'accepterait pas à bord de ce navire. Elle s'éloigna et erra sur les quais ; tous les bateaux arborant le drapeau pélagien affichaient la même pancarte. Elle atteignit le bout du quai et allait faire demi-tour, bredouille, lorsqu'elle aperçut une modeste goélette décrépite ; un drapeau en lambeaux flottait à la proue ; les couleurs s'étaient effacées avec le temps, toutefois Agnes devina les contours d'un cheval et un morceau d'arbre.

Le navire semblait déserté ; une fille qui devait avoir un ou deux ans de plus qu'Agnes était assise sur un bollard en bois au pied de la passerelle. Elle fumait une cigarette au clou de girofle tout en taillant un morceau de bois. Agnes hésita. Faisait-elle partie de l'équipage ou s'était-elle seulement assise là pour fumer sa clope ? Elle tenta sa chance.

— Bonjour. J'aimerais acheter un billet pour Pelago.

— Ce bateau ne prend pas de passagers, répliqua la fille sans lever la tête de son bout de bois.

Elle avait un fort accent pélagien. Sa peau était constellée de taches de rousseur et brunie par le soleil. Son épaisse chevelure auburn était retenue en arrière en une tresse relâchée. Agnes s'en voulut de ne pas s'être présentée en pélagien.

— *Se parakhair maitorese mi*, dit-elle, présentant ses excuses en pélagien. (La fille releva le menton.) Il est vital que je rejoigne Pelago au plus vite.

La fille plissa les yeux, méfiante. Ils étaient gris et doux comme l'aile d'une colombe. Quoiqu'elle fût jeune, Agnes songea qu'elle avait dû en voir des vertes et des pas mûres au cours de sa vie.

— Une lady kaoline qui parle pélagien ? (Elle tira longuement sur sa cigarette.) Ce n'est pas courant.

— Ma mère me l'a enseigné.

La fille arqua un sourcil et afficha un air sceptique.

— Tu mens.

Agnes devint rouge comme une pivoine.

— C'est mon chauffeur, avoua-t-elle.

— Et les parents de madame approuvent-ils qu'un domestique enseigne à leur fille une langue hérétique ?

La conversation prenait un mauvais tour ; ça ne l'arrangeait pas du tout. Mais Agnes craignait qu'en insistant trop la fille ne regimbe.

— Ma mère était pélagienne. Elle est morte en me mettant au monde. Mon père… n'est pas au courant.

La fille s'esclaffa en se tapant le genou.

— Tant mieux pour vous, lady Kaoline. Une fille a besoin de son jardin secret, non ?

Elle lui décocha un clin d'œil et Agnes se sentit soudain vulnérable. Comme si son interlocutrice lisait en elle à livre ouvert.

— Ça veut dire que vous êtes d'accord pour m'embarquer sur votre navire ? J'ai de quoi vous payer.

Elle tendit le sac et la fille jeta un coup d'œil à l'intérieur.

— Ce n'est pas assez pour vous rendre à Pearl Beach, encore moins pour traverser l'Adronique et atteindre la grande nation des îles, déclara-t-elle en lui rendant sa bourse.

— Combien me faudrait-il pour atteindre Ithilia ?

La fille jaugea Agnes, examinant sa robe en tissu de qualité, ses bijoux en or, et le petit chapeau épinglé à sa chevelure. Agnes empestait l'argent, et cette fille l'avait bien compris.

— Mille krogers, dit-elle.

— Mille… Vous avez perdu la tête ?! C'est du vol pur et dur !

La fille haussa les épaules et écrasa sa cigarette sur le bollard.

— C'est mon dernier prix. À prendre ou à laisser.

Agnes allait s'en aller comme une furie lorsqu'une pensée lui vint. Elle jeta un coup d'œil à la goélette déserte.

— Vous n'êtes pas le capitaine de ce vaisseau, n'est-ce pas ?

La fille changea légèrement de contenance.

— Et alors ?

Agnes croisa les bras sur sa poitrine.

— J'aimerais parler à votre responsable. Peut-être sera-t-il mieux à même de conclure un marché avec moi.

La fille se dressa. Elle était plus grande qu'escompté et portait des boots en cuir, un pantalon noir et une veste noire sur un chemisier blanc ; un croc pendait au bout d'une lanière en cuir à son cou. Dans l'ensemble, son aspect était assez intimidant.

— Je m'appelle Vada Murchadha. Fille de Violetta, capitaine du *Maiden's Wail* – Le Cri de la Vierge. Et je suis chargée de le protéger jusqu'à ce que ma mère et son équipage reviennent ; ils sont partis faire affaire dans la banlieue de cette ville dégueulasse. En ce qui me concerne lady Kaoline, je *suis* le capitaine et c'est moi qui prends les décisions.

Si on en venait à citer sa mère, Agnes était prête à relever le défi. Elles étaient deux à pouvoir jouer à ce petit jeu. Agnes saisit la balle au bond et se redressa, tâchant d'imiter l'attitude arrogante de son frère.

— Je m'appelle Agnes McLellan, fille de Xavier McLellan et Alethea Byrne, et j'exige que tu m'autorises la traversée à bord du *Maiden's Wail* afin que je puisse rejoindre la famille de ma mère à Pelago. Je suppose que tu as entendu parler des Byrne ?

Vada leva les yeux au ciel.

— Évidemment. Qui ne les connaît pas à Pelago ? Mais tu ne ressembles pas à une Byrne.

Pour souligner ses mots, elle cracha aux pieds d'Agnes.

— Si tu voyais mon frère, tu me croirais, marmonna Agnes.

Satané Leo avec son fichu visage pélagien !

Vada jeta un coup d'œil à droite et à gauche en exagérant le geste.

— Je ne vois pas de frère.

— Il n'est pas là, mais...

— Dans ce cas tu n'as aucune preuve. Je suis censée te croire sur parole ?

Agnes commençait à perdre pied. Le pire, c'est que Vada semblait savourer la situation.

Elle se rassit sur le bollard et se remit à tailler son morceau de bois.

— En plus, poursuivit-elle, je sais comment ça marche ici. Tu as besoin de la permission de ton père pour voyager. (Elle parcourut le quai des yeux.) Je ne vois pas de père non plus.

— Je ne pensais pas qu'un marin pélagien se souciait des lois kaolines, rétorqua Agnes. Surtout une femme. Au contraire, j'aurais cru qu'elle respecterait la liberté de penser et d'agir d'une de ses semblables.

— Sauf que les femmes kaolines ne sont pas des femmes. Ce sont des poules mouillées.

Agnes se hérissa.

— Je ne suis pas une poule mouillée ! Et ma grand-mère n'apprécierait pas qu'on me traite de manière aussi grossière.

Pour la première fois de sa vie, elle espérait que son père avait dit vrai, et qu'Ambrosine Byrne était aussi intimidante qu'il le clamait.

Vada délibérait. Agnes patienta, le souffle suspendu.

— Huit cents krogers.

— Cinq cents, contra Agnes.

— Sept cents.

— Six cents.

— Six cent cinquante.

— Marché conclu ! s'exclama Agnes.

Vada lui tendit la main et elle la serra. Elle avait les paumes calleuses, la poigne ferme. Et un sourire espiègle. Agnes eut soudain la bouche très sèche.

— Marché conclu, lady Kaoline.

— Agnes, rectifia Agnes.

— Agnes, répéta Vada d'une voix très suave. Nous jetons l'ancre dans onze jours.

— Quoi ? Non, c'est dans trop longtemps !

Vada tira une autre cigarette de la poche de sa veste.

— Ce n'est pas la dame qui décide du jour de notre départ. Elle a déjà de la chance qu'on l'accueille à bord de notre navire.

Cette fille avait raison. Agnes le savait. Mais onze jours, c'était une éternité. Elle aurait aimé s'en aller *sur-le-champ*.

— Et je vous demanderai de payer à l'avance, ajouta Vada.

Elle fit craquer une allumette sur la semelle de sa botte et alluma sa cigarette.

— Je vous donnerai la moitié de la somme d'ici la fin de la semaine.

Pas question que cette fille lui pique son argent et se fasse la malle avec.

— Vous me donnez tout ou bien j'annule notre arrangement.

— Et comment puis-je être certaine que vous allez honorer votre part du marché ?

Vada effleura son pendentif.

— Chaque Pélagienne offre un *endexen* à sa fille. C'est un… comment dites-vous ? Un témoignage d'affection que l'on donne à la naissance. Voilà celui que ma mère m'a transmis. Il appartenait à ma grand-mère et à sa mère avant elle. Verini Murchadha avait chassé un requin bleu de Pelago ; elle l'a tué d'un coup de harpon. C'est l'une des dents de la bête. C'est la chose la plus précieuse que je possède. Je jure sur l'âme de mon arrière-arrière-grand-mère et sur celle du monstre qu'elle a tué que ce navire ne partira pas sans la fille d'Alethea Byrne à son bord.

Elle s'exprimait avec une telle passion qu'Agnes s'était peu à peu penchée vers elle sans s'en rendre compte. Vada afficha un sourire espiègle.

— Ou bien on s'embrasse pour sceller le marché. C'est vous qui voyez.

— Quoi ? Je... non, je... ça me convient, bafouilla Agnes, les joues brûlantes.

Elle jeta des coups d'œil furtifs tout autour d'elle pour s'assurer que personne n'avait entendu la proposition.

Vada haussa les épaules.

— Comme vous voulez. (Elle lança son couteau en l'air et le rattrapa d'un geste habile.) Dommage. Une jolie jeune fille mérite qu'on l'embrasse bien et souvent. En tout cas, c'est ce que dit ma tante.

Agnes était perplexe. Vada flirtait-elle avec elle ou bien se moquait-elle ? On n'avait jamais flirté avec elle auparavant, aussi, elle n'en était pas sûre. Et personne ne lui avait jamais dit qu'elle était jolie. Il valait mieux qu'elle s'en aille tant que le marché tenait encore.

— Je reviendrai d'ici la fin de la semaine avec l'argent. Vous serez là ?

— Tu me trouveras à la taverne du Wolfshead, répondit Vada. Leur bière est passable. Meilleure que la pisse qu'on nous sert dans la plupart des bouges du coin.

Agnes n'avait testé aucune des tavernes du port. Pas plus qu'elle n'avait bu de la bière.

— Je vous crois sur parole. Bon après-midi, Vada. Et... merci. Euh... *Feados na thaeias dul leatsou.*

Vada haussa les sourcils.

— *Feados na thaeias dul leatsou,* répondit-elle. (C'était une expression pélagienne typique qui signifiait : « Que les déesses te protègent. ») Votre chauffeur est un bon professeur.

Agnes s'empressa de rejoindre la voiture. Elle sentait encore la main chaude de Vada sur sa peau.

— Tout va bien, mademoiselle Agnes ? s'enquit Eneas, appuyé contre le capot de la voiture, *The Old Port Telegraph* à la main. Vous avez trouvé les bracelets que vous cherchiez ?

Elle avait oublié l'histoire des bracelets ; elle les sortit pour les lui montrer et lui offrit les noix caramélisées qu'il accepta avec gourmandise. Il les partagea avec elle sur le trajet du retour.

Lorsqu'ils arrivèrent à Creekwater Row, la maison était en plein tumulte. Mme Phelps donnait des ordres à Hattie et Janderson, Swansea passait d'une pièce à l'autre en coup de vent et de nouveaux domestiques nettoyaient la maison de fond en comble.

— Que se passe-t-il ? s'enquit Agnes lorsque Hattie se précipita auprès d'elle pour lui prendre son chapeau.

— Il va y avoir une grosse fête demain soir, lui apprit-elle. Une soirée privée où votre père accueillera des gens très importants. Il désire que l'endroit soit impeccable. Il a commandé des mets auprès des meilleurs traiteurs de la ville, et du vin aussi. Il a été très précis.

— Une soirée privée ? Pour quelle occasion ?

Cela faisait une éternité que son père n'avait pas organisé de fête dans cette maison.

— Je ne sais pas. Mais, Mademoiselle, il faut que je fasse l'argenterie…

— Bien sûr. Je vais me retirer dans ma chambre.

— Je viendrai vous habiller avant le souper, dit Hattie avant de filer en trottinant dans la salle à manger.

Leo se tenait au premier, appuyé à la rambarde. Il observait l'effervescence en contrebas. Il avait l'air songeur et maussade. *Étrange*, songea Agnes. Leo *adorait* les événements mondains.

— Pourquoi cette soirée ? lui demanda-t-elle.

Il sursauta, comme s'il ne l'avait pas vue. Puis il se toucha la joue, un geste bizarre qu'Agnes ne comprit pas.

— Pour elle, je pense, dit Leo d'une voix distraite. La fille argentée.

— Une fête en l'honneur de Sera ?

Pourquoi diantre son père organiserait-il une soirée pour sa prisonnière ?

— Comment l'as-tu appelée ?

Elle se mordit la langue. Où avait-elle la tête ?! Les yeux gris de Vada et son sourire canaille l'avaient complètement envoûtée.

Leo fit un pas en avant.

— Tu l'as appelée Sera. Comment connais-tu son prénom, Agnes ?

— Comme si j'allais te le dire. Tu iras le répéter aussi sec à Père et, ensemble, vous trouverez une combine pour rendre sa vie encore plus insupportable. Je refuse de t'en donner l'occasion.

Elle s'attendait à une réplique acerbe, mais son frère accusa le coup.

— Tu ne sais pas de quoi tu parles.

Il pivota sur ses talons et retourna dans sa chambre.

— Leo ! Est-ce que… ça va ?

Sa porte se referma. Agnes était perplexe.

Pourquoi son frère était-il si morose ?

Et pourquoi son père donnait-il une fête ?

Et, surtout, comment diantre allait-elle se procurer six cent cinquante krogers d'ici la fin de la semaine ?!

20.

SERA

Sera sirotait le verre d'eau que Francis lui avait laissé pour la nuit en attendant qu'Errol émerge de son bassin.

Elle avait failli y arriver ! Elle s'était échappée de la caisse. L'homme aux cheveux rouges lui avait administré un produit pour qu'elle s'endorme. Ce truc lui avait engourdi les membres et l'esprit. Heureusement, sa magie en dissipait vite les effets. Et Boris l'avait surprise par sa réaction. Non seulement il avait bougé, mais il avait assommé Leo !

Bien fait pour ce dernier ! Maintenant, il savait ce que ça faisait de se faire estourbir. Sera n'éprouvait pas une once de compassion pour ce garçon. Impossible. Elle en était incapable. Elle en avait tout juste assez pour elle-même. À travers le dôme de verre, elle n'avait pas aperçu le cordon, mais ça ne voulait pas dire qu'il n'était plus là. Si seulement elle pouvait sortir de ce bâtiment ! Elle avait besoin de grimper au sommet d'une tour pour avoir une vue panoramique des terres. Elle ne baisserait pas les bras tant qu'elle n'aurait pas la certitude que sa cité était partie.

Ses pensées se tournèrent vers cet autre homme venu la veille, celui avait les yeux verts et les cheveux bruns et qu'on appelait James. Pour une raison qu'elle ignorait, son visage ne cessait de lui revenir en tête. C'était extrêmement agaçant, mais c'était incontrôlable. Elle se frotta les yeux pour chasser cette image.

— *Les méchants humains ne toucheront pas Errol aujourd'hui !*

Le mertag se hissa hors du bassin en lâchant un petit coassement. Il cueillit une fleur luminescente et la fourra dans sa bouche.

— Arrête ! s'écria Sera. C'est notre seule source de lumière !

— *Arrête, dit-elle. Arrête ?* (Errol carra les épaules.) *Je suis un mertag et je crée ces fleurs. Plus de lumière elle désire ? Eh bien, par les oursons et les anguilles, plus de lumière elle aura !*

Il enfonça ses griffes dans la mousse et grinça des dents. Son corps fut parcouru d'un arc-en-ciel de couleurs chaudes. Sous le regard médusé de Sera, de minuscules feuilles jaillirent de la mousse ; des boutons s'épanouirent sous ses yeux, se transformant bientôt en fleurs phosphorescentes qui produisaient une lumière éclatante.

À ce spectacle, elle applaudit avec enthousiasme.

— Comment as-tu fait ça ? C'est magnifique !

Errol semblait content de lui.

— *Ça fait partie du pouvoir du mertag, Sera Lighthaven. Nous avons un cerveau affûté, mais pas seulement. Nos écailles recèlent de la magie.* (Il examina son œuvre.) *Cela dit, je n'en ai jamais créé autant à la fois.*

— Mon sang recèle de la magie, répliqua Sera. Mais ça ne m'est pas d'une grande utilité en ce moment.

— *Tu parles à un mertag,* souligna-t-il. *Les humains ne savent pas parler le langage des couleurs.*

— C'est vrai, concéda-t-elle. Mais je veux rentrer chez moi, Errol.

— *Oui…* (Ses filaments affichèrent des couleurs tristes.) *Je n'ai rien à faire ici non plus, Sera Lighthaven. Les eaux sombres me manquent, le contact des courants froids sur mes écailles, les couleurs familières de mes compagnons mertags.*

Ils se turent. Sera toucha son cou où le collier n'était plus. Elle se demanda si Leela avait pensé à elle, si elle lui manquait.

Un doux fredonnement brisa le silence.

— Qu'est-ce que c'est ? s'étonna-t-elle en parcourant la salle des yeux.

— *C'est l'Arbre*, répondit Errol. *L'Arbre aime chantonner de temps à autre.*

— Ils l'appellent Boris, observa Sera.

Errol fit la moue.

— *L'Arbre est femelle.*

— Oh… (Sera lança un regard au tronc argenté.) Comment le sais-tu ?

Il haussa les épaules.

— *C'est évident.*

Le chant de Boris était apaisant. Il lui rappela les champs de fleurs de lune à l'aube ainsi que la toison épaisse et ouateuse des moutons de brume.

— *Je te connais.*

La voix surgit de nulle part ; elle résonna dans la tête de Sera comme celle d'Errol. À cette différence près que cette voix, quoique grave et profonde, était clairement féminine.

— Tu as entendu ? s'exclama-t-elle.

— *Quoi donc* ?

Errol leva le menton ; il avait la bouche pleine de fleurs.

— *Je te connais*, répéta Boris.

Cette fois, Sera était certaine que ces paroles lui étaient directement adressées. Les trois yeux de l'arboréal se tournèrent dans sa direction. Ils étaient sombres et lisses comme des galets sur les berges d'un lac, et emplis d'une sagesse et d'une tristesse infinies.

— *Mère*, fredonna-t-il.

Sera n'était pas mère, et le cas échéant, elle ne serait certainement pas la mère d'un arbre.

— Qui est ta mère ? demanda-t-elle.

Malheureusement, Boris ne parlait pas le langage des couleurs et Sera ignorait comment parler celui de l'arbre fredonnant. Elle écarta les mains et les contempla comme pour distinguer la magie qui coulait sous sa peau. Mère Soleil ! C'était frustrant.

— *Je connais ton visage*, chantonna Boris.

— *L'Arbre t'aime bien*, remarqua Errol.

— Il dit qu'il me connaît, répliqua Sera.

— *Mais tu viens d'arriver*, répliqua Errol.

— Je sais.

Elle avait le sentiment qu'un élément crucial lui échappait et que la réponse était à sa portée mais pas tout à fait. Comme un papillon voletant de fleur en fleur sans jamais se poser. Sera porta les yeux au plafond. Si seulement elle pouvait voir les étoiles ! Elle s'était toujours sentie guidée par celles-ci. Mais à présent, elle était seule et sans attaches.

Le lendemain, d'autres humains vinrent lui rendre visite. Cette fois, il y avait non seulement des mâles, mais aussi des femelles.

Elle allait se tenir sur le qui-vive. Pas question qu'on lui plante encore une aiguille dans la peau ou qu'on la capture avec un lasso. Un changement se produisait en elle ; elle le sentait sans pouvoir ni l'expliquer ni l'appréhender, et elle n'avait aucune mère vers qui se tourner. À l'évidence, sa mère céladon n'aurait pas pu lui répondre. Désormais, elle devait apprendre par elle-même.

Le premier visiteur se présenta après que Francis l'eut nourrie et eut vidé le seau où elle se soulageait. C'était un mâle d'un certain âge avec le visage très velu. Il avait séparé sa barbe en deux nattes, chacune tressée de rubans rouge et or. Il avait la peau fripée comme un pruneau et le nez chaussé de deux morceaux de verre placés devant ses yeux et retenus par un fil de fer.

— Montrez-la-moi, Francis.

Il gravit les marches de la scène en se frottant les mains. Puis il s'agenouilla devant la caisse et regarda à l'intérieur. La manière dont il l'observa la débecta. Comme si elle était une bête de foire.

— Par le seul et unique Dieu, murmura-t-il.

Le dénommé James, ce mâle aux yeux émeraude, avait lâché la même invocation. Sera ignorait qui était ce Dieu unique, mais il ne lui disait rien qui vaille.

— On raconte qu'elle a tenté de s'échapper hier ?

— Oui, monsieur. Mais M. Kiernan et M. Roth l'ont rattrapée.

Francis contemplait piteusement ses pieds ; comme s'il avait honte.

— J'espère qu'ils ont trouvé une solution pour son transport de ce soir.

— Il me semble que M. McLellan emploie les services des hommes Pemberton, monsieur.

— Ah ! sage décision.

Son transport ? Ce soir ? Sera reprit espoir. Peut-être la sortirait-on de nouveau de sa prison. Autrement dit, une nouvelle occasion de s'évader s'offrirait bientôt à elle.

Après cette première visite, d'autres personnes passèrent au compte-gouttes. Un homme bruyant au visage velu et une grosse femme très maquillée qui hurla et se cramponna à son homme en apercevant Sera.

— Grayson, qu'est-ce que c'est ?

— Ma chère Gwendivere, je n'en ai pas la moindre idée, répondit l'homme à la lèvre velue. Je suis perplexe. (Il indiqua Boris puis le bassin.) Ce vieux Xavier a perdu la tête, si vous voulez mon avis.

La prénommée Gwendivere lui assena une tape coquine sur le bras.

— Tu lui en veux de ne plus te donner le premier rôle dans toutes les pièces qu'il produit.

— Oui, étonnamment, j'ai apprécié le fait de toucher un salaire régulier, répliqua Grayson. (Il s'adressa à l'homme au visage enrubanné.) Quel est le pouvoir de celle-là, Martin ? Peut-elle nous teindre les cheveux en bleu ou rendre notre peau argentée comme la lune ?

Tout à fait grotesque, songea Sera. *Comment pourrait-elle faire ce genre de chose ?*

— James le découvrira ce soir, répondit le dénommé Martin. Il y a une petite réunion chez McLellan.

— Xavier organise une fête ? s'étonna Grayson.

— Bien le bonjour mes amis les comédiens ! s'exclama James.

Sa voix retentit à travers la salle tandis qu'il remontait l'allée jusqu'à la scène ; il gravit les marches deux à deux et conclut son entrée par une révérence élaborée.

— Bonjour, James, répondit Gwendivere d'une voix mielleuse qui fit grimacer Sera.

— Vous avez tous fait la connaissance de notre dernière recrue ? s'enquit-il. Elle est remarquable. Elle nous a fait une sacrée frayeur hier, hein Francis ?

Ce dernier aurait visiblement préféré qu'on ne l'implique pas dans la conversation.

— Mais qu'est-ce que *c'est* au juste ? insista la femme.

— Ne craignez rien, Gwen. Elle est inoffensive. Et vous n'imaginez pas ce dont elle est capable, ajouta-t-il avec un clin d'œil.

Cette remarque prit Sera au dépourvu. Que savait James ? Mentait-il pour impressionner cette femme ? Sur cette planète, Sera ne savait plus que croire. Les gens passaient leur temps à se duper les uns les autres.

— Bien ! Il est temps de s'y mettre, déclara Martin en frappant dans ses mains. Nous allons répéter l'acte I dans son intégralité aujourd'hui. Francis, déplace-la en coulisse pour le moment, s'il te plaît. Je ne sais pas encore quel rôle Xavier lui a réservé. Quant aux autres, en place pour l'acte I. Allez !

Sera ne comprenait rien à ce charabia. Toujours est-il que les humains se mirent en action. Francis accrocha un gros crochet en métal à la chaîne qui entourait la caisse et la traîna derrière un rideau rouge. À cet endroit se trouvaient d'autres gens, mais ils se tinrent à distance, ce qui lui convint tout à fait.

La journée s'écoula ; assise dans sa caisse, Sera observait. Apparemment, ils racontaient une histoire. Chez elle, il n'y avait qu'une seule conteuse à la fois. Ici, beaucoup de gens jouaient le rôle de divers personnages.

L'intrigue semblait tourner autour de Gwendivere et James – Gwendivere était une méchante femme originaire de Pelago ; elle avait dissimulé l'existence de Boris et Errol qui possédaient de grands pouvoirs qu'elle voulait garder pour elle. James jouait le rôle du héros ; il recherchait ces créatures magiques pour les ramener à Kaolin et sauver son peuple de la famine et de la mort. Grayson, l'homme à la lèvre velue, était un personnage comique, qu'on appelait un « pirate ». Les autres humains derrière les rideaux riaient de ses facéties et de ses grimaces. Sera ne le trouvait pas très drôle.

Ses yeux, comme aimantés, se posaient sans cesse sur James. Il avait une forte présence sur scène et récitait son texte avec passion, dégageant une aura magnétique. Il était captivant, et plus elle le regardait, plus elle était fascinée par lui, par sa stature et sa carrure, par les muscles de ses bras. Sa chemise était juste assez déboutonnée pour révéler la naissance de son buste, couverte d'une fine toison. Il avait de grandes mains, des gestes assurés. Quant à ses yeux, elle n'en avait jamais vu d'un vert aussi sublime. Elle n'arrivait pas à détourner le regard de cet homme.

Qu'est-ce que c'était que cette… compulsion ? James possédait-il lui aussi des pouvoirs magiques, comme Errol et Boris ? Non, les humains n'avaient pas de pouvoirs. Sa mère céladon le lui avait dit. Et le cas échéant, elle s'en serait déjà rendu compte par elle-même.

L'histoire s'achevait enfin et James vint soudain s'agenouiller devant sa caisse.

— Il est presque l'heure de s'en aller, milady. Nous allons faire une petite balade, dit-il d'un ton doux.

Sera se mit à saliver comme si elle avait faim, sauf que ce n'était pas le cas. Son visage était tout proche du sien, à tel point qu'elle sentait l'odeur de sa peau – un parfum boisé qui lui rappela ses promenades au crépuscule dans la forêt de l'Aube, avec une touche particulière, sans doute la senteur caractéristique des mâles. Un désir soudain s'empara d'elle ; celui d'engouffrer ses doigts dans les cheveux de James.

Une pensée la frappa alors. Ce n'était pas de la magie. C'était de l'*attirance*. Elle désirait cet homme comme elle n'avait jamais pu désirer Koreen ou Treena ou toutes les autres filles de son âge. Cette chose dont elle se languissait, ce secret qu'elle avait caché à tous ses proches… elle s'était trompée. Tout du long. Elle n'était pas incapable d'aimer.

Elle aimait les hommes.

Elle en eut le souffle coupé. Comment aurait-elle pu s'en douter ? Avant de poser le pied sur cette planète, elle n'avait jamais vu de mâle de sa vie. À présent, elle savait. Et cette prise de conscience était à la fois douloureuse et troublante.

En même temps, une onde de soulagement l'envahit. Elle venait de trouver la pièce manquante d'un puzzle et elle savait désormais qui elle était vraiment.

— Ça va ? s'inquiéta James. (Sera cligna des yeux ; des larmes roulèrent le long de ses joues. Elle détourna la tête, gênée.) Francis, tu veux bien l'aider à sortir de là ?

Le jeune mâle s'accroupit à côté d'elle et prit le trousseau que lui tendait James.

— Écoute, lui susurra Francis d'une voix douce. Je sais que tu ne comprends pas ce que je te dis, mais... je dois ouvrir cette cage et ils vont t'emmener pendant quelques heures et il vaudrait mieux pour toi que tu n'essaies pas de t'échapper. Sinon, ils te feront du mal.

Comme pour souligner ce dernier point, deux hommes vêtus d'un costume et d'un chapeau noir apparurent de part et d'autre de la caisse. Boris était trop loin pour lui venir en aide.

Sera devait se rendre à l'évidence : ses deux tentatives d'évasion ne s'étaient pas très bien finies. Peut-être pourrait-elle tenter le coup plus tard, une fois parvenue à destination.

Quand elle fut sortie de la caisse, Francis rendit les clés à James et ce dernier lui passa de lourds bracelets métalliques aux poignets. Rien à voir avec ceux que ses mères lui avaient offerts. Une grosse chaîne en acier lui reliait les deux mains. Elle tira dessus de toutes ses forces pour en tester la résistance. Impossible. Non seulement les bracelets ne cédèrent pas, mais ils lui écorchèrent les poignets.

Une voiture noire rutilante était garée devant l'entrée. Sera parcourut brièvement les lieux du regard – une large avenue flanquée de grands bâtiments – avant que James n'ouvre la portière et ne l'invite à prendre place à l'arrière. La banquette était moite et chaude et les vitres teintées, de sorte qu'elle ne voyait pas l'extérieur. Les autres hommes montèrent à l'avant.

Ce véhicule était plus rapide que celui qu'elle avait pris avec Agnes. Et le trajet fut moins agité. Ils s'arrêtèrent peu après et James rouvrit la portière. Elle se trouvait devant une demeure majestueuse à plusieurs étages et criblée de fenêtres. Des tas d'hommes en costume rôdaient tout autour. Ils montaient la garde.

C'est pour moi, songea-t-elle.

Ils traversèrent un jardin et son cœur se serra. Le ciel était d'un bleu profond, le soleil jaune comme le miel, nuancé de zébrures orangées. James, les deux hommes et Sera pénétrèrent dans la demeure par une porte donnant dans une cuisine. L'endroit grouillait de monde. À son apparition, tous se figèrent et la contemplèrent.

Une femme d'un certain âge avec un triangle doré au cou et un minuscule chapeau sur la tête vint les accueillir.

— Monsieur Roth, M. McLellan vous attend dans son bureau. Je m'occupe d'elle.

— Volontiers, madame Phelps. Je suppose que vous allez lui faire faire un brin de toilette avant la soirée ? commenta James.

Mme Phelps jeta un coup d'œil à Sera ; ses yeux se posèrent sur sa robe crasseuse et elle fit la moue.

— Oui. Hattie est en train de faire couler un bain. M. McLellan a employé un service de sécurité privé pour l'occasion, donc ne vous en faites pas. Elle ne risque pas de s'échapper.

— Oui, madame, je suis au courant. Les Pemberton sont les meilleurs.

— M. McLellan ne regarde pas à la dépense. Ôtez-lui ses menottes, je vous prie. Vous les lui remettrez quand elle sera propre et apprêtée.

Sera n'écoutait que d'une oreille. Cette demeure était gigantesque. S'il y avait moyen de se hisser tout en haut…

James introduisit une clé dans ses bracelets et les lui retira. Ses mains lui effleurèrent la peau et elle frémit.

— Je vous verrai à la soirée, milady.

Les deux hommes l'escortèrent. Mme Phelps la conduisit hors de la cuisine et, ensemble, elles gravirent un escalier bordé d'une rampe en bois. Les regards la suivirent. Combien de personnes résidaient dans cette maison ?

La plupart des femmes arboraient un petit chapeau blanc ; quant aux hommes, ils portaient tous un uniforme.

Mme Phelps ouvrit une porte. Elles entrèrent dans une pièce sans fenêtres emplie de vapeur. Une fille avec un tablier versait un seau d'eau dans un bassin en émail assez grand pour que Sera s'y allonge. À côté, un lavabo incrusté d'une mosaïque de roses et un grand miroir ovale où était suspendue une robe. Dans un coin, une coiffeuse sur laquelle étaient posés brosses, peignes, flacons et poudriers.

— La voilà, Hattie, annonça Mme Phelps. (La fille faillit lâcher son seau en l'apercevant.) Je dois retourner en cuisine. Lave-la, habille-la. Qu'elle soit prête dans une heure pile.

— O… oui, madame Phelps, bégaya Hattie.

Une fois la dame d'un certain âge partie, la fille voulut toucher la robe de Sera.

— N'approchez pas ! s'écria Sera en se repliant contre un mur.

Hattie eut l'air confuse.

— Je voulais juste… Vous devez vous déshabiller avant de vous baigner.

— Ma mère orange m'a confectionné cette robe, dit Sera en enroulant ses bras autour de son buste. Vous ne me la prendrez pas.

On lui avait déjà tant pris. Ses bracelets. Son collier. Sa liberté.

— Je vous en prie. (Hattie ne comprenait pas son langage, mais ses gestes parlaient d'eux-mêmes.) Il faut que je vous nettoie et vous ne pouvez pas prendre ce bain avec cette chose sur le dos, c'est sale.

— Vous ne me prendrez pas ma robe !

On cogna à la porte.

— Hattie ?

— Agnes ?! souffla Sera.

La domestique eut l'air tiraillée.

— Hattie, ouvre tout de suite cette porte !

Sera sentit ses genoux se dérober sous elle. Hattie ouvrit la porte et Agnes surgit dans la pièce.

— Vous ne devriez pas être ici, Mademoiselle, la réprimanda Hattie.

Cependant, Sera s'était précipitée dans ses bras et Agnes, surprise, s'était raidie avant de l'étreindre à son tour.

— Je suis tellement soulagée de te revoir, murmura-t-elle à l'oreille de Sera.

— Moi aussi, répondit-elle, même si Agnes ne pouvait la comprendre.

— Tu peux te retirer, Hattie, dit Agnes en relâchant son étreinte. Je vais la préparer moi-même.

— Votre père…

— Mon père désire qu'elle soit présentable et je suis plus que capable de me charger de cette mission. Va donc voir si Mme Phelps a besoin d'aide en cuisine.

Hattie hésita, puis elle s'inclina et sortit. Agnes sortit une clé de sa poche, ferma la porte et la verrouilla à double tour.

— Sera ! Je me suis fait un sang d'encre. Comment t'ont-ils traitée ? Où t'ont-ils enfermée ? Ils ne t'ont pas fait de mal, j'espère ?

Mais Sera avait ses propres questions.

— Tu as analysé mon cheveu ? Tu as trouvé quelque chose qui puisse me permettre de retourner chez moi ? Est-ce qu'il y a un moyen de monter sur le toit de cette demeure ? Il faut que je voie le ciel et que je trouve le cordon !

Mais c'était sans espoir. Elles ne se comprenaient pas. C'était comme si un scarabée d'étoile parlait avec une truite de soleil. À présent qu'elles étaient de nouveau face à face, Sera mourait d'envie de communiquer avec Agnes pour tout lui raconter, pour se confier à elle et qu'elle l'aide. Parler avec Errol, ce n'était pas pareil. Agnes était un peu plus comme… comme Leela.

Elle contempla de nouveau ses mains. D'après sa mère céladon, il avait fallu du temps à la Céruléenne pour maîtriser le langage des oiseaux géants, mais c'était arrivé. À cette époque, les Céruléennes étaient plus avisées, ayant visité des planètes à une fréquence régulière. C'était la première fois qu'un tel défi s'imposait à elle ; peut-être suffisait-il d'y croire. Elle fronça les sourcils et se focalisa sur les battements de son cœur qui pompait son sang à travers son corps. Elle sentit la magie vibrer en elle. Un éclair de lumière grésilla au creux de ses paumes.

— Évidemment, tu ne peux pas me répondre, marmonna Agnes. (Elle se frappa le front.) Mais tu peux écrire ! Un crayon et du papier, c'est ce qu'il nous faut…

Elle s'élança vers la coiffeuse et se mit à fouiller les tiroirs. Mais Sera réfléchissait. Agnes était davantage comme Leela… comme Leela ! Avait-elle trouvé la réponse ? Les humains et les Céruléennes étaient similaires en termes de physique. Ils s'exprimaient par des mots, et non des couleurs ou des chants. Leur différence résidait surtout dans leur teint et la magie qui coulait dans les veines de Sera. Pouvait-elle établir une connexion par le sang avec Agnes ? Sera ignorait si sa magie seule permettrait à cette humaine de lire dans son cœur. C'était risqué… Non seulement Sera n'avait communiqué ainsi qu'avec quatre personnes dans sa vie, mais Agnes n'avait aucun pouvoir… Est-ce que ça pouvait marcher ?

Elle contempla ses mains et s'adressa à ses pouvoirs.

Vous allez me laisser lui parler. Ça va fonctionner. Comme avant la Grande Tristesse.

— Ça va ? demanda Agnes en s'éloignant de la coiffeuse.

Sera invoqua ses pouvoirs et son index se mit à luire.

Agnes lâcha un cri de surprise.

— Qu'est-ce que c'est ?

— Donne-moi ton doigt, dit-elle en tendant l'index, invitant Agnes à l'imiter.

Cette dernière s'exécuta.

— Comme ça ? C'est ce que tu veux ?

Sera hocha la tête. Le doigt humain était si terne, comparé au sien. Le doute s'immisça en elle. Elle le chassa avant qu'il ne s'épanouisse.

Je suis céruléenne, songea-t-elle, plus déterminée que jamais. *Mon sang est magique. Et il m'obéira.*

Alors elle pressa son index phosphorescent contre celui d'Agnes.

21.
AGNES

Agnes ne comprenait pas vraiment ce qui se passait.

Lorsque Sera avait tendu son index phosphorescent, elle n'avait pas su à quoi s'attendre. Elle songea au cheveu qu'elle avait disséqué. Son doigt émettait une lumière palpitante et étincelante comme celle d'une étoile. C'était bien plus fascinant qu'effrayant.

Elle ne s'était pas posé de questions sur ses intentions. Puis leurs doigts s'étaient effleurés et une vague de chaleur avait envahi le corps d'Agnes à partir du point de contact. C'était à la fois surprenant et désorientant – elle perdit tous ses repères spatio-temporels, ignorant si elle était debout ou assise, si elle avait encore des jambes. Elle se sentit comme un vaisseau vide, plus esprit que chair. La chaleur qui s'insinuait le long de son bras était tangible ; elle enveloppa ses veines, son squelette et ses muscles en crépitant comme le feu. Elle atteignit son coude puis son épaule, gagnant en intensité ; Agnes voulut crier « stop ! » mais elle avait perdu l'usage de la parole.

La chaleur se cramponna à son cœur comme un poing et le serra très fort. Elle sentit un autre pouls battre à l'unisson du sien, un battement de cœur secondaire dans sa poitrine qui était à la fois réconfortant et inconnu et elle crut s'entendre dire : « Sera ? » Mais elle n'avait plus de bouche, aussi ne pouvait-elle pas s'exprimer à voix haute.

Oui, répondit une voix nouvelle qui l'envahit de toutes parts, résonnant dans ses oreilles et s'enroulant autour de ses genoux et de son double cœur. Soudain, Agnes se sentit attirée dans un millier de directions différentes. Son ventre fit un soubresaut ; les yeux fermés, elle vit défiler une succession d'images d'une netteté surprenante.

Elle avait sept ans, elle furetait dans le bureau de son père à la recherche d'une preuve de l'existence de sa mère quand Leo l'avait attrapée et lui avait tiré les cheveux en lui disant qu'elle allait se faire disputer.

Elle était enfant, dans une immense pièce circulaire et voûtée ; au plafond étaient peints des lunes, des étoiles et un soleil. Une femme à la peau argentée avec un ruban orange noué au cou la réprimandait parce qu'elle posait trop de questions impertinentes.

Elle avait seize ans, à l'école des bonnes manières de Miss Elderberry, et elle aidait Susan Bruckner à lacer son corset, le cœur brûlant de désir.

Elle était au lit dans une pièce aux parois en verre opaque. Un mobile constitué d'étoiles scintillantes était suspendu au plafond, au-dessus d'elle, et une jeune femme avec un ruban violet au cou lui disait qu'elle l'aimerait aussi longtemps que les étoiles brilleraient dans le ciel.

C'était son douzième anniversaire et elle se tenait debout face à son père, priant pour que *cette* année peut-être, sa grand-mère Byrne lui ait envoyé un cadeau. Il lui tendit un petit paquet rose enrubanné d'un nœud jaune et elle le déballa avec ferveur. Il contenait un collier avec un pendentif qui représentait un triangle solite. C'était un présent de grand-mère McLellan. Des larmes de déception lui brûlèrent les yeux.

Elle courait le long des berges d'un immense fleuve limpide comme le cristal, esquivant des branches basses couvertes de feuilles dorées tandis qu'une autre fille à la peau argentée et du même âge qu'elle la poursuivait en criant : « Sera, attends ! »

Sera avait dû écarter la main, car Agnes revint brutalement au temps présent; elle s'avachit contre la coiffeuse et renversa un flacon de talc. Elle contempla ses bras parcourus d'étincelles bleutées qui se dissipèrent bientôt. Et sa peau redevint couleur caramel. Ses veines continuèrent de la picoter pendant quelques instants.

Sera observa son doigt. La lueur s'estompa peu à peu jusqu'à disparaître complètement. Agnes était sous le choc. Les souvenirs avaient été si nets, si précis; il y en avait même certains qu'elle avait presque oubliés, comme celui de Leo la surprenant dans le bureau. D'autres ne lui appartenaient pas – qui étaient ces femmes avec un ruban au cou, et la fille qui la pourchassait sur les berges? Elles avaient la peau argentée et la chevelure bleue, tout comme Sera. Agnes avait-elle accédé aux souvenirs de Sera en plus des siens?

— Mère Soleil, qu'est-ce que c'était que ça?

Agnes redressa la tête. Cette voix, elle la reconnaissait. Elle l'avait entendue dans sa tête juste avant que les souvenirs ne l'assaillent. C'est elle qui lui avait répondu « oui ».

— Qu'est-ce que tu as dit?

— Tu... tu me comprends? bafouilla Sera.

Agnes hocha la tête, les lèvres entrouvertes, stupéfaite.

— Il faut que je m'assoie, dit-elle d'une voix rauque.

Elle s'effondra sur le tabouret de la coiffeuse et enfouit sa tête entre ses genoux. Elle nageait en plein rêve. Ce n'était pas réel. C'était trop. Trop bizarre. Totalement impossible.

— Je m'appelle Sera Lighthaven. (Sa voix était beaucoup plus basse et profonde qu'auparavant.) Je suis céruléenne. Mon sang est magique. Et maintenant, tu me comprends!

Elle avait l'air folle de joie. Mais Agnes ne partageait pas son enthousiasme. Pas encore.

— Qu'est-ce… que… c'était…? De la magie, dis-tu? Tu as… des pouvoirs? Dans ton sang?

— Oui, répondit Sera, triomphante, comme si elle avait réussi un examen.

Elle tendit l'index et Agnes se figea, pas sûre de vouloir retenter l'expérience. Cependant, cette fois-ci, le doigt de Sera ne s'illumina pas.

— Nous avons établi une connexion par le sang, je crois. (Sera fronça les sourcils.) Ce n'était pas tout à fait comme d'habitude, toutefois. C'est la première fois que je partage des souvenirs pendant ce genre de connexion. Ton frère n'avait pas l'air plus sympathique enfant qu'il ne l'est aujourd'hui.

Agnes lâcha un étrange son. Un rire. Ou bien un gémissement. Elle était paumée. En fait, elle venait de comprendre que Sera avait elle aussi vu les souvenirs défiler dans son esprit. Et elle n'était pas certaine que ça lui plaisait.

— Mais c'est peut-être ainsi que fonctionne la connexion par le sang sur les planètes, songea Sera à voix haute. J'ai l'impression de t'avoir transmis un peu de ma magie. Et maintenant, nous pouvons parler! (Elle se mit à genoux devant Agnes et porta sur elle un regard implorant.) Il faut absolument que je trouve un endroit d'où je puisse *voir*, très très haut. Vous avez des demeures comme ça ici, ou bien un temple au sommet duquel je puisse grimper? Il faut que je trouve le cordon. Il faut que je sache si la Cité du Ciel est encore là.

Cela faisait un peu trop d'informations à assimiler à la fois. Sera parut s'en rendre compte. Elle se rassit et se gratta le cou d'un air pensif.

— Hum, songea-t-elle. Ça fait beaucoup de choses à expliquer.

— Oui, acquiesça Agnes, qui tâchait d'organiser ses pensées tant bien que mal. Qui étaient ces femmes avec un ruban au cou ?

Sera afficha une expression chagrine.

— Mes mères. Deux d'entre elles tout du moins.

— Combien de mères as-tu ? demanda Agnes, incrédule.

— Trois. Violine, orange et céladon. Pour les trois filles de la Lune. Mais ça ne fonctionne pas comme ici, n'est-ce pas ? Ici, vous avez un père et une mère ?

— Oui, répondit Agnes qui se sentait soudain faible. Trois mères ? Les filles de la Lune, qu'est-ce que c'est ?

— Ma Cité est attachée à cette planète, vois-tu, poursuivit Sera. Et on m'a élue. Je devais être sacrifiée pour rompre le cordon et permettre à ma Cité de voyager vers une autre planète, mais… je n'ai pas fait les choses correctement et je suis tombée dans le trou où Leo et toi, vous m'avez trouvée. Il faut maintenant que je sache si le cordon est toujours là ou si une autre Céruléenne a été élue, si le sacrifice a marché et la Cité s'en est allée à travers l'espace à la recherche d'une nouvelle planète d'ancrage, auquel cas je ne la reverrai plus jamais.

— Tu as été *sacrifiée* ?! s'exclama Agnes.

— Élue, rectifia Sera. Par Mère Soleil. Ma mission était de plonger du dais, à l'extrémité des jardins Nocturnes.

— Et tu l'as *fait* ?

Agnes connaissait évidemment la réponse à cette question, mais elle voyait maintenant cette jeune fille douce et mince sous un autre jour.

Sera hocha la tête.

— Mais j'étais censée mourir, répandre mon sang et rompre le cordon, et de toute évidence, ce n'est pas ce qui s'est passé. (Elle posa la main sur le genou d'Agnes.) C'est un tel bonheur de pouvoir te parler. C'est tellement dur d'être incomprise, tu n'as pas idée.

Agnes savait que, dans le fond, elle était heureuse de la tournure des événements, mais pour le moment, elle n'arrivait pas à canaliser ses émotions.

— Et cette cité… elle se trouve dans le ciel ?

— Au-dessus, précisa Sera. Dans l'espace.

— Et ce cordon, à quoi ressemble-t-il ?

— C'est une chaîne magique finement forgée. Ses maillons sont à la fois bleu, argent et or.

— Et c'est attaché à notre planète ? Cette planète ? À Kaolin ?

Sera poussa un soupir.

— J'ignore où le cordon s'est ancré. Il peut se trouver à Kaolin comme à Pelago. Ou bien au beau milieu de l'océan. C'est pourquoi j'ai besoin de *voir*.

Elle contempla les murs sans fenêtres qui les cernaient de toutes parts.

— Eh bien, je peux t'aider à le chercher, déclara Agnes.

— Non, tu ne peux pas. C'est invisible à l'œil humain. Seule une Céruléenne sera en mesure de le voir.

Agnes se dit que si on avait découvert une chaîne magique reliée à l'espace, les journaux se seraient empressés de le signaler.

— Si seulement je pouvais la voir. Ta cité. J'aimerais comprendre… d'où tu viens, qui tu es. Tout cela est bouleversant.

Sera se tut et fixa ses mains. Agnes songea que, pour elle aussi, c'était un sacré bouleversement.

— Peut-être que je peux te montrer.

— En refaisant ton truc phosphorescent ? questionna Agnes avec une certaine appréhension.

— Oui. (L'index de Sera s'illumina.) Je pense que… si je me concentre sur ce que je veux…

Elle n'avait pas l'air sûre d'elle, ce qui était loin de rassurer Agnes. En outre, elle n'avait aucune envie qu'on remue de nouveau ses souvenirs.

« Décrivez en détail le plus bel acte de bravoure que vous ayez accompli au nom de la science. »

L'intitulé de la dissertation lui revint à l'esprit et elle en fit une lecture différente. Allait-elle vraiment refuser par peur de l'inconnu ? Il n'était plus question de rédaction, d'entretien, ou d'une place d'étudiante à l'université d'Ithilia. Elle touchait à quelque chose de bien plus grand, de bien plus important. L'occasion s'offrait à elle d'aider quelqu'un, quelqu'un qui n'avait qu'elle sur qui compter. N'était-elle qu'une misérable poule mouillée, comme l'avait dit Vada ? La peur qu'on découvre ses secrets les plus intimes, notamment celui de sa sexualité, allait-elle l'empêcher d'explorer un nouveau monde ?

— Je suis capable de le faire, Agnes, insista Sera, d'un air déterminé. Je le sens. D'une certaine manière, je… je suis plus forte sur cette planète. Je comprends mieux qui je suis, du moins un peu mieux. Je peux te le prouver. Je *vais* te le prouver.

Apparemment, elles entraient toutes deux en terre inconnue. Agnes prit son courage à deux mains et appuya son index contre celui de Sera.

Cette fois, la chaleur fut supportable, peut-être parce qu'elle s'y était mieux préparée. Celle-ci se faufila le long de son bras, frémissant dans ses veines, et elle enveloppa son cœur. Le fait d'être un réceptacle vide était moins désagréable maintenant qu'elle avait une petite idée de ce qui se passait, et lorsque son corps sursauta et que son esprit fut téléporté ailleurs, elle observa avec émerveillement, sans se questionner, ce qu'elle voyait.

Elle se tenait près de Sera sur une petite île, face à un immense édifice en forme de cône, aux parois en verre et aux portes dorées. Il se dressait haut dans le ciel, mais ce ciel n'était pas une immensité bleue constellée de nuages. C'était simplement… l'espace. Les astres et le noir. Un papillon luminescent aux ailes bleu et jaune voleta sous ses yeux. Une haie en arc de cercle cernait une partie du bâtiment. Agnes repéra au moins deux ponts blancs. Ils enjambaient un fleuve pour relier l'île à la terre ferme, parsemée d'habitations en forme de dômes, elles aussi constituées de verre. La plupart étaient flanquées d'un jardin.

La température était douce, l'air frais et piquant comme des draps tout propres. L'herbe était souple, d'un vert profond.

C'était désert.

— Voici la Cité du Ciel, annonça Sera.

— Où sont passés les gens ?

— Je l'ignore. (Elle contempla ses paumes.) J'essaie encore de comprendre comment fonctionnent mes pouvoirs. Je n'en connais pas encore les limites. Les Céruléennes ne descendent plus sur les planètes. Je découvre une dimension à laquelle ne m'a jamais préparée ma mère céladon.

— Pourquoi ne vous aventurez-vous plus sur les planètes ? À combien de planètes vous êtes-vous ancrées ?

Les questions s'accumulaient dans son esprit et elle se mordit la lèvre pour les refréner.

— Je ne connais que celle-ci, expliqua Sera. Nous y sommes reliées depuis plus de neuf cents ans.

— Tu as neuf cents ans ?

Sera éclata de rire.

— Non ! Je n'ai pas encore dix-huit ans. Mais la grande prêtresse était déjà en vie quand nous étions arrimées à la planète précédente. Elle est très très vieille.

Agnes n'insista pas. Elles reviendraient plus tard à cette question.

— Qu'est-ce que c'est ? demanda-t-elle en indiquant le cône surplombé d'une flèche en or qui se perdait dans l'immensité du ciel.

— C'est le temple de Mère Soleil. Il trône au centre de la Cité.

— Qui est Mère Soleil ?

Sera réfléchit un instant avant de répondre.

— Elle est tout.

Ce n'était pas tant les dieux que la logistique qui intéressait Agnes.

— De quel matériau est constitué ce temple ?

— Il est en verre de soleil, répondit Sera comme si cela tombait sous le sens.

Observe, songea Agnes. *Ne perturbe pas.*

Les marches du temple étaient lisses, les portes sculptées de symboles, des formes géométriques, des spirales, des tirets et des gribouillis. Certains semblaient briller, d'autres s'estomper. On aurait dit les signes que Sera avait inscrits dans le sable, sur le plancher de la fourgonnette.

— Je grimpais tout le temps là, dit Sera en portant le regard sur la flèche scintillante. Ça rendait ma mère orange folle, mais c'était plus fort que moi. C'était le meilleur point de vue pour contempler les étoiles.

En même temps, pensa Agnes, n'importe quel endroit de la ville offrait un point de vue panoramique sur les constellations. Autour d'elles, les étoiles étaient grosses et éclatantes. Rien à voir avec les minuscules points dans le ciel que l'on distinguait à Old Port la nuit venue.

— Tu penses pouvoir me montrer ce qui t'est arrivé ?

Sera ferma les paupières et une larme roula sur sa joue.

Agnes se retrouva soudain agenouillée dans une salle circulaire avec des fresques au plafond. Le lieu était bondé de femmes à la peau argentée et à la chevelure bleue. Pas un seul homme.

Sera était agenouillée près d'elle, entourée de trois femmes, arborant chacune un ruban de couleur différente au cou. Agnes reconnut les femmes violette et orange. La verte était nouvelle. C'étaient sans doute les mères de Sera.

Une autre femme se tenait sur l'estrade face à la congrégation. Elle se penchait au-dessus d'une coupe emplie de lumière. Elle avait une aura royale, un halo d'autorité qui inspirait respect et vénération. C'était peut-être la grande prêtresse. Sauf qu'elle n'avait pas l'air d'avoir neuf cents ans. La lumière dans la coupe s'estompa. La femme prononça le nom de Sera.

Le décor de la salle se dissipa et Agnes se retrouva dans l'une des demeures en verre ; elle se tenait face à un miroir à côté de Sera. Ses trois mères étaient également présentes. Sera portait la même robe qu'à Kaolin, sauf qu'elle était fraîche et propre. Les broderies maladroites étaient assorties aux bracelets à son poignet : violet, vert et orange. Agnes se rendit compte que les bracelets avaient disparu, ainsi que le collier; les hommes de main de son père avaient dû les prendre. Il y avait tellement d'amour dans cette pièce qu'elle avait l'impression que sa poitrine allait éclater.

— Tu as été notre soleil, Sera Lighthaven, dit la femme au ruban orange, plus âgée que les deux autres, les yeux humides. Tu as illuminé notre monde. (Elle voulut ajouter quelque chose, mais elle se ravisa.) Tu es prête à te rendre aux jardins Nocturnes ?

Sera n'avait pas l'air prête du tout. Le pouls d'Agnes se précipita.

— Oui, mère, murmura Sera.

Ensuite, Agnes fut transportée dans le jardin le plus exquis qu'elle ait jamais vu. Des lis blancs comme la neige, des dahlias violet foncé, et des roses d'un gris doux comme l'aile d'une tourterelle ainsi que d'autres fleurs dont Agnes ignorait le nom, des fleurs sorties tout droit d'un rêve – des saphirs phosphorescents flottant dans les airs, de grosses fleurs rondes brillant comme la pleine lune, des arbres au tronc et au feuillage noirs comme la nuit. Comme le temple auparavant, le jardin était empli de monde. Elle se tenait avec Sera sur un promontoire en verre qui surplombait une cascade. Face à elles, l'immensité vertigineuse de l'espace. Près d'elles, la femme majestueuse du temple qui avait prononcé le nom de Sera.

— Aujourd'hui est un jour historique ! proclama-t-elle. Le commencement d'un nouveau chapitre pour notre Cité adorée. Cette cérémonie nous délivrera enfin de notre lien à cette planète et Mère Soleil nous guidera vers notre nouvelle demeure. Louée soit sa lumière éternelle !

— Louée soit-elle ! répondit l'assemblée à l'unisson.

Sous le regard horrifié d'Agnes, la femme sortit un couteau et entailla les bras de Sera, au creux du coude.

Elle aperçut une jeune fille familière dans la foule. Celle avec qui Sera courait le long du fleuve. Elle avait le visage ravagé par les larmes.

Elle vit la mère au ruban violet poser la main sur son cœur comme pour le contenir dans sa poitrine.

Puis Sera se retourna et plongea dans le vide.

Agnes poussa un cri d'horreur. Ses yeux se rouvrirent. Elle se trouvait de nouveau dans la salle de bains de Creekwater Row. Son cœur cognait dans son thorax et sa vision était embrumée. Elle respira à fond, le temps de reprendre ses esprits.

— Tu me dis que quelque part, là-haut, cet endroit existe ? bafouilla-t-elle. Cette cité ?

Ce n'était pas le mot adéquat. C'était tellement plus beau que toutes les cités qu'elle avait visitées.

— Je crois. Mais je n'en suis pas sûre.

Agnes songea à tout ce que cette fille avait enduré, à tout ce qu'elle avait perdu.

— Je vais t'aider à trouver le cordon, promit-elle en prenant la main de Sera dans la sienne. Et si je le peux, je t'aiderai à retourner chez toi.

Elle fut soudain soulagée que le navire de Vada ne lève pas l'ancre tout de suite. Elle ne pouvait pas abandonner

Sera, pas maintenant. Elle n'avait jamais éprouvé pareille affinité avec quiconque, même si elles se connaissaient à peine.

Sera esquissa un sourire et ses yeux s'embuèrent de larmes.

— Tu as le cœur aussi grand que Leela, Agnes. Et c'est le plus beau compliment que je puisse faire.

— Qui est Leela ?

— Ma meilleure amie.

Agnes sut qu'elle faisait référence à la fille qu'elle avait vue pleurer lors de la cérémonie de sacrifice et la comparaison ne la dérangea pas.

On frappa à la porte, ce qui les fit sursauter toutes les deux.

— Vous avez bientôt fini ?

La voix de Hattie était trop ordinaire, trop normale ; elle rompit le charme qui avait enveloppé la pièce.

— Presque ! répondit Agnes. Ôte ta robe et grimpe dans la baignoire, vite ! dit-elle à Sera.

— Ma mère orange m'a cousu cette robe, répliqua Sera en s'agrippant au tissu sale.

— Et je veillerai à ce que personne n'y touche. Mais il faut qu'on te lave et qu'on t'habille, sinon mon père sera très en colère. Et crois-moi, il vaut mieux ne pas provoquer son courroux.

Sera hocha la tête et retira son vêtement. Elle se mit dans la baignoire.

— C'est chaud ! s'exclama-t-elle avec ravissement.

— Bien sûr !

Et, sur ces mots, Agnes plongea la tête de Sera sous l'eau.

22.

LEO

Ça faisait une éternité que son père n'avait pas organisé de fête chez eux. Leo ne se rappelait même pas la précédente.

Xavier avait insisté sur le fait que tous les invités devaient porter une cravate noire. Des représentants des familles les plus riches d'Old Port étaient conviés, des hommes au bras long ayant des relations dans toutes les entreprises fructueuses de Kaolin. Leo reconnut George Wilkes de la fameuse Wilkes Dairy, Sebastian Horne de Horne Mills et Wilbur Grandstreet dont la famille possédait le plus important chantier naval de Kaolin. Un représentant du ministère de l'Agriculture était également présent, et Xavier bavardait avec lui lorsque Robert Conway et son père arrivèrent. Leo les accueillit dans le hall.

— Leo, le salua Robert. (Il lui assena une tape dans le dos et lui serra la main comme un politicien.) C'est une sacrée fête que ton père a organisée ! (Un valet posté près de l'entrée lui tendit une coupe de champagne.) Elizabeth m'a parlé de cet arbre avec un visage et de cette étrange créature marine. Ils sont présents ce soir ?

Il parcourut les lieux d'un regard ardent comme si Leo cachait Errol derrière une plante.

— Non, tu connais mon père, il a plus d'un tour dans son sac. De quoi impressionner le tien.

Il voulait paraître enjoué et sûr de lui, mais son discours lui sembla creux. Parler de Sera comme d'une animation censée épater la galerie ne lui plaisait pas, surtout depuis qu'il connaissait son prénom. Hattie lui avait rapporté qu'Agnes était en train de la préparer. Son père lui avait demandé de choisir une tenue pour sa sœur, et Leo en avait également sélectionné une pour Sera. Pas question de laisser ce genre de décision à Agnes.

Il se toucha encore la joue. C'était devenu un réflexe, comme s'il s'attendait à ce que l'hématome réapparaisse.

Robert partit d'un éclat de rire. Le rire d'un homme qui n'avait jamais eu à s'inquiéter de rien. Son smoking noir contrastait élégamment avec sa peau mate, et sa barbe joliment taillée était ornée de cristaux.

— Il doit être sûr de son coup, alors. (Robert porta son regard au-delà de Leo et ses yeux s'écarquillèrent.) Mon Dieu !

Leo se retourna et vit sa sœur descendre l'escalier. Il avait déniché sa robe tout au fond de son placard avec d'autres habits tendance. (Sans doute des cadeaux. Sa sœur n'aurait jamais acheté ce genre de fringues toute seule.) C'était une tenue vert amande aux mancherons bouffants et au décolleté arrondi. La jupe était doublée d'un nuage de tulle qui lui conférait la forme d'une cloche et l'ourlet était brodé de fleurs cuivrées. Hattie lui avait bouclé les cheveux, qui tombaient sur sa nuque en accroche-cœurs, et elle avait agrémenté sa coiffure d'épingles dorées.

— Ma parole, Agnes, tu es sublime ! s'exclama Robert en allant lui baiser la main au pied de l'escalier.

— Merci, dit-elle en tirant sur l'une de ses manches comme pour la rallonger.

La sonnette retentit et Swansea alla ouvrir la porte.

M. Grange pénétra dans le hall et s'avança vers Agnes, un sourire obséquieux aux lèvres.

— Ma chère Agnes, je suis ravi de vous voir ! Et dire qu'hier à peine on officialisait vos fiançailles avec mon fils ! C'est comme si vous faisiez déjà partie de la famille.

Derrière son père, Ebenezer Grange avait l'air particulièrement mal à l'aise.

— Agnes et Ebenezer ? chuchota Robert, visiblement impatient de répandre la nouvelle.

Leo avait d'autres chats à fouetter. Il n'avait pas le temps de se soucier des fiançailles de sa sœur. En outre, même si ça l'avait amusé d'asticoter Agnes tout l'été, maintenant que la blague avait pris un tour réel, ça ne le faisait plus rire. Surtout depuis qu'il avait vu à quel point Agnes était ébranlée par la sentence paternelle. C'était la première fois qu'il voyait sa sœur pleurer.

— Bonjour, Ebenezer, dit-elle. Monsieur Grange, c'est, euh, un plaisir de vous voir. Excusez-moi, je crois que j'ai besoin d'un rafraîchissement.

— Je vous accompagne, déclara Ebenezer en lui offrant maladroitement le bras.

Agnes l'accepta et ils quittèrent le hall. M. Grange les suivit, tendant le cou à la recherche de Xavier.

— Tu penses qu'ils ont loué leur smoking ? commenta Robert d'un ton moqueur. Oh ! j'ai entendu dire que James Roth était présent ce soir. Il a décroché un rôle dans ce mystérieux spectacle qui n'aura lieu qu'une fois, n'est-ce pas ?

— C'est exact.

— Il doit être dépité que Xavier quitte l'industrie du théâtre. C'est ton père qui l'a rendu célèbre.

— Monsieur Leo, vous voilà ! s'exclama Kiernan en se précipitant vers lui.

Ce soir, il était attifé comme un gentleman kaolin – disparus le khôl autour des yeux et les coquillages dans les cheveux. Son smoking lui allait plutôt bien, même si la ceinture le boudinait un peu.

— Monsieur Kiernan, je vous présente Robert Conway. Sa famille possède Conway Rail. Robert, voici Ezra Kiernan. M. Kiernan a joué un rôle phare dans la nouvelle entreprise de mon père.

— Enchanté, dit Robert en lui serrant la main.

Mais Leo connaissait Robert par cœur. Son air dédaigneux semblait vouloir dire : « Le voilà donc ce Pélagien. »

— Tout le plaisir est pour moi, jeune homme. Veuillez m'excuser, je dois vous emprunter votre ami. L'heure de notre petite animation a pour ainsi dire sonné !

Kiernan frétillait d'excitation.

Leo crut qu'on allait lui demander de décrire son expérience avec l'arboréal et le sang de Sera. Il n'était pas très emballé à l'idée de raconter qu'un arbre l'avait attaqué.

— Quelle animation ? s'enquit-il tandis que Kiernan l'entraînait vers le salon.

Xavier se tenait près de la cheminée, en pleine discussion avec le père de Robert. Tous deux sirotaient un verre. M. Grange errait non loin de là, faisant mine de prendre part à la discussion. Mais Xavier se concentrait uniquement sur M. Conway qui n'avait jamais investi dans aucune des productions McLellan. Et Leo savait que son père l'avait en travers.

— Ah ! Leo. (Xavier lui fit signe d'approcher.) J'étais justement en train de dire à Hubert qu'il ne regretterait pas d'avoir été convié ce soir. Il va assister au lancement d'une découverte bouleversante. N'est-ce pas ?

— Oui, père, répondit Leo.

Cependant, les deux hommes ne lui prêtaient pas vraiment attention.

— Xavier, n'en faites pas trop non plus, commenta M. Conway en agitant l'index.

— Comment ça ? Pas du tout. Attendez de voir ce dont elle est capable.

— *Elle ?* (M. Conway haussa un sourcil.) Qu'est-ce que vous nous mijotez, McLellan ?

Xavier répondit par un sourire et posa son verre sur le manteau de la cheminée.

— Votre attention, s'il vous plaît, déclara-t-il à la cantonade.

Le silence se fit. Agnes et Ebenezer se tenaient près des fenêtres ; sa sœur ne cessait de jeter des coups d'œil vers l'escalier. Leo devina qu'elle se faisait du souci pour Sera. Soudain, il prit conscience que lui aussi s'inquiétait. Et pas juste au sujet de Sera mais de tout – cette soirée, la nouvelle direction que prenait l'affaire familiale, et le rôle qu'on attendrait qu'il joue. L'avenir qu'il entrevoyait avec confiance quelques jours plus tôt n'était plus si certain.

— Comme beaucoup d'entre vous le savent, poursuivit son père, je travaille depuis quelque temps sur un nouveau projet top secret, un projet qui va donner un second souffle à l'empire McLellan. Ezra, si vous le voulez bien.

Swansea s'avança muni d'un chevalet et de plusieurs planches. Kiernan en prit une et la plaça en évidence sur le chevalet. C'était une photo agrandie de Boris, celle que Leo avait vue lors du repas, en beaucoup plus large.

Sebastian Horne renâcla avec dédain.

— Ce n'est qu'un arbre. À quoi jouez-vous, Xavier ?

— Ce n'est pas un arbre ordinaire, Sebastian, répliqua son père. C'est ce qu'on appelle un arboréal ; il possède un pouvoir unique et merveilleux – vous pouvez rire ! ajouta-t-il tandis que quelques ricanements agitaient l'assistance. Mais cette créature peut transformer des terres agricoles arides en oasis de verdure. Combien d'entre vous ont-ils des pions dans l'industrie agricole ? À combien s'évaluent les pertes cette année ? Des récoltes envolées en fumée en raison des incendies de forêt, de la canicule, de la rouille et de la fusariose ? Cet arbre peut changer la donne. Plantez-le dans votre domaine et je vous garantis qu'en une semaine votre sol sera aussi fertile et productif que si vous veniez de le labourer. La deuxième semaine, vous pourrez semer, et la troisième, je vous promets que vous aurez une moisson d'une qualité incomparable.

— Impossible ! s'écria George Wilkes.

— Je vous assure que non, répliqua Xavier. Et j'apprécierais qu'on me laisse terminer sans me couper la parole ni faire d'éclat.

Wilkes se tut et Leo sentit son père savourer la situation. Il n'y avait rien qu'il appréciait plus que de rabrouer un de ses pairs.

Il fit un geste à l'intention de Kiernan, qui remplaça la photographie de Boris par celle d'Errol. Leo n'avait pas encore vu Errol en dehors du bassin, et l'image était floue ; on voyait surtout une paire d'yeux globuleux.

— Ensuite, nous avons un mertag. C'est une petite créature difficile à photographier. Vous ne vous êtes jamais demandé pourquoi les eaux pélagiennes ne s'épuisaient jamais ? Alors que les Pélagiens consomment du poisson à tire-larigot ? Et pendant ce temps, à Old Port, l'océan est devenu trop toxique pour la prolifération de la vie aquatique et que, une fois de plus, le golfe de Windsor risque de souffrir de pêche excessive. (Il lança un regard à Wilbur Grandstreet.) Wilbur, combien de navires vendrais-tu si le littoral oriental, de Wenton à Pearl Beach, regorgeait soudain de vie ? Si les bancs d'huîtres revenaient, si les carpes, les truites et les brochets repeuplaient les eaux ?

M. Grandstreet avait l'air ravi qu'on s'adresse personnellement à lui.

— Beaucoup, j'imagine. Mais il faut dire que depuis la découverte de cette île, nous sommes plutôt occupés, Xavier.

— Ah oui. Braxos. Merci de l'avoir mentionnée.

Kiernan remplaça la photo d'Errol par un cliché des ruines tiré du journal *Old Port Telegraph*. Maintenant qu'elle était agrandie, Leo devina une forme surplombant les portes des ruines. On aurait dit le pendentif en étoile du collier qu'il avait dissimulé dans son tiroir à chaussettes. Mais il était impossible qu'il y ait un lien entre les deux. Sera venait d'arriver sur la planète, et ces ruines étaient séculaires.

— De notre vivant, l'île de Braxos n'a jamais été aperçue. Jusqu'à aujourd'hui. Beaucoup pensent que ces ruines recèlent de l'or, des joyaux et d'autres richesses. Le maire adjoint a déclaré hier soir au Régent que le lieu était rempli de femmes superbes qui pouvaient convaincre un homme de leur céder sa fortune d'un simple baiser.

Des gloussements parcoururent l'assemblée.

— Mais les légendes que j'ai entendues proviennent d'une source beaucoup plus fiable et évoquent des merveilles bien plus précieuses que des pierres ou des femmes, reprit Xavier. On raconte que les vagues qui lèchent son rivage peuvent prédire l'avenir. Que lorsqu'on pénètre dans ses bois enchantés, on peut parler aux morts. Et je pense que ces ruines recèlent un secret pour lequel n'importe quel homme ici présent serait prêt à tous les sacrifices. (Il marqua une pause théâtrale.) Le secret de la vie éternelle.

Les hommes échangèrent des regards dubitatifs. Leo sentit le sang quitter son visage. Qui était la source qui avait raconté tous ces récits fantastiques à son père ? Et, surtout, comment pouvait-il y croire ?

Hubert Conway fut le premier à prendre la parole :

— Allons, Xavier. Ce sont des contes de fées pour enfants. Un arbre magique ? Une fontaine de jouvence ? Il faudrait qu'on soit fous pour avaler ces balivernes.

— Non. Vous seriez fous si vous n'émettiez aucune réserve, rectifia Xavier d'une voix calme. Raison pour laquelle j'ai l'intention de vous présenter une preuve de mes dires ici même ce soir. James !

Des bruits de pas résonnèrent à l'étage.

— Vous connaissez tous James Roth. Un merveilleux acteur et la vedette de mon ultime spectacle. Enfin, la vedette, peut-être pas.

D'un grand geste théâtral, Xavier invita les convives à se tourner vers l'escalier, où James apparut accompagné de Sera. Il l'escorta jusqu'au salon. La garde-robe d'Agnes n'était pas très diversifiée et Leo n'avait pas eu beaucoup de choix. Son seul souci était que la couleur de la robe ne jure pas avec la peau et la chevelure de Sera. La robe était assez sobre, taillée dans une soie ivoire et agrémentée d'une traîne rose. Ni froufrous ni volants, rien qu'une broderie dorée sur le corsage et des manches en dentelle lui couvrant les épaules. Hattie lui avait noué la chevelure en une couronne élégante de boucles bleues ornée de quartz gris perle et rose.

À son apparition, le ventre de Leo fit un looping, comme s'il avait manqué le trottoir en marchant le long de Creekwater Row.

Elle était terrorisée. Qui ne le serait pas à sa place ? Être fixée du regard par un groupe d'hommes étrangers dans un lieu inconnu… Il devait cesser de la contempler lui aussi, mais il n'arrivait pas à décrocher son regard d'elle ; elle se déplaçait avec une grâce éthérée et, à la lumière tamisée, sa peau brillait comme une perle d'argent. Leo surprit Robert à la reluquer et il crispa les poings. Robert était connu pour ses multiples conquêtes et Leo ressentit l'envie soudaine de se jeter devant Sera pour la protéger du regard carnassier de Robert.

James la tenait fermement par le coude ; elle avait les mains dans le dos, et Leo aperçut les menottes cachées dans les replis de sa jupe quand elle parvint à sa hauteur. Cette vision lui noua le ventre. Deux Pemberton la suivaient comme son ombre ; ils s'étaient postés sur le seuil du salon.

Les convives lâchèrent des cris de surprise et des murmures. Beaucoup la lorgnèrent avec avidité.

— Qui est-ce ? demanda M. Conway.

— Elle est merveilleuse, souffla M. Wilkes.

— Je l'appelle Azure, déclara Xavier.

Agnes afficha une grimace de dégoût en entendant ce nom. Les bras croisés sur sa poitrine, elle foudroyait son père du regard et jetait à Sera des coups d'œil inquiets.

Sera échangea un regard avec Agnes, et un message tacite passa entre elles, un message que Leo ne put pas comprendre. Agnes secoua imperceptiblement la tête et Sera répondit d'un hochement. Puis elle aperçut Leo et plissa les yeux. Elle s'écarta de lui d'un pas. Leo eut envie de crier qu'il était désolé, qu'il ignorait ce qui allait se passer quand il avait capturé Sera, qu'il avait agi en égoïste, qu'il avait seulement voulu impressionner son père. Il ne l'avait pas considérée comme une personne. Il n'avait pas pensé à elle du tout.

— Je pense qu'il est temps de passer à une petite démonstration, dit Xavier. Ezra, je vous en prie.

Kiernan brandit une seringue face à l'assemblée, tel un magicien sur le point de réaliser un tour.

— Non, non, je vous en supplie…

La voix surprit Leo. Mélodieuse, suave et très féminine. Ce n'était pas Agnes qui avait parlé, mais la seule autre fille dans la pièce était Sera. Ça n'avait aucun sens.

Sous le regard médusé de Leo, Sera reprit la parole :

— Je vous en supplie, ne faites pas ça.

Il n'en croyait pas ses oreilles. Comment se faisait-il qu'il la comprenne ? Est-ce que les autres l'entendaient aussi ? Peut-être son père et Kiernan avaient-ils trouvé un moyen de… ?

— Qu'est-ce qu'elle raconte ? demanda M. Horne. Qu'est-ce que c'est que ce charabia ?

Leo était donc le seul à l'avoir comprise. Il se frotta l'oreille.

— Elle ne parle pas notre langue, expliqua Xavier. Mais elle n'est pas là pour nous époustoufler par ses mots.

Leo crut voir sa sœur lui glisser : « Désolée » en silence. Agnes la comprenait-elle elle aussi ? Il avait du mal à se concentrer sur la scène ; sa tête tournait. Peut-être que le coup qu'il avait reçu à la tête lui avait laissé des séquelles. Un traumatisme que le sang de Sera n'avait pas pu soigner.

Xavier le saisit par le poignet.

— Vous voyez la paume de mon fils – pas la moindre égratignure. Vous êtes tous d'accord ?

Leo voulut dégager son bras mais cela faisait dix-huit ans qu'il obéissait à son père, et il en fut incapable. Xavier donna un signal à Kiernan. James agrippa Sera de toutes ses forces. Kiernan enfonça l'aiguille au creux de son coude, lui arrachant un cri strident.

— Non ! hurla-t-elle. Arrêtez, arrêtez, je vous en supplie ! Je suis céruléenne et mon sang est magique et vous ne pouvez pas me le prendre !

Kiernan exhiba le sang à la vue de tous – deuxième partie de son tour de magie –, le liquide d'un bleu profond était parcouru d'étincelles. Des cris d'admiration parcoururent l'assistance. Leo sentit soudain une brûlure lui transpercer le creux de la main ; son père venait de l'entailler. Il arbora une dague couverte du sang de son fils. Un bourdonnement résonna à ses oreilles et la pièce se mit à tourner. Agnes avait viré au vert, et dans un coin de son esprit, il songea : *Étrange, je croyais qu'elle aimait disséquer des créatures.*

— Xavier ! mugit M. Conway.

— Ne vous en faites pas pour mon fils. Il n'a rien à craindre. Contemplez ce miracle, Hubert.

La main de Leo palpitait tandis que la douleur le gagnait comme une traînée de feu. James maintint fermement Sera pendant que Kiernan s'approchait de Leo avec la seringue. Il ôta l'aiguille et déposa trois gouttes de sang sur la plaie.

— Non ! gémit Sera qui cessa peu à peu de se débattre dans les bras de James.

C'était atroce de la comprendre. Toutes les fois où il l'avait entendue s'exprimer lui revinrent en mémoire – qu'avait-elle dit quand il lui avait arraché son collier ? Qu'avait-elle hurlé lorsqu'il l'avait capturée dans le filet ?

Elle porta les yeux sur sa sœur.

— Agnes, aide-moi !

Elle connaît le prénom de ma sœur. Agnes était blanche comme un linge ; elle avait les épaules crispées, les mains agrippées à sa jupe. Pour Leo, il n'y avait plus de doute possible : Agnes comprenait elle aussi le langage de Sera. Mais elle était aussi impuissante que lui dans cette salle. Personne d'autre qu'eux ne prêtait attention à Sera ; tous les yeux étaient rivés à la paume de Leo. Les hommes s'approchèrent et leur visage s'illumina. La peau de sa main se reconstitua jusqu'à ce que la coupure disparaisse sans laisser de cicatrice.

— Par le seul et unique Dieu…

— Comment est-ce possible ?

— C'est comme s'il n'avait jamais eu de blessure !

— C'est un miracle. (Hubert Conway était sous le choc.) C'est un miracle absolu.

— Ce sang est du pain bénit pour ma famille. De même que l'arboréal et le mertag, déclara Xavier. Et j'ai bien l'intention d'en tirer profit. Qui parmi vous est prêt à se joindre à moi dans cette aventure ? Qui investira avec moi dans l'avenir de Kaolin et dans la santé de son peuple ?

Comme si Xavier se souciait de la santé des habitants de Kaolin ! songea Leo, maussade. D'un coup, les hommes se mirent à réclamer l'attention de son père tous à la fois, criant à qui mieux mieux. On saisit la main de Leo pour l'examiner et la palper. Il n'était pas le futur PDG de l'entreprise McLellan, mais l'assistant du magicien.

Sera poussa brusquement un cri très étrange.

— Allez-vous faire cesser ce hurlement épouvantable ? marmonna Wilbur Grandstreet.

— Peut-être que notre Azure est fatiguée, commenta Kiernan pour calmer les tensions. C'est une dame, après tout, et elle est sans doute lasse. Je devrais…

— Le cordon ! s'écria Sera. (Elle contemplait la photo des ruines.) Agnes, c'est le cordon, je le vois. Il jaillit du temple en pierre !

Agnes ouvrit la bouche. L'instant d'après, les Pemberton se jetèrent sur Sera et l'entraînèrent en dehors de la pièce.

— Il faut que j'aille trouver le cordon ! cria-t-elle avant que sa voix ne s'estompe.

Agnes savait quelque chose, il le voyait dans son regard. Elle savait ce qu'était ce cordon. Savait-elle aussi d'où venait cette fille ? Pourquoi son sang possédait des vertus curatives ? Pourquoi il comprenait soudain son langage ?

Leo voulait des réponses. Ce qu'Agnes savait, il fallait qu'il le découvre aussi. Même s'il fallait pour cela désobéir à son père. Et perdre sa place au sein de l'entreprise familiale.

Tandis que les invités continuaient à examiner sa main et à congratuler Xavier, spéculant sur les multiples usages auxquels pourrait servir le sang de Sera, Leo fut saisi d'une pensée stupéfiante.

Pour la première fois de sa vie, il *avait envie* de parler avec sa sœur.

QUATRIÈME PARTIE

La Cité dans le ciel

23.

Leela avait toujours su que sa meilleure amie était courageuse – bien plus courageuse qu'elle ne le serait jamais.

Mais lorsque Sera se tourna si calmement et s'avança vers le vide, les bras ruisselants de sang, Leela se rendit compte de l'énormité de la mission pour laquelle son amie avait été élue.

Impuissante, elle assista au plongeon de Sera qui, les bras écartés, se jeta dans l'espace. Et en un battement de cœur, elle avait disparu de son champ de vision.

Leela n'eut pas la force de rester, d'assister à la douleur insoutenable des mères de Sera ou aux paroles de réconfort de la grande prêtresse. Elle voulait se retrouver seule avec son chagrin. Et lorsqu'elle s'éclipsa pour rentrer chez elle, ses mères ne cherchèrent pas à la retenir.

Sa demeure lui parut étrangère, différente du matin même, quand Sera était encore présente et que la vie avait un sens. Elle s'assit dans sa chambre, immobile comme l'une des statues des jardins de la Lune, jusqu'à ce qu'elle entende les Céruléennes rentrer chez elles. Tandis que les familles passaient devant sa fenêtre, elle surprit des bribes de conversations. La plupart étaient emplies d'espoir. D'autres, enthousiastes. Quelques-unes étaient maussades. Au fil des heures, Leela eut l'impression que Sera perdait sa qualité de personne. Elle était devenue une martyre, une idole, une histoire à raconter.

— Elle était si pieuse, commenta une femme.

— Elle était un grand atout pour notre Cité, murmura une autre.

— Mère Soleil avait placé de grands espoirs en elle.

— Elle sera honorée pour l'éternité lorsque nous aurons atteint une nouvelle planète.

Leela trouvait ce genre de propos insupportables. La personne dont ces gens parlaient, ce n'était pas Sera. Sera était effrontée, curieuse et étourdie. Son rêve était de vivre assez longtemps pour voir une autre planète, un rêve qui lui avait valu d'être réprimandée, car elle l'avait exprimé à voix haute. Et ce serait la seule d'entre elles à ne pas découvrir la future planète. C'était injuste.

Cette nuit-là fut la plus longue de sa vie. Lorsque les premières lueurs du jour se faufilèrent dans sa chambre, elle se redressa et attacha ses cheveux en arrière. Il fallait qu'elle sache si la Cité se déplaçait déjà. Elle voulait se renseigner sur le voyage qui les attendait. Pour Sera.

Mais lorsque Durea, l'une des apicultrices, vint frapper à leur porte pour leur livrer leur miel quotidien, Leela sentit que quelque chose clochait.

— Nous sommes encore attachées, leur confia Durea. On n'a pas revu la grande prêtresse depuis hier soir.

Ses mères parurent inquiètes, mais pas pour les mêmes raisons que Leela. Si la Cité ne bougeait pas, cela voulait-il dire que Sera s'était sacrifiée pour rien ?

Elle accompagna sa mère violine à la volière pour collecter les œufs. En chemin, Ileen, l'une des sages-femmes, les arrêta.

— Le cordon n'est pas coupé. Apparemment, la grande prêtresse s'est isolée au temple.

Sa mère jeta un coup d'œil à Leela.

— Je suis certaine que tout va s'arranger, répondit-elle. Nous devons avoir confiance en la grande prêtresse et en Mère Soleil.

Leela éprouva une pointe d'agacement inhabituelle. Une fois Ileen partie, elle perdit son calme.

— Pas la peine de dire ce genre de choses pour me rassurer !

Sa mère violine parut blessée. Leela savait qu'elle se comportait mal, mais elle ne pouvait pas se résoudre à s'excuser.

À l'heure de la colombe, les novices s'éparpillèrent partout dans la Cité.

— N'ayez crainte, dirent-elles. La grande prêtresse se recueille. Tout ira bien. Restez chez vous. Ne sortez pas. Priez pour la Cité.

Sa mère orange réunit la famille dans la salle commune. Et elles prièrent jusqu'à l'heure du serpent où Leela, n'y tenant plus, voulut quitter la pièce.

— Mère orange, dit-elle, j'aimerais aller prier dans ma chambre. Seule. Si vous êtes d'accord.

Elle ne voulait pas blesser une autre de ses mères, même si elle avait les nerfs à vif.

Sa mère orange était sur le point de protester lorsque sa mère céladon intervint :

— Bien sûr, vas-y, mon enfant.

Reconnaissante, Leela s'échappa aussitôt.

— Laisse-la tranquille, murmura sa mère céladon derrière elle.

Mais sa chambre était trop petite, trop confinée. Elle s'accouda au rebord de la fenêtre, se rappelant la première nuit où Sera l'avait poussée à faire le mur, quand elles n'avaient que dix ans. Ce souvenir fut un véritable supplice. Leela avait l'impression que la Cité tout entière était devenue une source de tourments pour elle. Car chaque endroit lui rappelait Sera. Dans les champs de fleurs de lune, elles avaient joué à cache-cache. Dans les vergers, Leela avait soutiré des fruits à Freeda, cette dernière n'en donnant jamais à Sera. Dans chaque recoin du Grand Estuaire, elles s'étaient coursées, baignées, lavées.

Sera n'aimerait pas la savoir triste ; Leela tâcha de s'en convaincre. Mais comment pouvait-il en être autrement ? C'était comme si on l'avait amputée d'une partie de son être.

Au bout d'un moment, elle ne put plus se retenir. Il fallait qu'elle sache avec certitude si le cordon était encore là ou s'il avait été rompu. Il fallait qu'elle le voie de ses yeux même si, pour cela, elle devait enfreindre les consignes des novices, de la grande prêtresse elle-même.

D'un bond agile, elle sauta par la fenêtre, puis elle se mit à courir. Le rivage du Grand Estuaire était proche et boisé, ce qui lui permit de s'échapper sans être vue, évitant les ponts menant à l'île du Temple. Elle rejoignit le pont Occidental près du pré où paissaient les moutons de brume. Elle le franchit et parvint aux jardins Diurnes, véritable symphonie de couleurs. Ils étaient exactement comme la dernière fois, quelques jours plus tôt. Comme si tout allait bien. Comme si le monde ne s'était pas effondré. Comme si Sera était encore là pour écouter les chants éthérés des fleurs de troubadour.

Elle se faufila jusqu'à l'extrémité des jardins, là où un grand saule se courbait au-dessus de l'Estuaire qui se jetait dans l'espace. Leela grimpa à l'arbre et se nicha dans un creux, entre deux branches. Elle aventura son regard en contrebas, au-delà de l'extrémité de la Cité, et contempla la planète. Une fine couche de nuages passait sur les formes familières de Kaolin et Pelago.

Et elle le vit ! Le cordon. Il n'avait pas bougé d'un iota. Il émettait une lumière vacillante, un mélange d'argent, de bleu et de doré, comme s'il lui décochait un clin d'œil.

La colère monta en elle, une haine bouillonnante dirigée contre cette chaîne magique. C'était une chose d'avoir perdu son amie. C'en était une autre de l'avoir perdue pour rien. Un profond sentiment d'impuissance la saisit tandis que le cordon scintillait innocemment sous ses yeux comme pour la narguer.

Et alors, une lueur d'espoir s'empara d'elle, illuminant son âme comme les rayons du soleil perçant soudain les nuages.

Le cordon ne s'était pas rompu. Peut-être Sera était-elle encore en vie.

— Sera !

Le vent agita le feuillage du saule et le cordon continua à étinceler.

— SERA ! s'époumona-t-elle, certaine que son amie finirait par l'entendre si elle criait assez fort.

Elle cria jusqu'à ce que sa gorge soit écorchée et son espoir réduit en cendres. Sera n'était pas là. Elle était morte.

C'était la première fois que Leela songeait à ce mot. *Morte.* Il avait un caractère définitif absolument épouvantable. Elle demeura au creux du saule, le visage appuyé contre son écorce rêche, et elle pleura toutes les larmes de son corps.

Au bout d'un long moment, elle se ressaisit. Mieux valait ne pas trop traîner. Ses mères lui faisaient confiance, mais il suffirait que l'une d'entre elles passe devant sa chambre et remarque son absence. Elle longea les berges du Grand Estuaire en sens inverse, ignorant le pont Occidental cette fois, même si c'était le chemin le plus court pour rentrer chez elle. À la place, elle franchit le pont de Faesa, celui qu'elle avait emprunté en courant avec Sera le jour de la cérémonie de sélection. C'était risqué, car elle passerait devant le temple, mais la haie lui fournirait une couverture. En outre, la grande prêtresse s'était isolée. Elle avait presque atteint le pont de Dendra, de l'autre côté de l'île, qui la conduirait tout droit chez elle, quand elle perçut des voix.

Craignant qu'on ne la surprenne dehors malgré le couvre-feu, Leela s'accroupit par terre et se figea.

— ... fonctionnait avant. (C'était la grande prêtresse ; Leela reconnut sa voix.) Aucune raison de penser...

Le reste de sa phrase fut étouffé.

— Les choses étaient différentes à l'époque, tu l'as dit. (C'était la voix de la plus âgée des disciples. L'adepte Klymthe.) Il y avait un accord.

— C'était plus que ça. (La grande prêtresse semblait triste.) Et j'étais plus forte à cette époque.

— J'aurais pu..., balbutia l'adepte Klymthe.

Mais la grande prêtresse l'interrompit :

— Non ! Tu n'aurais pas pu.

Leela fut prise de vertige. Elle ne comprenait pas de quoi elles parlaient, et pourtant, cette conversation lui filait la chair de poule. Il y eut un mouvement, et lorsque la grande prêtresse reprit la parole, sa voix était douce :

— Ce n'est pas si simple, ma chère Klymthe. On ne choisit pas.

— Oui, grande prêtresse, répondit l'adepte Klymthe d'un air résigné. Les novices ont instauré un couvre-feu.

— Parfait.

— Allons-nous procéder à un autre sacrifice ?

— Pas encore, dit la grande prêtresse. (L'adepte Klymthe dit quelque chose que Leela n'entendit pas et la grande prêtresse lui répondit.) Non. Crois-moi. Elles ne comprendraient pas. Et une autre cérémonie paraîtrait suspecte. Mère Soleil ne commet pas d'erreur.

— Mais ce n'était pas l'œuvre de Mère...

— Je sais, la coupa la grande prêtresse.

Leela eut l'impression d'avoir pris racine dans la terre et d'être pétrifiée.

— Convoquons la population au temple, dit la grande prêtresse. Il faut empêcher les fidèles de paniquer.

Elle ajouta quelques mots qui échappèrent à Leela.

— Bien sûr, grande prêtresse.

Des piétinements suivis par un silence. Leela entendait son cœur résonner à ses oreilles. Si les mots qu'elle venait de surprendre étaient vrais, alors Mère Soleil n'avait pas élu Sera pour qu'elle se sacrifie.

C'était la grande prêtresse qui avait pris la décision.

Elle perdit la notion du temps et demeura immobile pendant un moment derrière la haie. Son cerveau bouillonnait. Puis la cloche carillonna, appelant la Cité à rejoindre le temple comme la grande prêtresse l'avait ordonné. Elle se reprit et se mit à courir à toutes jambes jusque chez elle, où elle trouva ses mères en proie à la panique.

— Où étais-tu ?

— Tu nous as dit que tu priais dans ta chambre !

— Leela, tu ne peux pas disparaître comme ça ! Nous nous sommes fait un sang d'encre !

— Je suis désolée, mères, répliqua Leela, tête baissée, son cœur battant à tout rompre.

Quelque chose la retenait de rapporter à ses mères la conversation qu'elle avait surprise. Une sorte d'avertissement intérieur qui lui dictait de garder ces informations pour elle. Elle tint sa langue. Sa mère orange leva les yeux au ciel et lui tendit sa robe de prière.

— Tu es aussi entêtée que Se…

Elle s'interrompit avant de prononcer le nom de Sera. Le cœur de Leela se serra douloureusement. Sa mère violine décocha un regard réprobateur à sa mère orange.

— Nous savons que c'est particulièrement dur pour toi, reprit sa mère céladon en lui caressant la tête. Mais c'est une période compliquée pour nous toutes. Pour la Cité, il faut que nous restions toutes unies. Tu comprends ?

— Oui, mère.

Elle se pencha à son oreille et lui susurra :

— Et je ne supporterais pas de te perdre, ma chérie. Mon cœur ne s'en remettrait pas.

Elle posa un baiser sur le sommet de son crâne et la lâcha. Leela enfila sa robe et suivit ses mères. Elles quittèrent leur demeure pour se joindre à la foule de Céruléennes se dirigeant vers le temple.

Elles s'agenouillèrent à leur place habituelle. Les trois mères de Sera étaient installées près de l'autel des Trépassées. C'était étrange de les voir sans Sera. Elles avaient l'air incomplètes. La mère orange de Sera était stoïque et endurait son chagrin avec discrétion. Elle avait une expression dure et se tenait droite comme un *i*. Sa mère céladon avait les yeux bouffis de larmes ; elle semblait se flétrir, comme si elle s'affalait sous le poids de sa robe de prière. Quant à la mère violine de Sera, elle était vide, le visage inexpressif, à croire que son âme avait disparu en même temps que sa fille.

— Mets ta capuche, lui murmura sa mère orange tandis que la grande prêtresse se dirigeait vers la chaire.

Une fois installée, elle écarta les bras, arborant son sourire plein d'assurance.

Qui êtes-vous vraiment ? songea Leela.

— J'ai longuement prié, mes enfants. Et la réponse m'est enfin venue, même si je crains que, cette fois, elle ne m'apporte que peu de réconfort. Mère Soleil a parlé. Sera Lighthaven était *indigne*.

Des murmures balayèrent l'assemblée. Le cœur meurtri de Leela ne supporterait pas un autre coup. Indigne ? *Indigne ?*

La grande prêtresse avait l'air désemparée. Évidemment, tout le monde la crut sur parole. Pas la peine de parcourir le temple des yeux pour savoir que les Céruléennes avaient tout avalé. En outre, c'était un mensonge qui arrangeait tout le monde. Il était plus facile de la croire indigne que de se poser les bonnes questions.

— Elle n'était pas assez vertueuse pour secourir notre Cité, reprit la grande prêtresse. (Certaines religieuses hochèrent la tête en signe d'acquiescement.) Mais ne perdez pas espoir, mes enfants ! Car Mère Soleil, dans sa sagesse infinie, nous a pardonné à toutes les péchés d'une seule d'entre nous. Il y aura une autre cérémonie une fois qu'elle aura choisi une Céruléenne pure et méritante. Allez le cœur en paix, car notre Cité est entre ses mains.

Le soulagement parmi l'assistance était palpable. Les Céruléennes s'adressèrent des sourires. Les mères orange prononcèrent des prières de gratitude.

— Nous te remercions, Mère Soleil, poursuivit la grande prêtresse en levant les mains. (La pierre de lune de son diadème brilla à son front.) Des cadeaux que tu nous apportes, de ta lumière et ta chaleur, de ton pouvoir guérisseur. Nous te supplions de nous accueillir en ton cœur comme nous t'accueillons dans le nôtre, de nous guider et de protéger notre Cité. Louée sois-tu.

Pour la première fois de toute sa vie, Leela ne joignit pas sa voix à celle de la congrégation.

— Louée sois-tu, répliquèrent les Céruléennes.

24.

Le lendemain matin, la nouvelle se répandit à travers la Cité : la saison des mariages était sur le point de débuter.

Exactement comme Koreen l'avait prédit quelques jours plus tôt, dans le bois nébuleux. Leela avait l'impression que cette scène datait d'un siècle au moins, d'une époque où Sera était encore en vie et où l'on pouvait avoir une confiance aveugle en la grande prêtresse. À présent, Leela se méfiait. Au moment même où la Cité était en proie au doute, on annonçait le début d'une période de célébration ! Une distraction qui tombait étrangement à pic…

Et ça fonctionnait. On avait reporté la faute sur Sera ; la grande prêtresse avait rassuré les Céruléennes, et maintenant, on entamait une période d'amour et de réjouissances. Tout le monde vaquait à ses occupations, récoltant de la nourriture pour les banquets à venir, filant des nuages dans le bois nébuleux pour les robes de mariée, explorant les mines de pierres d'étoile ou confectionnant des guirlandes de fleurs dans les jardins Diurnes. Les Céruléennes unies par cet heureux événement avaient le cœur à l'ouvrage et noyaient leurs inquiétudes dans le travail.

— Tu n'es même pas un peu enthousiasmée à l'idée d'assister enfin à une saison des mariages ? lui demanda sa mère céladon cet après-midi-là tandis qu'elles trayaient les brebis dans la prairie. Tu en as toujours rêvé.

Leela haussa les épaules et se concentra sur sa tâche. La saison des mariages, elle aurait dû en faire l'expérience avec Sera. Ensemble, elles auraient décoré leur robe, pouffé de rire durant les cérémonies, et elles se seraient empiffrées jusqu'à plus faim. Elles auraient dansé la lunarbelle et veillé tard dans la nuit tout en rêvant à leur propre avenir. Voilà comment la saison des mariages aurait dû se passer !

La brebis qu'elle trayait se mit à bêler à tue-tête et Leela caressa sa toison argentée. Son seau était quasi plein.

— Je vais l'apporter à la crémerie, dit-elle.

Sa mère céladon plaça sa main sur son bras.

— Parle-moi. Je t'en prie. Tes mères et moi… nous sommes inquiètes pour toi. Tu rumines beaucoup trop ces derniers temps.

Leela ne savait pas par où commencer. L'espace d'un instant, elle envisagea de raconter à sa mère la conversation qu'elle avait surprise au temple, mais quelque chose l'en empêcha, une petite voix intérieure lui susurrant : *Non.*

— Tout change si vite, dit-elle au lieu de cela. C'est comme si tout le monde l'avait simplement… oubliée.

— Non, ma chérie. Personne n'a oublié. Mais les Céruléennes ne supportent pas bien l'incertitude. Nous préférons nous concentrer sur notre travail et rester unies en vue d'un objectif commun. Ce que nous avons à présent.

— Tu penses qu'elle était indigne ?

— Je l'ignore. Sincèrement, insista sa mère, voyant Leela secouer la tête. Sera a toujours été une bonne amie, une fille gentille et aimante. Certes, elle était turbulente et chahuteuse, et, mon Dieu, elle posait toujours beaucoup trop de questions à cette pauvre Seetha, qui ne savait pas quoi répondre. Est-ce que je la crois indigne ? Non. Mais je ne suis pas Mère Soleil, ma chérie. Je n'ai jamais lu le cœur de Sera Lighthaven.

Moi si, songea Leela.

— Et elle vivra à jamais *en toi,* poursuivit sa mère céladon. Grâce aux souvenirs que tu conserves d'elle et à tout l'amour que tu lui portes. Sa flamme continuera de brûler, vive comme une bougie dans la nuit du Chant.

Leela se fichait de faire vivre Sera à travers ses souvenirs. Elle voulait qu'elle soit là, ici et maintenant, et la colère qui ne la quittait pas depuis deux jours resurgit. Mais pour ne pas s'en prendre à une autre de ses mères, elle se contenta de hocher la tête, lèvres pincées, et elle se leva. Elle saisit vivement le seau et se fraya un passage à travers les brebis qui paissaient. Elle flottait dans une sorte de brume. Le discours de sa mère avait fait rejaillir tous les souvenirs qu'elle conservait de sa meilleure amie. Comme des robes qu'elle aurait sorties d'un placard et disposées sous ses yeux.

— Oh !

Perdue dans ses pensées, elle avait bousculé une Céruléenne, renversant une partie de son lait par terre.

— Je suis vraiment…

Mais son excuse mourut sur ses lèvres. La mère violine de Sera se tenait face à elle munie d'un panier de grains pour les moutons de brume. Sauf qu'elle ne les nourrissait pas. Elle fixait d'un air absent un point au loin, derrière Leela. C'était la plus jeune des mères de Sera, mais elle avait pris un coup de vieux. Ses cheveux étaient ternes et indisciplinés et sa peau argentée avait pris une nuance cireuse.

— Bonjour, Mère Violine, dit Leela, la saluant formellement, comme il était d'usage.

— Estelle ? répondit-elle, le regard dans le vide.

— Non, c'est… Leela.

La mère de Sera sursauta et parut revenir à elle.

— Oh… Bonjour Leela.

— Vous êtes malade ?

La mère de Sera contempla le panier dans ses mains comme si elle avait oublié qu'elle le portait.

— Je…, bredouilla-t-elle.

Elle ne trouvait pas ses mots.

— Puis-je vous raccompagner chez vous ?

Leela songea à aller demander l'aide de sa mère céladon, mais la mère violine de Sera secoua la tête, le visage déformé par le chagrin.

— Non. Je ne peux pas rentrer à la maison. Elle est… elle est… *partout.*

Et sans un au revoir, elle s'éloigna dans la prairie comme une femme en transe. Les moutons de brume s'écartèrent sur son passage comme s'ils savaient qu'il ne fallait pas lui chercher des noises. Et Leela comprit que sa propre douleur n'était qu'un pâle écho de l'atroce souffrance qui dévorait la mère de Sera. En revanche, elle ne savait pas qui était Estelle – Sera n'avait jamais évoqué ce prénom.

Koreen, Daina et Treena quittaient la crémerie à l'instant où Leela arriva.

— … ensuite, il y aura une saison des naissances, racontait Koreen. Imaginez tous ces petits chérubins.

— J'ai toujours voulu voir un bébé, répliqua Treena d'un air mélancolique. S'occuper d'une brebis pleine, c'est bien, mais imaginez prendre soin d'une nouvelle génération de Céruléennes ! Ileen a dit que je pourrais participer à la préparation des maternités dès demain.

— Et moi je serai dans les vergers, commenta Daina. Et Koreen dans le bois nébuleux. Comme c'est excitant de devenir adulte !

— En effet ! s'exclama Koreen. Je quitterai bientôt le giron maternel. J'ai hâte.

— Moi aussi, acquiesça Treena.

— Et moi aussi, dit Daina. Nous devrions chercher une demeure à partager toutes les trois !

— Jusqu'à ce qu'on trouve notre propre triade, précisa Koreen. (Elle poussa un soupir.) Quelle drôle de période nous vivons.

Ces mots donnèrent la chair de poule à Leela. Elle avait l'impression d'avoir perdu tous ses repères. La grande prêtresse était une menteuse. La mère violine de Sera, auparavant si pleine de vie, était devenue l'ombre d'elle-même. Et ses amies avaient oublié la mort de Sera en un claquement de doigts.

— Si seulement la cérémonie s'était déroulée correctement, soupira Treena. Nous aurions pu célébrer la saison des mariages tout en étant en route pour notre nouvelle destination !

Trop, c'était trop.

— Si Sera était morte correctement, tu veux dire ? intervint Leela.

Les filles sursautèrent. Au moins Daina eut-elle la décence de paraître honteuse.

— Bonjour Leela, bafouilla Treena. Je ne t'avais pas vue.

Leela bomba la poitrine. Sa colère était à présent son alliée. Elle affûtait sa vision et avivait son courage.

— Elle est morte et, à vous entendre, elle a fait quelque chose de mal !

— Nous ne voulions pas être grossières, s'excusa Daina.

— Mais Sera n'a pas rompu le cordon, ajouta Koreen. Donc quelque chose s'est effectivement *mal* passé, non ?

— Oui, mais ça ne veut pas dire que c'était la *faute* de Sera !

Le souffle de Leela s'était précipité. Les trois filles eurent un mouvement de recul, comme devant une bête sauvage. En effet, Leela était menaçante. La solitude, le sentiment d'injustice qu'elle éprouvait à l'idée d'avoir perdu son amie, la conversation mystérieuse qu'elle avait surprise, tout cela s'était accumulé et la mettait hors d'elle.

— Tu étais sa meilleure amie, on sait, reprit Koreen. Mais ça ne change rien à ce qui s'est passé. Elle n'était pas digne. Tu dois l'accepter, Leela. C'est la grande prêtresse qui l'a dit.

— C'était une bien meilleure Céruléenne que la plupart d'entre nous. Bien meilleure que tu ne le seras jamais, Koreen !

Elle s'élança dans la crémerie en les bousculant avant de dire des choses qu'elle regretterait. Elle jeta son seau sur la table et se retrouva nez à nez avec Elorin. Celle-ci portait un panier rempli de fromages enveloppés dans du tissu. À en juger par son expression, elle n'avait pas manqué une miette de leur conversation houleuse.

— Bonjour, dit-elle.

— Bonjour, répondit sèchement Leela.

Un silence gêné s'abattit. Leela n'avait jamais été très proche d'Elorin ; elle ne savait pas trop quoi dire. Elle voulait seulement être seule.

— Je suis novice à présent, lui apprit Elorin. Je m'installe au dortoir ce soir.

Leela n'avait pas envie de penser à toutes ses amies qui allaient de l'avant, trouvaient leur vocation et quittaient le domicile maternel. Elle voulait que tout redevienne comme avant.

— C'est une merveilleuse nouvelle, répondit-elle à contrecœur. Tu dois être ravie.

Elorin hocha la tête puis se mordit la lèvre.

— Je l'ai trouvée très courageuse, dit-elle à mi-voix. Sera, je veux dire. Je ne sais pas si j'aurais eu sa bravoure et sa grâce.

Les larmes montèrent aux yeux de Leela ; son corps était un réservoir inépuisable.

— Merci de ces paroles, murmura-t-elle.

Elorin lui effleura l'épaule.

— Viens au temple, si tu as besoin de réconfort.

Leela lui adressa un faible sourire. Elle ne voulait pas du soutien du temple. Elle voulait qu'on lui rende son amie ; elle voulait que le monde ait de nouveau un sens. Elorin la salua d'un geste discret et Leela quitta la crémerie où flottait l'odeur âcre du fromage.

Que ferait Sera à ma place ? Si elle avait surpris la conversation au temple, comment aurait-elle réagi ? Elle aurait sans doute demandé à parler à la grande prêtresse.

Leela était-elle assez courageuse pour faire de même ? Ce n'était pas seulement une question de courage, d'ailleurs. Et si elle avait tort ? Si elle avait mal compris ? Réflexion faite, c'était beaucoup plus logique. Leela était jeune et inexpérimentée. Il se pouvait qu'elle ait mal interprété les paroles de la grande prêtresse et que celle-ci ne soit en rien responsable de la mort de Sera. Peut-être Leela pouvait-elle l'interroger au sujet de la cérémonie de sélection. C'était une requête raisonnable. Histoire de se rassurer. Et de cesser de s'en prendre à tout son entourage. De cette manière, la tempête qui se déchaînait dans son esprit se calmerait.

Elle se mit en route pour le temple, traversant les prairies et les vergers ; elle franchit le pont d'Alia et se retrouva face aux portes dorées. Le temple lui parut plus impressionnant qu'avant. Sa flèche se dressait vers le ciel comme un doigt réprobateur. Les jambes de Leela se mirent à trembler et sa poitrine se serra. Non, elle ne pouvait pas faire ça ; elle n'avait pas le cran de Sera. Elle resta plantée là un long moment, le courage vacillant, le cœur tiraillé. Si seulement elle était plus mûre, plus confiante.

Si seulement elle n'était pas si seule.

— Leela ?

L'adepte Klymthe descendit les marches du temple, un arrosoir à la main.

— Bonjour, ma sœur. (C'était le moment idéal. Il ne fallait pas qu'elle se dégonfle.) J'espérais m'entretenir avec la grande prêtresse.

L'adepte Klymthe fronça les sourcils.

— Pour quelle raison, mon enfant ?

Leela n'était pas préparée. Elle le regretta.

— Je voulais… la questionner… à propos de la cérémonie de sélection.

Le visage de la religieuse s'adoucit.

— Elle s'est isolée pour un long moment. Je crains qu'elle ne soit épuisée.

Leela vit l'occasion de faire jouer la corde sensible.

— Moi aussi. Depuis le départ de Sera, je ne me sens plus chez moi nulle part.

— J'entends bien. Mais souviens-toi que le temps panse toutes les blessures. Viendra un jour où la douleur sera moins profonde.

— Je ne comprends pas. Pourquoi Sera a-t-elle été choisie ?

L'adepte Klymthe poussa un soupir qui parut sincère, mais Leela ne pouvait en être certaine. Elle n'avait pas l'habitude de détecter la tromperie. Les Céruléennes mentaient rarement.

— Le chagrin nous atteint chacune d'une manière, différente reprit la religieuse. Chez certaines, le besoin de trouver des réponses peut être puissant. Mais dans le cas présent, il n'y en a pas. Rien que la douleur de la perte et le réconfort de la prière. Cependant ne t'en fais pas. Mère Soleil chérit éternellement toutes ses enfants sacrifiées. Même celles qu'elle juge indignes. Sera n'était peut-être pas le bon choix, mais elle ne sera pas rejetée par notre Mère.

Indigne. La colère de Leela se raviva, une étincelle qui lui donna le courage dont elle avait besoin. Elle plongea son regard dans celui de l'adepte et dit :

— Mais je croyais que Mère Soleil ne commettait jamais d'erreur.

Un éclair de surprise passa sur le visage de la disciple, et Leela sut qu'elle n'avait pas mal interprété la conversation surprise la nuit d'avant. Quel que fût le secret qu'elle avait déterré, l'adepte Klymthe était au courant et était impliquée.

— Elle n'en commet pas, répliqua-t-elle d'une voix ferme. Mais il arrive que nous ne voyions pas immédiatement ses véritables intentions. Tout sera révélé en temps voulu. Tu m'excuseras, mais il faut que j'aille m'occuper des roses dans les jardins de la Lune. J'informerai la grande prêtresse de ta visite.

Et elle s'en alla, laissant Leela seule. Elle avait la tête qui tournait et le cœur au bord des lèvres. Trop de mystères l'entouraient. Par où commencer ? Elle avait besoin d'aide. Mais elle ne pouvait pas se confier à Koreen ou Daina, ni même à Elorin, bien qu'elle se soit montrée gentille. Elle avait besoin des conseils d'une personne plus mûre et plus avisée, une personne en qui elle pouvait avoir une confiance absolue, une personne qui la *croirait*.

L'idée lui vint brutalement, telle une météorite illuminant les recoins sombres de son esprit. Pourquoi n'y avait-elle pas songé plus tôt ?

La seule qui puisse la croire était celle qui pleurait Sera autant qu'elle.

La mère violine de Sera.

25.

Le premier mariage eut lieu le lendemain, à l'heure de l'agneau.

Une nuée de lucioles illumina la voûte des arbres tandis que Plenna, Heena et Jaycin tournaient les unes autour des autres en se promettant fidélité, sous le regard des Céruléennes. Les filles avaient la chevelure ornée de guirlandes de fleurs blanches ; à leur cou, un collier délicat constitué de minuscules fleurs de lune. À leur taille, une ceinture de lis orangés flamboyants comme le soleil. La grande prêtresse leur présenta un coussin blanc où étaient posés trois rubans – orange, violet et vert. Lorsque les filles cessèrent de tourner, elle brandit le coussin en l'air.

— Mère Soleil, bénis cette union maintenant et pour toujours, afin que cette triade puisse vivre ensemble dans l'harmonie jusqu'au jour où chacune d'entre elles retournera auprès de ta lumière éternelle. Puisse cette triade trouver la paix en période de discorde, le réconfort en temps de tristesse, et la constance face au chaos ; car l'union de ces trois âmes est sacrée et non à prendre à la légère. Ainsi soit-il.

— Ainsi soit-il, répétèrent en chœur les Céruléennes.

Leela se contenta d'articuler les mots en silence. Elle ne quittait pas la grande prêtresse des yeux, dans l'espoir d'entrevoir un regard ou un geste suspect. Mais comme toujours, la responsable spirituelle était d'une élégante sérénité. À la différence près, peut-être, qu'elle semblait un peu fatiguée – des ridules apparaissaient autour de ses yeux et de sa bouche.

Plenna noua le ruban orange autour du cou de Heena, et Heena le ruban vert autour de celui de Jaycin, et enfin Jaycin attacha le ruban violet au cou de Plenna. Sera avait parié que Plenna serait une mère violine, songea tristement Leela. Elle l'entendit presque lui murmurer : «Je te l'avais bien dit !

Une fois le dernier ruban noué, la grande prêtresse proclama :

— Une nouvelle triade est formée ! Louée soit-elle ! Louée soit Mère Soleil !

— Louée soit-elle ! répétèrent les Céruléennes.

Plenna fondit en larmes et Jaycin la prit dans ses bras et l'embrassa pendant que Heena lui caressait les cheveux. Et toute l'assistance applaudit en les acclamant, car l'amour dans sa jeunesse brillait plus fort que l'étoile la plus éclatante. Du moins, c'était ce que la mère céladon de Leela lui avait toujours affirmé.

Une deuxième triade se maria, puis une troisième. Les cérémonies se succédaient. Quatre mariages prirent place ; le rituel dura jusqu'à l'heure du hibou, où commença le banquet.

Les fleurs de troubadour chantaient doucement tandis qu'on apportait des buffets regorgeant de nourriture et de boissons. Des carafes d'eau limpide et de nectar furent disposées parmi les plats. Aubergines grillées, tomates fraîches tranchées en fines lamelles et saupoudrées de basilic et de fromage de brebis, fleurs de courgette farcies, salades de pommes, de prunes et de capucines, et bien sûr, la pièce montée traditionnelle céruléenne en forme de dôme, légère et spongieuse, nappée d'un glaçage argent orné de roses bleues.

— Va donner un coup de main à Freeda, lui ordonna sa mère violine.

Leela s'exécuta. Elle se précipita vers Freeda pour l'aider à porter une énorme carafe d'eau en terre cuite jusqu'à une table.

— Merci, dit Freeda. Peux-tu porter ces fourchettes aussi ? Tu seras un ange.

Leela s'empara des fourchettes et les déposa près des carafes mais elle ne rejoignit pas tout de suite ses mères. Elle erra parmi la foule… jusqu'à ce qu'elle repère la mère violine de Sera. Assise seule à une table, elle tordait une serviette entre ses mains tout en fixant une assiette de carottes braisées d'un regard absent. Elle avait l'air encore plus mal en point que la veille – plus frêle, plus fragile, les os saillants.

Leela hésita. Elle fit un pas vers elle. La mère de Sera leva la tête et leurs regards se croisèrent. Leela s'arrêta dans sa lancée.

C'était comme si une lumière s'était éteinte en elle. Les yeux des Céruléennes brillaient d'un éclat vif conféré par la magie qui coulait dans leurs veines. C'était dans leurs iris que leurs pouvoirs apparaissaient le plus. Mais les yeux dans lesquels Leela plongea les siens étaient sombres et mornes. Ils lui firent peur. La mère violine de Sera avait toujours été si pleine de vie et d'entrain. Leela ne reconnaissait pas la femme assise devant elle, et son cœur sombra.

Elle ne pourrait pas l'aider. Leela n'aurait jamais dû songer à l'accabler davantage. Pauvre femme, elle était visiblement dévorée par le chagrin ! Le banc était libre et elle s'assit face à la mère de Sera. Elle avait mis de côté son plan et n'avait qu'une intention, la réconforter.

— Elle me manque à moi aussi, dit-elle de but en blanc, pas certaine que la mère de Sera l'écoute. Elle me manque plus que tout. C'est une douleur dans ma poitrine qui refuse de s'en aller, une douleur dans mon cœur qui palpite de plus en plus fort. Je suis tout le temps en colère. J'en veux au monde entier. À mes mères, à mes amies. Je ne me reconnais plus. Et je voulais… vous parler d'un truc, mais à présent, je me dis que ça ne ferait qu'empirer les choses. (Elle baissa les yeux sur ses mains, croisées sur ses cuisses.) Peut-être qu'il faut que j'apprenne à me débrouiller toute seule, murmura-t-elle.

— Les jardins Nocturnes, lui dit la mère violine de Sera.

Sa voix était faible et creuse, comme si elle provenait du fond d'un puits.

— Oui. Les jardins Nocturnes, répondit Leela. C'est là qu'elle… c'est là qu'on l'a perdue.

La mère de Sera se plia en deux et se prit la tête dans les mains.

— Leela…

— Je suis là.

Elle lui effleura le coude.

— J'ai l'impression de perdre l'esprit, murmura-t-elle. Je me rappelle des choses qui ne peuvent pas être réelles. Depuis le soir dans les jardins Nocturnes.

— Je t'ai apporté de la nourriture, Kandra, les interrompit la mère céladon de Sera, une assiette pleine à la main. (Leela se redressa et reposa ses mains sur la table.) Oh ! bonsoir, Leela.

— Bonsoir, Mère Céladon.

Cette dernière lui adressa un sourire morose.

— Comment vas-tu ? Ton rire nous manque à la maison.

La mère violine de Sera tressaillit.

— Je… (Elle ne pouvait pas mentir aux mères de Sera.) Je suis très triste.

La mère céladon de Sera déglutit.

— Oui. C'est difficile pour nous toutes. Mais quelle charmante célébration ! (D'un geste de la main, elle balaya la foule qui mangeait, buvait et babillait.) Voilà une manière efficace d'oublier son chagrin.

Sa voix se brisa et une larme roula sur sa joue. La mère violine de Sera lui prit doucement le poignet.

— Arrête, Seetha. Cesse de faire semblant, je t'en prie.

La mère céladon de Sera sécha sa larme et posa l'assiette sur la table.

— Il faut que tu manges, Kandra. Il le *faut.*

Leela voulut prendre la parole. Elle ne savait que dire, mais le chagrin qui accablait la famille de sa meilleure amie lui était insupportable. À cet instant, quelqu'un cria :

— La lunarbelle ! La lunarbelle !

Un groupe de religieuses se mit à chanter, les fleurs de troubadour se joignirent à elles, et quelques musiciennes prirent leur harpe, lyre et tambourin. Tout le monde s'élança au milieu du jardin pour former des cercles.

— Leela ! (Elorin apparut près d'elle, souriante. Sa chevelure était ornée d'une guirlande de tulipes roses et jaunes.) Viens danser !

Leela se laissa entraîner loin des mères en deuil. Elorin l'emmena vers un cercle en formation constitué de Baarha et Crailin de la volière, et de quelques crémières. Elles se prirent par la main et entamèrent la danse complexe et tortueuse. Mais lorsque la lunarbelle s'acheva et que tout le monde s'installa à table pour manger, Leela vit la mère violine de Sera assise au même endroit, son assiette intacte, triturant sa serviette, l'expression éteinte.

Plus tard cette nuit-là, Leela était étendue dans son lit, le ventre noué.

Elle se demanda si elle pourrait un jour retrouver un sommeil serein. Un pressentiment la rongeait, la poussant à se rendre aux jardins Nocturnes. Même si la mère violine de Sera avait paru dérangée, son petit doigt lui disait qu'elle l'y trouverait. Il fallait qu'elle se fie à son instinct.

Elle rejeta ses couvertures et se glissa par la fenêtre, laissant derrière elle les ronflements de sa mère orange. Elle se faufila à travers les demeures en verre, dépassa la volière, traversa les champs de fleurs de lune et parvint aux jardins Nocturnes. Un profond silence l'enveloppa. Ni oiseaux ni criquets. Les jardins Nocturnes l'avaient toujours intimidée. Ce soir, une seule pensée l'accaparait. Elle songeait à la dernière fois qu'elle était venue. Toutefois, elle était résolue à ne pas laisser le passé l'effrayer.

Elle chassa un nuage bas qui s'attardait sur les feuilles d'un arbre nébuleux et se fraya un chemin à travers les jardins. Au clair de lune, toutes les fleurs paraissaient blanches. Un feu follet voleta près d'elle ; sa lueur bleutée projeta d'étranges ombres sur les troncs. Elle se laissa porter par ses pas jusqu'à l'avancée surplombant les cascades. Et elle s'arrêta. Les images étaient d'une netteté douloureuse. Elle revoyait Sera debout sur le promontoire, plongeant dans le néant. Vers sa mort.

Le cœur lourd, elle avança sur la saillie, contemplant le voile d'étoiles scintillant. La dernière vision de Sera. La planète en contrebas était plongée dans l'obscurité de sorte qu'elle ne discerna ni Kaolin ni Pelago. Elle tendit le bras et sentit le bouclier invisible.

— Sera.

Leela pivota sur ses talons et faillit perdre l'équilibre. La mère violine de Sera se tenait face à elle, le visage empreint d'un espoir qui se volatilisa aussitôt, voyant que ce n'était pas le visage de sa fille.

— Bonsoir, Mère Violine.

Celle-ci leva les yeux vers les cieux, mais la lune ne s'y refléta pas.

— Je ne suis plus une mère violine. Tu devrais m'appeler Kandra.

Leela descendit du promontoire.

— Vous êtes toujours sa mère, dit-elle d'une voix douce.

Les épaules de Kandra s'affaissèrent.

— Nous sommes les deux seules à oser revenir dans cet endroit. Personne d'autre ne s'y risque.

— Et les mères orange et céladon de Sera ?

— Nous avons chacune notre manière de faire face à sa disparition, répliqua Kandra. Otess ne cesse de prier. Dans sa dévotion, elle est devenue froide et dure comme une pierre d'étoile. Seetha tâche de rester positive, d'envisager l'avenir. Elle se dit qu'avec le temps, peut-être, la douleur s'atténuera. Pour moi, c'est… comme si Sera avait emporté une partie de mon être avec elle. Et je ne sais pas comment vivre sans ce morceau de moi.

Leela était soulagée de l'entendre s'exprimer de manière claire et raisonnée.

— Je ressens la même chose, avoua-t-elle. Je suis contente de vous trouver ici.

— Je suis tout le temps là, murmura Kandra. Ici, je me sens proche d'elle. Je ne peux pas… je ne supporte pas notre demeure. Je n'arrive pas à entrer dans sa chambre. Il y a encore son odeur. Seetha voulait emballer ses affaires, mais Otess et moi nous y sommes opposées. Sa brosse à cheveux n'a pas bougé. Je la vois depuis le couloir. À l'endroit précis où elle l'a laissée…

Elle tendit la main comme si elle pouvait la voir et la toucher.

— Et depuis son départ, j'ai des visions, des visions inconcevables…

Elle laissa sa phrase en suspens et son regard se porta sur les jardins.

— Quel genre de visions ? demanda Leela.

Kandra ne parut pas l'entendre.

— Je suis tellement en colère, reprit-elle. (Leela eut le sentiment qu'elle était la première à qui Kandra se confiait.) Je culpabilise… mais j'en veux terriblement à Mère Soleil. Je devrais lui vouer un amour et une confiance infinis, mais ce n'est pas le cas. Mon cœur est devenu rigide et blasé et je redoute de perdre la raison. C'est injuste pour Otess et Seetha, injuste pour notre Cité. Mais je n'y peux rien. Je n'arrive pas à accepter ce qui est arrivé. Et je me rappelle des choses impossibles, impossibles… (Elle couvrit son visage d'une main.) Je suis désolée. Tu n'es qu'une enfant. Je ne devrais pas reporter mes craintes sur toi.

C'était le moment ou jamais. Leela inspira à fond.

— Moi aussi je suis en colère. Et puis, j'ai surpris une conversation. Un truc terrible. À propos de… Sera.

— Oui, moi aussi, j'ai entendu des choses, dit Kandra en se frottant les yeux. On lui fait porter la responsabilité. On la juge indigne. (Son souffle s'étrangla dans sa gorge.) Et pourtant jamais personne ne fut aussi digne de lumière et d'amour que ma fille. *Jamais.*

— Je sais. Mais ce que je voulais dire c'est que… j'ai entendu la grande prêtresse parler de Sera. Dans les jardins de la Lune, hier. Elle ignorait que j'étais là.

Kandra leva la tête, l'air surprise.

— La grande prêtresse ?

— Oui.

— Tu en es sûre ?

— Absolument.

Apparemment, cet élément faisait sens pour Kandra. Elle ne savait pas encore dans quelle mesure.

— Qu'a-t-elle dit ?

— Je… c'est… je ne sais pas si vous allez me croire. Je n'ai osé en parler à personne.

Une lueur brilla dans les yeux de Kandra, une étincelle bleue qui s'estompa aussitôt.

— Dis-moi ce que tu as entendu !

Leela fit un pas en arrière. Kandra se rendit compte qu'elle lui avait fait peur. Elle se radoucit, ses épaules se voûtèrent.

— Je suis désolée. Je t'en prie. (Elle se rapprocha de Leela et prit ses mains dans les siennes.) Je te promets sur la lumière et la grâce de Mère Soleil et de ses filles Lunaires, sur l'amour que je porte à cette Cité et que je vouais à mon enfant. Je te croirai et je ne répéterai rien.

Leela inspira à fond et rapporta la conversation qu'elle avait surprise entre la grande prêtresse et l'adepte Klymthe. Au début, les mots lui vinrent difficilement, mais bientôt, les paroles jaillirent à flots; partager ce secret lui procura un profond soulagement. À la fin de son récit, Kandra avait changé. La femme qu'elle avait croisée au mariage et dans la prairie avait disparu. Son expression n'était plus vide mais résolue. Ses yeux étaient encore sombres mais il y brûlait une petite flamme naissante.

— C'était sa décision. Pas celle de Mère Soleil. Pas celle de Mère Soleil…

Elle répéta cette phrase encore et encore comme pour se donner de la force.

— Mais pourquoi ? demanda Leela. Pourquoi la grande prêtresse aurait-elle choisi Sera ? Pourquoi la cérémonie n'a-t-elle pas marché ?

Kandra se tut un long moment. Avait-elle entendu ses questions ?

— Estelle, murmura-t-elle enfin.

— Qui est… ?

— J'ai toujours trouvé cela curieux, l'interrompit Kandra. La longévité de notre grande prêtresse.

— Mère Soleil lui a insufflé une longue vie, dit Leela. Du moins, c'est ce que ma mère orange m'a raconté.

— En effet, mais elle est de loin celle qui a régné le plus longtemps sur notre Cité. Non ?

Leela y réfléchit. À vrai dire, elle ne savait pas grand-chose sur les grandes prêtresses qui l'avaient précédée. À l'exception de Luille, qui était morte sur la planète d'avant, durant la Grande Tristesse.

— Je suppose.

— Neuf cents ans. Elle a dû voir beaucoup de choses. (Kandra s'accroupit près d'un dahlia pourpre et en caressa les pétales.) Combien de Céruléennes ont vécu et sont mortes dans notre Cité durant son règne… sans jamais avoir assisté à l'élection d'une autre grande prêtresse ?

— C'est du ressort de Mère Soleil, non ?

— En effet, acquiesça Kandra. Mais ce n'est pas à la grande prêtresse de lire et de déterminer les signes que Mère Soleil lui envoie. Elle doit identifier sa remplaçante. Ma mère orange m'avait appris que les signes seraient écrits sur les portes du temple. Otess pense qu'ils seront immenses comme le soleil pour que toute la Cité puisse les voir. À mon avis, ils seront plus subtils que ça.

— On n'en est pas certaines ?

— À une certaine époque, si, je crois. Ou peut-être pas. Peut-être que ça a toujours été une information secrète transmise d'une grande prêtresse à l'autre. Notre grande prêtresse actuelle fut élue quelques semaines à peine avant que la Grande Tristesse ne nous arrache Luille. La connaissance et les secrets liés au poste le plus important de la société céruléenne sont censés être transmis à un moment bien précis. Mais une chose est certaine – une fois une nouvelle grande prêtresse élue, l'ancienne meurt. C'est ainsi, c'est le cycle de la vie.

Un feu follet flotta au-dessus d'elles, projetant une lumière bleue sur le visage de Kandra.

— Ce n'est pas censé être une mort violente comme celle de Luille le fut. Mais la mort fait partie de la vie. Craindre de mourir, c'est craindre de vivre.

— Vous semblez y avoir mûrement réfléchi, dit Leela.

Cependant, elle ne voyait pas le rapport avec Sera.

Kandra poussa un soupir.

— Pas moi. À l'époque, j'avais une amie aussi curieuse que Sera. Elle était fascinée par le grand âge de notre grande prêtresse actuelle.

— Estelle, murmura Leela.

Kandra sursauta.

— Comment connais-tu son prénom ?

— Vous l'avez prononcé l'autre jour dans la prairie et vous l'avez répété à l'instant.

— Ah bon ? (Elle fronça les sourcils.) Je n'avais pas pensé à elle depuis des lustres. Je n'ai pas pu… (Elle referma sa main sur le dahlia et Leela crut qu'elle allait l'écraser au creux de sa paume.) Elle trouvait bizarre qu'aucune autre grande prêtresse n'ait été élue depuis tant de siècles.

— C'est parce que Mère Soleil lui porte une grande estime. D'après ma mère orange.

— Ah ! mais qui nous le dit ? s'exclama Kandra, le visage grave. C'est *elle-même.*

Leela mûrit ses paroles, tâchant d'assembler les pièces du puzzle. Si c'était la grande prêtresse qui choisissait sa remplaçante…

— Vous pensez que c'est pour cette raison que Sera a été sacrifiée ? Pour empêcher qu'une nouvelle grande prêtresse soit élue ?

Kandra pesa ses mots.

— Je pense que c'est encore plus grave que ça.

Leela poussa un petit cri.

— Vous croyez que *Sera* était censée lui succéder ?

— Je ne sais pas. Peut-être. (Elle contempla Leela, et son regard avait retrouvé un peu de sa chaleur passée.) Elle t'aimait beaucoup. J'espère que tu le sais.

Leela déglutit avec peine.

— Je l'aimais aussi.

Kandra prit son visage en coupe et posa un baiser sur son front.

— Merci, murmura-t-elle. Tu m'as donné un cadeau d'une valeur inestimable.

— Comment ça ?

— Tu m'as redonné une raison d'être. Et tu m'as prouvé que je ne perdais pas la tête. Non… non. Mes souvenirs sont réels, ils sont réels… (Elle se releva.) Tu as eu raison de garder cette histoire pour toi. Retrouve-moi près des maisons d'accouchement demain, après les mariages. Je dois savoir… d'une façon ou d'une autre. N'en parle à personne, pas même à tes mères. Tu penses pouvoir le faire ?

Leela hocha la tête.

— Je serai aussi silencieuse que le ciel nocturne. (Elle marqua une pause.) Pourquoi les maisons d'accouchement ? Qu'y a-t-il là-bas ?

Kandra parut songeuse, comme si elle invoquait un souvenir lointain.

— Apparemment, la grande prêtresse a plein de secrets. Et je pense connaître l'un d'entre eux.

26.

Le lendemain, on célébra quatre mariages. Le dernier unit la triade la plus âgée de la Cité ; elle s'était formée sur le tard.

À la table d'honneur, les convives étaient tout sourire. La grande prêtresse se leva et brandit un verre de nectar.

— L'amour est une bénédiction, quel que soit l'âge auquel il survient. Mais l'amour qui s'est forgé dans le temps et la patience est un trésor rare. Vous êtes un modèle d'espoir pour nous toutes en ces temps éprouvants.

Leela fut prise d'un frisson. Elle avait le pressentiment que quelque chose était sur le point de se produire.

— Caana a eu la délicatesse de m'autoriser à faire la conteuse ce soir, poursuivit la grande prêtresse. Si vous êtes toutes d'accord.

— Oui, grande prêtresse ! répondirent les Céruléennes en chœur. Racontez-nous une histoire !

— Une histoire d'amour !

— Et de bravoure !

— Je vais vous conter le récit de Wyllin Moonseer et de la création du cordon, annonça-t-elle d'une voix mélodramatique.

Un silence total se fit, plus épais que dans les jardins Nocturnes à l'heure de l'obscurité. La grande prêtresse marqua une pause pour créer un effet d'attente, de suspense et de malaise.

— Mes enfants, c'est une histoire que je n'ai jamais racontée. Wyllin était une Céruléenne au grand cœur et au courage immense. Pourtant, on n'a pas prononcé son nom depuis de très très nombreuses années. C'est en grande partie ma faute. Elle appartient à une époque que l'on préfère oublier. Qui parmi nous souhaiterait s'attarder sur la Grande Tristesse et tout le chagrin et la douleur qui en ont résulté ? Cependant, notre Cité est parvenue à un nouveau carrefour, où le chagrin et la douleur nous accablent de nouveau. (Son regard vint se poser sur Leela dont le ventre se noua, comme si l'histoire lui était tout particulièrement adressée, mais dans quel but, elle l'ignorait.) Le réconfort peut se trouver dans le partage des choses passées, dans le souvenir de la toile interdépendante dont nous faisons toutes partie.

La grande prêtresse posa son verre et fit quelques pas en avant. Un essaim de lucioles voletait au-dessus d'elle, la nimbant d'un halo lumineux.

— Wyllin Moonseer n'avait que vingt et un ans lorsque la Grande Tristesse éclata, un an de moins que moi. Nous sommes nées lors de la même saison et étions amies d'enfance ; nous jouions sur les berges du Grand Estuaire, partions à la chasse aux œufs dans la volière, faisions toutes ces choses auxquelles s'adonnent les jeunes Céruléennes pour occuper leurs journées. À l'adolescence, je passais de plus en plus de temps au temple, tandis qu'elle avait trouvé sa vocation dans la musique – elle était exceptionnellement douée pour le luth. Toutefois, la Grande Tristesse l'a transformée, comme tant d'autres.

La grande prêtresse se tut, sans doute revisitée par des images du passé. Elle déroulait des souvenirs longtemps enfouis avec un soin méticuleux.

— Elle n'était pas sur la planète lorsque le drame s'est abattu – seules cinq d'entre nous sont revenues vivantes à la Cité, moi incluse. Cinq sur deux cents. Wyllin vint de plus en plus souvent au temple ou allait prier pour le salut des âmes de nos sœurs dans les jardins Nocturnes. Elle parlait à celles qui avaient perdu épouses, filles et amies, les prenait dans ses bras lorsqu'elles pleuraient et les écoutait pester contre l'injustice de l'univers. Certaines allaient même jusqu'à maudire Mère Soleil.

Des murmures balayèrent l'assistance. Beaucoup se dévisagèrent d'un air ahuri, comme si une telle chose n'était pas concevable.

— Au cours de la deuxième année de notre voyage à travers l'espace, six mois avant qu'on ne trouve cette planète, j'ai perdu une disciple – l'adepte Grenda était d'un très grand âge et l'heure était venue pour elle de quitter son enveloppe corporelle pour aller rejoindre Mère Soleil. Peu après sa mort, j'ai demandé à Wyllin de devenir ma disciple. Elle a accepté et sa présence au temple m'a procuré un immense réconfort. C'était une véritable amie et confidente. Elle était capable de lire mon cœur sans avoir à établir de connexion par le sang.

Leela remua, mal à l'aise. Le portrait que la grande prêtresse brossait ressemblait beaucoup à sa relation avec Sera.

— Nous parlions tard le soir, nous récoltions ensemble les herbes dans les jardins de la Lune, elle me jouait souvent du luth après les repas et je lui confiais mes craintes. Car j'étais une grande prêtresse novice et jeune, et ma brusque ascension s'était faite dans un contexte très sanglant. Je redoutais de ne pas être assez digne de diriger la Cité, je craignais de commettre des erreurs. J'étais terrifiée à l'idée que l'on ne trouve pas de nouvelle planète à temps, avant que nos champs ne flétrissent et ne meurent et que notre Estuaire ne s'assèche. La peur ne me quittait plus, et l'amitié inébranlable de Wyllin ainsi que son calme m'aidèrent à ne pas céder à la peur.

« C'est elle qui a repéré cette planète la première. Les cloches retentirent au temple un jour et une nuit durant et une cérémonie de sélection eut lieu le matin suivant. Et ma chère Wyllin fut élue pour créer le cordon.

La grande prêtresse s'arrêta pour sécher une larme. Elle semblait sincèrement chagrinée mais Leela se méfiait de son numéro.

— J'ai tenté de me convaincre que c'était un honneur pour elle. Mais dans mon cœur, j'étais en colère. Je ne voulais pas perdre mon amie. Quant à Wyllin, elle ne s'en croyait pas digne. Je me demande si jamais une élue s'est sentie à la hauteur ; nous nous trouvons toutes si ordinaires. Mais Mère Soleil nous connaît. Et Wyllin possédait un courage incomparable.

Ces paroles étaient sincères, Leela n'en doutait pas. Les Céruléennes étaient suspendues à ses lèvres, transportées à une époque remontant à des générations et des générations.

— Elle se tint sur le promontoire des jardins Nocturnes et j'ai levé le bouclier pour qu'elle puisse plonger. Et je vous le dis, mes enfants, ce fut la chose la plus dure que j'aie faite de toute ma vie. Notre Cité était encore à vif et endeuillée. Mon propre cœur venait à peine de guérir, en grande partie grâce à Wyllin. Ce jour-là, j'ai perdu plus qu'une amie. J'ai perdu une partie de mon être.

Leela eut le sentiment qu'elle en venait au cœur du récit ; sa colonne vertébrale se raidit et elle se pencha en avant avec attention.

— Mais notre Cité est plus importante que n'importe laquelle d'entre nous, et la volonté de Mère Soleil au-dessus de tout. Elle a choisi Wyllin dans un but, de même qu'elle a élu Sera Lighthaven avec une intention bien précise.

À ce nom, un murmure parcourut l'assemblée. Leela crispa les poings sous la table. Elle n'osait pas regarder Kandra.

— Ce n'est peut-être pas encore évident, car les intentions de Mère Soleil ne se révèlent pas toujours immédiatement. Mais derrière le sacrifice de Sera se cache une raison, et derrière son échec aussi. Je vous le promets, mes enfants. Je ne suis plus la jeune prêtresse que j'étais, hésitante et craintive. Je ne m'inquiète pas pour le sort de notre Cité, j'ai confiance en Mère Soleil. Elle ne nous égarera pas. Le moment venu se tiendra une autre cérémonie de sélection, et la Cité bougera. Rassurez-vous sur ce point. Et j'espère que Sera a retrouvé Wyllin dans l'étreinte éternelle de Mère Soleil et qu'ensemble elles sont heureuses, comme toutes les élues le méritent. Levons nos verres en hommage à Sera et Wyllin.

Elle brandit son verre de nectar et les Céruléennes l'imitèrent.

— À Sera et Wyllin, déclara-t-elle. Louées soient-elles !

— Louées soient-elles ! répondit l'assistance.

La grande prêtresse reporta ses yeux sur Leela, qui fut saisie d'une bouffée de chaleur. Ce regard semblait dire : « Voilà qui devrait satisfaire ta curiosité. »

Sauf que non. Loin de là. Leela jeta un coup d'œil à Kandra, assise à trois tables d'elle. Ses yeux étaient des morceaux d'onyx, sa bouche formait une fine ligne. La mère orange de Sera était installée à côté d'elle. Tête baissée, elle priait en silence en se balançant d'avant en arrière. La plupart des Céruléennes pleuraient. Le récit avait été passionné et c'était la première fois qu'elles l'entendaient. Leela sentit son impact sur la communauté. Il avait apaisé les derniers doutes.

— Ciel ! s'exclama sa mère violine en se tamponnant les yeux avec sa serviette. Quelle histoire, n'est-ce pas ?

En effet, songea Leela. Restait à savoir si c'était du pipeau.

Tandis qu'approchait l'heure de l'obscurité, Leela s'aperçut qu'elle s'habituait de plus en plus à errer dans la Cité tard dans la nuit.

La forêt de l'Aube se trouvait à une petite trotte de chez elle. Elle franchit le pont Oriental et traversa le bois nébuleux ainsi que les mines de pierres d'étoile; le trajet lui prit plus de temps qu'escompté. La symphonie nocturne résonnait dans la forêt : rongeurs qui détalaient, stridulations d'insectes et gazouillements des oiseaux de nuit. Elle passa devant un étang où des grenouilles phosphorescentes coassaient à l'unisson, leurs corps luisants nimbés de vert et de bleu. Les arbres libéraient une variété d'odeurs formant un mélange agréable d'essence de pin, de magnolia et de pomme sauvage.

Lorsqu'elle parvint aux maisons d'accouchement, elles étaient toutes plongées dans le noir. À l'exception d'une. On aurait dit des demeures céruléennes, rondes et constituées de verre, sauf que chaque maison se composait d'une seule pièce. Il y en avait douze, disposées en cercle dans une clairière au centre de laquelle se dressait un obélisque en pierre de lune. Leela songea à la pierre qu'elle avait offerte à Sera. Une haie de rosiers entourait chaque maison d'accouchement. Et chaque demeure était pourvue d'une porte dorée.

L'une d'entre elles était entrouverte; une lumière brillait à l'intérieur.

— Kandra? appela Leela à mi-voix.

Le visage de cette dernière apparut dans l'embrasure, éclairé par la lanterne qu'elle tenait à la main.

— Entre!

C'était la première fois de sa vie que Leela pénétrait dans une maison d'accouchement, plus par manque d'intérêt ou de nécessité qu'autre chose. Lorsqu'elle venait dans cette forêt avec Sera, c'était pour grimper d'arbre en arbre ou capturer des grenouilles. Leela n'avait peut-être pas encore trouvé sa vocation au sein de la Cité, mais elle était certaine de ne jamais vouloir devenir mère violine ou sage-femme.

L'intérieur ressemblait beaucoup à sa chambre, en forme de dôme avec en son centre un grand lit circulaire agrémenté d'une montagne d'oreillers et de couvertures. Mais certaines choses étaient différentes. D'un côté, un couffin. Sur une table, une pile de draps et de serviettes. Une bassine et une cruche. Aucune fenêtre.

Kandra posa la lanterne et contempla le lit d'un regard absent avant de s'approcher du berceau.

— C'est la pièce où Sera est née.

Leela demeura sur le seuil. L'endroit paraissait sacré.

— Ta mère violine t'a-t-elle raconté comment tu as été conçue ? demanda Kandra.

— Bien sûr.

À l'âge de douze ans, les Céruléennes apprenaient le processus de la conception – c'était la seule leçon officielle que les mères céladon déléguaient aux mères violines.

— Une saison des naissances fut annoncée et la grande prêtresse choisit des femmes parmi lesquelles ma mère violine ; elle l'a bénie pour la rendre fertile. Chaque jour, mère orange s'est rendue au temple pour y prier et mère céladon cuisinait des offrandes en l'honneur d'Aila, Dendra et Faesa.

Pour qu'une naissance soit fructueuse, on devait honorer les trois filles de la Lune, Aila en particulier.

— Et mère violine est venue dans une maison d'accouchement jusqu'à ce qu'elle sente que son corps était prêt à concevoir un enfant. Elle m'a dit qu'elle avait porté dans son ventre un œuf et que, le moment venu, l'œuf s'était fendu pour créer une nouvelle vie ; c'était moi. Elle m'a expliqué que les Céruléennes ne sont pas comme les colombes dans la volière. Nous n'avons pas besoin d'un mâle et d'une femelle pour procréer ; nous avons ce pouvoir en nous.

— C'est exact.

Kandra s'assit sur le lit et fit courir ses doigts sur la couverture. Puis elle l'empoigna comme pour la déchirer.

— Je me rappelle la première fois que je l'ai sentie remuer en moi, murmura-t-elle. C'était à la fois terrifiant et merveilleux. Lorsque l'œuf s'est ouvert dans mon ventre pour former Sera, je n'ai rien senti. Lorsque les sages-femmes m'ont dit que j'étais enceinte, je ne les ai pas tout de suite crues. Mais Sera a grandi, et mon ventre a gonflé. (Elle lâcha la couverture.) Désolée. Ce n'est pas pour te raconter cette histoire que je t'ai fait venir.

— Alors que faisons-nous ici ?

— C'est là que je l'ai vue.

— Qui ? s'enquit Leela, même si elle pensait déjà connaître la réponse.

— Estelle, murmura Kandra.

Leela attendit la suite. Les minutes s'écoulèrent à la lueur vacillante de la lanterne.

— C'était ma meilleure amie, reprit enfin Kandra. Nous étions aussi proches que Sera et toi. Que Wyllin et la grande prêtresse, à en croire son histoire. (Leela fut soulagée de constater qu'elle n'était pas la seule à douter de la véracité de ses propos.) Enfants, nous jouions ensemble, et en grandissant, nous avons partagé nos premiers chagrins d'amour. Elle était de nature curieuse, comme je te l'ai déjà dit, mais de manière plus subtile que Sera. Aucune de nos amies ne la trouvait étrange. Elle chuchotait ses questions tard dans la nuit, convaincue qu'elle était capable de communiquer directement avec Mère Soleil.

Leela arqua les sourcils.

— C'était plutôt prétentieux de sa part.

— C'est ce que je croyais aussi à l'époque. Mais l'était-ce vraiment ? Je doute désormais de tout ce qu'on m'a enseigné. Je me méfie de tout, même de l'air que je respire. (Kandra se leva et approcha sa lanterne de la porte entrouverte.) Estelle avait l'esprit affûté et de grands pouvoirs. Je le sentais lorsque nous nous connections. Son pouls était plus puissant que le mien. Son cœur me révéla son désir d'en savoir davantage, d'être davantage. Sera observait toujours la planète dans l'espoir de s'évader, mais Estelle contemplait les étoiles. Savoir que Mère Soleil existait ne lui suffisait pas. Elle voulait une preuve tangible ; une voix à son oreille ou une main sur son épaule. Elle avait le sentiment qu'il manquait quelque chose dans cette Cité et qu'à elle seule elle pouvait en découvrir la cause et combler ce vide. Elle a commencé à me faire un peu peur. Puis je suis tombée amoureuse de Seetha et Otess – j'avais trouvé mes pièces manquantes (c'est ainsi que je l'ai toujours présenté à Sera). Elles me complétaient. À ce moment-là, ma vie a changé, ma raison d'être s'est précisée, et Estelle et moi nous sommes perdues de vue. Aussi, je n'étais pas à ses côtés lorsqu'elle a succombé à la maladie du sommeil.

Leela poussa un cri de surprise et plaqua sa main sur sa bouche. La maladie du sommeil était la seule infection fatale pour une Céruléenne. Le seul virus résistant aux pouvoirs de guérison de leur sang, car il se nourrissait de leur magie. La maladie du sommeil survenait d'un seul coup, aspirant sa victime jusqu'à ce qu'elle ne soit plus qu'une coquille vide. À travers les années, il y avait eu des épidémies, aucune enregistrée, cependant, depuis la naissance de Leela. Elle se répandait à travers la Cité comme une fièvre, emportant plusieurs vies avant de s'éteindre. Il n'existait aucun remède.

— Les corps des personnes infectées doivent être détruits, aussi la dépouille d'Estelle ne fut pas enveloppée dans un linceul bleu et relâchée parmi les étoiles depuis les jardins Nocturnes. Un jour, elle ne fut plus. Sa mort fut la troisième et la dernière avant que la maladie ne s'éteigne. Depuis, il n'y a pas eu d'autres cas. Quelques jours après son décès, on annonça une saison des naissances. Otess, Seetha et moi étions mariées depuis deux ans et désirions un enfant, même si j'ai culpabilisé à l'idée qu'un tel bonheur succède aussi rapidement à pareille affliction.

Kandra sortit de la maison et traversa la pelouse. Leela la suivit.

— Un après-midi, je suis venue me recueillir ici, avant qu'on ne bénisse les mères violines ; ces maisons étaient encore vides. J'étais effrayée et triste, et j'espérais trouver du réconfort dans un endroit où la vie se développait, où je ferais la connaissance de ma fille. Je me sentais coupable d'avoir perdu mon amie non seulement parce qu'elle était morte, mais parce que je l'avais négligée. Pour prospérer, une amitié se doit d'être entretenue, et j'avais failli à mon rôle. J'ai alors fait le serment d'enseigner à ma fille à estimer toutes ses relations et à ne prendre personne pour acquis. J'ai erré de maison en maison, me demandant laquelle serait la mienne, tout en m'exprimant à voix haute, parlant à Estelle comme à l'époque de notre amitié, lui faisant part de mes craintes et de ma honte d'avoir laissé notre lien se volatiliser. Je me suis rappelée des anecdotes de notre passé, des plaisanteries que nous partagions et les jeux auxquels nous nous livrions.

« Parvenue à la dernière maison, j'ai su qu'il était temps pour moi de m'en aller. Cet endroit ne pouvait m'apporter le réconfort dont j'avais tant besoin. Et en me retournant, je l'ai vue.

Kandra brandit la lanterne en direction de l'obélisque.

— Elle se tenait là. Une légère brise agitait sa chevelure, même s'il n'y avait pas un souffle dans l'air, et sa robe était en lambeaux. Elle était pâle et blafarde mais *vivante.* Bel et bien vivante. « Kandra, m'a-t-elle dit, je t'ai entendue. »

Kandra tomba à genoux et un sanglot s'échappa de sa poitrine. Leela s'agenouilla près d'elle, n'osant ni la toucher ni prendre la parole.

— J'ai cru que je perdais la raison, reprit-elle. « Tu es morte », ai-je dit. « Non », m'a-t-elle répondu. Ses yeux étaient si sombres, comme un ciel nocturne dépourvu d'étoiles. « Eh oui, a-t-elle ajouté, nous sommes toutes en train de mourir. Ça ne peut pas durer. Elle ne s'arrêtera pas. » (Les larmes dégoulinèrent sur le visage de Kandra.) Pardonne-moi, Leela. J'ai eu si peur. Je me suis enfuie en courant. (Elle s'effondra, appuyant la tête sur l'épaule de Leela.) Je me suis enfuie, gémit-elle. Elle m'a appelée, elle m'a suppliée de revenir, et j'ai couru sans me retourner.

— Ça va aller, dit Leela en lui caressant le dos. (Elle n'avait jamais réconforté une mère. D'habitude, c'était l'inverse.) Vous ne devriez pas avoir honte. Vous aviez peur. Vous aviez des visions.

— Non, répliqua Kandra en se redressant. Ce n'était pas une vision. Elle était réelle. Je le sens dans mes entrailles. Dans la magie qui m'habite. Lorsque j'ai repris mes esprits, je suis allée trouver la grande prêtresse. Je lui ai raconté ce que j'avais vu. Étonnamment, elle m'a tout de suite prise au sérieux. Elle m'a proposé de rester au temple, puis elle s'est absentée. À son retour, elle m'a dit avoir cherché partout dans la forêt de l'Aube sans trouver nulle trace d'Estelle. « Ton esprit te joue des tours, m'a-t-elle dit, Estelle est morte, Kandra. Le chagrin est un sentiment puissant. Mais n'aie crainte. Je peux faire partir la douleur. » Elle a pris ma tête entre ses mains et j'ai senti un… une palpitation, un léger murmure dans mon esprit. Ses mains étaient si chaudes. J'ai vraiment eu l'impression qu'elle m'emplissait de la lumière de Mère Soleil.

« À mon réveil, il faisait jour et j'étais dans mon lit, entourée de mes épouses. Elles m'ont dit que je m'étais attardée au temple tard dans la nuit pour converser avec la grande prêtresse, priant pour bientôt porter un enfant. Otess craignait que je ne sois trop pressante, mais Seetha m'a trouvée très courageuse. J'ai affiché un sourire et fait semblant de me rappeler. En vérité, je ne me souvenais de rien à partir du moment où j'avais décidé d'aller dans la forêt de l'Aube. J'avais dû changer d'avis.

« Le jour suivant, je fus sélectionnée avec plusieurs autres mères violines par la grande prêtresse et je me suis rendue aux maisons d'accouchement. Je n'avais aucun souvenir de ce qui s'y était passé la veille. Dès que je pensais à Estelle, son image s'estompait aussitôt de mon esprit. Son visage était flou, mes souvenirs étaient ternes et lointains, comme de pâles échos. Jusqu'à ce que je cesse tout bonnement de penser à elle. (Kandra appuya le front contre l'obélisque.) Jusqu'à ce qu'elle disparaisse presque totalement de mon esprit. Presque, murmura-t-elle.

— Alors que s'est-il passé ? demanda Leela d'une voix étouffée. Comment se fait-il que vous vous en souveniez aujourd'hui ? Pourquoi maintenant ?

Kandra se ressaisit lentement. Elle se cramponna aux jupons de sa robe et son visage s'empreignit de douleur.

— À la mort de Sera, quelque chose s'est brisé en moi. L'emprise de la grande prêtresse, le charme qu'elle m'avait jeté... mon chagrin l'a rompu. J'ai cru que je perdais la raison lorsque les souvenirs ont resurgi, aussi clairs que s'ils s'étaient produits la veille. Je ne pouvais pas concevoir que la grande prêtresse m'ait menti, ni qu'elle ait effacé une partie de ma mémoire. Ça n'avait aucun sens ! Elle est notre espoir et notre guide, et jamais elle ne ferait une chose pareille, me suis-je persuadée. Je me suis dit que ces visions étaient le fruit de mon imagination. En outre, les faits s'étaient produits dix-neuf ans plus tôt. Comment pouvais-je m'y fier ? Mais ça me semblait si réel. Et lorsque tu m'as rapporté la conversation que tu avais surprise dans les jardins de la Lune, j'ai su que je n'étais pas folle. La grande prêtresse porte un masque. Et ma fille s'est fait prendre dans sa toile. Je n'ai cessé d'entendre la voix d'Estelle répéter encore et encore : « Elle ne s'arrêtera pas. »

Le silence retomba. Leela tendit le bras et toucha la pierre de lune. Elle était d'un froid surprenant. Son propre pendentif avait toujours été chaud.

— Vous pensez qu'Estelle est encore là ? Qu'elle se trouve quelque part dans cette forêt ?

— Je l'ignore. Je ne pense pas. Comment aurait-elle pu vivre ici toutes ces années sans qu'on la découvre ?

— Peut-être que la grande prêtresse l'a cachée.

— Mais où ? Et dans quel but ? Qu'attendait-elle d'Estelle ?

Leela réfléchit quelques instants.

— Vous m'avez dit qu'elle vous faisait penser à Sera. Et si Estelle avait également été choisie pour succéder à la grande prêtresse ? Et si la grande prêtresse se débarrassait de ses remplaçantes potentielles ?

Kandra essuya une larme sur sa joue.

— Dans ce cas, pourquoi la garder en vie ? Si elle était prête à sacrifier ma fille, pourquoi pas Estelle ?

Leela n'avait pas la réponse à cette question. Elle ne pouvait s'empêcher de penser que la disparition d'Estelle était liée à celle de Sera, d'une façon ou d'une autre. Et les mensonges de la grande prêtresse se trouvaient au cœur du problème.

Mais pourquoi ? Et dans quel but ? Leela l'ignorait.

27.

La saison des mariages ne dura que sept jours. Ce fut l'une des plus brèves de l'histoire de la Cité.

Lorsqu'elle s'acheva, Leela se sentit pourtant soulagée.

Toutes ces danses, ces banquets et ces démonstrations d'amour l'épuisaient. Elle voyait sa Cité sous un nouveau jour, un lieu rongé par un mal subtil, insaisissable. À chaque cérémonie, elle observa attentivement la grande prêtresse tandis qu'elle bénissait la nouvelle triade ; et elle tâcha de voir sous le masque, de trouver un indice qui trahisse ses mensonges ; en vain.

Elle retrouvait Kandra toutes les nuits dans la forêt de l'Aube. Elles cherchèrent un signe indiquant la présence d'Estelle, tentèrent de comprendre d'où elle avait surgi, se parlèrent longuement en boucle, répétant chacune leurs histoires jusqu'à ce qu'elles les connaissent par cœur. Elles ne trouvèrent pas la moindre trace d'une Céruléenne cachée, ou d'un repaire secret. Parfois, elles s'asseyaient simplement près d'un étang, et elles évoquaient Sera – son rire tonitruant, son appétit pour les beignets de fleurs de courge, sa soif de connaissances, son désir de découvrir une autre planète. À d'autres moments, Kandra lui racontait des anecdotes sur Estelle, des choses qu'elle avait oubliées et qui resurgissaient.

Le dernier mariage eut lieu. Le lendemain matin, la Cité baignait de nouveau dans le calme, un calme assoupi, comme si même les brins d'herbe étaient fatigués. Les mères de Leela étaient encore au lit. Des murmures et des bruits de baisers lui parvinrent depuis leur chambre. Elle se demanda comment elles réagiraient si elle leur racontait tout. La grande prêtresse, Sera et Estelle, ses rendez-vous nocturnes avec Kandra. Elles l'écouteraient, mais elles ne la croiraient pas. Elles la plaindraient sans doute et mettraient ces histoires sur le compte du chagrin. Dans le pire des cas, elles iraient trouver la grande prêtresse pour lui faire part du problème. Leela ne pouvait pas prendre ce risque. Pas alors qu'elle en savait encore si peu.

« Nous sommes toutes en train de mourir. Ça ne peut pas continuer. Elle ne s'arrêtera pas. » « Elle » renvoyait probablement à la grande prêtresse, mais le « ça » ? Qu'est-ce qui ne pouvait pas continuer selon Estelle ?

C'était d'une preuve qu'elle avait besoin, quelque chose de concret et pas seulement pour elle-même. Quoique les autres Céruléennes n'en aient pas conscience, quelque chose ne tournait pas rond dans la Cité du Ciel. Et c'était sur Leela que c'était tombé. C'était elle qui avait surpris la conversation entre la grande prêtresse et sa disciple. Et c'était à elle d'agir. Peut-être n'était-elle que l'humble Leela Starcatcher, mais elle était céruléenne et son sang était magique, et elle n'avait plus l'intention de se laisser intimider. Sera était morte à cause d'un secret et Leela était résolue à découvrir pourquoi et à s'assurer que ça ne se reproduirait pas.

Au moins, elle savait où trouver la grande prêtresse à partir de maintenant. Durant la saison des mariages, son emploi du temps n'avait pas été figé, et Leela était tombée par hasard sur elle aux vergers, au pré ou dans les mines. Mais la vie reprenait son cours normal et la grande prêtresse serait au temple. C'était par là que Leela devait commencer. Elle s'habilla et alla dans la cuisine où sa mère orange préparait une infusion à la réglisse.

— Bonjour, ma chérie, dit-elle, comme Leela s'asseyait à la table ronde. Je ne suis pas mécontente que la saison des mariages soit finie, je dois avouer, même si elle fut de courte durée. Ce fut un plaisir d'y assister, mais c'était épuisant !

— En effet, Mère Orange. La ville paraît très calme aujourd'hui.

— N'est-ce pas ?! (Avec un soupir, elle servit deux tasses de thé ; le parfum de la réglisse emplit la pièce.) Tu sais, la saison où tes mères et moi nous sommes mariées a duré près d'un mois. Après cela, je ne voulais plus entendre parler de célébrations !

Leela esquissa un sourire.

— J'aurais bien aimé être présente à votre mariage.

Sa mère s'assit face à elle et aspira une gorgée de thé.

— J'étais si jeune à cette époque, dit-elle avec nostalgie. (Elle lui décocha un clin d'œil.) Ta mère violine adorait traîner au lit le matin. Elle n'a pas changé. Je pense qu'elle n'émergera pas de la chambre avant l'heure de la lumière.

— Je t'entends, Lastra ! cria sa mère violine.

Leela et sa mère orange pouffèrent en silence.

— Qu'est-ce que tu as prévu de faire aujourd'hui ? Ton prochain stage d'apprentissage se déroule dans les mines de pierres d'étoile, n'est-ce pas ? Mais je ne pense pas que les gens reprennent immédiatement leur routine.

— Non, acquiesça Leela.

Et les apprentissages ne l'intéressaient plus. La plupart de ses amies avaient trouvé leur vocation et elle aussi ; mais elle ne pouvait en parler à personne. Aussi, elle allait devoir concocter une histoire avec un fond de vérité. Elle refusait d'être aussi fausse que la grande prêtresse.

— J'envisage d'aller au temple, dit-elle. Ça fait un bail que je n'ai pas prié.

Sa mère parut enchantée.

— Quelle bonne idée ! Je peux t'accompagner, si tu le désires.

Leela se mordit la lèvre.

— Si ça ne te dérange pas, je préfère y aller seule.

Sur le coup, sa mère parut déçue.

— Bien sûr. Tu es une adulte maintenant. Ta vieille imbécile de mère ne cesse de l'oublier. J'aimerais que tu restes mon enfant le plus longtemps possible, je suppose.

— Je serai toujours ton enfant, répondit Leela en tendant le bras à travers la table pour lui prendre la main. Où que je vive, quel que soit mon âge et quel que soit le nom que je te donne.

Une fois qu'une fille quittait le foyer maternel pour aller vivre seule, elle s'adressait à ses mères par leur prénom. Leela aurait du mal à appeler sa mère orange Lastra.

— Tu veux que je passe prendre un pot de miel au rucher pour le pain de ce soir ?

— Volontiers, ma chérie. (Sa mère orange lui cala une mèche derrière l'oreille.) Je suis très fière de la femme que tu es devenue, Leela. Tu as perdu une amie très proche et tu es si jeune… Et pourtant tu es allée de l'avant, le cœur lumineux et plein d'amour. Tu es une source d'inspiration. J'espère que tu en as conscience.

La gorge de Leela se noua.

— Merci, Mère Orange.

Elle finit sa tisane en silence et quitta la demeure.

Le temple était presque vide à son arrivée. Les rares personnes présentes étaient soit des religieuses soit des mères orange qui avaient l'air épuisées. Heena se trouvait parmi elles. Elle s'en allait au moment où Leela entrait.

— Bonjour, Leela, l'accueillit-elle chaleureusement. J'ignorais que tu étais si pieuse. La plupart des filles de notre âge font la grasse matinée.

— Je souhaite prier pour Sera à l'autel des Trépassées, répondit Leela.

Le mensonge lui était venu naturellement aux lèvres. Apparemment, plus on mentait, plus ça devenait facile.

Heena cligna des yeux et sa bouche se déforma.

— Oh… oui, bien sûr.

— Et toi ? s'enquit Leela.

— Je prie pour l'avènement d'une nouvelle saison des naissances.

— Déjà ?

Heena éclata de rire.

— Je sais. Mais Plenna a hâte de porter un enfant. Même si je lui ai répété à maintes reprises qu'il pouvait s'écouler plusieurs années entre une saison des mariages et une saison des naissances.

Heena afficha un sourire complaisant.

— Eh bien, j'espère que Mère Soleil entendra tes prières, dit Leela.

— Nous avons déjà eu la chance de nous marier rapidement, contrairement à d'autres triades. Plenna devrait apprendre la patience. (Elle donna un gentil coup de coude à Leela.) Il y a une Céruléenne qui t'a tapé dans l'œil ? Tu es une fille si douce et attentionnée.

— Je…

L'esprit accaparé depuis la mort de Sera, Leela n'avait songé ni à l'amour ni au désir. Ces sentiments lui semblaient désormais étrangers, des fragments de vie qui n'existaient plus.

— Non, pas encore. Mais merci du compliment. Excuse-moi, je dois prier.

Heena la regarda s'éloigner, à la fois troublée et attristée. Mais Leela avait d'autres chats à fouetter. Elle s'agenouilla devant l'autel des Trépassées, où brillait un soleil cousu de fils d'or et d'argent. Une constellation d'étoiles bleues représentait chacune des vies perdues lors de la Grande Tristesse. Leela resterait là toute la journée s'il le fallait. La grande prêtresse finirait bien par apparaître.

Elle fit courir ses doigts sur la surface de l'autel, palpant les pierres précieuses.

Mère Soleil. Quelque chose ne tourne pas rond. La Cité est dirigée par une menteuse et je ne sais pas dans quel but elle ment, ni comment faire tomber son masque. Je sais que je ne suis personne, rien qu'une jeune Céruléenne parmi des milliers d'autres. Mais je crains que cette tâche ne me soit tombée dessus, et je trouverai les réponses si je le peux. Si tu entends mes prières… aide-moi. Je t'en supplie. Montre-moi la voie. Envoie-moi un signe.

Elle patienta en retenant son souffle. Pourvu que sa prière ait été entendue. Mais les minutes défilaient et rien ne se produisait. Elle n'aurait pas dû se laisser bercer de faux espoirs. Elle songea à Estelle, qui souhaitait s'adresser directement à Mère Soleil. C'était de l'hubris. Mère Soleil parlait à la grande prêtresse uniquement. Leela eut un pincement au cœur. Cela voulait-il dire que Mère Soleil était au courant de ses mensonges ?

À cet instant, une pierre d'étoile capta son attention. Ses facettes se liquéfièrent jusqu'à ce que la pierre ressemble à… une larme. Une larme humide. La pierre voisine se transforma à son tour, puis toutes les pierres, jusqu'à ce que Leela se trouve face à un autel de larmes.

Elle tendit une main tremblante pour les toucher. Quand, soudain, Elorin apparut à côté d'elle.

— Je pensais bien t'avoir reconnue, Leela ! Je suis ravie de te voir ici !

Leela sursauta et retira sa main. Les pierres avaient repris leur apparence habituelle. Si seulement la jeune novice l'avait laissée tranquille quelques secondes de plus…

— Je suis contente de te voir également, Elorin, dit-elle en se mettant debout.

— Oh ! désolée. Je ne voulais pas t'interrompre, s'excusa Elorin, le visage cramoisi. Une religieuse ne doit jamais déranger une Céruléenne qui prie.

— Ce n'est rien, ne t'en fais pas. J'avais fini de toute façon.

Elle jeta un nouveau coup d'œil à l'autel. Peut-être était-ce la lumière qui lui avait joué des tours. Peut-être cherchait-elle des signes qui n'existaient pas.

Elle se retourna. Elorin la contemplait avec une expression étrange.

— C'est la première fois que je te vois seule ici.

— J'avais envie de me sentir proche de Mère Soleil, c'est tout.

Elorin porta son regard au plafond.

— Tu te rappelles ce que disait Sera ? Elle se sentait toujours plus proche de Mère Soleil lorsqu'elle se nichait au sommet du temple.

— C'est vrai. Je suis étonnée que tu t'en souviennes !

— Je pense que j'étais un peu jalouse d'elle, avoua timidement Elorin. Elle disait tout ce qui lui passait par la tête sans se soucier des conséquences. Elle se fichait de ce que les autres pensaient d'elle.

— Pas toujours, répliqua Leela. Mais ça ne la tracassait jamais très longtemps.

Elorin esquissa un sourire.

— On m'a toujours trouvée trop pieuse et ennuyeuse. À vrai dire, j'ai toujours su que je serais novice. J'aime le temple ; je m'y sens chez moi. J'aime dormir au dortoir en compagnie des autres religieuses, m'occuper des jardins de la Lune, et célébrer Mère Soleil au lever du jour. Et si Sera se sentait bien au sommet du temple, pourquoi aurait-elle dû s'en priver ? Nous avons toutes nos excentricités, je suppose. Même mes mè… même Jandess, Kilia et Reinin. (Elorin cita les prénoms de ses mères en bafouillant.) Même la grande prêtresse.

Leela eut un frisson.

— Ah ? dit-elle d'une voix qui se voulait nonchalante. Elle aussi elle grimpe au sommet du temple ?

Elorin s'esclaffa.

— Non, rien de la sorte. Mais elle s'isole dans un endroit secret quand elle souhaite se recueillir. Et elle y passe pas mal de temps en ce moment. Seules les disciples savent où se trouve cette pièce. D'après la novice Belladon, c'est impossible à trouver. C'est l'endroit où elle s'éclaircit l'esprit et régénère sa foi. (Son regard se porta sur l'autel.) Elle nous a guidées avec une telle dévotion, et depuis si longtemps. Nous sommes très chanceuses de l'avoir.

Leela crispa les mâchoires. Mais elle vit en Elorin une aubaine. L'occasion de visiter des parties du temple qu'elle ne connaissait pas. Il fallait qu'elle trouve cette pièce secrète à laquelle Elorin faisait référence.

— Tu veux bien me montrer le dortoir ? demanda Leela. J'aimerais bien voir où tu vis maintenant.

Elorin parut ravie.

— Avec plaisir !

Elle conduisit Leela à l'extérieur du temple, qu'elles contournèrent. Elles parvinrent à une porte en bois avec une poignée en laiton. Elle la poussa et elles descendirent un escalier en verre débouchant sur le dortoir, qui baignait dans une lumière argentée.

C'était une grande salle circulaire qui se trouvait directement au-dessous du sanctuaire. Au mur étaient suspendues des lanternes à intervalles réguliers. Durant la journée, elles étaient éteintes. Des lits soigneusement faits meublaient l'espace, chacun flanqué d'une table de chevet où se trouvaient des effets personnels. Elorin escorta Leela jusqu'à son lit. À son chevet, un joli peigne doré, un soliflore arborant une fleur de lune, et une bague en forme d'étoile dans laquelle était sertie une grosse pierre rouge.

— Je dors entre la novice Cresha et la novice Baalin. Cresha est très sympa, mais Baalin ronfle comme une forge. J'ai parfois l'impression de partager mon espace avec un mouton de brume.

Elorin rit à sa propre blague. Leela l'envia intensément. Elle menait une vie simple et elle avait une raison d'être.

— Et les disciples, où dorment-elles ?

Ce n'était pas dans le dortoir des novices qu'elle allait dénicher le secret de la grande prêtresse.

— Oh ! leurs chambres se situent à l'étage, dans le temple. Nous n'avons pas le droit d'y pénétrer ; elles tiennent à leur vie privée. Il n'y a que quelques anciennes novices qui vont y faire le ménage de temps à autre. (Elle fronça les sourcils.) Maintenant que j'y pense, je ne sais pas du tout où dort la grande prêtresse. Personne n'a jamais évoqué le sujet.

— Peut-être qu'elle dort dans la pièce secrète que tu as évoquée.

— Non, je ne pense pas… En fait, je n'en sais rien.

— À moins qu'elle ne dorme pas du tout, pensa Leela à voix haute.

Plus rien ne la surprendrait.

Elorin afficha un sourire.

— Ça ferait d'elle un être vraiment exceptionnel.

Elles quittèrent le dortoir et se promenèrent dans les jardins de la Lune, où quelques novices élaguaient une roseraie. Elles passèrent devant une mère orange qui déposait des offrandes aux pieds de la statue d'Aila. Elle les salua d'un geste du menton en s'éloignant.

— Beaucoup de mères orange sont venues ce matin pour prier dans l'espoir qu'une nouvelle saison des naissances débute, murmura Elorin.

— Oui, j'ai croisé Heena à mon arrivée, répliqua Leela.

La statue en pierre de lune d'Aila scintillait d'un blanc irisé. Aila était figée, les bras levés au ciel, un sourire aux lèvres, le visage nimbé d'une chevelure indisciplinée prise au vent. Offrandes, guirlandes de fleurs et assiettes de nourriture s'accumulaient à ses pieds. Et Leela savait avec une certitude absolue qu'il y aurait bientôt une saison des naissances, mais pas parce que Mère Soleil en avait décidé ainsi. Ce serait une distraction, un divertissement censé détourner les pensées des Céruléennes de Sera et de l'échec de la cérémonie.

— Ces statues requièrent une attention toute particulière. Seules les disciples ont le droit de s'en occuper. D'après l'adepte Endaria, il y avait jadis beaucoup plus de pierres de lune dans la Cité. Avant la Grande Tristesse.

— Oui, ma mère céladon m'a dit la même chose, répondit Leela d'une voix distraite.

— Selon l'adepte Endaria, la pierre de lune est comme le cœur palpitant de la Cité. Enfin, ça l'était. Ces statues en sont les seuls vestiges. Avec l'obélisque qui se dresse devant les maisons d'accouchement. Et la pierre qui orne le diadème de la grande prêtresse, évidemment. L'adepte Endaria dit qu'il y avait à l'époque une fontaine dans les jardins Nocturnes constituée de pierre de lune, mais qu'elle fut brisée en un millier d'éclats il y a des siècles de cela.

Leela avait tendu l'oreille lorsque Elorin avait évoqué l'obélisque.

— Je l'ignorais. Pourquoi ?

— Lorsque la maladie du sommeil s'est déclarée, les Céruléennes espéraient que la pierre de lune les protégerait de l'infection. Et faute d'apparition de nouvelles pierres de lune dans la Cité, elles ont détruit la fontaine. Malheureusement, ça n'a pas marché.

— Ma mère céladon m'a appris que la pierre de lune était rare parce qu'elle provenait des larmes des filles de la Lune, dit Leela.

— La mienne m'a dit qu'à l'époque les Céruléennes s'en servaient pour communiquer sur les planètes.

— Ah bon ?

C'était la première fois que Leela entendait cette explication.

— Franchement, elle a dû inventer ça. Je ne pense pas que nos mères sachent vraiment en quoi consistait la pierre de lune. Elle est trop ancienne.

Comme la grande prêtresse, songea Leela. *Peut-être recèlent-elles toutes deux des secrets.*

Kandra ne pouvait pas s'expliquer pourquoi Estelle était apparue dans la forêt de l'Aube, près des maisons d'accouchement. Et si ce n'était pas lié à la forêt ou aux maisons, mais à l'obélisque en pierre de lune ?

Sans savoir pourquoi, elle éprouva une brusque onde de réconfort à l'idée d'avoir donné son collier à Sera.

— Leela ? (Elorin avait une expression inquiète.) Ça va ?

— Je… oui. Pardonne-moi. Je songeais à Sera, c'est tout.

Elle était contente de ne pas avoir à mentir cette fois.

— Bien sûr. (Elorin contempla l'expression joyeuse d'Aila.) Elle me rappelle un peu Sera, quand j'y pense. Indomptée, tu vois ce que je veux dire ?

Leela voulut répondre mais ne trouva pas les mots pour exprimer ce qu'elle ressentait en ce moment précis. De doux carillons résonnèrent à l'intérieur du temple.

— Je dois y aller, dit Elorin. Tu reviendras me rendre visite, hein ?

— Promis, répondit Leela avec sincérité.

Elorin posa un baiser sur sa joue avant de s'élancer vers le temple. Leela porta le regard sur sa flèche dorée et se demanda où se trouvait la grande prêtresse à présent, et ce qu'elle manigançait. Le silence l'enveloppa bientôt et Leela perdit toute notion de temps, l'esprit en ébullition, jusqu'à ce qu'elle aperçoive le soleil à l'horizon en train de se coucher. Elle se releva et se prépara à partir quand un son familier lui parvint, un rire qu'elle aurait reconnu entre mille. La voix de Sera semblait s'échapper de la statue d'Aila. Un mélange de rire et de pleurs, comme si elle avait fait une expérience à la fois joyeuse et déchirante. Leela fit un pas en avant, saisie d'une bouffée d'espoir.

— Sera ? chuchota-t-elle.

Mais déjà le rire s'estompait, noyé par la brise et le chant des oiseaux qui batifolaient dans la roseraie.

Leela se tint immobile devant Aila pendant un long moment, à l'affût du moindre signe. Jusqu'à ce qu'elle dût admettre que son esprit lui avait joué des tours. Sera ne ressentait ni joie ni douleur, elle ne riait pas plus qu'elle ne pleurait. Elle n'était plus. Tout simplement.

Une autre mère orange se présenta avec des offrandes, et Leela quitta les jardins pour retourner d'un pas traînant chez elle. Elle n'avait obtenu aucune réponse. En revanche, elle conservait précieusement le rire de Sera dans son cœur.

28.

Le rire de Sera résonnait encore à ses oreilles lorsqu'elle retrouva Kandra à sa demande près des maisons d'accouchement le soir suivant. Cette fois-ci, Leela arriva la première, munie de sa propre lanterne. Elle patienta à côté de l'obélisque.

— Merci d'avoir demandé à ce qu'on se voie, dit Kandra en s'approchant. J'ai peut-être trouvé quelque chose en lien avec le mystère qu'on cherche à résoudre.

— Qu'est-ce que c'est ? s'enquit Leela.

— Je parlais avec Magdeena dans le verger ce matin – c'était ma mère violine, expliqua Kandra. Je lui ai demandé si elle se rappelait une époque où la maladie du sommeil s'est abattue sur la Cité, avant l'épidémie qui a emporté Estelle. D'après elle, il y en a eu une juste avant ma naissance. Elle était enceinte de moi, et mes autres mères redoutaient de nous perdre toutes les deux. Je me demande si la maladie du sommeil aurait une sorte de lien avec la saison des naissances.

— Comment ?

— Je l'ignore. (Kandra semblait soucieuse.) Mais je crains qu'il n'y ait bientôt une nouvelle saison des naissances. Pour servir de distraction.

— Je pensais la même chose, dit Leela. Mais personne n'est tombé malade.

— Pas encore, murmura Kandra.

— J'ai également des nouvelles, dit Leela. J'ai vu mon amie Elorin hier. Elle vient d'entrer au temple en tant que novice ; elle m'a parlé d'un lieu secret où la grande prêtresse aime se réfugier. Elle ignore où il se trouve – seules les disciples le connaissent, et il ne serait pas très judicieux de le leur demander.

— Un lieu secret ? (Kandra haussa un sourcil.) Non, il vaut mieux garder cette information pour nous, je partage ton avis. C'est sans doute quelque part dans le temple…

— Elle m'a aussi parlé de la pierre de lune, reprit Leela. Tandis qu'on se tenait devant la statue d'Aila. Vous saviez qu'à l'époque se dressait une fontaine en pierre de lune dans les jardins Nocturnes ?

— Non, répondit Kandra en se renfrognant. Qui lui a rapporté ça ?

— L'adepte Endaria. D'après elle, les Céruléennes l'ont détruite durant une épidémie de maladie du sommeil, il y a plusieurs siècles, croyant peut-être que ça les protégerait de l'infection. Mais ça n'a pas marché.

— La pierre de lune est un matériau très puissant – il possède sa propre part de magie. Tout du moins, c'est ce que ma mère m'avait rapporté à l'époque. (Kandra indiqua d'un geste l'obélisque.) Elle pensait que la pierre de lune était connectée au cordon d'une certaine manière. (Son regard était encore sombre mais Leela y entrevit une lueur bleue. Elle reprenait des forces.) Au fil des ans, j'ai compris que les mères céladon ne racontaient pas toutes les mêmes histoires. Tu as dû t'en apercevoir toi aussi – elles reçoivent elles-mêmes leur instruction de leur mère céladon, comme nous toutes, et l'histoire se déforme de génération en génération. Seetha a fait son possible avec Sera, qui posait tant de questions. Elle a toujours tâché d'être le plus précise possible. De temps à autre, elle allait même demander conseil à la grande prêtresse. (Kandra fit la grimace.) À présent, je me demande si ça n'a pas poussé cette dernière à choisir Sera pour le sacrifice. Avait-elle posé la mauvaise question ?

Leela ne supportait pas l'idée que Sera pût être responsable de sa propre mort.

— Je me suis demandé… Et si ce n'était pas la forêt mais la pierre de lune qui pouvait nous indiquer où se cache Estelle ?

Kandra se mit à observer l'obélisque.

— Vous pensez qu'elle est à l'intérieur ?

— Je ne sais plus quoi penser. On ignore pourquoi elle est apparue ici alors qu'elle était censée être morte. En revanche, on sait que la pierre de lune est sacrée et possède une sorte de magie. Du coup, les deux doivent être en lien.

Kandra se mit à faire le tour de l'obélisque et Leela la suivit. Que s'attendait-elle à trouver ? Le monument n'avait rien de particulier. Leela posa la lanterne par terre. Peut-être qu'en touchant la pierre elle découvrirait un détail invisible à l'œil. Comme elle faisait courir ses doigts sur les fondations de l'édifice, elle poussa un petit cri. Un courant d'air glacial s'échappait du sol, juste à la base.

— Vous sentez ça ?

Kandra tendit la main et effleura l'herbe.

— D'où vient cet air ?

— On dirait qu'il provient du sol, fit remarquer Leela. Mais c'est impossible…

Kandra avait bondi sur ses pieds et poussait la pierre.

— Elle doit se trouver en dessous. Leela, aide-moi.

À peine Leela eut-elle placé la main sur la pierre froide et lisse qu'un crépitement parcourut ses doigts et son poignet et lui remonta le long des bras ; sa magie réagissait de manière inédite au contact de la pierre de lune. Ses genoux se dérobèrent sous elle et une vision lui vint. Un lieu inconnu lui apparut – une vaste salle sombre illuminée par des fleurs libérant une lumière violette, orange et rose. Elle vit un arbre au tronc argenté et au feuillage turquoise ; des rideaux rouges. Un plafond sombre. Elle écarta sa main comme si elle venait de se brûler, et la vision s'estompa.

— Qu'est-ce qu'il y a ? s'enquit Kandra.

Leela ne sut que répondre. Quel était cet endroit qui lui était apparu ? Et où se trouvait-il ? Toujours est-il que ses pouvoirs frémissaient et palpitaient, implorant la vision de réapparaître. Ses dix doigts étaient légèrement phosphorescents.

Elle observa l'obélisque de haut en bas ; des inscriptions étaient apparues le long de la colonne, des symboles illisibles. Pourtant elle les comprit. Comme un panneau indiquant une direction.

Montre-moi, songea-t-elle.

Ses pouvoirs tourbillonnèrent autour de son cœur.

Dans un rugissement assourdi, l'obélisque se déplaça d'un côté. Kandra laissa échapper un cri de surprise et plaqua sa main sur sa bouche. Devant elle, un trou béant d'où s'échappait un froid glacial.

Des marches en verre s'engouffraient dans les profondeurs. Leela avança la lanterne au-dessus de la cavité. Quatre marches plus bas, l'entrée était murée.

Kandra dévala ces quelques marches et posa les mains sur la barrière de verre.

— Estelle ? Estelle, c'est Kandra.

Elles attendirent pendant une éternité. Seuls le bourdonnement des insectes et les bruissements des créatures nocturr es leur répondirent.

— Où pensez-vous que ce passage mène ? chuchota Leela.

Mais Kandra la contemplait d'un air émerveillé.

— Comment l'obélisque a-t-il bougé ?

— J'ai… lu les inscriptions. Je lui ai demandé de me montrer.

Le regard de Kandra passa de la pierre à la jeune fille.

— Quelles inscriptions ?

Leela voulut les lui montrer mais elles avaient disparu.

— Elles étaient juste là ! s'écria-t-elle, stupéfaite. *Juste là.*

Kandra remonta les marches en secouant lentement la tête.

— Quelque chose est en train de se produire. Un changement. Tu le sens ?

Leela ne savait pas quoi répondre ; elle éprouvait tellement de choses qu'elle était incapable d'en relever une en particulier.

— J'ai vu un truc, dit-elle en décrivant ensuite à Kandra la vision qu'elle avait eue de la vaste salle. Je ne sais pas ce que ça signifie. Je ne connais pas cet endroit. Je n'ai jamais rien vu de tel.

Kandra lui adressa un regard nouveau. Pour la première fois, elle la contemplait comme une égale et non plus comme une enfant.

— Tu peux le remettre en place ?

— Quoi donc ?

— L'obélisque.

Le puis-je ? songea Leela. Et ce fut comme si sa magie n'avait attendu que cela. Ses paumes s'illuminèrent, les inscriptions réapparurent sur la surface lisse de la pierre.

Personne ne doit savoir que tu t'es ouvert, pensa Leela, et l'obélisque parut plus que ravi de l'obliger en se replaçant sur la cavité, dissimulant les marches.

— Mère Soleil, murmura Kandra. (Elle se tourna vers Leela.) Tu as eu une autre vision ?

Leela secoua la tête.

Kandra se mit debout et l'aida à se relever.

— Sera. Le cordon. La pierre de lune. Cet escalier. Estelle. Tout est lié, même si nous ne discernons pas encore de quelle manière. Mais par la grâce de Mère Soleil, Leela, dit-elle en la serrant dans ses bras, je suis heureuse que nous puissions compter l'une sur l'autre !

Le lendemain, Leela était encore sous le choc des événements de la veille. Tant et si bien qu'elle n'avait pas écouté un seul mot de ce qu'Elorin lui avait dit.

— Désolée, dit-elle en la suivant hors du temple. J'ai la tête ailleurs. Qu'est-ce qui te met dans un tel état ? Dis-moi tout.

Elorin avait les joues rouges et souriait d'une oreille à l'autre tout en sautillant tandis qu'elles se baladaient à travers les jardins de la Lune. Leela ne put s'empêcher de lorgner chacune des statues sur son passage. Celle de Dendra la pieuse, se recueillant, le visage solennel. La sculpture d'Aila avec son sourire joyeux. Et enfin celle de Faesa, les mains en coupe tendues devant elle, comme si elle tenait au creux de ses paumes toute la sagesse des mères céladon. Leela s'attendait à ce que des symboles apparaissent à tout moment sur la surface lisse des statues. Mais rien ne se produisit. Peut-être qu'en touchant l'une de ces trois figures en pierre de lune la vision resurgirait. À cette pensée, ses pouvoirs s'animèrent en elle.

— Ma première nuit du Chant approche ! s'exclama Elorin. J'ai pratiqué mes cantiques toute la journée.

La nuit du Chant était une tradition mensuelle. Une nuit entière durant laquelle les novices erraient dans la Cité en chantant à la lueur des bougies. C'était un rituel ancestral remontant à la création de la Cité, la période ténébreuse qui avait précédé la formation du premier cordon.

— C'est très excitant en effet ! acquiesça Leela.

— La novice Belladon m'aide à répéter. Elle dit que j'ai une voix de rossignol.

Les cloches du temple retentirent et les deux filles sursautèrent.

— Que s'est-il passé ? s'étonna Leela.

— Je l'ignore, répondit Elorin. Mais viens, on doit y aller.

Les Céruléennes jaillirent dans le temple. Elorin se joignit aux autres novices pour distribuer des coussins de prière. Leela gagna l'emplacement familial ; sa mère orange fut ravie de la trouver déjà là à son arrivée. Leela croisa le regard de Kandra au moment où elle se présenta avec ses deux épouses, et elles échangèrent un coup d'œil sombre.

Une fois la Cité tout entière réunie, la grande prêtresse apparut et traversa le chœur pour aller se placer derrière la chaire.

— Mes enfants, nous avons reçu une nouvelle bénédiction. Mère Soleil a décrété le début d'une nouvelle saison des naissances !

Des cris de joie résonnèrent.

— Louée soit-elle ! acclamèrent les Céruléennes à l'unisson.

Kandra a vu juste, songea Leela. Toutefois, il n'y avait pas le moindre signe avant-coureur d'une épidémie de maladie du sommeil. Avaient-elles eu tort sur ce point ? Peut-être la survenue de l'infection était-elle une pure coïncidence, sans aucun rapport avec Estelle, l'escalier enfoui, ou la grande prêtresse.

Pourtant, Leela ne croyait plus aux simples coïncidences.

Plenna pleura de joie dans les bras de Heena. Même sa propre mère violine avait l'air enthousiaste, même si elle n'aurait pas le droit de porter une autre fille tant que Leela vivrait sous son toit.

— Voilà si longtemps que notre Cité n'a pas été bénie par des éclats de rire de bébés, dit-elle à Leela lorsqu'elles quittèrent le temple. Je me demande combien de mères violines vont venir frapper à notre porte pour qu'on les conseille. Lorsque tu es née, nous avions au moins deux visiteuses par jour !

— Trois, rectifia la mère céladon de Leela. La maison était prise d'assaut.

Sa mère orange partit d'un rire léger.

— En effet. (Elle poussa un soupir et plaça sa main sur son cœur.) Ah ! il se passe tellement de choses en ce moment ! J'ai encore le tournis de la saison des mariages !

— Mère Violine, tu es déçue que je sois encore à la maison ? demanda Leela, craignant soudain d'être devenue un fardeau pour ses mères avec sa quête secrète. Vous voudriez avoir une autre fille ?

— Oh ! ma chérie ! s'exclama-t-elle en lui entourant les épaules de son bras. Je ne souhaite qu'une seule chose, c'est que tu fasses au mieux pour toi, et si ça signifie rester avec nous, ainsi soit-il ! Je ne suis pas pressée de porter une autre fille – et les Céruléennes ne sont pas limitées par leur âge, contrairement aux humaines. J'ai encore de nombreuses années de fertilité devant moi. Tu ne me prives de rien.

Sa mère céladon lui prit la main et sa mère orange ajouta :

— On t'aime plus que tout, et c'est l'essentiel.

Leela esquissa un sourire et éprouva un certain réconfort à l'idée que, quoi qu'il se passe dans sa vie, il y aurait toujours une chose indéfectible, c'était l'amour qu'elle partageait avec ses mères. En dépit de tous les changements qui se produisaient dans la Cité, ce sentiment demeurait le même.

Avec l'avènement de la saison des naissances, le temple était bondé jour et nuit. Les mères orange passaient leur temps à prier et les mères céladon déposaient des offrandes dans les jardins de la Lune, aux pieds des trois statues, dans l'espoir que la mère violine de leur triade soit choisie pour enfanter.

Aussi Leela n'eut-elle pas l'occasion d'inspecter la pierre de lune en privé, pas plus qu'elle ne put partir en quête du lieu secret évoqué par Elorin. Non pas qu'elle sût par où commencer. Peut-être cet endroit était-il relié à l'une des chambres des disciples ? Celle de l'adepte Klymthe, par exemple ?

Plenna fut la première à recevoir la bénédiction de la grande prêtresse. Elle fut ensuite envoyée dans l'une des maisons d'accouchement. Le jour suivant, deux autres épouses furent choisies. Du coup, Leela ne fut pas étonnée de tomber sur Kandra dans les jardins de la Lune l'après-midi qui suivit.

Elorin babillait avec enthousiasme. Le soir même, c'était la nuit du Chant.

— La novice Cresha m'a appris que nous allions passer par les jardins Nocturnes. Il ne faudra pas que je m'éloigne d'elle. Voilà deux jours que je répète les cantiques. Pourvu que je n'oublie pas les paroles ! Oh ! regarde ! C'est la mère violine de Sera !

Leela se détourna de la statue d'Aila devant laquelle une poignée de mères céladon déposaient des offrandes et elle vit Kandra s'approcher d'elles.

— Bonjour, dit poliment Leela.

— Bonjour, Mère Violine, la salua Elorin. (Kandra laissa échapper une grimace.) Je ne vous ai pas vue ici en dehors des jours de prières.

— La grande prêtresse désire me voir, répondit-elle.

Elle avait la mâchoire crispée, l'œil morne. Le ventre de Leela se noua.

— Kandra Sunkeeper.

La grande prêtresse se tenait au milieu des jardins. Elle invita Kandra à la rejoindre, un sourire chaleureux aux lèvres. Le cœur de Leela remonta dans sa gorge et s'y cacha, palpitant contre son cou.

Kandra obtempéra.

— Oui, grande prêtresse. Vous m'avez convoquée.

— En effet. J'ai une merveilleuse nouvelle ! (La grande prêtresse plaça ses mains sur les épaules de Kandra.) Mère Soleil vous a bénie. Vous allez avoir une autre enfant. Vous partirez en maison d'accouchement dès que vous serez prête. Quel jour merveilleux pour notre Cité !

Elorin poussa un petit cri. Kandra tournait le dos à Leela. Elle ne vit pas son expression mais fut prise quant à elle de vertige. Les arbres tout autour se mirent à luire faiblement, le temple devint flou. Comment Kandra pouvait-elle porter un autre bébé juste après avoir perdu Sera ? Ça n'allait pas. C'était *cruel*. Kandra se tenait droite comme un piquet. La grande prêtresse lui baisa le front et pivota sur ses talons pour regagner le temple. Kandra quitta les jardins sans un regard en arrière, les épaules voûtées et la tête baissée.

— Quelle merveilleuse journée ! s'exclama Elorin d'une voix affectée. Elle portera de nouveau une enfant.

— Oui, murmura Leela.

Elle avait les jambes et les doigts engourdis.

— Je… je dois continuer à répéter, dit Elorin. Excuse-moi.

Leela remarqua à peine son départ. Elle erra le cœur lourd parmi les genévriers jusqu'à ce qu'elle s'effondre sur l'herbe près de la statue de Faesa. Elle atterrit lourdement sur le dos. Une libellule aux ailes mauve et bleu bordées de vert se posa sur son genou. Leela eut l'impression qu'elle la jugeait de ses yeux perçants.

« Fais quelque chose », sembla-t-elle lui dire. Mais elle ignorait que faire. L'insecte s'envola, effleura le pied de Faesa et reprit son envol pour disparaître pour de bon.

Mais Leela ne le suivit pas du regard. Elle contempla la base de la statue de Faesa. Elle tendit la main et la passa sur l'herbe où un filet d'air froid lui chatouilla la peau. Sous cette sculpture se trouvait un escalier. Elle en aurait mis sa main à couper.

Un couple de mères céladon passa non loin de là. Elles bavardaient avec entrain. Leela écarta vivement sa main du bas de la statue et se leva.

Je reviendrai, promit-elle en plongeant son regard dans les yeux de Faesa. *Et je découvrirai le secret sur lequel tu reposes.*

CINQUIÈME PARTIE

Old Port City, Kaolin

29.

AGNES

Agnes passa la matinée qui suivit la soirée écœurante de son père à rédiger une fausse lettre d'autorisation pour la banque.

Le fait que le sang de Sera possède des vertus thérapeutiques était plus qu'incroyable. Agnes avait déjà ajouté quelques paragraphes à ce sujet dans son essai pour l'académie des sciences. En revanche, la manière dont ça s'était passé la rendait malade. Non seulement on avait prélevé du sang à Sera contre son gré, mais Xavier avait entaillé la main de Leo avec une telle aisance… même Ebenezer Grange avait paru dégoûté. Et tous ces hommes qui avaient assisté à la scène, l'œil ardent. C'était abominable. Ils avaient reluqué Sera comme une vulgaire marchandise.

Elle acheva sa lettre et y apposa la signature de son père – elle en était à sa septième tentative d'imitation. Puis elle bascula en arrière dans son fauteuil pour admirer son œuvre. C'était quasiment parfait; pas le choix. Elle avait besoin de plus d'argent que prévu. Car elle n'irait pas à Pelago seule. Elle emmenait Sera avec elle. Si le point d'ancrage du fameux cordon se trouvait bel et bien dans les ruines, peut-être permettrait-il à Sera de retourner chez elle, dans sa cité du ciel. C'était déjà un début. Agnes ne pouvait pas laisser son père trimballer cette pauvre créature à travers le pays et la vider de son sang pour le vendre au plus offrant.

En vérité, Agnes n'avait jamais vraiment eu d'amis. Et même si elle connaissait à peine Sera, elle se souciait de son bien-être et sentait que c'était réciproque. Elles avaient lu dans l'âme l'une de l'autre, elles avaient partagé leurs souvenirs. Sera savait qui était réellement Agnes, sous le masque qu'elle arborait en société, et elle l'acceptait telle quelle.

Aussi, elle avait l'intention de lui payer une couchette sur le navire de Vada. Et pour cela, il lui faudrait plus de six cent cinquante krogers. En plus, elles auraient besoin d'argent pour se nourrir, se loger et se rendre à Braxos. Deux mille krogers devraient couvrir leur passage sur la goélette. Vada ne refuserait pas une telle somme, du moins Agnes l'espérait-elle. Elle décida de retirer trois mille krogers en tout. C'était le retrait maximal qu'elle pourrait effectuer sans éveiller les soupçons. Elle ignorait combien d'argent se trouvait sur ce compte, mais c'était un chiffre assez considérable. Trois mille krogers de plus ou de moins ne feraient pas la moindre différence.

En outre, elle avait très envie de revoir Vada. C'était indéniable. Elle n'arrivait pas à se sortir ces yeux gris colombe de la tête.

Leo frappa à sa porte pour la troisième fois de la journée, la ramenant brutalement au temps présent.

— Agnes, il faut vraiment que je te parle.

Elle l'ignora, pliant minutieusement la lettre qu'elle glissa dans sa pochette. Puis elle épingla une broche en forme de triangle solite au col de son chemisier, se couvrit le chignon d'un petit chapeau doré et jeta un coup d'œil approbateur à son reflet dans le miroir. Pieuse, conservatrice, professionnelle.

Elle ouvrit la porte et se trouva nez à nez avec Leo, qui s'apprêtait à frapper encore une fois.

— Je sors, annonça-t-elle en le bousculant.

— Il faut qu'on parle, répéta-t-il en dévalant l'escalier à sa suite.

— Je n'ai pas le temps. Je rentre ce soir. On parlera à ce moment-là.

Quelle que soit la question qu'il souhaitait aborder avec elle, c'était sans doute sans aucun intérêt. Ne devrait-il pas se réjouir que leur père l'implique dans ses manigances ? Cela dit, elle avait entraperçu sur son visage une expression d'horreur lors de la petite démonstration de la veille.

Elle décida de se rendre à la banque à pied pour ne pas avoir à demander à Swansea de lui commander un fiacre. Inutile que son père soit tenu informé de ses faits et gestes.

Elle longea les rues calmes du quartier de Upper Glen, et lorsqu'elle parvint enfin à Jevet's Park, elle regretta de ne pas avoir emporté une ombrelle. On était presque en septembre mais le temps restait opiniâtrement estival, comme s'il résistait aux changements de saison. Le soleil l'accablait tandis qu'elle remontait les allées bordées d'arbres, et des perles de sueur dégoulinaient le long de sa colonne. Elle croisa un domestique visiblement stressé qui promenait six chiens en laisse, ainsi qu'un jeune couple qui se faisait des mamours sur un banc à l'ombre du feuillage.

Elle sortit du parc par l'une des portes sud et entra dans le quartier des finances grouillant d'hommes en costume et chapeau melon qui se déplaçaient comme des paons fanfarons, une mallette à la main. Elle eut droit à beaucoup de gestes de la tête, et de bonjours. Les femmes se faisaient rares dans les rues, et Agnes avait l'impression d'être sous les feux des projecteurs.

Lorsqu'elle aperçut la voiture de son père garée devant le siège de Conway Rail, ses genoux se dérobèrent sous elle et son cœur cessa de battre. Eneas était assis à la place du chauffeur ; il lisait le journal. Agnes garda la tête baissée et pressa le pas. Elle n'osa ni relever le menton ni ciller, et se retint de respirer jusqu'à ce qu'elle ait atteint la banque.

La Banque nationale de Kaolin était carrelée de marbre vert et décorée dans des tons onyx et doré. De majestueuses colonnes soutenaient le plafond en forme de dôme et au centre du hall trônait une longue table où les hommes remplissaient leurs remises de chèque ou autres formulaires. Des fauteuils en cuir étaient disposés autour de tables en chêne massif munies de cendriers en verre et d'un échantillonnage de journaux. Les gros titres se concentraient toujours sur la découverte des ruines – le port était envahi par les chasseurs de trésors, et les premiers navires kaolins s'apprêtaient à lever l'ancre pour Pelago. Elle se demanda quand les premiers navires pélagiens atteindraient le rivage de Braxos, sachant que les Pélagiens avaient la proximité à leur avantage ainsi que la maîtrise de la navigation.

Plusieurs hommes la dévisagèrent lorsqu'elle se plaça dans la file du guichet, et elle se sentit soudain très mal à l'aise. Sa bouche devint sèche, et sa confiance s'effondra. La queue semblait interminable. Quand vint son tour, elle était en nage. Elle se tamponna la nuque avec un mouchoir en soie.

Le guichetier assis derrière les barreaux dorés était un jeune Kaolin. M. Wilder, indiquait sa plaque nominative.

— Bonjour, dit-il en jetant un coup d'œil à droite et à gauche, à la recherche d'un chaperon. En quoi puis-je vous aider ?

— Bonjour, répondit Agnes. (Elle avait la langue gonflée et engourdie.) J'aimerais, euh, je souhaiterais effectuer un retrait. Trois mille krogers, s'il vous plaît.

— Bien sûr. Votre mari vous accompagne-t-il ?

— Non, je ne suis pas mariée.

— Votre père, alors ?

— Je… j'ai une procuration.

Pourquoi ne pouvait-elle pas cesser de bégayer ? Elle farfouilla dans sa pochette et présenta le faux document, qu'elle glissa sous les barreaux.

Lorsque M. Wilder l'ouvrit, il écarquilla les yeux.

— Vous êtes la fille de Xavier McLellan ?

— En effet, dit-elle en levant le menton.

Un geste qu'elle avait déjà vu Leo faire mais qu'elle n'était pas assez arrogante pour exécuter de manière crédible.

— Et il n'a pas pu vous accompagner aujourd'hui ?

— Malheureusement non.

— Puis-je vous demander pourquoi ?

Agnes n'avait pas préparé d'excuse.

— Mon père est un homme très occupé.

Mon Dieu ! Et si Xavier débarquait à la banque alors qu'elle s'y trouvait encore ? Elle aurait dû repérer les issues avant de faire la queue.

M. Wilder examina le document pendant une bonne trentaine de secondes.

— Veuillez m'excuser un instant, dit-il en quittant son siège.

Son cœur battit à tout rompre. Devait-elle rester ? S'enfuir ? Elle passa tellement de temps à débattre de la question, les pieds enracinés dans le sol en marbre immaculé, que M. Wilder était déjà de retour avec un homme – sans doute le directeur –, ce qui régla la question.

— Mademoiselle McLellan, la salua-t-il par-dessus ses lunettes.

Il possédait une moustache très broussailleuse ornée d'un strass sur le côté gauche. Ses cheveux bruns étaient lourdement gominés et partagés par une raie au milieu.

— Oui, dit-elle.

— Je crains de devoir contacter votre père avant que vous ne puissiez retirer de l'argent de votre compte.

— Et pourquoi cela ?

— Il y a une note dans votre dossier. C'est la procédure habituelle.

— Mais vous avez déjà sa lettre d'autorisation.

— Malheureusement, votre compte n'accepte pas les lettres d'autorisation.

Agnes était certes une piètre menteuse, mais elle avait l'esprit vif et repérait tout de suite les incohérences. Il n'y avait aucune raison pour qu'on refuse une procuration, à moins que… à moins que son père ne l'ait expressément exigé.

— Je vois, dit-elle en s'efforçant de paraître nonchalante. Ne dérangez pas mon père. Je lui en parlerai moi-même ce soir.

— Je crains qu'il ne doive en être informé, mademoiselle.

La salle se mit à tourner. Il était absolument hors de question que Xavier sache qu'elle était venue à la banque. Tandis que son cerveau carburait à la recherche d'une excuse, une voix familière retentit, interrompant ses pensées :

— Agnes ?

Ebenezer Grange se tenait à quelques mètres d'elle. En un éclair, Agnes passa de la peur à la terreur. Puis, à sa grande surprise, Ebenezer s'approcha, lui prit la main, et l'enfila à son coude.

— Ils vous causent des ennuis, ma chérie ?

Elle le contempla d'un air ahuri. *Ma chérie ?*

Ebenezer adressa un sourire à M. Wilder et au directeur.

— Nous espérions retirer un peu d'argent en prévision de notre lune de miel. Agnes et moi sommes fiancés, voyez-vous.

D'instinct, elle hocha la tête. Ouf ! Son cerveau avait du mal à suivre.

— Nous ne lui avons pas précisé pourquoi il nous fallait cette lettre d'autorisation ; nous voulions nous garder un petit jardin secret. Je pensais qu'il vous aurait prévenus, comme je n'étais pas sûr moi-même de pouvoir rejoindre Agnes aujourd'hui. Je vois que M. McLellan était bien trop pris pour s'en occuper. Cela dit, son emploi du temps est surchargé en ce moment, n'est-ce pas monsieur Inklet ?

Ebenezer connaissait donc le directeur. Agnes s'agrippait si fort à son bras qu'elle lui coupait sans doute la circulation. Elle réussit cependant à esquisser un sourire qu'elle voulut discret. Du moins, naturel.

— C'est vrai. J'ignorais que vous étiez fiancés. J'ai dû rater l'annonce dans le *Telegraph*. Félicitations, monsieur Grange. (M. Inklet jeta un coup d'œil à la lettre.) Il y a une note qui stipule…

— Que le fiancé n'a pas le droit de se porter garant pour sa future femme ?

M. Inklet fronça les sourcils.

— Eh bien, non, il n'y a pas d'exception pour…

— Excellent ! (Ebenezer indiqua Agnes de son bras libre.) Donnez-lui ce qu'elle vous demande.

— Bien sûr, monsieur Grange. Tout de suite.

Agnes contempla les lunettes embuées d'Ebenezer tout en tâchant de camoufler son trouble. Pourvu qu'elle ait l'air désespérément amoureuse plutôt que désespérément paumée.

Lorsque M. Wilder revint avec la liasse de krogers, Ebenezer écarquilla les yeux pendant un bref instant avant de se ressaisir.

— Trois mille krogers, mademoiselle McLellan. Désirez-vous que je compte les billets avec vous ?

— Non merci, je vous fais confiance.

Il glissa les billets dans une enveloppe qu'il lui tendit.

— Voilà qui vous garantit une sacrée lune de miel, dit-il à Ebenezer avec un clin d'œil.

— Nous sommes impatients, répliqua ce dernier.

Agnes retint son souffle jusqu'à ce qu'ils soient sortis de la banque.

— Je… je ne sais pas quoi dire. (Elle s'essuya la nuque avec son mouchoir.) Enfin, merci, évidemment. Merci beaucoup, Ebenezer.

— J'en conclus que votre père n'a pas signé cette lettre d'autorisation ?

Elle rougit, se sentant coupable.

— Ne vous en faites pas, je ne dirai rien. (Il haussa les épaules.) C'est une loi stupide, si vous voulez mon avis. C'est votre argent, après tout.

— Vous êtes plutôt progressiste, pour un garçon de la haute société d'Old Port.

— Je ne suis pas un homme de la haute. Nous connaissons tous deux le statut de ma famille sur l'échelle sociale, même si mon père rêverait qu'il en soit autrement.

— Et vous savez ce que je pense des échelles sociales. Vous valez beaucoup mieux que votre père.

Ebenezer sourit.

— Eh bien, c'est un sacré compliment, mademoiselle McLellan.

Agnes éclata de rire.

— Ils m'échappent parfois. Quand ils sont mérités.

Ils descendirent les marches de la banque et rejoignirent le trottoir. La voiture de Xavier n'était plus là. Dieu merci.

— Dites-moi, pourquoi avez-vous besoin de tout cet argent ? demanda Ebenezer.

Elle hésita.

— En cas de coup dur.

— Bien. Désolé, ça ne me regarde pas.

— Non, je… j'essaie d'aider une connaissance. C'est tout.

— Eh bien, cette connaissance a de la chance de vous avoir pour amie.

Ils demeurèrent quelques instants immobiles, à l'ombre de la banque.

— Vous êtes bon acteur, vous savez, fit remarquer Agnes. Mon père devrait vous engager dans l'un de ses spectacles.

Ebenezer s'esclaffa.

— Je ne pense pas que mon père approuverait que je mène une existence de comédien. En outre, votre père a changé de centre d'intérêt. (Il ôta ses lunettes et essuya ses verres sur la manche de sa chemise.) Vous voulez que je vous raccompagne chez vous ? Vous savoir seule dans la rue avec une telle somme sur vous ne me plaît pas trop.

Agnes éprouva une nouvelle bouffée de gratitude à l'égard de ce bigleux maigrichon.

— Avec plaisir, répondit-elle. Mais je ne rentre pas chez moi. Pourriez-vous me conduire au port ?

30.

SERA

Le cordon. Elle l'avait vu de ses propres yeux sur la photo du temple ; il tombait directement du ciel, à la verticale. Une fine chaîne nacrée qui reflétait la lumière. Et elle avait entendu le père d'Agnes dire qu'il se trouvait sur une île jusque-là inconnue. Autrement dit, la photo était récente. La Cité du Ciel était encore là. Son foyer. Sa famille. Les larmes lui vinrent aux yeux. On ne l'avait pas abandonnée.

On l'avait ramenée dans la caisse après que le roux lui avait encore prélevé du sang. Elle plissa les yeux, éblouie par la lumière du matin. Francis venait de découvrir le plafond en verre. Il glissa un bol de soupe et un verre d'eau à travers l'ouverture de sa prison et, à sa surprise, une couverture.

— J'ai songé que tu préférerais dormir là-dessus que par terre. (Puis il écarquilla les yeux.) Ouah ! c'est une super belle robe que tu portes !

Sera avait oublié ce détail. Certes, elle était jolie (surtout la dentelle rose). Chez elle, les robes se limitaient au blanc et au bleu. La domestique qui répondait au prénom de Hattie avait ôté les épingles de ses cheveux, qui tombaient en boucles sur ses épaules.

La couverture était douce et grise ; Sera s'emmitoufla dedans comme pour s'y dissimuler.

— J'ai entendu dire qu'ils t'ont baptisée Azure, fit remarquer Francis, se levant et époussetant ses genoux. C'est sympa, mais ce n'est pas ton vrai nom. On ne connaît pas vos véritables prénoms, hein Boris ? (Il alla tailler certains des jeunes arbres, s'adressant à eux avec gentillesse, comme à son habitude.) Non, on ne sait rien, murmura-t-il.

Je m'appelle Sera Lighthaven, eut-elle envie de répondre. *Je suis céruléenne et je vais rentrer chez moi.*

Elle n'était pas encore certaine de la manière dont elle allait s'y prendre, voilà tout. Mais lorsque James et les autres conteurs arrivèrent pour répéter leur spectacle, Sera refusa de se laisser abattre. Pour la première fois depuis son arrivée sur cette planète, elle sentit une véritable lueur d'espoir naître en elle, une graine puissante à la croissance accélérée. Elle savait que le cordon était toujours là et elle savait où il se trouvait. Elle avait fait de grands progrès depuis le matin précédent, où elle ignorait encore tout. Elle ne connaissait pas l'emplacement précis du temple ni de l'île mais elle était certaine qu'Agnes trouverait. Sans oublier que, désormais, elles pouvaient communiquer !

Aujourd'hui, elle ne prêta pas attention au spectacle. Les voix des conteurs se noyèrent dans un bruit de fond tandis qu'elle songeait à la connexion par le sang qu'elle avait établie avec Agnes. Ça avait marché. Elle avait eu raison de tenter l'expérience malgré ses appréhensions. Elle avait craint de partager ses souvenirs, trop intimes, avec une étrangère. Mais ça lui avait donné un sentiment de contrôle ; sa magie lui avait obéi. Et maintenant qu'elle commençait tout juste à en saisir les tenants et les aboutissants, des hommes malintentionnés menaçaient de la lui prendre. Pas question qu'elle se laisse faire.

Sera avait l'impression que ses pouvoirs avaient été décuplés depuis son arrivée sur cette planète. Sa magie avait évolué de manière inattendue. Mais ça lui plaisait.

C'était comme si elle établissait un lien avec une partie de son être qu'elle n'avait jamais vraiment connue. Comme lorsqu'elle avait pris conscience que c'étaient les hommes qui l'attiraient. À cet instant, elle croisa le regard de James. Il se livrait à un monologue passionné où il se disait résolu à ramener Errol et Boris à Kaolin et à vaincre Gwendivere ; elle s'imaginait toucher ses bras musclés, entrelacer ses doigts aux siens, presser ses lèvres contre sa bouche, et elle s'efforça de chasser cette image…

Elle secoua la tête et détourna le regard de la scène. *Concentre-toi.* Peut-être que ses pouvoirs avaient augmenté, mais ils ne lui permettraient pas de sortir de cette cage, pas plus qu'ils ne pourraient briser la chaîne dont on avait entravé ses poignets la veille au soir. Dans le fond, elle savait que la magie céruléenne n'était pas faite pour ce genre de choses – c'était une magie guérisseuse, aimante et communicante. Pas violente, pas agressive. Et à supposer qu'elle s'échappe, où irait-elle se réfugier ? Elle avait besoin d'aide. Elle ne pouvait pas faire cela toute seule.

Les acteurs ne répétèrent que jusqu'en début d'après-midi. Après leur départ, une fois le théâtre désert, elle appela Errol. Il mit un certain temps à émerger du bassin. Il vociférait.

— *C'est trop lumineux, Sera Lighthaven. La lumière est sans doute agréable aux Céruléennes, mais pas aux mertags.*

Il brandit ses griffes en l'air pour se protéger du soleil.

— Errol, il faut que je te demande quelque chose, dit-elle dans le langage des couleurs. (Ses doigts s'illuminèrent à tour de rôle.) Tu connais un temple, sur une île perdue, niché sur une falaise surplombant l'océan, constitué de tours pointues et avec une étoile à multiples branches au-dessus de la grande porte ?

Errol lâcha son rire coassant.

— *Elle parle du temple de Braxos. Mais aucun homme n'a vu Braxos depuis de très longues années, par les vagues et les poissons à chair blanche. Comment une Céruléenne peut-elle connaître ce lieu ?*

— J'ai vu une image, répondit Sera. Dans la demeure où l'on m'a emmenée hier soir. Les humains ont aperçu cette île, Errol !

Son rire se volatilisa et ses yeux globuleux s'exorbitèrent davantage.

— *Ce n'est pas possible.* (Ses filaments prirent des nuances froides.) *Les humains ne peuvent pas trouver Braxos. Seuls les mertags connaissent les eaux qui y conduisent.*

— Comment les mertags savent-ils où se situe cette île ?

Errol bomba son torse vert.

— *Le premier mertag était originaire de Braxos. C'est un fait connu de tous. C'est dans nos écailles, dans nos ailerons, dans notre squelette.*

— C'est proche ? Comment m'y rendre ?

— *Pas proche, Sera Lighthaven. Oh non, Braxos se situe à Pelago, de l'autre côté de l'océan Adronique et loin, loin au nord, dans un archipel caché par les rochers, le brouillard, et bien d'autres dangers.*

Il frémit.

— Mais toi, tu pourrais trouver cette île ? Si tu en avais la possibilité ?

— *Bien sûr que oui.* (Il balaya la salle d'un geste ample de la main.) *Mais regarde autour de toi. Ni toi ni moi ne franchirons la mer. Nous sommes prisonniers de cet endroit. Notre destin est scellé.*

Il se recroquevilla en pestant contre la lumière éblouissante qui provenait du dôme. Puis il rampa jusqu'au bassin et y replongea.

Une pensée vint à Sera. Si Errol disait vrai – et elle le croyait sur parole –, il était le mieux placé pour localiser cette île. En outre, elle était soulagée de ne pas avoir à l'abandonner ici. Mais ça voulait également dire qu'ils seraient deux à s'évader au lieu d'un. Elle se mordit la lèvre inférieure, se demandant si elle n'était pas en train de se compliquer davantage la vie.

Soudain, la tête d'Errol resurgit du bassin.

— *Demande à l'Arbre. Il connaît aussi Braxos.*

Puis il disparut.

Boris avait l'air de dormir. C'était difficile à dire avec son visage à trois yeux. Il n'arborait pas du tout les mêmes expressions qu'un homme ou qu'un mertag. Ses branches ployaient et ses jeunes arbustes se penchaient dans sa direction comme pour se blottir contre son tronc. Depuis l'arrivée de Sera, une multitude de fleurs avaient poussé tout autour. Des chrysanthèmes jaunes, de gros hortensias bleus, et des tulipes rouges élancées. Et juste à côté du tronc de Boris avaient jailli de minuscules fleurs argentées. Des fleurs de lune ! Sera en aurait mis sa main au feu. Sauf que les fleurs de lune étaient céruléennes et ne poussaient pas sur les planètes. Toutes ces fleurs formaient une explosion de couleurs radieuse qui contrastait avec leur prison.

Elle poussa un soupir et chassa une mèche de ses yeux. Elle ne savait pas comment communiquer avec Boris. Avec Errol, le langage des couleurs était venu tout seul, et la connexion par le sang lui avait permis d'établir un lien avec Agnes. Mais comment parlait-on à un arbre ?

Il y a forcément un moyen. Si je suis capable de l'entendre, je peux faire en sorte qu'il m'entende à son tour.

La grande prêtresse connaîtrait sans doute la réponse à cette question. Elle était déjà présente à l'époque où les Céruléennes visitaient les planètes. Elle devait savoir comment fonctionnait cet aspect de leur magie. Mais Sera n'avait-elle pas l'impression de mieux contrôler ses pouvoirs, justement ? Ne se sentait-elle pas plus forte seule ? Elle observa ses mains et elles se mirent à luire.

Montre-moi la voie, ordonna-t-elle. *Montre-moi comment communiquer avec l'arboréal.*

Sa poitrine la chatouilla. Puis les fourmis, comme la caresse sur sa peau d'une centaine de pétales de roses, remontèrent le long de ses bras, et de minuscules taches de lumière apparurent sur ses paumes, semblables à des étoiles. Sous son regard médusé, la première étoile jaillit de sa peau. Non, pas des étoiles – on aurait dit des aigrettes de pissenlit, un halo argenté monté sur une tige. Dès que le premier eut jailli, les autres se formèrent et émergèrent de sa peau jusqu'à ce qu'une dizaine d'entre eux flottent au creux de sa paume. Et une fois qu'elle les vit, elle sut ce qu'elle était censée faire. Lentement, elle leva la main et souffla sur ces aigrettes magiques en direction de l'arboréal.

C'était un spectacle fascinant. La première atteignit Boris et atterrit délicatement sur une feuille bleu-vert ; les autres semblèrent lui emboîter le pas. Bientôt, son feuillage se retrouva doté de minuscules lumières étincelantes qui brillèrent une dernière fois avant de disparaître.

Boris émit un son, telle une personne qu'on réveille en plein rêve. Un grognement de surprise, le grincement d'une branche qui ploie avant de se briser.

— *Graines de la vie*, dit Boris. *Graines de l'amour sur mes feuilles, dans mes racines, dans mon tronc. Comme vous m'avez manqué.*

— B… bonjour, bégaya Sera. (Sa voix avait encore un timbre différent. Tel un bruissement profond.) Je m'appelle Sera Lighthaven et je… tu m'entends ? Tu me comprends ?

Boris posa sur elle ses trois yeux avisés et elle eut le sentiment de redevenir une petite fille. Parce que en dépit de sa petite stature, Boris l'impressionnait. Il paraissait aussi ancien que la grande prêtresse.

— *Elle parle le vent*, souffla Boris.

— Je… oui, je parle le langage du vent. (Sera était ravie.) Tu connais l'île de Braxos ? Et le temple qui s'y trouve ?

— *Je te connais,* répondit Boris, une phrase qu'elle l'avait déjà entendu dire. *Et toi tu me connais.*

Boris agita son feuillage d'avant en arrière telle une femme examinant une nouvelle bague à son doigt.

— *Les premières graines vinrent de l'île. Des graines de vie et d'amour. Des graines portant l'espoir et la fertilité. Je n'ai pas vu de graines depuis de très nombreuses années, et je suis vieille, plus vieille que les hommes dans cette fausse forêt, plus vieille que les poissons dans ce faux bassin. Je crains que le monde tel que je l'ai connu n'existe plus.*

— Mais qu'est-ce que c'est? s'impatienta Sera. Tu as vu le cordon? C'est de là que viennent les graines?

L'arbre parut se renfrogner.

— *L'île vit en chacun de nous, comme elle vivait dans notre Mère. Nous sommes tous reliés les uns aux autres. Même les poissons. Même Sera Lighthaven.*

Sera appuya le front contre la caisse. Boris ne lui serait d'aucune aide; il ne faisait que confirmer à Sera ce qu'elle avait déjà deviné. Elle contempla ses paumes. Si seulement sa magie lui donnait le pouvoir de voler à travers les airs. Elle pourrait se rendre à Pelago ou dans n'importe quel autre lieu.

— Mère Soleil, murmura-t-elle d'une voix étranglée. Que suis-je censée faire? Je t'en supplie. Aide-moi.

— *Tais-toi maintenant, jeune arbuste,* chantonna Boris. *Ne pleure pas. Tout ira bien.*

Mais Sera ne voyait pas comment. Errol et Boris connaissaient peut-être l'île, mais ni l'un ni l'autre ne pouvait l'y conduire.

Boris se mit à fredonner une douce mélodie semblable à une comptine pour enfants. Ça lui rappela un air que jouait sa mère violine à la harpe le matin pour réveiller la maisonnée.

Une lumière apparut au pied du tronc de Boris, non pas argentée comme les aigrettes de pissenlit, mais dorée.

Sera ne savait pas de quoi il s'agissait, ne distinguant qu'un mince filet de lumière pas plus gros que son auriculaire. Puis la lueur se déplaça, glissant sur le plancher de la scène en direction de Sera, tel un insecte. Et lorsqu'elle atteignit la caisse, elle se faufila entre les lattes et vint se percher sur son genou.

C'était une étrange créature, une sorte de brin d'herbe doré avec des bras et des jambes et une petite couronne sur la tête. Elle contempla Sera de ses grands yeux jaunes avant d'exécuter une petite danse sur sa jambe, concluant son numéro par une révérence gracieuse, ôtant sa couronne. Un sourire échappa à Sera qui applaudit avec entrain. La créature eut l'air ravie. Elle remit sa couronne sur sa tête.

— *Elle te connaît,* chuchota Boris, exténué. *Et tu la connais. Mais elle ne restera pas longtemps.*

Lorsque l'arbre reprit la parole, le petit brin d'herbe se mit à disparaître, se désintégrant peu à peu jusqu'à ce qu'il ne reste plus de lui que de la poussière d'or.

— Boris, je… je suis vraiment désolée, s'écria Sera. Je ne sais pas… je ne voulais pas…

— *Ne sois pas triste, petit arbuste. Mes elfes ont une durée de vie limitée. Celui-ci a fait son temps. D'autres ont vécu plus longtemps. Ne les pleure pas. Ils viennent de la terre et ils retournent à la terre. Les humains ont voulu les prendre, les voler, mais ils sont trop vifs et rusés.* (L'entaille représentant la bouche de l'arboréal se retroussa en un sourire.) *Je dois dormir à présent. Mes racines sont anciennes et elles ont enduré beaucoup de choses. Mais tu m'as fait un grand cadeau, Sera Lighthaven. Des graines de lumière et d'amour. Le plus précieux des dons.*

Le silence tomba sur la salle, doux comme la couverture qui lui drapait les épaules, et Sera sentit le sommeil l'envahir. Comme si le chant de Boris lui avait jeté un charme. Elle se lova dans un coin de la caisse en bâillant. Et comme elle s'assoupissait, elle ne put chasser de son esprit le sentiment que Boris avait déjà vu une Céruléenne. Mais Sera ne comprenait pas comment c'était possible.

Elle se réveilla au crépuscule ; à travers le dôme, elle vit le ciel prendre des nuances orangées. Francis avait dû oublier de refermer son couvercle, et Sera en profita pour savourer l'éclairage de la nuit tombante. Elle s'étira et redressa le buste. Un frisson lui parcourut alors la colonne vertébrale, l'avertissant qu'on l'observait. Elle se tourna et aperçut une silhouette qui remontait l'allée entre les fauteuils.

— Agnes ? appela-t-elle, pleine d'espoir.

L'individu sortit de l'ombre et son cœur sombra.

— Non, répondit Leo. Ce n'est pas Agnes.

Sera mit un instant à s'imprégner de ces paroles.

— Tu… tu me comprends ? s'écria-t-elle.

Il gravit les quelques marches de la scène. Elle fut frappée par son expression, si différente de celle à laquelle il l'avait habituée. Celle qu'il avait arborée en déclarant qu'elle lui appartenait, lorsqu'il l'avait capturée dans son filet. Il avait l'air plus mûr. *Blasé* plutôt. Peut-être même *désenchanté.*

— Je… (Leo baissa les yeux.) Sera, il faut que je te parle.

31.

LEO

Les Pemberton montaient la garde devant le Maribelle. Il avait dû leur raconter des bobards pour y entrer.

Le théâtre était faiblement éclairé ; la lumière orangée du soleil couchant filtrait par le dôme en verre. La caisse était placée sur la scène. À l'intérieur, Leo distingua la silhouette de Sera. Elle était allongée. Une boucle bleue s'était faufilée entre les lattes, sur le sol. Elle portait encore la robe de dentelle rose qu'il avait choisie pour elle. Son petit corps était drapé d'une couverture et son dos se soulevait au gré de son souffle.

Était-elle en train de rêver ? De penser à son pays ? Ses parents, ses amis lui manquaient-ils ? Peut-être avait-elle un frère ou une sœur elle aussi, une personne avec qui elle se chamaillait sans cesse. Leo ignorait tout d'elle, et ça ne l'avait pas empêché de la capturer. Sans l'ombre d'un scrupule. Depuis toujours, il désirait ressembler à son père. Et il s'aperçut soudain qu'il y était parvenu.

Il se ressaisit. Observer une fille dans son sommeil, ça pouvait faire un peu pervers. Il fit un pas en avant et elle remua. Elle s'étira, enroula ses doigts aux lattes et se redressa. La boucle bleue disparut à l'intérieur de la caisse. Elle sursauta, se retourna, et l'aperçut.

— Agnes ? dit-elle d'une voix pleine d'espoir.

Leo s'approcha jusqu'aux rebords du bassin.

— Non. Ce n'est pas Agnes.

Surprise, elle le suivit du regard tandis qu'il gravissait les marches de la scène.

— Tu… tu me comprends ?

Leo avait oublié que personne n'était au courant de ce détail – pas même Agnes. En s'avançant sur la scène, il se sentit mal, embarrassé par ce dont il s'était rendu coupable. Si seulement il pouvait ouvrir la chaîne et la libérer ! Mais il ne possédait pas la clé.

— Je… (Il baissa la tête.) Sera, il faut que je te parle.

L'un des jeunes arbustes émit un bruissement. À part cela, la salle était plongée dans le silence. Leo trouva enfin le courage de la regarder. Elle l'observait d'un air dégoûté. Une expression qu'on réservait en général aux araignées et à la vermine.

— Comment connais-tu mon prénom ? Comment se fait-il que tu me comprennes ?

— Je ne sais pas. (Il s'éclaircit la voix.) C'est Agnes qui m'a appris ton prénom. Elle ne l'a pas fait exprès, c'est sorti tout seul. Et je… j'ai cru que peut-être toi tu *saurais*… tu saurais pourquoi je peux désormais te comprendre alors qu'avant ce n'était pas le cas.

Leo était très gêné à l'idée qu'elle ait pu saisir le sens de ses paroles tout du long. Quelles horreurs avait-il prononcées ? Il se rappelait vaguement s'être vanté à son sujet à l'auberge où ils avaient fait une halte dans les plaines de Knottle.

— Et pourquoi je te répondrais ? rugit-elle. Je suis une Céruléenne et mon sang est… Ah ! (Elle entrouvrit les lèvres et une lueur soudaine brilla dans ses yeux.) Mon sang est magique, murmura-t-elle en passant la main au creux de son coude, où Kiernan l'avait piquée.

— Je te demande pardon ?

Leo n'aurait sans doute pas dû être étonné par cet aveu, et pourtant, il l'était.

— Mon sang s'est mêlé au tien, murmura-t-elle. Ma magie coule désormais en toi, comme elle coule en Agnes. Sauf que je la lui ai transmise de mon plein gré… Je suppose que c'est pour cette raison que tu peux me comprendre.

— Tu supposes ?

Il se gratta la paume à l'endroit où son père l'avait entaillée.

Elle le foudroya du regard.

— Qu'est-ce que tu fabriques ici ? Qu'est-ce que tu veux ?

— Je voulais simplement te dire que… je suis désolé. Je suis désolé pour tout.

— C'est tout ?

Leo se hérissa.

— Qu'est-ce que tu veux que je fasse de plus ?

— Tu pourrais me libérer, par exemple.

— Je n'ai pas la clé.

— C'est à cause de toi que je me retrouve ici et tu n'as pas le pouvoir de m'en faire sortir ? Pourquoi devrais-je te croire ? Les humains mentent.

— Je te dis la vérité, protesta Leo, désemparé. Tu ne peux pas sentir si je mens ou pas ? Après tout, tu as des pouvoirs magiques !

— La magie céruléenne n'est pas un vulgaire tour de passe-passe. Ni un fourre-tout.

— Qu'est-ce que je peux faire ?!

Comment lui prouver sa bonne foi ?

Sera croisa les bras sur sa poitrine.

— Les excuses, ce n'est pas vraiment ton truc. C'est comme ça que tu t'y prends en général ?

— Je… (Il rougit comme une pivoine.) Franchement, je ne me rappelle pas la dernière fois que j'ai présenté des excuses, avoua-t-il.

— Ça ne m'étonne pas plus que ça.

— J'ai entendu ce que tu as dit à Agnes à propos des ruines et du cordon. (Elle se figea, et Leo sut qu'il avait touché une corde sensible ; ce fameux cordon était d'une importance capitale.) Ça avait l'air sérieux, et j'espérais...

Il laissa sa phrase en suspens.

— Tu espérais quoi, au juste ? Que je te révélerais les secrets de mon peuple ? Tu as laissé ces hommes me frapper. C'est à cause de toi que je me retrouve dans cette cage. Tu les as aidés à me voler mon sang !

— Je ne voulais pas ça ! Je ne savais pas ce que mon père manigançait. Il faut que tu me croies.

— Mais tu les as quand même regardés sans rien faire quand ils m'ont pris mon sang !

Une boule de culpabilité se formait dans la gorge de Leo. Elle enflait à chacune des accusations de Sera.

— Tu ne comprends pas. Mon père... est un homme puissant. Je ne peux pas m'opposer à lui. C'est impossible.

Sera avait redressé le buste ; elle collait le front aux barreaux de sa prison, adressant à Leo un regard haineux qui lui coupa le souffle.

— Ce n'est pas ton père qui m'a sortie du fossé, siffla-t-elle. Toi, tu m'en as tirée de force. J'avais peur et j'étais seule et tu m'as emmenée contre mon gré. Et puis tu as déclaré que je *t'appartenais*. Je ne suis à personne ! Je suis Sera Lighthaven et mon sang est magique. Et vous ne m'en prendrez plus une seule goutte !

Une flamme bleue brûlait dans ses yeux et sa peau se mit à crépiter. Un éclair passa sur ses joues, le long de son cou et de ses bras... Une lumière que Leo ressentait dans ses propres veines, un grésillement, une chaleur qui s'insinua à travers son corps et explosa dans sa poitrine comme un feu d'artifice. En un battement de cœur, il s'écroula à genoux ; la salle s'évanouit et les souvenirs défilèrent dans son esprit.

C'était son quatorzième anniversaire, et sa grand-mère lui avait acheté son premier nécessaire de rasage. Tous les garçons de son âge se laissaient pousser la barbe, mais Leo avait beau tout tenter, son visage demeurait imberbe. « Il a trop de cette traînée en lui », dit sa grand-mère à son père. Xavier n'avait pas adressé la parole à Leo jusqu'au lendemain. Pas plus qu'il ne l'avait regardé.

Il était assis dans un jardin féerique et observait trois fillettes qui jouaient à une sorte de jeu. Elles ressemblaient toutes à Sera, et elles avaient des guirlandes de fleurs dans les cheveux. Deux des filles s'embrassèrent. Leo éprouva un profond sentiment de solitude. Jamais il n'expérimenterait cela. Et ce secret le rongeait à petit feu.

Il était tout petit. C'était l'hiver, et la mère de Robert leur montrait comment faire des anges dans la neige, dans le jardin de Robert. La mère applaudit son fils et le serra dans ses bras en le félicitant d'avoir fait un si bel ange. Leo brûlait de jalousie.

Il se tenait face à un miroir dans une chambre. Trois femmes avec un ruban de couleur différente au cou l'entouraient. Elles le contemplaient avec un tel amour que son cœur faillit éclater. Il y avait également une fille de son âge. Elle dit : « Moi aussi, j'ai un cadeau pour toi. Mais je… je préférerais te le donner en privé. » Lorsque les trois femmes sortirent, la jeune fille tendit à Leo le collier avec le pendentif en forme d'étoile.

Il était dans la salle à manger, à Old Port, assis à côté d'Agnes. Il déclara qu'il allait accompagner les hommes de main de son père dans les plaines de Knottle. Xavier McLellan lui décocha un sourire dédaigneux. « Peut-être que tu tiens davantage de moi que de ta mère, après tout. »

Il se tenait sur un promontoire en verre face à l'infinité d'étoiles qui constellait l'espace ténébreux. Il leva les bras ; le sang s'écoulait de deux entailles au creux de ses coudes. Et il tomba.

Leo poussa un cri et il revint brutalement au moment présent, agenouillé sur le plancher de la scène. Sera se tenait la tête entre les mains et ses paumes dégageaient une lumière bleutée.

— Qu'est-ce que c'était que ça?! s'écria-t-il.

Il éprouvait encore le vertige de la chute et le mélange d'émotions suscitées par tout ce méli-mélo de souvenirs, à la fois familiers et étrangers. La voix rocailleuse de sa grand-mère, la jalousie qu'il éprouvait envers son ami Robert, le souhait que son père soit fier de lui… Tout cela se mêlait à un désir caché qu'il ne comprenait pas, une amitié qui lui manquait sans qu'il l'ait jamais connue, à une peur immense, et à un courage qu'il ne possédait pas lui-même.

— On ne peut pas avoir établi de connexion par le sang, chuchota Sera pour elle-même. C'est impossible. Je ne l'ai pas touché, je n'ai pas…

— Tu as… vu la même chose que moi? demanda Leo, mortifié.

— Bien sûr, répondit-elle en se frottant les tempes comme pour effacer ces souvenirs.

Il s'assit droit comme un piquet.

— C'était privé!

— Je sais, rétorqua-t-elle en le foudroyant du regard. Toi aussi tu as vu mes souvenirs! Tu crois que j'avais envie de les partager avec toi? De partager quoi que ce soit avec toi?

Il baissa les yeux.

— Non, admit-il. Qui était cette fille, celle qui t'a donné le collier?

Sera se mura dans le silence. Leo sut qu'il devrait faire plus d'efforts.

— Parce qu'en fait… je l'ai. Le collier. Il est tombé du sac de Kiernan quand tu as essayé de t'échapper. Je l'ai ramassé et je l'ai gardé. Je ne l'ai pas donné à mon père.

Quelque chose m'en a empêché ; ça me semblait mal. Il est à toi, n'est-ce pas ?

Leo avait l'impression de nager en plein rêve, les mots jaillissant de sa bouche de manière automatique.

— Tu as le collier de Leela ?!

Il hocha la tête.

— J'aurais dû te l'apporter. Je suis navré. Je n'y ai pas pensé. (Il pressa ses paumes contre ses yeux. Les images qui avaient défilé dans sa tête étaient si réelles, si nettes.) Ça fait des lustres que je n'ai pas pensé à ma grand-mère. Elle est morte un an après m'avoir fait ce cadeau. J'avais oublié à quel point elle me détestait.

Un long silence s'ensuivit.

— Pourquoi te haïssait-elle ?

Leo poussa un soupir.

— Parce que je ressemble à ma mère. Or elle haïssait ma mère.

Elle se mordit la lèvre.

— Qu'est-ce que c'est, une grand-mère ?

Cette question le prit au dépourvu.

— Eh bien, une grand-mère, c'est… c'était la mère de mon père.

— Oh…

— Tu n'as pas de grands-parents ?

— Non.

— Et ces trois femmes que j'ai vues, qui sont-elles ?

— Ce sont mes mères.

— Tu en as trois ?

— Oui.

Il n'eut pas l'occasion de demander comment trois femmes pouvaient faire un enfant ensemble, car Sera changea de sujet pour revenir à lui :

— Ton père est froid. Il n'a aucune empathie. En revanche, je n'ai pas vu ta mère dans tes souvenirs. Où est-elle ?

— Elle est décédée, répondit Leo.

L'expression de Sera se radoucit.

— Je suis désolée, dit-elle à contrecœur.

Il haussa les épaules.

— Je ne l'ai jamais connue. J'avais oublié à quel point j'étais jaloux de la relation que Robert entretient avec sa mère. Je l'ai envié sur tant de plans que je ne me souviens plus de tout.

— Tes souvenirs sont emplis de honte, de jalousie et de chagrin, fit remarquer Sera.

— Tu as bien cerné mon père, souligna-t-il. Froid et sans empathie. C'est dans ce climat que j'ai grandi.

— Quelle horreur.

Quatre jours plus tôt, Leo aurait pris cette fille de haut. «Je suis un McLellan, aurait-il rétorqué. Je n'ai pas besoin qu'on me plaigne. Mon père est riche et vénéré, ma famille l'une des plus révérées d'Old Port. D'un claquement de doigts, j'obtiens tout ce que je désire. J'ai une armoire pleine de vêtements de créateurs, des domestiques qui m'obéissent au doigt et à l'œil, et des amis fortunés au bras long. Je n'ai pas besoin qu'on me plaigne.»

Mais aujourd'hui, il se rendait compte à quel point tout cela était vain.

— Je voulais l'impressionner, avoua-t-il. C'est pour ça que je t'ai capturée. Tu as vu le regard qu'il me porte, qu'il m'a toujours porté, toute ma vie. Comme s'il regrettait que je sois né. (Une grosse boule à la gorge l'empêcha de respirer.) Quand je t'ai trouvée, la seule chose qui m'a traversé l'esprit, c'est que j'allais enfin être digne de lui, que j'allais le rendre fier. Que, peut-être, maintenant, il m'aimerait.

C'était pathétique de s'entendre exprimer ces pensées à voix haute.

— Tu ne devrais pas avoir à priver une personne de sa liberté pour mériter qu'on t'aime, dit Sera.

— C'est vrai. (Maintenant qu'il cessait d'idolâtrer son père, Leo voyait sa vie sous un nouveau jour.) Je pensais que si j'arrivais à lui ressembler, j'aurais une existence parfaite. Un jour, il m'a dit qu'il fallait que je choisisse quel genre d'homme je voulais être. Maintenant, je pense avoir fait le mauvais choix.

Il plongea son regard dans ses yeux d'un bleu stupéfiant. Ils avaient cessé de lancer des éclairs. À présent, ils étaient calmes et profonds comme l'océan Adronique.

— Tu es en vie, répliqua Sera. Tu es là. Tu as ton libre arbitre. Rien ne t'empêche d'être une bonne personne.

Leo déglutit avec peine.

— Tu as raison.

Elle s'adossa à la caisse et ils se turent. Son visage était rejeté dans l'ombre mais il apercevait sa gorge délicate sous la dentelle de la robe. Une épaisse boucle bleue tombait sur son épaule. Il songea à la remarque de James, à savoir qu'elle était belle d'une manière singulière. À présent qu'il l'examinait, Leo la trouvait absolument splendide. Aucune fille de son entourage ne lui arrivait à la cheville. Comment une silhouette si chétive pouvait-elle contenir tant de courage et de cœur ?

— Tu es tombée. Dans l'espace.

Il fut saisi d'un haut-le-cœur, se rappelant le sentiment éprouvé au moment du plongeon, le vide où il s'était précipité.

Elle hocha la tête.

— Tu es tombée sans qu'on te pousse ni te force, comme si… comme si tu l'avais choisi. Pourquoi ?

Leo eut du mal à concevoir ce qui pouvait inspirer tant de bravoure. Ou de bêtise, tout dépendait.

Sera le dévisagea longuement. Il eut honte de lui avoir posé la question.

— Désolé. Tu n'es pas obligée de me répondre. Je ne mérite pas de le savoir, de toute façon.

— Mère Soleil m'a choisie pour rompre le cordon, dit-elle à mi-voix, le visage encore plongé dans l'ombre. Mais j'ai échoué.

Leo s'imprégna de ces paroles. Il ne comprenait rien. En revanche, il était certain d'une chose : c'était ce même cordon qu'elle clamait avoir vu sur la photo des ruines.

— Donc tu veux retrouver ce cordon pour pouvoir le rompre ?

— Non, pour rentrer *chez moi.*

L'image des jardins fabuleux resurgit dans la tête de Leo. La planète de Sera semblait belle, paisible et pleine d'amour. Et la jeune fille se retrouvait emprisonnée dans une caisse en bois. À cause de lui.

« Rien ne t'empêche d'être une bonne personne. »

En effet. Encore fallait-il qu'il en ait le courage. Et si cette fille était assez vaillante pour se jeter dans l'espace, il devrait avoir le cran de faire ce qui était juste. Même si ça voulait dire braver son père.

Leo se leva.

— Je suis resté trop longtemps, dit-il, craignant soudain que les Pemberton viennent jeter un coup d'œil dans la salle. Il faut que je m'en aille. Mais je vais t'aider, Sera. Je te le promets. Tu n'es pas obligée de me croire. Mais je vais rectifier la situation. (Il dévala les marches de la scène, marqua une pause et se tourna vers elle.) Et la prochaine fois que je viendrai te voir, je t'apporterai le collier.

En quittant le théâtre, il se sentait différent. Un changement était en train de se produire. De quelle nature ? Il l'ignorait. Tout ce qu'il savait, c'est que la vie qu'il avait longtemps fantasmée se désintégrait peu à peu. Or il n'en éprouvait aucun regret.

32.

AGNES

Agnes ne pouvait s'empêcher de vérifier sa pochette toutes les deux minutes tandis qu'Ebenezer la conduisait au port.

Les Grange n'avaient pas de chauffeur. Il prit lui-même le volant et passa par Ellsbury Park pour éviter la circulation de Central Square puis s'engagea dans le quartier de la mode, surnommé familièrement Vestville.

— Ils ne vont pas s'enfuir, vous savez, plaisanta Ebenezer lorsqu'elle rouvrit sa pochette pour la cinquième fois. Les krogers n'ont pas de jambes.

Agnes lui décocha un faible sourire.

— Je sais. Pour tout vous dire… je n'ai jamais eu autant d'argent sur moi !

— Moi non plus. Enfin, ce n'est pas moi qui le porte, mais disons que je n'ai jamais accompagné une personne transportant une telle somme.

— Ah bon ? Vous ne sillonnez pas régulièrement les banques dans l'espoir d'aider une jeune femme perfide à retirer de l'argent ? Vous devriez ! Vous êtes particulièrement doué dans ce domaine.

Ebenezer s'esclaffa.

— C'est votre argent. Ce n'est pas comme si nous l'avions volé.

— Non, rectifia-t-elle en palpant les billets dorés. Techniquement, c'est l'argent de ma mère, puisque toute la fortune de mon père vient de ma famille maternelle. Ça m'agace d'autant plus de devoir demander la permission de mon père pour le retirer.

— Elle était… pélagienne, n'est-ce pas ?

Agnes leva les yeux au ciel.

— Ebenezer, tout le monde à Old Port sait que ma mère était originaire de Pelago. Ce n'est pas vraiment un secret, même si Leo et mon père préféreraient que ce le soit. Ils le dissimulent comme on cache de la poussière sous un tapis. Comme si cela leur faisait honte.

— Est-ce pour cette raison que votre père est tant obsédé par Pelago ?

— Comment ça, obsédé ?

Il lui coula un regard.

— Eh bien, pour commencer, les pièces antitalmanes, puis l'arbre et le poisson pélagiens qu'il exhibait hier soir. C'est comme s'il cherchait à se venger de Pelago.

— C'est un homme extrêmement fier qui a été forcé de laisser une femme le sauver de la faillite, répondit Agnes. Évidemment qu'il l'a en travers de la gorge. Et vu qu'elle est morte, il ne peut pas s'en prendre à elle.

— Vous ne pensez pas qu'il tenait à elle ? Même pas un peu ?

Elle lui glissa un regard plein de pitié.

— Non. Même pas un peu. (Elle tourna la tête vers la vitre où défilaient les usines de textile.) Et il nous empêche de l'aimer nous aussi. Leo s'en fiche, mais… Moi j'aurais voulu la connaître. Savoir si je tiens un peu d'elle. (Une bouffée de chaleur la saisit à la gorge et ses yeux s'humectèrent.) Désolée, dit-elle en refermant sa pochette d'un coup sec. Je n'ai pas l'habitude d'aborder ce sujet.

— Vous n'avez pas à vous excuser, répondit Ebenezer sans quitter la route des yeux. Et… je suis navré pour vous. C'est très injuste de la part de votre père.

— Eh bien, la vie n'est pas juste. Surtout si on est une femme et qu'on a le malheur d'être née à Kaolin.

Ils pénétrèrent dans East Village, le village d'artistes d'Old Port. Les crépis des bâtiments étaient de couleurs vives et les habitants arboraient des tenues excentriques – décolletés pigeonnants, plumes, bottines à talons hauts. Les trottoirs étaient envahis par des terrasses de cafés. À leurs tables se réunissaient des bohèmes sirotant du vin ou un expresso, fumant des cigarettes et discutant de la dernière parution, de philosophie ou de musique. Agnes adorait traverser East Village. En revanche, elle n'avait jamais osé y passer à pied ; elle se sentait tellement différente de ces gens ; ici, elle avait l'impression d'être une intruse. De toute façon son accoutrement – chemisier à col cheminée, jupe en soie sauvage et broche solite – l'empêcherait de se fondre dans la masse. Elle se ferait encore plus remarquer que dans le quartier des finances.

— Pourquoi pensez-vous qu'elle l'a épousé ? demanda Ebenezer.

— Je vous demande pardon ?

— Votre mère. D'accord, votre père avait besoin d'argent. Mais s'ils ne s'aimaient pas, pourquoi votre mère a-t-elle accepté ce mariage ?

Agnes réfléchit à la question.

— Je n'en ai aucune idée.

— Peut-être était-il absolument irrésistible à cette époque, suggéra Ebenezer.

— *Beurk !* Je préfère ne pas y penser.

Il eut un petit rire.

— Je comprends.

Cependant, il avait soulevé un point intéressant. Pourquoi sa mère avait-elle épousé son père ? Pourquoi quitter

Pelago et venir s'installer à Old Port, où tout le monde la regardait de travers et la considérait comme une folle, une femme perverse et infréquentable ? Sur la photo qu'Agnes conservait précieusement, sa mère avait l'air si forte et insouciante. Difficile d'imaginer que cette femme ait choisi un homme tel que son père de son plein gré.

En même temps, comme elle le soulignait souvent, elle ne savait pratiquement rien de sa mère.

Ils s'engagèrent sur Anchor Avenue et bientôt, les premières voiles apparurent derrière les toits. Les mâts se dressaient devant eux, surplombant les tavernes, bordels et boutiques qui flanquaient le quai.

— Cette amie que vous aidez, est-elle sur un navire ?

— Non. (Agnes marqua une pause.) Comment savez-vous qu'il s'agit d'une femme ?

Il lui décocha un regard éloquent.

— Je ne pense pas que vous vous donneriez toute cette peine pour voler au secours d'un garçon d'Old Port.

— Vous êtes très perspicace.

— Assez pour connaître mes limites. Et savoir quand il faut cesser de poser des questions, dit-il avec un soupir. Où dois-je vous déposer ?

— La taverne du Wolfshead.

Les rues grouillaient de piétons, de voitures et de fiacres.

— Ils veulent tous partir à la recherche de cette île, s'exclama-t-il.

— La richesse est un facteur de motivation puissant, commenta Agnes.

— Vous pensez que votre père a raison ? Que ces ruines peuvent vous montrer l'avenir ou vous permettre de parler aux morts ?

— Non, murmura-t-elle. Mais elles ont forcément quelque chose de particulier.

Une fois qu'ils eurent atteint la taverne, Ebenezer se gara devant. Le bâtiment possédait des fenêtres teintées ;

une tête de loup sculptée surgissait au-dessus de la porte grande ouverte. De la musique et des rires gras s'échappaient de l'intérieur. Agnes éprouva un frisson sans aucun rapport avec la clientèle ni l'aspect glauque de l'endroit. Vada se trouvait là. Elle aurait dû s'habiller de manière moins vieillotte.

— Agnes, vous êtes sûre de vous ? s'enquit Ebenezer.

— Oui. (Elle se pencha en avant et lui planta un baiser sur la joue, à la grande surprise du jeune homme.) Merci, Ebenezer. Vous êtes le meilleur homme qui ait croisé ma route à Old Port.

— Un autre compliment ! s'exclama-t-il, déconcerté, le visage cramoisi, et les lunettes légèrement de travers sur son nez.

Elle éclata de rire.

— Ne prenez pas la grosse tête !

Elle descendit du véhicule, rassembla ses jupes ainsi que son courage, et elle se dirigea d'un pas résolu vers la taverne.

L'intérieur était éclairé par un immense lustre en bois de cerf qui pendait au plafond. Un comptoir s'étirait sur la moitié d'une salle meublée de tables rondes ; contre les murs, des boxes avec des banquettes où des marins batifolaient avec des prostituées. Agnes se sentit encore moins à sa place ici que dans le quartier des artistes. Quelques hommes la dévisagèrent ; un vieux marin l'observa en se passant la langue sur les lèvres ; elle se raidit, porta le regard droit devant elle et s'avança jusqu'au bar.

— Bonjour, dit-elle au barman, un homme replet qui avait le nez chaussé de culs de bouteille et un torchon crasseux coincé à la taille, dans son tablier.

— Un verre ? demanda-t-il d'un ton bourru.

— Euh, non merci. En fait, je suis à la recherche d'une personne. Une navigatrice pélagienne d'environ mon âge qui se prénomme Vada. Elle fréquente cet établissement et je, euh, je me demandais si vous l'auriez vue aujourd'hui ?

Le barman cracha par terre.

— Un verre ? répéta-t-il.

Agnes comprit que pour obtenir des renseignements, elle devrait d'abord consommer.

— D'accord. Un jus d'orange, s'il vous plaît.

Il la fixa d'un air ahuri. À croire qu'elle parlait une autre langue. Elle aurait peut-être mieux fait de se rendre directement au navire pour voir si Vada n'y était pas. Toutefois, les quais étaient noirs de monde, et elle ne voulait pas courir le risque de tomber sur une connaissance de son père.

— Agnes ?

Elle pivota sur elle-même et aperçut Vada, qui avait hasardé son visage hors d'un des boxes ; une prostituée vêtue d'une légère robe mauve était assise sur ses genoux. Agnes piqua un fard.

— Te voilà ! Bonjour ! s'écria Vada.

Agnes aurait voulu ramper sous une table et disparaître. Qu'est-ce qui lui prenait ? À leur première rencontre, elle avait pourtant réussi à donner le change !

C'était sans doute lié à la prostituée qui pressait sa poitrine voluptueuse contre l'épaule de Vada. La fille rit et lui adressa un signe de la main.

— Tu veux te joindre à nous ?

Vada souleva sa compagne et se leva.

— Désolée, May, les affaires m'appellent, dit-elle en lui baisant la joue.

May fit la moue et partit en quête d'un nouveau client. Vada s'approcha du comptoir d'une démarche fluide, telle une panthère fondant sur sa proie. La dent de requin pendait à son cou, sa veste était ouverte et sa robe en partie déboutonnée, révélant la naissance de ses seins, constellée de taches de son.

— Bonjour, lady Kaoline. Tu tiens parole, à ce que je vois.

— Tu en doutais ? répliqua Agnes.

Vada haussa les épaules.

— Ce n'est pas dans ma nature de faire confiance aux Kaolins. (Elle esquissa un sourire.) Pour toi, je ferai peut-être une exception.

Agnes rougit de plaisir.

— J'ai l'argent, dit-elle en ouvrant sa pochette. Mais il faut que je...

— Doucement, l'interrompit Vada, couvrant sa main de la sienne et refermant sa pochette d'un geste brusque. Buvons déjà un verre. Ce n'est pas très prudent de faire affaire comme ça, en public.

Agnes s'aperçut que certains regards s'étaient aventurés dans leur direction ; deux marins faisaient des messes basses, un sourire sournois aux lèvres. À cet instant, le barman posa brutalement le verre de jus d'orange sur le comptoir.

— Oui. Tu as raison. Prenons un verre.

Vada parut étonnée.

— Pour l'amour de Saifa ! Qu'est-ce que c'est que cette boisson ?

— Un jus de fruit, répondit Agnes, gênée.

— Tu fais des études d'infirmière, ou quoi ? s'esclaffa Vada. Gregory, deux pressions ! (Elle plaqua un billet de cinq krogers sur le bar et le barman activa la tireuse pour leur servir deux verres.) On ne scelle pas un marché au jus de fruit !

Elle prit les deux pintes et les emporta dans le recoin où elle flirtait un peu plus tôt avec May. Agnes s'assit sur la banquette face à la sienne, ravie que le box leur fournisse un peu d'intimité et les protège des regards curieux.

Vada leva son verre.

— Tu aurais dû penser à porter une tenue un peu moins… (Elle chercha ses mots.) Opulente.

Agnes tira sur le col de son chemisier.

— Je ne possède rien de plus ordinaire.

— Dans un sens, ça ne me surprend pas.

Elle aspira une gorgée de bière sans décrocher ses yeux du visage d'Agnes. Aujourd'hui, son iris était d'un gris sombre et menaçant, tel le ciel avant l'orage. Agnes aurait pu s'y noyer pendant des heures.

— On avait dit six cent cinquante, n'est-ce pas ? reprit Vada.

— Oui, mais j'espérais pouvoir apporter un amendement à notre accord.

Vada arqua un sourcil.

— Un amendement ?

— Pas en termes de prix, précisa-t-elle. Il faut que j'achète un second billet.

Vada bascula la tête en arrière et éclata de rire. Le rire sans retenue de quelqu'un qui se fichait du regard des autres. Un rire *libre.*

— Lady Kaoline, soit tu es très courageuse, soit tu es vraiment stupide. Tu as déjà de la chance que j'accepte à bord de mon navire une passagère kaoline. Et maintenant, tu me demandes d'en prendre une autre ?

— Elle n'est pas de Kaolin, répliqua Agnes.

— Une autre amie pélagienne ? Eh bien ! Je suis verte de jalousie !

— Elle n'est pas de Pelago non plus.

— Ce n'est pas très clair, dit Vada qui commençait à perdre patience. Peut-être qu'on devrait annuler notre marché.

— Je peux te donner deux mille krogers tout de suite.

Agnes sortit la plupart des billets de sa pochette et les glissa sur la table.

Vada contempla l'argent d'un air stupéfait.

— Ce n'est pas une petite somme. (Elle s'en saisit et compta les billets sous la table. Une fois qu'elle eut terminé, elle émit un sifflement.) Deux mille krogers, murmura-t-elle en lui décochant un sourire. Eh bien, ma mère va m'en vouloir, mais en même temps, elle a toujours une raison de m'en vouloir. Très bien, Agnes. (Elle brandit de nouveau son verre et posa un regard appuyé sur le verre d'Agnes.) *Slansin !* s'exclama-t-elle en trinquant avec elle.

— *Slansin*, répondit Agnes qui aspira une toute petite gorgée de son breuvage.

La bière était forte et terreuse avec un goût amer très prononcé. Elle fut prise d'une quinte de toux, au grand amusement de Vada.

— Je vais devoir t'apprendre à boire, lady Kaoline.

— Je suis habituée au champagne.

— Le contraire m'aurait étonnée.

Agnes leva fièrement le menton et d'un air de défi, elle vida la moitié de sa pinte en trois grandes goulées. Elle s'essuya la bouche du revers de la main et reposa bruyamment son verre sur la table, priant pour ne pas vomir, ce qui gâcherait l'effet.

Vada inclina la tête et joua avec la dent qui pendait à son cou.

— C'est un début.

Elle finit sa propre boisson d'une traite et se leva pour aller commander une nouvelle tournée sans laisser le temps à Agnes de protester.

— Alors dis-moi, lança-t-elle en posant un deuxième verre près de celui d'Agnes, encore à moitié plein. Comment se fait-il que l'héritière de la famille Byrne doive acheter un billet sur un navire aussi malfamé que le *Maiden's Wail*?

— Eh bien… (Agnes avala une nouvelle gorgée de bière.) Comme tu l'as fait remarquer, je ne ressemble pas à une Byrne. Je suis beaucoup trop… kaoline.

— C'est vrai, acquiesça Vada.

— Les bateaux pélagiens ne prennent pas de passagers kaolins. Et je ne peux pas réserver une place sur un navire kaolin sans la permission de mon père, comme tu l'as si bien souligné lors de notre première rencontre.

— Quand bien même. Je n'arrive pas à croire qu'Ambrosine Byrne n'ait pas fait savoir aux marins de Pelago que sa petite-fille avait besoin d'une place sur un navire.

Agnes haussa les épaules et dissimula son visage dans sa bière jusqu'à ce qu'elle l'eût terminée. Mais lorsqu'elle posa son verre, Vada la dévisageait d'un air méfiant.

— Elle ignore que tu te rends à Pelago, devina-t-elle.

Agnes déglutit.

— En effet.

— Tu m'as menti.

— Oui.

— Je n'aime pas les menteurs, encore moins les menteurs de Kaolin.

Vada bascula en arrière contre son dossier et croisa les bras devant sa poitrine.

— Je n'ai pas menti sur mes origines. Je suis une Byrne. (Si elle avait apporté la photo de sa mère, elle aurait pu le lui prouver sur-le-champ.) Mon père ne m'a jamais laissée écrire à ma famille maternelle, pas plus qu'il ne m'a autorisée à la rencontrer. Il fait comme si ma mère n'avait jamais existé. On n'a pas le droit de l'évoquer. Ça fait dix-huit ans que je me demande qui elle était. Ça fait dix-huit ans que je pleure une inconnue. Tout du moins, dix-huit ans qu'elle me manque. C'est possible que quelqu'un que tu n'as jamais connu te manque ? (Les mots sortaient tout seuls. Elle fixa le fond de son verre.) Leo est son portrait craché. Eneas l'a toujours dit. Mais pas moi. Je ne sais pas si j'ai hérité quoi que ce soit d'elle. J'ignore tout de Pelago, sauf le peu de chose que j'ai lu ici et là, et évidemment, tout est déformé par la propagande kaoline.

Il y a toute une partie de mon être qui demeure un mystère pour moi, un pan entier de ma famille que je n'ai jamais connu. Et si je reste ici, je ne pourrai pas vivre ma vie. Les lois et l'étiquette m'en empêcheront.

Vada l'observait d'un air à la fois fasciné et compatissant.

— Je n'ai jamais connu mon père, dit-elle à son tour. Ma mère a eu beaucoup d'hommes dans sa vie. Beaucoup de femmes aussi. Pour ma part, je préfère les femmes. Les hommes sont de gros bébés, toujours en demande, toujours dans le besoin. (Un frisson parcourut l'échine d'Agnes. Et un ricanement jaillit de ses lèvres. Vada esquissa un sourire et poursuivit.) Mais si je désirais le rencontrer, elle me dirait qui il est. Nous n'avons aucun secret l'une pour l'autre. Je suis navrée que tu ne saches rien d'Alethea Byrne. J'ai entendu dire qu'elle était très belle et qu'elle avait une forte personnalité. Ta grand-mère n'approuvait pas ce mariage, c'est de notoriété publique à Ithilia. Alethea a bravé la tradition pélagienne en épousant ton père. Elle n'avait pas reçu la bénédiction de la matriarche de la famille.

— Ah bon ?

Agnes se pencha en avant, avide d'en savoir davantage.

— Oui. Et aujourd'hui, sa fille est assise en face de moi et s'apprête à transgresser les règles de son propre pays. Je peux donc t'assurer que tu as hérité de ta mère. Son entêtement. (Une tempête se déchaînait dans les yeux de Vada.) Et sa beauté.

Une boule se forma dans la gorge d'Agnes. Elle prit la deuxième pinte et en avala une grande gorgée.

— Tu dis ça pour me faire plaisir. Tu n'as jamais vu ma mère. Elle était sublime.

— Je te vois toi, rétorqua Vada avec un haussement d'épaules comme pour couper court au débat.

Elle sirota son breuvage en balayant la salle des yeux. Agnes tâcha de se ressaisir.

— Sache qu'Ambrosine Byrne a une certaine réputation, reprit Vada. Elle jouit d'un grand pouvoir à Pelago – certains vont jusqu'à la surnommer « le quatrième pilier du triumvirat », du moins dans son dos. C'est un personnage très influent ; personne n'ose la contredire. Je ne te conseille pas de te présenter sur le pas de sa porte sans préavis.

— Ce n'est pas seulement pour elle que je désire me rendre à Pelago.

— Ah ? (Vada se tapota la commissure des lèvres.) Tu es pleine de surprises, toi. Et pour quelle autre raison une demoiselle kaoline souhaiterait-elle se rendre dans mon pays ?

— J'ai réussi le premier examen d'entrée à l'académie des sciences de l'université d'Ithilia, dit-elle à toute vitesse en s'agrippant à son verre. Je veux être une scientifique. Je veux devenir quelqu'un. Ici, je n'ai aucun avenir. C'est pour cette raison que je voulais m'en aller, au départ, quand je t'ai abordée. Mais depuis, la situation s'est compliquée. Il ne s'agit plus seulement de moi. C'est plus grave, plus important. Il faut que j'aide une amie qui a désespérément besoin de mon soutien. Je n'ai jamais eu d'amis avant elle, et elle est prisonnière, comme moi, mais en pire, en bien pire. Il faut qu'elle rejoigne l'île de Braxos et je dois l'aider à le faire. Même si ça semble impossible, je dois au moins essayer. Elle n'a personne d'autre sur cette planète.

Vada prit une longue gorgée, s'imprégnant de ces paroles. Agnes avait le cœur qui battait à tout rompre ; il résonnait dans ses oreilles, des pulsations étouffées qui l'effrayaient et lui donnaient aussi le sentiment d'être vivante. Vada se pencha en avant et tendit la main à travers la table d'un geste désinvolte. Agnes mourait d'envie d'avoir son assurance. Elle se cramponna à son verre tandis que Vada lui effleurait les doigts. Son contact provoqua une décharge et l'emplit de chaleur.

— J'avais tort, déclara Vada en affichant un sourire tendre. Tu n'es pas une poule mouillée. Tu es un lion.

Agnes partit d'un éclat de rire nerveux et le sourire de Vada devint espiègle. Elle se cala contre son dossier et Agnes faillit tendre la main pour la retenir.

— Allons, dit Vada en indiquant son verre presque plein. On va te faire boire. De tous les gens présents dans ce bar, c'est toi qui en as le plus besoin.

33.

LEO

Il était minuit passé et Agnes n'était toujours pas rentrée.

Leo avait menti à Swansea, lui assurant qu'elle était revenue quelques heures plus tôt et qu'elle était directement partie se coucher. Son père revint aux environs de vingt-deux heures trente et s'enferma dans son bureau pendant une bonne demi-heure avant de se retirer dans sa chambre. La maison s'enfonça peu à peu dans le silence. Bientôt, tout le monde dormait à poings fermés sauf Leo.

Assis sur son lit, il faisait rouler le pendentif au creux de ses mains. Le bijou était léger comme une plume, la pierre était blanche et irisée comme une opale, parcourue de brefs éclairs de couleurs. Il n'en avait jamais vu de semblable. Il songea à l'amie de Sera, la fille qui lui avait offert ce collier ; il revit le moment très intime qu'elles avaient partagé quand elle lui avait fait ce cadeau. Leo était étranger à ce genre d'amitié. Robert n'était pas un véritable ami. S'il appréciait la compagnie de Leo, c'était seulement parce qu'il se sentait infiniment supérieur à lui. D'ailleurs, il ne manquait jamais une occasion de le lui faire sentir.

Les minutes passaient et il commença à s'inquiéter. Peut-être n'aurait-il pas dû couvrir Agnes. Et si elle avait un problème ? Il vaudrait mieux partir à sa recherche. Il s'apprêtait à réveiller Janderson pour l'envoyer au poste de police lorsqu'il perçut un bruit. Quelqu'un avait trébuché sur les marches du perron. Un éclat de rire étouffé s'éleva. Puis on tourna la clé dans la serrure.

En un éclair, Leo quitta sa chambre et dévala l'escalier sans un bruit. Il ouvrit la porte et trouva Agnes en compagnie d'une grande rousse vêtue d'un pantalon et d'une veste en cuir. Agnes s'appuyait sur elle en gloussant. C'était la première fois que Leo entendait sa sœur rire bêtement.

— Leo, dit-elle avec un sourire de travers suivi d'un hoquet. Tu vois, Vada, c'est mon frère, et il a la tête d'un Byrne, la tête… (Elle fronça les sourcils.) La tête d'un Byrne.

— Agnes, tu es ivre ? siffla-t-il.

— Elle a seulement bu quatre pintes, répliqua la fille avec un fort accent pélagien. Ta sœur ne tient pas l'alcool. C'est craquant. Ça me rappelle moi quand j'avais douze ans. (Elle l'observa en plissant les yeux.) Tu as effectivement une tête de Byrne. D'accord, ma petite lionne, dit-elle à Agnes en lui caressant la tête. Je te crois.

Sa sœur afficha un sourire victorieux. Puis elle lâcha un rot.

— Viens. Rentre avant que Père ou Swansea ne se réveillent et ne t'envoient direct à l'asile psychiatrique.

— Il n'est pas toujours aussi sérieux, commenta Agnes en chuchotant fort. C'est lui, le pitre de la famille. Moi je suis la rabat-joie.

La fille esquissa un sourire et la confia à Leo. Agnes s'écroula contre son épaule puis se redressa brusquement.

— Je peux me tenir toute seule, insista-t-elle. Je me sens bien.

— Bonne nuit, ma petite lionne, dit la Pélagienne. Bonne nuit, tête de Byrne.

Elle descendit les marches du perron d'un pas nonchalant et elle se mit à siffler, parfaitement à l'aise. Comme si elle n'avait pas conscience que l'ensemble de sa personne, de sa tresse à ses bottes en passant par son accent, faisait d'elle une *persona non grata* à Creekwater Row.

— Tu as passé une bonne journée ? s'enquit Agnes. Moi oui, j'ai passé une excellente journée. Elle est sympa, Vada. Enfin, pas *sympa* sympa, mais elle est drôle. Enfin, pas drôle mais…

Elle perdit le fil de ses pensées et laissa sa phrase en suspens.

— Oui, ça a l'air d'être un sacré personnage.

Comment Agnes en était-elle venue à prendre une cuite avec une Pélagienne qui sifflait comme un mec et sentait le poisson ? Il avait hâte de connaître le fin mot de l'histoire, mais ce n'était ni le lieu ni le moment.

— Viens. Et surtout pas un bruit, d'accord ? Je vais te mettre au lit.

Elle trébucha deux fois dans l'escalier, mais il réussit à l'escorter jusqu'à sa chambre sans réveiller toute la maisonnée. Elle s'effondra sur son lit et contempla le plafond. Leo constata avec ironie combien les rôles étaient inversés ce soir : pendant qu'il s'était rendu en douce au théâtre dans l'espoir de faire le bien et d'aider Sera, sa sœur était sortie se retourner la tête.

— Tu as conscience que je vais te pourrir avec cette histoire pendant au moins un an ? dit-il en s'agenouillant pour lui défaire ses lacets.

— Ce n'est pas grave. (Agnes lâcha un soupir.) Ça en valait la peine.

— Qui était cette Pélagienne ?

— Vada. Elle s'appelle Vada, répondit-elle avec douceur, comme s'il s'agissait d'un bien précieux. Elle est navigatrice. Elle va m'aider à emmener Sera jusqu'à Pelago.

Leo lâcha sa bottine et se leva.

— Sera ? À Pelago ?

Agnes plaqua sa main sur sa bouche.

— Je n'ai jamais dit ça. Tu as mal entendu. Je n'ai pas...

— Tu as l'intention de l'emmener jusqu'à ce... ce cordon ? Celui que j'ai vu sur la photo des ruines ?

Il s'assit au bord du lit.

— Comment tu sais ça ?

— Je comprends son langage maintenant. Je l'ai vue ce soir ; je lui ai parlé. Père la garde prisonnière au Maribelle.

— Quoi ?... (Agnes se frotta les yeux.) Comment a-t-elle... ? Comment avez-vous... ? (Agnes pressa ses index l'un contre l'autre.) Le truc avec la lumière bleue magique...

— Quoi ? (Leo se demanda si la Pélagienne avait sous-estimé le nombre de verres qu'Agnes avait bus.) Non, je crois que c'est parce que son sang m'a guéri. Toi aussi, elle t'a soignée ?

Agnes appuya de nouveau ses index l'un contre l'autre.

— Non, non, c'était *le truc*, répéta-t-elle de manière insistante. La connexion par le sang, c'est comme ça qu'elle appelle ça. Et j'ai vu...

— Tu as vu ses souvenirs, n'est-ce pas ?

Elle poussa un petit cri de surprise.

— Oui !

— Elle a vu les miens aussi, dit Leo. Et toi... ?

— Oui, répéta Agnes.

Ils se turent un instant, perdus dans leurs pensées.

— Qu'est-ce que tu as vu ? demanda Agnes.

— Grand-mère McLellan, charmante comme à son habitude, ironisa Leo. Robert et sa mère, avec qui je faisais des anges dans la neige. J'ai vu son amie lui donner le collier et j'ai aperçu ses trois mères. C'est bizarre, hein ? Trois mères ?!

— Je les ai vues moi aussi. Ainsi que sa cité de verre.

— Comment conçoivent-elles les bébés ? Je n'ai pas vu d'hommes !

— Je sais. C'est merveilleux, non ? (Elle se rallongea.) Une cité sans hommes !

— Merci…

— Parthénogenèse ! s'exclama Agnes en redressant soudain le buste.

— Euh… à tes souhaits !

Elle le foudroya des yeux. Son regard mit quelques secondes à se focaliser sur lui.

— Parthénogenèse, répéta-t-elle. C'est un processus qui permet à un embryon de se développer à partir d'un ovule non fécondé. Je pense que les Céruléennes, le peuple de Sera, doivent se reproduire au moyen d'une sorte de parthénogenèse. À ma connaissance, ça se produit chez les abeilles et les lézards, et parfois chez les oiseaux. Mais vu que ces femmes ont des pouvoirs magiques, j'imagine que… (Elle inclina la tête.) Qu'est-ce que tu fabriquais là-bas ? Pourquoi est-ce que tu es allé la voir ?

— Parce que je voulais des réponses. J'ai tenté de te parler, non ? Mais tu avais plus important à faire. Genre prendre une cuite avec une navigatrice pélagienne.

Agnes pouffa.

— J'avais effectivement des choses pressantes à régler, précisa-t-elle.

— C'est ce que je constate. (Leo se gratta la nuque.) Et puis, je tenais à lui présenter mes excuses. Pour… la capture et… tout le reste.

Elle le dévisagea puis renversa la tête en arrière et s'esclaffa.

— Chut ! siffla-t-il. Tu vas réveiller toute la maison.

Agnes enfonça son visage dans un oreiller, le corps secoué d'un fou rire.

— Désolée, dit-elle en reprenant son souffle. Tu es allé t'excuser ? Ah ! si seulement j'avais pu assister à la scène ! Tu t'es déjà excusé dans ta vie ? Pour quoi que ce soit ? Qu'est-ce que tu lui as dit ?

« Rien ne t'empêche d'être une bonne personne. »

Leo hésita. C'était moins facile de se confier à Agnes qu'à Sera. Il connaissait sa sœur depuis toujours, et il avait passé une grande partie de sa vie à lui pourrir l'existence. Elle ne le prendrait pas au sérieux. Mais il fallait bien commencer quelque part. Il épousseta son pantalon et fixa ses genoux tout en reprenant la parole.

— Je ne veux plus ressembler à Père. Sa nouvelle entreprise, ce… commerce de créatures pélagiennes, exploiter Sera et son sang, ça ne me plaît pas. J'aurais préféré ne jamais m'en être mêlé. Je regrette de l'avoir capturée et de la lui avoir amenée. Lorsque mes souvenirs ont resurgi, j'ai eu l'impression qu'un voile se levait et que, pour la première fois, je voyais clairement. Je ne pense pas que Père se soit jamais intéressé à moi. Il aurait préféré que je n'existe pas.

Agnes ne répondit pas. Il crut qu'elle s'était endormie. Quand il leva la tête, elle l'observait d'un air surpris.

— Il ne m'aime pas non plus, tu sais. Il m'a regardée dans les yeux et m'a dit qu'il aurait préféré que je sois un garçon. Et pourtant, je continue à espérer qu'il me montrera… un semblant d'affection. C'est pathétique ! Mais c'est notre père. C'est le seul parent qu'il nous reste.

Elle hésita un instant, puis elle se pencha sur le côté du lit. Leo crut qu'elle allait vomir. Mais elle se releva bientôt en brandissant une vieille photo abîmée.

— Tiens. Tu as toujours dit que tu te fichais d'elle ou que tu ne voulais pas en parler, mais elle a existé, Leo. Et je suis sûre qu'elle nous aurait aimés.

Leo contempla le visage d'une femme qui était son portrait craché. Eneas lui avait répété tant de fois qu'ils se ressemblaient comme deux gouttes d'eau. Et chaque fois, il avait levé les yeux au ciel, exaspéré, convaincu que le domestique exagérait.

Mais non. La femme de la photo avait le même nez que lui, les mêmes yeux et le même menton. Une chevelure identique. Sur ses lèvres, il retrouva son propre sourire. Elle tenait un vélo, portait un pantalon et un pull épais. Sa mère portait un pantalon ! Et elle semblait si heureuse. Les rares fois où il avait songé à elle, il se l'était figurée sur son lit de mort juste après les avoir mis au monde, Agnes et lui. Il l'avait imaginée le visage en sueur, épuisée, les yeux cerclés de noir. Il s'était représenté une personne faible qui avait refusé de rester en vie pour ses enfants. Qui ne s'en souciait pas assez.

Leo s'aperçut qu'il reprochait à sa mère d'être morte.

Une larme tomba sur la photo, brouillant le visage lumineux de la jeune femme. Il l'essuya et, embarrassé, il tendit le cliché à Agnes.

— Regarde au verso, dit-elle.

Il s'exécuta. « Prise par X, le 12 mars. Runcible Cottage, le Bout du Monde. »

— C'est lui qui a pris cette photo ?

Leo eut du mal à imaginer son père avec une femme portant ce genre de tenue et riant aux éclats. Son père n'était pas franchement un boute-en-train.

— Je sais, dit Agnes.

— Runcible Cottage ? Qu'est-ce que c'est ?

Elle haussa les épaules.

— Aucune idée. Et je n'ai pas l'intention de le demander.

Ils contemplèrent tous deux leur mère.

— Tu ne lui diras pas que j'ai cette photo, hein ?

— Non. Jamais de la vie. Il te forcerait sans doute à la brûler. (Il la lui rendit.) Tu veux bien m'expliquer ce qu'est le cordon ?

Elle s'adossa contre ses oreillers et bâilla.

— Je ne suis pas certaine de tout comprendre. Ça fait partie de sa cité, sa cité dans l'espace. Le cordon la rattache à notre planète, et elle pense qu'en le rejoignant elle pourra rentrer chez elle.

Leo réfléchit longuement. Une cité peuplée de femmes et flottant dans l'espace… Au bout du compte, ce n'était pas plus fou que cette histoire de sang qui cicatrisait les plaies.

— Il faut que je l'aide, Leo, murmura Agnes en fermant les paupières. Elle ne peut pas… Père lui vole son… ça ne va pas. Elle n'a rien à faire ici et c'est à cause de nous qu'elle se retrouve prisonnière. Toi et moi, on est tous les deux responsables. J'étais présente. J'aurais dû la libérer. J'aurais pu, mais j'ai eu peur. Et je ne veux plus être intimidée. Et je *ne veux pas* vivre à Old Port. Je *ne veux pas* épouser Ebenezer Grange. (Sa tête s'enfonça davantage dans les oreillers.) Il est pourtant gentil, ajouta-t-elle d'une voix assoupie. Très gentil même. Très serviable. Mais il n'est pas pour moi. Non, pas pour moi.

— Moi aussi je vais l'aider, répondit Leo. Je le lui ai promis, et je compte bien tenir parole. (Il sourit.) Imagine ! Pour la première depuis… depuis toujours, on va faire équipe !

Mais Agnes s'était endormie. Son souffle était lent et régulier. Il se dirigea dans la salle de bains et remplit un verre d'eau, sortit deux aspirines de l'armoire à pharmacie et retourna à son chevet.

— Agnes, dit-il en la secouant doucement. Redresse-toi et avale ces comprimés.

Elle obtempéra et se rallongea.

— Tu es très gentil, murmura-t-elle. C'est bizarre.

— Il va falloir t'y habituer, petite sœur.

Elle poussa un rugissement de chaton en colère.

— Trois minutes Leo. Trois misérables minutes.

— Qui font que je serai ton aîné jusqu'à ce que la mort nous sépare.

Elle lâcha un rire endormi et sombra dans le sommeil. Il posa le verre sur la table de nuit, lui ôta son petit chapeau ridicule qu'il posa sur sa commode. Elle tenait encore la photo de leur mère. Il la posa près du verre d'eau. Alethea Byrne semblait si *vivante*. Il avait toujours été agacé qu'Agnes veuille connaître des détails sur leur mère, mais il commençait enfin à comprendre. Il y avait tout un aspect de leur filiation qu'ils ignoraient. S'il s'était plus intéressé à sa mère, peut-être aurait-il moins cherché à ressembler à son père.

Leo éteignit la lumière et regagna sa chambre ; il enfila son pyjama et se glissa sous la couette. Cette nuit-là, il rêva qu'il était de nouveau un petit garçon et qu'il apprenait à faire de la bicyclette. Une femme aux boucles auburn et au rire éclatant l'encourageait. Puis le rêve se transforma et il se retrouva à l'âge adulte. Il plongeait son regard dans des yeux d'un bleu magnifique tandis qu'une main argentée se glissait dans la sienne.

À son réveil, sa première pensée fut pour sa mère.

Il y avait un élément qui lui échappait, un lien que son cerveau n'arrivait pas à établir. Il se repassa la conversation qu'il avait surprise entre son père et Kiernan, le soir du dîner qui avait tout changé.

« Je vous ai sorti de Pelago de justesse. Vous avez de la chance. Ambrosine Byrne pourrait mettre un terme à cette opération en un éclair. Vous n'auriez même pas le temps de dire "mertag". »

À croire que Kiernan était lié d'une quelconque manière à la grand-mère de Leo. Et que Xavier la connaissait, ce qui était encore plus surprenant. Xavier craignait qu'Ambrosine n'expédie une flotte en direction de Braxos, comme s'ils étaient ennemis et rivaux. Mais c'était impossible. Pourquoi se seraient-ils querellés ? La seule personne qui les reliait était décédée dix-huit ans plus tôt. Et Xavier avait dit qu'il ne « remettrait » jamais les pieds à Pelago. Or s'il s'y était déjà rendu, Leo l'aurait forcément su, non ?

Évidemment, Xavier cachait sans doute des choses à ses enfants. Mais il y avait un truc particulier concernant Braxos… son père voulait mettre le grappin dessus, sa grand-mère également. Et Sera aussi. Leo sirota son café en contemplant le jardin depuis la fenêtre de sa chambre. Il envisagea différentes possibilités. Agnes avait réservé une place sur un bateau en partance pour Pelago, une démarche impressionnante en soi. Mais elle allait d'abord devoir sortir Sera du théâtre. Or Leo savait qu'on ne lui en autoriserait pas l'accès avant le soir du spectacle.

Alors que lui, il pouvait y entrer librement.

— Monsieur ?

Janderson interrompit le cours de ses pensées.

— Désolé, vous disiez ?

— Votre père souhaite vous voir, Monsieur. Dans son bureau.

Leo paniqua. Était-il au courant ? Cependant, il camoufla son appréhension. Il posa calmement sa tasse.

— Très bien. Merci, Janderson.

Il quitta sa chambre et descendit. La porte du bureau était fermée. Il frappa tout en tâchant de calmer les battements de son cœur.

— Entre.

Son père était occupé à signer des papiers. Il ne leva la tête que lorsqu'il eut terminé. Leo s'assit sur l'un des deux sièges inconfortables en bois et attendit.

— Leo, dit Xavier en réunissant la liasse de feuilles, qu'il rangea dans un tiroir. L'événement de l'autre soir a fait un tabac. La fille que tu m'as ramenée est une vraie mine d'or. Hubert Conway m'a presque supplié de le laisser investir dans mon projet. Et il s'est engagé à me construire un train comme on n'en a jamais vu, à moindre coût. En contrepartie, il a demandé à toucher dix pour cent de mes bénéfices. J'ai négocié à sept pour cent, mais son nom ajoutera de la crédibilité à notre entreprise.

Ces créatures pélagiennes ne seront pas faciles à transporter. Heureusement pour moi, il possède certains wagons vides qui se prêteront parfaitement aux modifications que je souhaite y apporter.

— C'est une merveilleuse nouvelle, Père, répondit Leo.

Xavier poursuivit sans tenir compte de son intervention :

— La première halte sera Alacomb. Les acheteurs font déjà la queue là-bas. Ils désirent louer les services de Boris pour fertiliser leurs exploitations. Par chance, cet arbre est de taille modeste et donc facile à déplacer. Il faudra le replanter à plusieurs endroits. Ensuite, tu mettras le cap sur le golfe de Windsor, où tu loueras Errol afin qu'il réalimente les bassins le long des côtes. Quant au sang de la fille, tu peux le vendre n'importe où sur le trajet. Mais il faudra être rigoureux sur les tarifs. Tu partiras après le spectacle. Hubert m'a certifié que mon train serait affrété le plus tôt possible. Tu me fourniras des rapports quotidiens. Dans les prochains jours, tu consacreras une partie de ton temps à Kiernan ; il t'enseignera ce qu'il y a à savoir sur chaque créature, les soins qu'il faudra prodiguer à chacune, et les pouvoirs dont elles sont détentrices. Tu l'assisteras à la fois dans son laboratoire et au théâtre. L'arboréal ne devrait pas poser de problème, du moment qu'il n'assomme plus personne.

Leo était enseveli sous cette avalanche d'informations. Mais son père ne parut pas s'en rendre compte.

— Le mertag peut s'avérer difficile, continua-t-il. Il possède une sorte de mécanisme de défense qui a valu une brûlure au troisième degré à l'un de mes hommes, ainsi que la perte de trois doigts à sa main gauche. (Leo ignorait qu'Errol représentait un danger.) Et puis, la fille a la fâcheuse manie de vouloir s'échapper, mais ça on le sait déjà. Je vais veiller à ce que Kiernan ait un stock suffisant d'anesthésiant puissant. Son organisme l'élimine à une vitesse incroyable. (Il se renversa contre son dossier et pianota sur son bureau.) Tu vas devoir te livrer au même petit numéro que l'autre soir, cela va sans dire. Les gens ont besoin de voir pour croire. Tu pourras te couper toi-même ou demander à James Roth de le faire, peu m'importe. Il remplira le rôle de commissaire-priseur, en quelque sorte. Son joli minois et sa notoriété devraient jouer en notre faveur. Le sang doit être onéreux. C'est un produit de luxe. Évitez de tarir notre source. Il ne faut pas vider la fille de son sang. Janderson se chargera de préparer tes bagages ; tu peux l'emmener avec toi, si tu le souhaites. Je sais à quel point tu apprécies les avantages que te procure ma fortune. (Il consulta sa montre de gousset.) Ce sera tout.

Leo tombait des nues. Son père l'envoyait en expédition à travers le pays ? Il n'en avait jamais été question. Ou peut-être était-ce prévu depuis le départ et Xavier n'avait-il pas daigné le lui annoncer avant.

— Quoi ? demanda Xavier. Tu as toujours désiré t'impliquer dans l'entreprise familiale, non ? Eh bien, c'est le cas à présent. Ne me déçois pas.

— Oui, Père. Je suis impatient d'entamer ce voyage.

Leo devait faire mieux. Il fallait qu'il quitte cette réunion en possession d'un maximum d'informations. Mais il ne pouvait quand même pas lâcher de but en blanc : « Au fait, qu'est-ce qui s'est passé entre grand-mère et vous ? »

— Et Braxos ? s'enquit-il.

— Quoi donc ?

— Vous y envoyez des navires. Pourquoi ne pas me confier cette mission, plutôt ? Après tout, Kiernan et James Roth peuvent se charger seuls des créatures.

Xavier haussa imperceptiblement ses sourcils broussailleux.

— T'envoyer toi à Pelago ? Mon Dieu, Leo, je croirais entendre ta sœur !

Trop osé, songea Leo. *Tu as été trop loin. Rebrousse chemin.*

Il rit de bon cœur.

— Pardonnez-moi, Père. J'imagine que toutes ces histoires de trésor, de femmes et de fontaine de jouvence me sont montées à la tête. Mais vous avez raison, cette nouvelle entreprise est plus importante.

Xavier caressa sa barbe taillée en pointe.

— En effet. Je crains que tu ne rates le mariage d'Agnes. Mais j'imagine que ça ne vous posera problème ni à l'un ni à l'autre.

Il ricana et Leo l'imita, comme il l'avait toujours fait.

— Non. Ça ne me brisera pas le cœur de manquer ça.

— C'est ce que je pensais.

Leo eut soudain l'impression que leur père savourait la rivalité supposée entre sa sœur et lui.

Xavier sortit une nouvelle liasse de papiers qu'il commença à parcourir. Voyant que Leo ne bougeait pas, il se rembrunit.

— Ce sera tout. Kiernan t'attend à quinze heures à son laboratoire.

Leo quitta le bureau et regagna sa chambre. Il s'affala dans le fauteuil de sa coiffeuse. Son père avait prévu de l'envoyer à l'autre bout du pays où il se ferait entailler encore et encore pour promouvoir la vente du sang de Sera. Xavier voulait se débarrasser une bonne fois pour toutes de son fils pélagien. Tout prenait sens maintenant qu'il avait ouvert les yeux. Ce qui intéressait vraiment Xavier, c'était l'île. Leo lisait en son père comme dans un livre ouvert.

Il observa son reflet dans le miroir de la coiffeuse. Une vraie détermination brillait dans ses yeux turquoise. Les yeux de sa mère. Il glissa ses doigts dans ses boucles, les boucles de sa mère, et esquissa un sourire, celui de sa mère.

— Eh bien, Père, dit-il à voix haute. Il semblerait qu'Agnes et moi ayons finalement un point en commun.

Alors il se leva et se rendit dans la chambre de sa sœur pour lui annoncer qu'elle avait un allié. Ensemble, ils allaient aider Sera à s'échapper.

34.

SERA

Les jours qui suivirent, le théâtre fut en proie à une vive agitation.

Un nouveau groupe d'hommes s'ajouta à la troupe habituelle de comédiens dont faisait partie James. Ils peignaient de gros pans de bois, sciaient des planches, suspendaient des lumières et lustraient les surfaces, passant d'étranges machines sur le sol et les sièges. Certains d'entre eux travaillaient sur une sorte de balançoire géante retenue par deux chaînes et accrochée dans le vide. Des femmes débarquèrent avec des bobines et des rouleaux de tissus bariolés. Elles taillèrent et cousirent en babillant. Elles jetaient régulièrement des coups d'œil curieux à Sera, bien que sa caisse ait été placée dans un coin de la scène, derrière Boris et son jardin, et qu'elle fût beaucoup moins visible qu'auparavant.

Depuis que Boris avait révélé l'existence de ses elfes à Sera, le jardin s'était épanoui. Et cette profusion de fleurs enthousiasmait l'homme à la barbe doublement tressée, un dénommé Martin. Parmi ces fleurs, des plantes aux pétales rayés rouge et or qui mordaient si on les approchait trop, d'autres qui scintillaient au moment du crépuscule, et d'autres encore qui changeaient de couleur en fonction des jours. Martin et ses adeptes évoquaient sans cesse Sera dans leurs discussions ; elle crut comprendre qu'on lui réservait un rôle dans l'histoire de James contre la Pélagienne. Leo n'était pas revenu lui apporter le collier de Leela, Agnes ne lui avait pas rendu visite non plus, et la graine d'espoir qu'elle avait plantée dans sa poitrine commençait à se flétrir.

Cinq jours après la visite de Leo, elle découvrit le rôle qu'elle devrait jouer dans la représentation.

— Alors, Martin, quel est le verdict ? s'enquit James. Quelle place notre amie argentée va-t-elle occuper dans le spectacle ?

— Il paraît que c'est une sorcière, chuchota Gwendivere à l'homme à la lèvre velue, un certain Grayson.

— Non, répliqua-t-il, on m'a dit que c'était une sorte de guérisseuse.

La femme poussa un petit cri de dédain.

— Ça m'étonnerait ! Non, on dit qu'elle peut blesser une personne rien qu'en la regardant. Apparemment, elle a entaillé le fils de Xavier.

Martin frappa dans ses mains.

— Votre attention, s'il vous plaît. Comme vous le savez tous, nous avons apporté quelques modifications à la dernière scène. Ma chère Gwendivere, lors de ta confrontation finale avec James, tu le poignarderas avec une lame empoisonnée. James, tu t'écrouleras à genoux en maudissant les déesses pélagiennes. William t'a écrit de très belles répliques. Nous ferons alors entrer en scène, euh, euh… comment l'appelle-t-on déjà ?

— Azure, répondit James.

— Oui. Nous ferons alors entrer Azure, qui descendra du plafond. Les projecteurs embraseront soudain la scène et James sera guéri ; il déclarera qu'il s'agit d'un miracle du seul Dieu véritable. Et le spectacle s'achèvera comme toujours. Gwendivere est vaincue, James rapporte Errol et Boris – et Azure – à Kaolin, la famine et la sécheresse cessent, et tout est bien qui finit bien. (Martin balaya la salle du regard.) C'est bon ? Tout le monde a suivi ? Excellent. Nous allons commencer à répéter ce nouveau dénouement sans Azure. Les techniciens n'ont pas fini d'installer son équipement.

Sera se demanda comment ils allaient s'y prendre pour la faire descendre du plafond. La réponse lui fut fournie plus tard dans la journée, lorsque Francis vint lui ouvrir la caisse.

Sera ne tenta pas de s'enfuir – il y avait trop de monde et elle n'irait pas bien loin. Il fallait qu'elle fasse confiance à Agnes, qui lui avait promis de l'aider. Leo également, si étrange que cela puisse paraître. Elle avait entrevu ses souvenirs, et tout ce qu'elle avait vu lui avait inspiré de la peine et de la compassion. À présent, elle ne pouvait plus le haïr. Elle le comprenait.

En revanche, elle détestait son père, Xavier McLellan.

Comme Francis ouvrait la caisse, James s'approcha d'un pas nonchalant. Il lui offrit son bras, qu'elle accepta parce qu'elle brûlait de toucher sa peau. Sa main était chaude et rugueuse. Il avait de larges paumes et des doigts puissants, et à son contact une onde de sensations lui parcourut le corps. Mère Soleil ! Comme c'était troublant d'être attirée par une personne. Sera se demanda comment ses mères faisaient pour ne pas se laisser distraire tout le temps les unes par les autres.

Ce fut un soulagement de sortir enfin de la caisse. Elle se mit debout et s'étira tandis qu'on faisait descendre l'espèce de balançoire du plafond par un système de poulie. Francis la fit monter sur la planche en bois et lui passa les poignets dans des menottes pour l'attacher. On lui dit que c'était pour qu'elle ne tombe pas. Francis avait l'air affligé. Il croisa son regard et articula : « Désolé. »

Il recula et la balançoire se mit à bouger. Au départ, Sera fut effrayée, mais passé cette première réaction, elle éprouva un sentiment de liberté. Elle s'éleva de plus en plus, loin des visages qui la scrutaient, loin de cette horrible caisse, et ce fut un peu comme lorsqu'elle grimpait sur la flèche du temple. Le plafond en verre se rapprocha. Son ascension se poursuivit jusqu'à ce qu'elle se retrouve derrière le rideau qui courait le long de la scène et que les sièges rouges eussent disparu de son champ de vision.

Elle regarda tout autour d'elle ; peut-être y avait-il une fenêtre ou une aération par laquelle elle pourrait se faufiler. Mais l'échafaudage auquel elle était attachée se fixait à des murs lisses et plats. Ni fenêtres ni portes. Aucune issue de secours visible. De toute façon, elle n'aurait jamais pu se défaire de ses chaînes.

— Elle est étrangement calme, là-haut, fit remarquer Martin.

— Je suppose que son espèce n'a pas le vertige, répliqua James.

Le vertige ? Sera faillit éclater de rire. Combien de temps allait-on la faire patienter ici ? Cela dit, elle était mieux en hauteur que dans sa caisse, au centre de tous ces regards dérangeants.

Au final, elle demeura plantée là tout l'après-midi. Les comédiens répétèrent la même scène encore et encore. On la fit descendre et remonter à plusieurs reprises. Elle n'allait jamais plus bas que la cime de Boris.

C'était à se taper la tête contre les murs. Sera avait l'atroce sentiment de perdre un temps précieux. Chaque seconde qui passait l'éloignait de son but. Elle aurait dû être en route pour Pelago, où l'attendait le cordon. Si seulement elle était sûre de pouvoir compter sur Agnes et Leo. Ils allaient forcément revenir dans cette salle à un moment donné. À moins qu'on ne les ait démasqués et exilés. Sera n'avait pas songé à cette possibilité. Et cette pensée la pétrifia. On la fit redescendre sur scène et on la remit de force dans la caisse.

Martin applaudit.

— Excellent travail ! Merci à tous ! Excellent travail ! Ça commence à prendre forme. Nous serons fin prêts pour le soir de la première, j'en suis convaincu. Et juste à temps, car c'est dans quelques jours à peine !

Les comédiens revêtirent chapeaux et étoles et quittèrent le théâtre par groupes de deux et de trois. Lorsqu'il ne resta plus que Martin et James, les portes de la salle s'ouvrirent et le roux dénommé Kiernan entra, suivi de Leo. Le cœur de Sera bondit d'espoir dans sa poitrine.

— Bonsoir, monsieur Jenkins, dit Kiernan en serrant la main de Martin. Monsieur Roth, dit-il en saluant James d'un geste de la tête. Comment ça s'est passé aujourd'hui ?

— Très bien, répondit Martin. Vous direz à Xavier que la fille s'en tire à merveille. La hauteur ne semble pas l'effrayer le moins du monde. Et comme vous pouvez le constater, Boris est en excellente forme. Je ne sais pas ce que Francis lui donne comme engrais, mais ces fleurs sont absolument…

— Sublimes, acquiesça Kiernan. Leo, nous allons prendre quelques échantillons des nouveaux boutons. Je ne les reconnais pas tous. Il se peut que Boris nous fasse cadeau d'espèces inédites. Comme c'est excitant !

À moitié dissimulée par les arbustes dans sa caisse, Sera ne quittait pas Leo des yeux ; elle avait tant de questions à lui poser. Elle attendit que l'occasion se présente.

— On m'a rapporté que vous aviez refusé l'offre de Xavier, commenta Kiernan en s'adressant à James. Vous ne souhaitez pas nous accompagner lors de notre expédition en train à travers Kaolin, M. McLellan fils et moi-même ?

Leo, qui s'apprêtait à couper une tige, se figea en plein geste. Sera tendit l'oreille.

— Je ne suis pas un commercial, répliqua James en décochant un sourire à Kiernan. Ma place est sur scène et si Xavier cesse de monter des spectacles, il me semble que nos chemins se sépareront et que je n'aurai plus le plaisir de travailler avec lui.

Kiernan posa sur lui un regard empreint de pitié.

— Mon cher ami, vous cesserez de travailler avec Xavier quand il l'aura décidé. On dirait que vous ne savez pas à qui vous vous mesurez. Ce n'est pas un homme à prendre à la légère. Et certainement pas un homme à qui on dit non. (Le visage d'ordinaire si joyeux de Kiernan s'assombrit.) Croyez-moi sur parole. Je sais de quoi je parle.

James dansa d'un pied sur l'autre.

— J'ai eu affaire à des hommes encore moins scrupuleux que lui.

— Non, rétorqua Kiernan. Vous vous trompez.

Son ton fit frissonner Sera.

James lissa sa tignasse en arrière pour camoufler son malaise.

— Bon, j'ai rendez-vous avec le directeur du théâtre Lugsworth. À plus tard.

— Alors comme ça, James ne fait pas partie de l'expédition ? demanda Leo après son départ.

— Si. Mais il n'en a pas encore conscience. (Kiernan poussa un soupir.) C'est un véritable gâchis. Il est si jeune et si talentueux. Mais je crains qu'il n'ait pas su dans quoi il se fourrait lorsqu'il a accepté de travailler pour votre père.

— Comme tant d'autres, remarqua Leo.

Kiernan esquissa un sourire.

— Xavier est un homme d'affaires hors pair. Il met un point d'honneur à tout savoir sur tout le monde.

— Qu'est-ce qu'il sait de compromettant sur vous ? demanda Leo.

Le sourire de Kiernan s'estompa.

— Disons qu'il m'a tiré d'une situation familiale compliquée, répliqua ce dernier.

Leo laissa tomber le sujet, mais Sera sentit qu'il n'était pas dupe de la réponse de Kiernan. Les deux hommes s'approchèrent du bassin d'Errol. Apparemment, Kiernan donnait des instructions à Leo ; il lui expliquait comment recréer le point d'eau à d'autres endroits, lui décrivant notamment le type de mousse, la température de l'eau.

— Il ne faut jamais toucher Errol à mains nues, insista-t-il. Ni avec un objet métallique. Son voltage est très élevé. Nous employons des crochets en bois ou des filets.

Sera patienta tant bien que mal tandis que Kiernan passait en revue toutes les consignes. Pourvu que Leo ne s'en aille pas sans qu'ils se soient parlé. L'occasion se présenta enfin. Kiernan, qui réunissait ses affaires, s'interrompit brusquement.

— Excusez-moi un instant, mon garçon. La nature m'appelle, dit-il. Il faut que j'aille aux toilettes avant qu'on parte.

— Pas de souci, monsieur Kiernan, répondit Leo. Je vais finir de rassembler le matériel.

Il s'agenouilla près de la sacoche et fit mine de ranger les échantillons avec précaution jusqu'à ce que Kiernan soit sorti. Puis il se précipita vers la caisse.

— Je t'ai apporté le collier, dit-il en fouillant dans sa poche. Agnes et moi travaillons de concert pour organiser ton évasion. Elle t'a obtenu une place sur un navire ! Mais il faut déjà qu'on te sorte d'ici. J'ai cru que je passerais plus de temps au théâtre maintenant que j'assiste Kiernan, mais cet homme est un vrai moulin à paroles ! Il peut passer des heures à te parler d'un échantillon d'eau ou de feuille ! Je suis resté coincé dans son labo pendant presque une semaine.

Enfin, il lui présenta le collier. Sera lâcha un petit cri, à mi-chemin entre le sanglot et le rire. Elle passa sa main entre les lattes et saisit la pierre de lune. Un objet si petit et pourtant d'une valeur inestimable. Un morceau de son monde, un lien avec son amie.

— J'aimerais bien te le rendre maintenant, mais si jamais quelqu'un le trouvait, on te le prendrait.

Sera n'arrivait pas à détacher son regard du bijou; ses yeux s'embuèrent.

— Je comprends. C'est déjà bien.

Elle effleura la pierre de lune.

— Le problème, c'est les Pemberton, dit Leo. Ils sont si nombreux. Jour et nuit, ils montent la garde devant le théâtre. À supposer que j'arrive à en distraire quelques-uns, ça ne suffirait pas. (Il poussa un soupir.) Outre le fait que je n'ai toujours pas la clé de cette fichue chaîne.

— Il n'y a pas de fenêtres? demanda-t-elle. Pas... pas de trou par lequel je pourrais me faufiler?

— C'est la seule fenêtre, répondit-il en indiquant le dôme en verre. Donc, à moins que tu saches voler de toit en toit... je ne pense pas...

— Oui! l'interrompit Sera, honteuse de ne pas y avoir songé plus tôt.

Le dôme en verre. Le seul endroit par lequel elle apercevait le ciel. D'où Mère Soleil lui envoyait des signaux.

— C'est par là que je vais sortir.

— Je ne crois pas que ça marcherait, répliqua Leo. D'abord, tu vas devoir y grimper, puis casser la vitre, et enfin te rendre jusqu'au port. Et comme je l'ai dit, à moins que tu ne saches voler...

— Ces toits, ils sont en forme de flèches? Ce sont des demeures, n'est-ce pas?

— Euh... oui, je suppose qu'il y a des flèches, des bâtiments résidentiels, des églises et des usines...

— Et ils sont proches ou espacés?

— Proches. Dans cette ville, la plupart des édifices sont entassés les uns sur les autres.

Sera afficha un sourire victorieux.

— Alors je peux voler.

La pierre de lune s'illumina comme pour applaudir ses paroles.

Leo eut l'air d'être sur le point de protester, mais il se ravisa.

— Ça ne nous dit pas comment on va te sortir de cette caisse.

— Je vais participer au spectacle, dit-elle, rêveuse. On me fait descendre du plafond sur une balançoire.

Elle examina le théâtre. Avec un peu d'élan, elle devrait être capable de sauter sur le deuxième balcon. Or les murs étaient couverts de lambris sculptés, ce qui fournissait des prises excellentes pour les mains et les pieds. Quant au dôme, il était constitué d'une armature en fer.

Elle poussa un soupir.

— Mais sur la balançoire, j'ai les poignets menottés. Et je ne sais pas comment ôter les bracelets en métal.

— En plus, tu devras trouver un moyen de passer au travers de la vitre, fit remarquer Leo.

Sera se mordit la lèvre.

— Je pense qu'il faut qu'on trouve une autre idée, dit-il. En outre, tu ne resteras pas longtemps sur la balançoire. Tu y seras seulement le temps… le temps du… (Il frappa sa main contre son front.) Le temps du spectacle. Le spectacle ! Mais c'est bien sûr ! Mon Dieu ! Se peut-il que ce soit si simple ? Enfin, pas simple, non, pas le moins du monde. Agnes va faire une crise cardiaque quand je lui en parlerai, mais…

— Leo, je ne comprends rien à ce que tu dis.

— Et si tu t'évadais pendant le spectacle ? Il y aura tellement de monde… il suffirait d'une diversion. Père sera complètement dépassé, il ne pourra pas maîtriser la situation. Ce sera risqué, et le timing sera serré. Mais on n'a rien sans rien, n'est-ce pas ? Quelle sorte de diversion, telle est la question…

— Bon, intervint Sera.

Il était grand temps qu'elle ait son mot à dire – après tout, c'était sa vie qui était en jeu.

Mère Soleil l'avait observée. Elle avait voulu la guider, lui montrer la sortie, et pendant tout ce temps, elle était restée à se tourner les pouces en se lamentant sur son sort.

— Nous avons une Céruléenne, un arboréal, et un mertag sous la main. Je suis certaine que Boris, Errol et moi pouvons élaborer un plan.

— Toi et… Boris… et Errol, répéta Leo. (Son regard navigua de l'arbre au bassin.) Tu arrives à communiquer avec eux ?

— Évidemment.

— Et les chaînes ? Ils peuvent t'aider à les retirer ?

— Non.

Une voix timide retentit en coulisse :

— Mais moi, si.

Leo sursauta. Francis sortit de la pénombre.

— Quoi… vous… vous avez épié notre conversation ? s'écria Leo.

Mais Francis avait les yeux rivés à Sera.

— Tu comprends notre langue, n'est-ce pas ? lui dit-il. J'en étais sûr. Je le devinais à ton regard. Et je ne demande qu'à t'aider, à vous aider tous, Boris, Errol et toi. Vous n'avez rien à faire ici. C'est mal. (Bouche bée, Leo et Sera contemplaient le jeune homme maigrichon et pâlot.) Je te libérerais sur-le-champ si je le pouvais, mais on ne me confie pas les clés. Les gens ne comprennent pas, vous savez. Ils se croient si intelligents et supérieurs. Et ils pensent que tout ce qui n'est pas humain est stupide. Mais j'ai travaillé avec les animaux toute ma vie avant de débarquer à Old Port. Ils sont aussi intelligents et sensibles que… que James Roth ou Xavier McLellan lui-même. (Il regarda Leo droit dans les yeux, comme s'il le mettait au défi de le contredire.) Je déteste cet endroit. Je déteste ce que votre père est en train de faire.

Leo était perplexe.

— Pardon... mais qui êtes-vous ? C'est vous qui leur donnez à manger, c'est ça ?

— Francis a toujours été très gentil, dit Sera en se cramponnant à la couverture qu'il lui avait donnée. Je pense qu'on peut lui faire confiance.

— Je peux m'occuper des menottes. C'est moi qui suis chargé de les lui mettre... je m'arrangerai pour ne pas les fermer. (Francis haussa les épaules ; son visage vira au rouge comme s'il avait honte de ne pas avoir mieux à leur proposer.) Si ça peut vous aider.

— Oui, murmura Sera. (Si seulement il pouvait la comprendre.) Oh ! Merci Francis. Merci !

— Elle vous remercie, traduisit Leo. Oui... merci.

Francis adressa un sourire timide à Sera.

La porte du théâtre s'ouvrit à la volée et Francis disparut en coulisse. Leo récupéra le bijou et le glissa dans sa poche. Une douleur parcourut les doigts de Sera à la perte soudaine de ce collier.

Je vais revenir, Leela, jura-t-elle.

— Fin prêt, monsieur Kiernan ? dit Leo en fermant la sacoche.

— Oui, oui, merci de votre patience. Je crains que mon ventre ne soit pas encore tout à fait habitué à la nourriture kaoline. Venez, retirons-nous dans mon laboratoire. Il faut que je range tous ces échantillons.

Leo se tourna à moitié vers Sera pour lui dire au revoir ; puis les deux hommes s'en allèrent. Les lumières s'éteignirent et les fleurs tapissant la mousse tout autour du bassin se mirent à luire. Sera leva les yeux sur le dôme en verre.

Je t'entends, à présent, Mère Soleil. Je te vois. Merci pour Agnes et Leo, pour Errol et Boris, pour Francis, et de l'espoir que tu m'as donné. Mais comment vais-je franchir ce plafond de verre ?

Une lumière au sol attira son attention. Un elfe s'extirpa des racines de Boris et trottina jusqu'à sa caisse. Elle tendit la main et il grimpa au creux de sa paume. Cette créature était légèrement plus épaisse et plus grande que la dernière. Sera s'attendit à la voir danser, mais à la place, elle décolla de sa main et tournoya dans les airs ; de petites flammèches s'échappèrent de ses minuscules membres. Un autre elfe jaillit d'une racine argentée et s'élança vers elle en volant dans un nuage d'étincelles. Ils voletèrent joyeusement l'un autour de l'autre avant d'atterrir et de disparaître sous Boris.

Elle ne s'était pas rendu compte qu'Errol observait la scène. Jusqu'à ce qu'elle aperçoive ses filaments phosphorescents qui s'illuminaient.

— *Les esprits des arbres !* s'exclama-t-il avec admiration. *Je n'en avais pas vu depuis des années. Étinceler et nager, ils savent. Voler et danser. Espiègles comme des fretins. Goûteux comme des fretins aussi. Mais il faut être prudent. Ils brûlent et mordent.*

Il sortit de l'eau et se mit à fouiller la terre.

— Errol ! Arrête ! Ne les mange pas, s'écria-t-elle.

— *Pourquoi pas, Sera Lighthaven ?* demanda-t-il en levant la tête.

Il avait le visage plein de terre. Une idée vint alors à Sera.

— Une diversion, murmura-t-elle. Boris, tu es réveillé ?

L'arboréal fit bruire ses branches.

— *Qui me parle ?*

— C'est Sera. (Boris oubliait toujours son prénom.) Dis-moi, combien d'elfes abrites-tu sous tes racines ?

— *Des centaines, et plus encore depuis que tu m'as offert des graines d'amour et de lumière. À l'époque si peu, si peu, sans Mère pour les guider. Leur foyer était perdu, à travers l'océan, à travers les années. Mais maintenant ils me tiennent chaud. Ils chantent dans leur sommeil.*

Des centaines. Ça devrait suffire, non ?

— Et que savent-ils faire, exactement ?

— *Pourquoi ?* fredonna Boris. *Ils peuvent faire tout ce que Mère leur demande.*

— D'accord. Tant mieux. (Sera réfléchit.) J'ai besoin de ton aide. Si tu es d'accord. Toi aussi, Errol.

Errol inclina la tête ; une pâquerette dépassait de la commissure de ses lèvres. Il l'avala.

— *Tout ce que tu désires, Sera Lighthaven.*

Sera contempla de nouveau le ciel.

— Il faut que je trouve le moyen de briser ce verre.

35.

AGNES

— Hors de question ! déclara Agnes une fois que Leo eut achevé le compte rendu de sa discussion de la veille avec Sera.

Ils flânaient dans les rayons d'une boutique de vêtements de luxe pour femmes, Elvira Chester, passant en revue les robes.

— C'est complètement tiré par les cheveux ! ajouta-t-elle.

— Comme tout le reste, souligna Leo.

— Et tu penses qu'on peut se fier à ce garçon ? Ce Francis ?

— Sera lui fait confiance. C'est lui qui s'occupe d'eux depuis qu'ils sont emprisonnés au théâtre. Il avait l'air sincèrement désireux de nous aider. Il ne semble pas porter Père dans son cœur. Et franchement, on a besoin de lui.

— Mais comment Sera est-elle censée passer au travers d'un plafond en verre ?

— Elle paraissait avoir une idée.

Agnes poussa un grognement d'exaspération et l'une des vendeuses lui décocha un regard dédaigneux.

Xavier avait insisté pour que Leo accompagne sa sœur et qu'ensemble ils lui choisissent une tenue pour le soir de la représentation. *Le Fabuleux Destin d'Olverin Waters et son triomphe sur la maîtresse des îles.* Tel était le titre de l'ultime spectacle de Xavier. Agnes trouvait ça très pompeux. Ça avait le mérite de faire passer le message. Xavier n'avait jamais fait dans la subtilité.

Lorsque Leo lui avait rapporté qu'Agnes ne possédait rien de convenable dans sa garde-robe, leur père les avait envoyés chez Elvira Chester, une boutique dont sa sœur avait horreur. Le royaume de la dentelle, des froufrous et du rose bonbon. Le pire, c'était la clientèle. De vieilles rombières qui passaient leur temps à maugréer, regrettant les anciens modèles, et de jeunes écervelées parlant mode ou diffusant les derniers potins mondains – qui venait de se fiancer, lequel parmi les jeunes célibataires d'Old Port avait la meilleure cote (la réponse étant encore et *toujours* Robert Conway), et ainsi de suite.

Ça permit néanmoins aux jumeaux de parler en privé sans éveiller les soupçons de leur père. Sur le trajet, le changement était palpable. Eux qui d'ordinaire ne s'adressaient pas la parole faisaient à présent des messes basses. Eneas les avait brièvement observés dans le rétroviseur avant de détourner le regard pour faire comme si de rien n'était.

La veille, Eneas avait envoyé la dissertation d'Agnes à l'université d'Ithilia. Sur le moment, elle avait éprouvé un sentiment d'accomplissement grisant. Cette sensation s'estompait peu à peu, remplacée par le sujet qui les accaparait. Au moins, elle avait tenté. Qu'on retienne sa candidature ou non, elle avait essayé.

Leo baissa la voix.

— Elle a des pouvoirs, tu sais. Peut-être qu'elle est capable de briser le verre ?

— Je ne crois pas que sa magie serve à ça.

— Qu'est-ce que tu en sais ?

— Je ne pense pas que ses pouvoirs soient offensifs, c'est tout. Sinon, elle aurait pu s'en servir pour rompre les chaînes de la caisse. Si elle possédait une espèce de superpouvoir, tu ne crois pas qu'elle l'aurait employé dès le départ, lorsque tu l'as capturée ?

Leo afficha un air coupable.

— On était tombés d'accord sur le fait que c'était notre faute *à tous les deux.*

Agnes leva les yeux au ciel.

— Je t'en prie, Leo ! C'est toi qui l'as attrapée ! Moi j'ai simplement mis trop de temps à réagir.

— Il faut toujours que tu aies le dernier mot, marmonna-t-il.

— Mademoiselle McLellan, je vous ai apporté une sélection de nos robes.

La vendeuse qui s'occupait d'elle était une blonde d'une vingtaine d'années prénommée Gertrude et qui ne cessait de regarder Leo en faisant ses yeux de biche. Son frère n'avait pas l'air de le remarquer, ce qui était tout à son honneur et prouvait qu'il était en train de changer.

Elle avait sorti un portant de robes, toutes plus roses et plus tartes les unes que les autres. Agnes croisa les bras sur sa poitrine.

— Non.

Gertrude parut déstabilisée.

— Mais vous ne les avez même pas essayées.

Agnes lui décocha un regard glacial.

— Non, répéta-t-elle.

— Vous n'avez rien dans les tons bleus ou verts ? suggéra Leo. Le rose, ce n'est pas trop sa tasse de thé.

— Bien sûr, monsieur.

On fit disparaître le portant.

— Voilà le hic, dit Leo sur le ton de la confidence.

Il répétait la même phrase depuis plusieurs jours. Agnes ne s'était pas rendu compte que faire équipe avec son frère résulterait en un million de questions auxquelles elle ignorait les réponses. Elle ne l'avait jamais perçu comme quelqu'un de curieux. Mais elle découvrait aujourd'hui une nouvelle facette de sa personnalité. Peut-être avait-elle toujours été là, dissimulée sous le vernis de la vanité, des excès et de l'orgueil, bien enfouie avec sa morale et sa conscience.

Ou bien c'était parce que leur père avait soudain moins d'emprise sur lui – sur eux deux. Pour la première fois de leur vie, ils faisaient équipe.

Et c'était agréable, en quelque sorte, même si elle aurait préféré mourir que de l'admettre.

— Oui, dis-moi. C'est quoi, le hic ?

— Bon. Tu t'es occupée du navire et Sera est en train d'élaborer un plan pour s'échapper du théâtre. Mais comment va-t-on se rendre du Maribelle au port ?

— Comment ça, « on ? rétorqua Agnes.

— Je vous accompagne à Pelago ! déclara-t-il.

— Non. Pas question.

— Bien sûr que si ! protesta-t-il.

— Mais je n'ai pas négocié une place pour toi sur le navire !

— Eh bien, fais-le.

— Sans blague, Leo ! (Malgré sa transformation soudaine, il voyait encore les choses d'un point de vue extrêmement masculin, ce qui la rendait dingue.) Je n'ai pas assez d'argent pour te payer le voyage !

Les mille krogers qu'elle conservait leur serviraient à payer la nourriture, les trajets restants et d'autres dépenses imprévues.

— Sans blague, Agnes ! l'imita Leo. Je n'ai pas besoin de ton argent. J'ai mes propres économies.

Leo avait raison. Il était libre de se rendre à la banque pour en retirer autant qu'il voulait sans lettre d'autorisation ni chaperon. C'était d'un sexisme écœurant.

— D'accord. Mais je ne peux pas retourner une troisième fois au port. D'après les journaux, ça devient très malfamé. En plus, imagine qu'un des hommes de Père me repère ?

Ses bateaux vont lever l'ancre pour Pelago d'un jour à l'autre.

— J'irai moi-même, dans ce cas. J'ai déjà rencontré Vada. Je la reconnaîtrai.

— Elle ne fera pas affaire avec toi, tu es un homme. Kaolin de surcroît.

Elle se sentit terriblement mesquine. Son frère voulait l'aider. En fait, il était le seul intermédiaire qui lui permettait de communiquer avec Sera pour le moment. Elle devrait lui en être reconnaissante. Et elle l'était.

Mais elle ne pouvait pas s'empêcher d'être un peu jalouse aussi. Ce n'était pas juste. C'était à elle de parler à Sera. C'était son plan au départ. C'est elle qui avait tout mis sur pied.

Leo ne se découragea pas. Il lui présenta son profil.

— J'ai la tête d'un Byrne. Ça a forcément de la valeur aux yeux des Pélagiens. Bon sang ! Personne parmi ceux que j'ai croisés jusque-là n'a manqué de me le faire remarquer. Eneas, Kiernan, et même Vada. Il serait temps que j'en tire enfin profit !

Il n'avait pas tort… N'avait-elle pas utilisé le nom de sa grand-mère pour convaincre Vada ? Elle se souvint alors que la jeune femme l'avait mise en garde contre Ambrosine, et elle craignit que Leo, en se servant de son apparence pour arriver à ses fins, n'en paie le prix fort.

— Tu l'as payée combien, déjà ? demanda Leo.

Elle fit la grimace.

— Deux mille krogers.

— Quoi ?! s'écria-t-il, outré. Deux… Tu as perdu la tête ? Elle est dingue ? C'est… c'est… de l'extorsion !

Deux filles qui gloussaient se turent et jetèrent un coup d'œil en direction de Leo.

— Parle moins fort ! siffla Agnes. Ce n'est pas de l'extorsion puisque je lui ai donné cet argent de mon plein gré. Aucun navire pélagien n'accepte de passager kaolin.

Et aucun navire kaolin ne prend à son bord une femme sans chaperon. Je n'ai pas franchement eu le choix. Attends-toi à ce qu'elle te demande deux mille à toi tout seul, vu que tu es un homme, et que tu es kaolin…

Leo s'imprégna de ses paroles. Il sembla prendre conscience des difficultés qu'elle avait dû surmonter, des facteurs qui ne lui avaient jamais posé de problème, en raison de son sexe.

— OK. Deux mille krogers. Ce n'est pas un souci.

— Pas pour toi, évidemment !

— Mais ça ne nous dit pas comment…

Leo fut interrompu par Gertrude qui revenait avec trois nouvelles robes.

— Pas de rose, cette fois, déclara la vendeuse en rougissant. Voulez-vous que je les pose dans la cabine d'essayage ?

— Oui, s'il vous plaît, répondit-il.

Agnes ne prit même pas la peine de jeter un œil à sa sélection. Elle referma le rideau.

— Nous vous appellerons si nous avons besoin d'aide, merci, dit Leo en congédiant la vendeuse.

— Très bien, monsieur.

Agnes déboutonna son chemisier.

— Tu as quand même mis le doigt sur un problème, dit-elle à travers le rideau. Je ne sais pas comment je vais me rendre au port. Je me suis dit qu'on prendrait un fiacre.

— Tu penses qu'il te suffira de héler un taxi ? Agnes, on va tenter de détourner l'attention. Le dôme va se briser, des bris de verre vont tomber, les spectateurs vont prendre peur, s'enfuir en hurlant. À mon avis, il va falloir qu'on se tire de là avant le chaos.

Il avait raison, et ça l'agaçait. Elle dégrafa sa jupe, qui tomba à ses pieds. La première robe était en soie bleu ardoise avec un corsage en dentelle noire et des manches larges. La jupe était ourlée de pompons noirs. Elle laça le corset tant bien que mal et écarta le rideau.

— Non, trancha aussitôt Leo.

— Tu ne penses pas que… ?

— Tu ressembles à une vieille veuve. Suivante.

Elle referma le rideau et ôta la robe. La deuxième était mauve avec des mancherons. Elle s'empêtra dans une montagne de jupons et eut toutes les peines du monde à l'enfiler. La jupe était ornée de rubans mauves et blancs.

— Sera dit qu'on la fait descendre sur une balançoire dans l'une des dernières scènes, poursuivit Leo. Il faut qu'on parte avant ça. Peut-être à l'entracte ? Mais Père risque de remarquer notre absence si on disparaît tous les deux en même temps…

Elle rouvrit le rideau et Leo écarquilla les yeux avant d'éclater de rire.

— Dieu du ciel ! Comment cette femme a-t-elle dégoté un poste dans cette boutique ?! s'exclama-t-il.

Agnes se laissa contaminer par son rire.

— OK, la dernière, dit-elle en priant pour que ce soit la bonne. (Elle en avait déjà marre de ce magasin et ne supportait pas l'idée de rester coincée ici tout l'après-midi.) Et si tu trouvais une excuse au moment de l'entracte ? dit-elle en refermant le rideau.

Elle eut un mal de chien à s'extirper de ses jupes.

— Quel genre d'excuse ?

— Je ne sais pas, tu travailles avec Kiernan. Tu peux peut-être prétexter qu'il y a un problème avec Boris ou Sera et qu'il faut que tu ailles y jeter un œil.

Un silence tomba de l'autre côté du rideau.

— C'est faisable. Et toi, alors ?

La dernière robe était très sobre. Un habit de satin rouge aux épaules dénudées, ajusté à la taille et agrémenté d'une traîne. Agnes revêtit la tenue en un clin d'œil. Elle était légère et extrêmement confortable.

— Ouah ! s'écria Leo lorsqu'elle apparut devant lui.

— Elle me plaît.

— Oui. C'est la bonne. Sans hésitation. En plus, le rouge sang est à la mode en ce moment. C'est parfait.

Rouge sang. Une idée vint à Agnes. Et un sourire étira ses lèvres. Ce serait désagréable, mais ça en vaudrait la peine.

— Quoi ? demanda Leo.

— Je sais comment quitter le théâtre au milieu du spectacle sans que Père pose aucune question.

De retour chez eux, Agnes porta la robe dans sa chambre et la suspendit à un cintre.

Plus que deux jours avant le spectacle. Le lendemain matin, le navire lèverait l'ancre. Avec un peu de chance, ils seraient tous à bord. Deux mille krogers… Pour cette somme, Vada pourrait quand même les laisser dormir sur le bateau. Ce serait la moindre des choses. Elle se demanda si Leo réussirait à la convaincre de lui vendre une place sur le navire. Elle songea un instant à retourner au port pour négocier en personne avec Vada, mais ce n'était pas une blague : le port devenait dangereux. Au fil des jours, de plus en plus de voyageurs, de chasseurs de trésors et d'aventuriers débarquaient à Old Port dans l'espoir de se lancer à la recherche des ruines et de s'en approprier les richesses. Les bagarres et les rixes ne cessaient de se multiplier, et la police renforçait sa présence sur les lieux. Quelques jours plus tôt, elle avait lu dans les journaux qu'on avait poignardé un homme pour une place sur un bateau. Même si elle avait hâte de revoir Vada, sobre cette fois, elle savait que le risque était trop élevé.

Agnes frémit. Elles allaient passer tant de temps toutes les deux sur le même navire… Peut-être était-ce en partie pour cette raison qu'elle avait rechigné à ce que Leo les accompagne. Comment pourrait-elle être elle-même, vraiment elle-même, en présence de son frère ? Comment Leo réagirait-il s'il découvrait son secret ? Il était en train de changer, certes, mais pas *à ce point* !

Mais à quoi bon se soucier de l'avenir quand le présent posait déjà problème ? Sera avait-elle trouvé un moyen de briser le dôme ? Était-on seulement sûr qu'elle pourrait y grimper ? Comment trouverait-elle le port ? Quel genre de diversion pourraient-ils causer ? D'après Leo, Sera communiquait avec les autres créatures. Mais Agnes ne leur faisait pas confiance. C'était une scientifique, après tout. Elle avait besoin de voir pour croire.

C'était si frustrant de ne pas pouvoir discuter de tout ça avec Sera. Des voix lui parvinrent du rez-de-chaussée et elle se figea. Son père. Et peut-être Kiernan. Elle aventura la tête par l'entrebâillement de sa porte.

— … pas convenable pour ce genre d'entretien, disait Xavier. Il s'agit de donner une certaine image de l'entreprise. Leo fera très bien l'affaire. Vous lui avez bien tout appris, n'est-ce pas ?

— Évidemment. J'ai toujours appliqué à la lettre ce que vous m'avez demandé. Mais je suis responsable d'eux. C'est moi qui les ai apportés, qui m'en suis occupé…

— C'est Leo qui m'a ramené la fille, et c'est la pièce cruciale du spectacle.

La voix de Xavier était glaciale. Un frisson s'empara d'Agnes.

Un silence pesant s'ensuivit. Puis son père appela :

— Leo !

Des bruits de pas longèrent le couloir et dévalèrent l'escalier.

— Oui, Père ?

— Je reçois demain au théâtre un journaliste de l'*Old Port Telegraph* pour une interview exclusive. Tu m'accompagneras. Apporte une seringue pour prélever du sang à la fille. Nous partirons à quatorze heures pile.

— Oui, Père.

— Bien. Veuillez m'excuser, Kiernan. J'ai du courrier à rédiger. Allez au port et vérifiez où en sont les navires. Et rendez visite à Roth. Je sais qu'il s'est entretenu avec Wilson Everett du Lugsworth. Rappelez-lui ses engagements.

— Très bien, répondit Kiernan d'une voix lasse.

La porte s'ouvrit et se referma. Leo gravit l'escalier.

— Tu as entendu ? chuchota-t-il.

— Regarde le bon côté des choses, dit Agnes. Ce sera sans doute notre dernière occasion de voir Sera avant le spectacle. Et de savoir si elle a trouvé un plan. Il faut que tu arrives à lui parler en privé.

— Je sais.

Ce soir-là, le dîner fut silencieux. Chacun des trois McLellan était perdu dans ses pensées. Xavier se retira de bonne heure et Leo alla se coucher peu après, tracassé par la journée qui l'attendait. Agnes aurait tout donné pour être à sa place. Elle avait horreur de se sentir impuissante.

Elle s'apprêtait à monter lorsqu'elle entendit le hululement d'une chouette, à l'extérieur. Deux fois, une pause, une fois.

Eneas.

Elle se précipita vers la fenêtre de la salle à manger et elle l'aperçut près de la voiture. Il lui fit signe de le rejoindre. Elle passa par la porte de la cuisine et le retrouva derrière un gros buisson de rhododendron.

— J'ai reçu une notification de la poste.

L'espace d'un instant, Agnes crut que c'était la réponse de l'université à sa dissertation. Mais c'était impossible. Elle venait de l'envoyer. Eneas lui tendit une enveloppe argentée d'une main fébrile. Elle était cachetée à la cire. Le sceau représentait un arbre en fleur avec un serpent rampant à ses racines.

— L'écusson des Byrne, dit-il d'une voix aussi tremblante que ses mains.

— Pardon ?

Agnes passa ses doigts sur la cire magenta.

— Rentrez ! Vite ! Vous la lirez à l'intérieur. Que personne ne vous surprenne.

Elle la glissa dans sa poche, pivota sur ses talons et s'élança vers la cuisine. Hattie, qui était en train de faire la vaisselle, sursauta. Une fois dans sa chambre, elle sortit la lettre. Son nom était magnifiquement écrit à l'encre noire. L'adresse de l'expéditeur n'était pas inscrite.

Elle décacheta l'enveloppe et sortit la feuille.

« Ma très chère Agnes,

« J'espère que cette lettre arrivera à bon port. J'ai des amis à l'université d'Ithilia qui m'ont appris une nouvelle surprenante (et heureuse). Viens me rendre visite à ton arrivée. Je n'en dirai pas plus dans cette lettre, si ce n'est que je me languis depuis longtemps de faire ta connaissance.

« Ta grand-mère qui t'aime,

« Ambrosine Byrne. »

Agnes relut la lettre à trois reprises ; à la quatrième lecture, les larmes lui brouillèrent la vision. Elle s'assit à son bureau et défroissa le papier en glissant la pulpe de ses doigts sur les mots, précieux comme des paroles.

Sa grand-mère savait qu'elle venait. Sa grand-mère souhaitait la rencontrer.

36.

SERA

Après le départ de Leo, Sera avait expliqué la situation à Errol et Boris et ils avaient parlé toute la nuit. Ils s'arrêtèrent au lever du jour, lorsque la troupe revint, mais reprirent leur discussion le soir tombé. Le matin suivant, elle eut le sentiment qu'ils avaient élaboré un plan solide.

Errol leur servirait de guide. Non seulement pour mener le bateau jusqu'à Braxos, mais aussi pour conduire Sera au port. Car une fois sur le toit du théâtre, elle n'aurait aucun repère. Errol n'était pas ravi à l'idée de conduire des humains jusqu'à son île sacrée.

— *Ils prendront et prendront*, avait-il bougonné. *Ils voleront sa beauté et ses richesses.*

— Pas ces humains-là, Errol, lui avait-elle promis. Ils ne sont pas comme ça.

Ça lui fendait le cœur d'abandonner Boris, mais il était tout simplement impossible d'emporter l'arboréal avec eux. L'arbre était néanmoins ravi de les aider ; il leur assura que ses elfes lui obéiraient et que les humains seraient incapables de détacher le regard de leur lumière glorieuse.

— *Ne sois pas triste pour moi*, avait-il fredonné. *J'ai vécu une longue vie, une bonne vie. Et tu m'as donné le plus beau des cadeaux. Tu m'as offert des graines de lumière et d'amour.*

Ils avaient trouvé une solution pour briser le plafond ; Errol avait un mécanisme de défense camouflé dans ses écailles et sa peau. Les couleurs qui parcouraient son corps ne lui servaient pas seulement à communiquer.

— *Nous autres mertags possédons l'éclair,* s'était-il vanté avec fierté lorsqu'elle lui avait exposé le problème du dôme. *Lorsqu'on se sent en danger, un courant traverse la surface de notre peau. Ça électrocute l'ennemi. Ça le brûle. Très mauvais, très efficace.*

— Comment les humains ont-ils pu t'attraper, alors ? Pourquoi ne t'es-tu pas servi de ton pouvoir pour te défendre ?

Errol avait froncé les sourcils.

— *C'est ce que j'ai fait. L'éclair ne marche qu'une seule fois. Ensuite il faut qu'il se recharge.* (Il avait ricané.) *Mais j'en ai touché un, oh oui, je ne l'ai pas raté ! Il réfléchira à deux fois avant d'approcher de nouveau un mertag. Maintenant, on ne touche Errol qu'avec du bois ou des filets, jamais la peau ou le métal.*

— Et tu penses que si tu touches le verre en activant ton système de défense, il se brisera ?

— *Je n'en suis pas certain. Mais attention ! Je serai accroché à ton dos tout du long. Je te brûlerai, mon amie. Par les coques et les palourdes, je te brûlerai.*

Sera avait souri.

— Ne t'en fais pas, Errol. Je cicatrise vite. Et j'ai affronté des dangers bien pires.

Errol avait paru sceptique, mais à ce stade, Sera était persuadée de pouvoir tout supporter. La douleur ne l'effrayait plus. Elle avait souffert le martyre en perdant sa Cité, sa meilleure amie et ses mères. Et elle avait survécu. Elle était prête à tout pour retrouver le cordon. Elle n'avait plus froid aux yeux. Désormais, une seule chose lui faisait peur : l'échec.

Le plus dur, ce serait le timing. Au moment où Sera descendrait sur la balançoire (Francis ne lui aurait pas mis les menottes), Boris la pousserait par-dessus le bassin et Errol sauterait pour l'attraper au passage. Il s'accrocherait à son dos. Sera devrait ensuite atteindre le balcon ; elle ignorait ce que le mertag pesait. Et il était impossible de faire un test préalable. Elle n'appréhendait pas de devoir grimper jusqu'au plafond. À vrai dire, l'escalade lui manquait. Elle avait envie de se sentir de nouveau elle-même, de se rappeler qui elle était. Sera Lighthaven. Une jeune fille libre !

Pour l'heure, elle devrait s'armer de patience. Une journée et une nuit entières s'étaient écoulées depuis la dernière visite de Leo. Pourvu qu'il revienne avant le spectacle du lendemain. Ils étaient à court de temps.

Au moins, Francis avait assisté aux répétitions ; il l'avait rassurée avec ses sourires et encouragée avec ses mots. Ça lui rappelait qu'elle n'était pas seule. Elle aurait aimé pouvoir le remercier. C'était le premier à lui avoir témoigné de la gentillesse sur cette planète, outre Agnes.

La porte claqua, interrompant brutalement ses pensées. Son cœur bondit quand elle aperçut le visage de Leo. Mais il n'était pas seul ; son père l'accompagnait. À sa vue, une boule de colère se forma dans son ventre. Il y avait deux autres personnes également. Un homme coiffé d'un chapeau mou et vêtu d'une veste en tweed ; il tenait un calepin et un stylo. Un autre le suivait avec une sorte de boîte munie d'une lunette.

— Par le seul et unique Dieu ! s'exclama l'homme au chapeau en balayant la salle des yeux. Qu'avez-vous fait à cet endroit, Xavier ?

— Je vous ai prévenu, répliqua le père de Leo. Ce sera une expérience unique. Du jamais vu ! L'arboréal a produit à une vitesse inouïe. Même mon scientifique pélagien n'en revient pas. Il dit qu'il est apparu de nouvelles espèces de fleurs. Raconte-lui, Leo.

Leo parut étonné qu'on s'adresse à lui.

— Euh, oui, celle-ci mord, attention à ne pas trop vous en approcher. Kiernan l'a baptisée Dent de Dragon. Quant à celles-là, elles changent de couleur en fonction de l'heure. Nous les avons surnommées Aube Crépuscule.

L'homme n'avait pas l'air intéressé par les fleurs.

— On raconte que vous collaborez de très près avec ce Pélagien… Ah ! (Il fouilla dans ses notes.) Ezra Kiernan. Ça fait un petit moment que vous n'avez pas été lié à une personne de Pelago, n'est-ce pas, Xavier ?

— Ezra m'est nécessaire, Rudolph, rétorqua Xavier. Je ne suis « lié » à personne, ajouta-t-il d'un ton dégoulinant de mépris. Mais pour me procurer ces créatures, il me fallait des hommes sur le terrain. Des hommes qui connaissaient bien le pays et savaient où orienter leurs recherches. Ezra était suffisamment qualifié pour cela.

— On rapporte qu'il est originaire de Culin…

— Question suivante, l'interrompit froidement Xavier.

Sera n'avait jamais connu personne d'aussi désagréable et tranchant. L'homme au chapeau passa au sujet suivant ; ils s'approchèrent du bassin.

— C'est ici qu'on garde le mertag, expliqua Xavier. Il nettoiera nos lacs et nos fleuves, réalimentera le golfe de Windsor et enrichira nos eaux. Grâce à lui, nous dépendrons moins des importations pélagiennes.

L'homme cessa d'écrire un instant pour sonder le point d'eau.

— Je ne vois rien.

— Il est timide, répondit sèchement Xavier. Leo, si tu veux bien t'en occuper.

Leo gravit les marches de la scène d'un air maussade. Il alla dans les coulisses. Mais avant de disparaître derrière le rideau, il décocha un regard contrit à Sera.

Un grincement retentit, et un filet s'abaissa au-dessus du bassin en se déployant comme une mâchoire. Quelques secondes plus tard, il ressortit de l'eau avec Errol dans ses mailles. Ses écailles, ses ailerons et sa queue étaient parcourus d'éclairs de couleurs.

— *Relâchez-moi !*

— Libérez-le ! hurla Sera.

Elle aurait mieux fait de se taire pour ne pas attirer l'attention sur elle. En plus, ils ne comprenaient pas son langage.

— C'était la fille ? s'enquit l'homme au chapeau, tâchant de la discerner à travers les arbustes.

Son assistant avait posé sa boîte sur un trépied. La lunette était orientée sur Errol. Un éclair jaillit, suivi d'un nuage de fumée.

— Remets-le dans l'eau, Leo, ordonna Xavier.

Et Errol fut lentement replongé dans son bassin. Les trois hommes montèrent à leur tour sur scène et le technicien focalisa sa boîte sur Boris et les fleurs. Encore des flashs et de la fumée.

— L'arboréal n'a l'air de rien comme ça, poursuivit le père de Leo, mais lorsqu'on l'a planté ici il y a environ un mois, la terre était complètement dépouillée. À présent, regardez !

Leo resurgit des coulisses d'un pas traînant tandis que Xavier expliquait à ses visiteurs comment il avait prévu d'exploiter ce pauvre arbre.

— Et maintenant, le bouquet final ! s'exclama Xavier quand l'homme au chapeau eut fini de rédiger des notes sur Boris.

Ils contournèrent le jardin pour rejoindre la caisse où était accroupie Sera.

— Leo, dit Xavier en indiquant la cage d'un geste nonchalant.

La mort dans l'âme, Leo sortit un objet de sa poche. Il crispait la mâchoire très fort et Sera crut que ses dents allaient éclater. Il s'accroupit près d'elle et lui murmura :

— Je suis vraiment désolé. Mais je t'en prie, donne-moi ton bras.

C'est la dernière fois que je laisse quiconque me voler mon sang, songea-t-elle en passant son bras au travers des lattes. Il ne fallait surtout pas éveiller les soupçons de Xavier. Leo maniait beaucoup moins bien l'aiguille que Kiernan. Lorsqu'il lui transperça la peau, elle esquissa une grimace de douleur. Il n'en préleva pas beaucoup, mais après coup, elle eut quand même un peu le tournis. Lorsqu'il se redressa, Xavier brandissait un couteau.

— À présent, ouvrez grands vos yeux et préparez votre appareil photo !

Xavier fit glisser la lame sur la paume de Leo. Sera eut l'impression qu'il tirait plaisir de cette petite démonstration ; une lueur malsaine brillait dans son regard. Leo subit en silence et sans ciller. Lorsque son père appliqua quelques gouttes du sang de Sera sur la plaie, sa peau cicatrisa instantanément et la coupure disparut. L'assistant fit fonctionner sa boîte à plusieurs reprises. L'homme au chapeau demeurait bouche bée.

— Que… ? Comment… ? Mon Dieu, Xavier. Mon Dieu ! C'est incroyable ! Un miracle !

— Oui, c'est le joyau du spectacle, acquiesça le père de Leo. En outre, elle n'est pas originaire de Pelago, ajouta-t-il comme si c'était sa plus grande qualité. Elle a été trouvée ici, à Kaolin, par mon fils.

— C'est impossible, répliqua l'homme en tendant le bras pour palper la paume de Leo.

Celui-ci réprima l'envie d'écarter la main. Mais il prit sur lui.

— Et si ! rétorqua Xavier. Vous l'avez vu de vos propres yeux. (Il frappa dans ses mains.) Allons, je pense que ça ira comme ça. Venez, je vous raccompagne. Je vais en profiter pour vous montrer les peintures que j'ai commandées pour le foyer du public. Des œuvres originales de Graham Willowby.

— Je croyais que Willowby avait pris sa retraite, commenta l'homme au chapeau.

— Je sais me montrer très persuasif.

L'assistant gloussa. Leo s'attarda derrière eux.

— Je vais arroser Boris, Père. Certaines de ses fleurs ont l'air d'avoir soif.

Sera fut forcée d'admettre qu'il mentait bien.

Son père fronça les sourcils.

— Très bien. Retrouve-nous dans le foyer.

— Oui, Père. Je n'en ai pas pour longtemps.

Il alla chercher l'arrosoir, et le temps qu'il revienne avec, les trois hommes avaient quitté l'amphithéâtre.

— Je suis désolé, répéta-t-il, lâchant l'arrosoir et s'agenouillant près de la caisse. Je n'ai vraiment pas eu le choix. Si mon père avait soupçonné quoi que ce soit…

— Je comprends.

— Nous n'avons que très peu de temps…

— Je sais.

Elle lui décrivit le plan que Boris, Errol et elle avaient élaboré. Leo écarquilla les yeux. Lorsqu'elle eut achevé ses explications, il s'assit par terre et poussa un profond soupir.

— Tu veux dire qu'il y a des centaines de lutins… là-dessous ? s'exclama-t-il en pointant du doigt les racines de l'arboréal.

Sera hocha la tête.

— Boris, tu veux bien montrer à cet homme l'un de tes elfes, s'il te plaît ?

Leo fut encore plus surpris d'entendre le langage fredonnant qui jaillit des lèvres de Sera. Une minuscule créature phosphorescente surgit de la terre et s'envola dans les airs, la tête nimbée de flammèches. Elle exécuta quelques figures aériennes à l'intention de Leo.

Il eut un mouvement de recul et Sera éclata de rire.

— Elle ne te fera pas le moindre mal, le rassura-t-elle. Elle est inoffensive.

— OK.

Il était embarrassé par sa réaction. Cependant, sa surprise donna un regain d'espoir à Sera. Ces lutins feraient une excellente diversion. Si Leo réagissait ainsi face à une seule créature, imaginez un peu ce qu'une centaine d'entre elles seraient capables de provoquer chez le public.

— Elles sont plutôt sympathiques en réalité. Très douces. Elles adorent danser.

L'elfe flotta jusqu'à Leo en tournoyant. Il atterrit sur son genou et esquissa une révérence. Puis il sauta par terre et trottina jusqu'à Boris, soufflant un baiser en direction de Sera avant de disparaître sous la terre.

— Ouah ! Oui, je pense que ça fera l'affaire. Ça devrait faire une bonne diversion.

— Leo ! appela son père.

Il bondit sur ses pieds comme s'il venait de recevoir une décharge électrique.

— J'arrive, Père ! (Il se tourna vers Sera.) On se voit demain soir.

— À demain, dit-elle.

Il parut vouloir ajouter quelque chose. Au lieu de quoi il quitta la scène et remonta l'allée à toute allure, la laissant seule avec ses amis. Elle contempla le dôme en verre. Le ciel était aussi bleu que les myosotis dont Leela faisait des couronnes de fleurs.

J'arrive, mères, promit-elle. *J'arrive, Leela.*

SIXIÈME PARTIE

La Cité du Ciel
et
Old Port City, Kaolin

37.

LEELA

Leela dut attendre jusqu'au lendemain soir pour retourner aux jardins de la Lune, car elle ne pouvait pas fureter en toute tranquillité pendant la nuit du Chant.

Les voix des novices résonnaient à travers toute la Cité ; la lueur des bougies qu'elles portaient se reflétait sur les sentiers pavés de verre, accompagnant leurs pas. Elles chantèrent toute la nuit durant. Leela avait toujours aimé la nuit du Chant, mais cette année, cette fête l'agaçait plus qu'autre chose. Elle était impatiente, elle avait les nerfs à vif. Elle avait besoin de découvrir ce qui se cachait sous cette statue, certaine que les réponses à ses questions se trouvaient à portée de main. Elle s'était repassé en boucle la vision qu'elle avait eue en touchant la pierre de lune, cet étrange lieu avec le bel arbre et les fleurs rose fuchsia. Et le rire de Sera, qui avait semblé jaillir de la statue d'Aila. Et les inscriptions qu'elle avait vues sur la colonne de l'obélisque.

Sera. Le cordon. La pierre de lune. Cet escalier. Estelle. D'après Kandra, toutes ces choses étaient liées d'une certaine manière. Leela se les répéta encore et encore, comme si le lien allait soudain lui sauter aux yeux. Mais les premières lueurs du jour se faufilèrent dans sa chambre et les chants s'estompèrent sans qu'elle ait résolu l'énigme. Ce soir, les novices dormiraient paisiblement et le temple baignerait dans le silence. C'était l'occasion ou jamais. De toute façon, elle ne pouvait pas se permettre d'attendre plus longtemps.

Sera. Le cordon. La pierre de lune. Cet escalier. Estelle.

Sera. Le cordon. La pierre de lune…

Elle se redressa soudain dans son lit, le cœur battant la chamade. La pierre de lune possédait certains pouvoirs bien que personne ne sache vraiment en quoi consistait cette magie. Et Leela était la seule à savoir que Sera en avait emporté un morceau avec elle dans sa chute. Aujourd'hui, les quelques blocs de pierre de lune qui demeuraient encore dans la Cité provoquaient chez Leela des visions, lui faisaient entendre des éclats de rire, lui faisaient entrevoir des inscriptions, et lui dévoilaient un escalier souterrain secret. Et le cordon ne s'était pas rompu. Et si Sera était en vie ? Et si elle tentait d'établir un contact avec Leela par l'intermédiaire de la pierre de lune ?

Elle rejeta sa couette et enfila une robe. Il fallait qu'elle s'entretienne avec Kandra. Elle devait lui parler du collier.

— Petit déjeuner? dit sa mère orange en remuant une casserole sur le poêle et en bâillant.

L'odeur des pommes de terre au romarin fit gargouiller son ventre, mais elle n'avait pas le temps de manger.

— Je vais me laver dans l'Estuaire, mère, mentit-elle. Garde-m'en une part, ça sent délicieusement bon.

— Je ne te promets rien. Ta mère céladon est affamée, répondit-elle avec un clin d'œil.

Leela s'efforça de rire et lui posa un baiser sur la joue. Elle sortit et emprunta un sentier peu fréquenté qui la fit passer devant la volière et les jardins communs en périphérie de la Cité.

Elle n'osait pas croire aux conclusions qu'elle avait tirées. Pas encore. Si jamais elle se trompait, elle ne le supporterait pas. Ce serait comme perdre Sera une seconde fois. Mais la pierre de lune recelait un secret, une particularité ignorée de tous, qui avait disparu des mémoires céruléennes au fil des siècles.

Elle atteignit l'ancienne demeure de son amie. Un profond silence y régnait. Ni murmures ni effluves de petit déjeuner. L'allée qui menait jusqu'à la porte d'entrée lui parut infiniment longue. Puis elle aperçut le salon de Sera, son canapé tapissé de bleu, Les fleurs séchées accrochées aux murs. Elle s'attendait presque à voir surgir Sera à tout instant de sa chambre, s'arrêter brutalement et lui reprocher d'être en retard.

— Leela ?

La mère céladon de Sera se tenait dans le couloir, une brosse à cheveux en argent dans les mains. C'était la brosse de Sera, celle que Kandra n'osait pas toucher.

— Bonjour. J'aurais aimé m'entretenir avec Kandra.

La mère céladon de Sera tressaillit, et Leela se rendit compte qu'elle n'avait jamais prononcé ce prénom en sa présence. Personne ne savait qu'elles étaient devenues amies.

— Elle s'est rendue en maison d'accouchement à l'aube, répondit-elle en se cramponnant à la brosse.

— Oui, je... j'ai entendu dire qu'elle allait avoir le bonheur de porter un autre enfant.

À peine eut-elle dit cela qu'elle se sentit embarrassée. Ces paroles lui semblèrent déplacées.

— C'est vrai. Elle a reçu la bénédiction de la grande prêtresse. (Seetha afficha un sourire d'une tristesse infinie.) Nous lui sommes reconnaissantes d'avoir choisi notre famille. Sera serait...

Elle laissa sa phrase en suspens. Un silence lourd de chagrin tomba entre elles, jusqu'à ce que Leela ne le supporte plus.

— Pardonnez-moi de vous avoir dérangée de si bonne heure, dit-elle en reculant.

Elle sortit de la demeure et s'élança sur le sentier. Elle savait où se rendre mais il fallait d'abord qu'elle trouve un subterfuge pour réussir à entrer en contact avec Kandra sans que personne la voie. Elle serait dans le pétrin si on la surprenait. Une fois qu'une saison des naissances débutait, les maisons devenaient un lieu sacré où seules les sages-femmes et les mères violines étaient acceptées. Elle franchit l'Estuaire par le pont Occidental et la forêt de l'Aube se dressa devant elle avec son feuillage multicolore. Elle se fraya un chemin à travers les arbres. Grâce à ses visites nocturnes, elle connaissait le bois par cœur.

À l'approche de la première maison, elle s'arrêta et se dissimula derrière un vieux chêne. Comme les demeures étaient dépourvues de fenêtres, il était impossible de deviner dans laquelle se trouvait Kandra. Depuis cet angle, l'obélisque était invisible. Elle se faufila d'arbre en arbre en tendant l'oreille dans l'espoir d'entendre la voix de Kandra. Bientôt, l'obélisque apparut et des picotements lui parcoururent les veines tandis que sa magie s'animait. Comme si la pierre de lune se souvenait d'elle et lui souhaitait la bienvenue. Elle aperçut Plenna qui entrait dans la dernière maison, à l'extrémité du demi-cercle que formaient les habitations, une pile de linge dans les bras. Elle s'empressa de se cacher derrière un tronc.

— Leela ?

Elle sursauta et se retourna, se retrouvant nez à nez avec Kandra, qui portait un seau d'eau.

— Qu'est-ce que tu fabriques ici ? s'exclama-t-elle en allant rejoindre Leela dans sa cachette.

— Il fallait que je vous voie pour vous dire…

— Me dire quoi ? Oh ! Leela ! Si on te surprend ici… La grande prêtresse est venue nous rendre visite il y a à peine une heure !

— Il y a un élément que je vous ai caché, reprit Leela. Un secret que personne ne connaît. (Elle marqua une pause et prit une profonde inspiration.) Il y a près d'un an, Sera et moi, nous fouillions les berges de l'Estuaire et j'ai… j'ai trouvé un morceau de pierre de lune.

Kandra poussa un petit cri.

— Pardon ?

— J'ignore d'où il venait. Nous n'en avons parlé à personne. Nous ne voulions pas que ça se sache.

Leela était rouge de honte.

— Il n'y a pas eu de nouvelle pierre de lune dans la Cité depuis des siècles ! s'exclama Kandra, stupéfaite.

— Je sais. C'était peut-être mal de notre part, mais Sera et moi nous voulions que ça reste entre nous. On ne pensait pas causer de tort à qui que ce soit. On croyait que la pierre de lune ne possédait pas de vertus particulières. J'en ai fait un pendentif en forme d'étoile à multiples branches. Je l'ai accroché à une chaîne et je l'ai offert à Sera avant qu'elle…

Une lueur illumina le regard de Kandra.

— Le cadeau que tu tenais à lui donner en privé. Je m'en souviens. La fine chaîne à son cou. Elle ne nous l'a jamais montrée, et nous avions d'autres priorités à ce moment-là…

Leela déglutit.

— Oui. Mais maintenant, je pense qu'une connexion s'est établie entre la pierre de lune et Sera. La vision que j'ai eue, les inscriptions sur l'obélisque, et… et la voix de Sera. Je l'ai entendue par l'intermédiaire de la statue d'Aila. Elle riait. Ou elle pleurait. Les deux peut-être. Je ne suis pas certaine. Mais je sais que c'était Sera.

Un voile de tristesse passa sur le visage de Kandra.

— Je sais à quel point tu as besoin d'y croire, mais…

— Un filet d'air frais s'échappe du socle de la statue de Faesa, l'interrompit Leela avec ferveur. Et je vous parie que c'est pareil pour les statues d'Aila et de Dendra. Ce soir, je vais me rendre aux jardins de la Lune et je vais découvrir ce qui se cache au-dessous de ces sculptures. Il existe un lien entre elles, même si je ne sais pas encore de quelle manière.

— Non. Tu n'iras pas. C'est trop dangereux.

— Kandra ? appela une sage-femme. Où es-tu ?

— Il faut que je file. (Kandra lui baisa le front.) Je t'en prie, sois prudente. Ne prends pas de risques inutiles.

Elle se dirigea ensuite vers la clairière pour rejoindre sa maison.

Le cœur de Leela battait à tout rompre. Elle attendit un long moment avant de reprendre le chemin de chez elle. La réaction de Kandra n'avait pas ébranlé sa détermination d'un iota. Elle avait la ferme intention de découvrir ce qui se trouvait sous cette statue, et elle le ferait ce soir. Chaque minute lui paraissait durer une heure. Chaque heure, une journée entière.

Ses mères étaient de très bonne humeur pendant le dîner. Une mère violine vint leur rendre visite pendant qu'elles prenaient leur tisane et posa tant de questions à la mère violine de Leela que la jeune fille dut prendre congé. Elle avait déjà bien assez à faire avec ses propres questions.

Le silence s'abattit enfin sur la demeure et Leela se glissa à l'extérieur par la fenêtre de sa chambre et s'empressa de rejoindre le temple. Il faisait nuit noire, et comme prévu, les novices qui avaient passé une nuit blanche la veille étaient exténuées. Elle se faufila dans les jardins de la Lune jusqu'à la statue de Faesa, baignée du clair de lune. Elle s'agenouilla et sentit l'air frais émanant de sa base. Puis elle se releva et plongea son regard dans celui de la statue dans l'espoir que d'autres inscriptions apparaîtraient. Rien. Elle se tint immobile un long moment.

Un papillon atterrit dans les mains en coupe de Faesa et fit battre ses ailes argentées à deux reprises. Leela tendit le bras et il s'envola. Elle effleura la pierre de lune.

À son contact, sa magie s'anima et une autre vision lui apparut. Cette fois-ci, c'était une salle différente, plus petite. Dans un coin, une vasque en cuivre, dans un autre, un bureau et une chaise. Il y avait quelqu'un dans la pièce. Une personne brune au teint d'albâtre et aux yeux turquoise. Une personne telle qu'elle n'en avait jamais vu. Et il y avait quelque chose qui n'allait pas, outre son teint, et Leela n'arrivait pas à mettre le doigt dessus. La voix de Sera résonna, comme venue des profondeurs d'un puits :

— Leela, murmurait-elle.

Le cœur de Leela cessa de battre un instant et la vision s'estompa dans une explosion d'étincelles bleues. Lorsqu'elle regarda de nouveau la statue, des inscriptions étaient apparues le long de la robe de Faesa.

Montre-moi, dit-elle en silence à la pierre comme elle l'avait fait avec l'obélisque, sauf que cette fois, son cœur était moins hésitant et une détermination formidable enflait en elle. *Montre-moi le secret sur lequel tu reposes.*

La statue de Faesa coulissa sur le côté, révélant un escalier sinueux en verre, qui plongeait dans les ténèbres. Son pouls s'emballa et un puissant frisson la parcourut. Elle n'avait jamais été aussi effrayée de sa vie.

— Sera se trouve-t-elle dans ce gouffre ? demanda-t-elle à voix haute.

Cependant, Faesa n'était qu'une statue et ne pouvait pas lui répondre. Leela eut l'impression que ses os s'étaient transformés en air et une légèreté troublante l'envahit.

Elle adressa une prière à Mère Soleil et se mit à descendre les marches.

38.

AGNES

Le théâtre Maribelle était bondé.

Eneas se gara devant l'entrée principale. Le cœur d'Agnes battait à tout rompre. Elle avait passé le trajet coincée entre son père et son frère à tâcher de s'agiter le moins possible. Dans sa pochette brodée de perles, elle avait glissé les mille krogers, la lettre d'Ambrosine, et la photo de sa mère. Elle était terrifiée à l'idée de transporter des documents illicites alors qu'elle était accompagnée de son père, mais c'était tout ce qu'elle emportait. Elle se demanda si Leo avait lui aussi planqué des choses dans la veste de son smoking, des choses qu'il ne voulait pas abandonner à Old Port.

Elle n'avait pas encore parlé à Leo de la lettre de leur grand-mère ; pour l'heure, ils avaient d'autres chats à fouetter. Et de toute façon, s'ils n'atteignaient pas le port, la lettre n'aurait aucune importance. Son frère lui avait rapporté le plan d'évasion de Sera. Tout cela lui semblait tiré par les cheveux. Elle ne maîtrisait rien et il y avait de fortes chances pour que ça cafouille. Si ça ne fonctionnait pas… Elle préférait ne pas y penser.

L'article sur le dernier spectacle de Xavier était paru dans le *Telegraph* de ce matin-là, et c'était sans doute pour cette raison que la foule emplissait les rues et se dirigeait vers le théâtre. En faisaient partie des groupes de manifestants solites dénonçant l'hérésie des créatures, ennemies du seul Dieu véritable, et clamant qu'on devrait les brûler sur le bûcher. Et des groupes de miséreux d'Old Port implorant Sera de les guérir. Xavier les avait-il remarqués ? Difficile à dire. Son père parut perdu dans ses pensées durant tout le trajet. Il avait le regard fixé à la vitre, les yeux dans le vide, l'esprit ailleurs. Étrange. Cela faisait des mois, voire davantage, qu'il attendait ce moment.

Lorsque la voiture s'arrêta, il se ressaisit. Un journaliste le reconnut et hurla : « Monsieur McLellan ! » Et soudain, ils furent cernés par la foule. Eneas se fraya un passage parmi les reporters en jouant des coudes. Il ouvrit la portière arrière.

— Souris, Agnes, ordonna Xavier sans même lui accorder un regard.

À son grand dam, ses lèvres se retroussèrent machinalement. Leur père sortit de la voiture en premier. Agnes et Leo échangèrent un regard, puis elle glissa sur la banquette et prit la main que lui offrait Eneas. Leo la suivit et ils escortèrent leur père jusqu'à l'entrée du théâtre, Leo à sa droite, Agnes légèrement en retrait, une mise en scène à laquelle ils étaient habitués après tant de premières.

C'est la dernière fois, s'aperçut Agnes. *Quoi qu'il advienne, je n'aurai plus jamais à subir cette épouvantable mascarade.*

Derrière un périmètre de sécurité délimité par un cordon rouge, la presse s'en donnait à cœur joie, les mitraillant de flashs et de questions. Les cris étaient assourdissants, la lumière aveuglante. Chaque fois qu'une photo d'elle paraissait dans un journal, Agnes avait une tête atroce. Les yeux plissés, le nez froncé, comme éblouie par le soleil.

On la bombarda de questions.

— Qu'est-ce que ça fait d'être fiancée ?

— Un sourire, mademoiselle McLellan !

— Agnes, quel couturier portez-vous ?

On ne demandait jamais à Leo de quelle marque était son smoking ! En plus, c'était lui qui avait choisi cette fichue robe ! Agnes afficha son sourire le plus radieux et se tut.

— Xavier, qu'est-ce qui a motivé votre décision de quitter l'univers du théâtre pour vous lancer dans cette aventure pélagienne ?

— Une aventure *pélagienne*? (Xavier toisa le journaliste de son air le plus méprisant.) Mon seul objectif est de réparer le tort causé à notre pays. Mon but est de rendre à Kaolin sa gloire originelle, et j'emploierai tous les moyens dont je dispose. Je suis un patriote, monsieur. Tout ce que je fais est soumis au regard du seul Dieu véritable, et il lit dans mon cœur. Ces créatures que j'ai découvertes vont guérir nos terres et nos mers. Les rendre de nouveau fertiles. Peu importe d'où elles viennent, l'essentiel, c'est ce qu'elles sont capables de faire.

— Vous rendre riche, par exemple ? lança un autre reporter.

Agnes le reconnut vaguement. C'était un journaliste qui était plutôt dans les petits papiers de son père.

Les yeux de Xavier étincelèrent à la lumière des flashs.

— C'est déjà le cas, mon cher Rudolph.

Ils firent de nouveau semblant de sourire pour présenter à la presse le portrait de la famille kaoline parfaite, le père au milieu, prenant ses deux enfants par les épaules.

S'il savait ce que ses rejetons mijotaient…

Cette pensée arracha un sourire sincère à Agnes.

Ils entrèrent enfin dans le foyer du théâtre. On avait disposé des buffets de part et d'autre du grand hall. Les bouteilles de champagne refroidissaient dans des seaux à glace, les flûtes en cristal étaient alignées. Les serveurs se faufilaient à travers la foule pour présenter des plateaux d'amuse-bouche aux spectateurs – rouleaux de saumon fumé et toasts au caviar. Un quatuor à cordes jouait dans un coin du foyer, près de l'escalier menant au balcon.

Lorsqu'il s'agissait de promouvoir son affaire, Xavier McLellan ne faisait pas les choses à moitié.

Sur des chevalets, on avait placé des photos agrandies. Celles qu'elle avait vues chez elle, plus une photo de Sera vêtue de sa robe rose en dentelle et coiffée à la mode kaoline. Elle semblait apeurée. Les hommes faisaient la queue pour enchérir, s'arrachant les services de Boris et Errol. Éleveurs de bétail, propriétaires de grosses exploitations dans l'ouest du pays, industriels de la pêche venus du golfe de Windsor. Mais la file la plus longue était celle consacrée à Sera. Une goutte de sang qui pouvait tout guérir ? Les enchères n'en finissaient pas de grimper. Les prix atteignirent des sommets, car la quantité proposée était très limitée. Agnes aperçut une photographie de l'échantillon de sang que Kiernan avait prélevé à Sera durant la soirée de leur père. Apparemment, c'était tout ce qui était à vendre pour le moment. Xavier n'était pas fou. Il n'allait pas saigner sa poule aux œufs d'or.

Agnes fixa la photo du flacon d'un regard haineux. C'était tout ce que son père obtiendrait de Sera. Il ne lui prendrait pas une goutte de plus. Elle s'en fit la promesse.

— Leo.

Xavier n'eut même pas à élever la voix. Ses enfants tournèrent la tête dans sa direction comme par automatisme. Il se tenait en compagnie du maire et de deux conseillers municipaux.

— Viens, ces messieurs souhaitent entendre le récit de la capture d'Azure.

Leo poussa un soupir.

— Je reviens, marmonna-t-il.

— Joue ton rôle, lui rappela Agnes.

— Bien sûr, très chère sœur, répliqua-t-il en se composant un sourire débonnaire avant de rejoindre les quatre hommes.

Le maire lui serra la main et, sous le regard fasciné d'Agnes, Leo se mit à raconter l'histoire avec enthousiasme, comme s'il était redevenu l'ancien Leo.

— Votre frère a l'air de s'amuser, fit remarquer Ebenezer Grange en s'approchant d'elle avec deux flûtes de champagne.

Il en tendit une à Agnes.

— En effet. Rien ne lui fait plus plaisir que de fanfaronner devant des vieillards pleins aux as.

Ebenezer éclata de rire.

— Alors, comment ça s'est passé à la taverne ?

Elle piqua un fard.

— Oh ! bien. Ça a été.

— Personne n'a tenté de vous voler votre vertu, j'espère ?

Agnes avala sa gorgée de travers.

— Non, bien sûr que non. Merci encore de m'y avoir déposée.

— À votre service. (Il trinqua avec elle et contempla les photos.) Ça me met aussi mal à l'aise que l'autre soir, chez vous. Voir tous ces gens se les arracher comme des morceaux de viande.

— En effet.

— Vous avez assisté aux répétitions ?

— Non. Père ne m'y aurait jamais autorisée. Leo y a déjà eu droit pour les autres spectacles mais pas moi.

— Étrange qu'il n'y ait qu'une seule représentation, songea Ebenezer à voix haute.

— Eh bien, Père a du pain sur la planche ! Il faut qu'il sauve l'ensemble du pays ensuite, répliqua Agnes avec ironie. Il ne peut pas se permettre de perdre du temps à donner davantage de spectacles.

Ils échangèrent un sourire de connivence. Les lumières vacillèrent dans le foyer, invitant les spectateurs à gagner leur siège.

— On se retrouve à la fin, dit Ebenezer.

Une boule se forma dans la gorge d'Agnes. Elle voulut lui dire qu'elle s'en allait, qu'elle était navrée, et que si elle avait dû épouser un homme de Kaolin, elle aurait aimé que ce soit lui. Mais elle ne pouvait prononcer aucune de ces phrases, aussi se contenta-t-elle de hocher la tête avec un sourire, posant son verre sur le plateau d'un serveur qui passait par là. Leo entra le premier dans la salle et elle était sur le point de le suivre quand son père l'attira à l'écart.

— Ne va pas croire que je ne sais pas ce que tu manigances, dit-il à voix basse. (Le cœur d'Agnes sombra.) Je sais que tu t'es rendue au port à plusieurs reprises. Combien de fois vais-je devoir te le répéter, Agnes ? Tu ne mettras jamais les pieds à Pelago. Si un de mes hommes te revoit là-bas, j'annulerai ce mariage et je te ferai enfermer dans un lieu sombre et reculé d'où tu ne pourras plus causer le moindre tort à notre famille. Suis-je suffisamment clair ?

La mort dans l'âme, Agnes baissa le menton et acquiesça. Sa tête se mit à tourner et ses doigts s'engourdirent. Son père s'éloigna et elle le suivit d'un pas résigné.

Il savait pour le port. En revanche, il ignorait tout de ses vrais projets. Autrement, il l'aurait déjà envoyée au couvent. Elle prit place sur son fauteuil, évitant le regard de Leo pour ne pas éveiller davantage les soupçons de leur père. Peu à peu, son pouls se calma et sa détermination reprit le dessus. Plus forte que jamais.

Leur plan allait marcher. Pas le choix.

Xavier McLellan ignorait ce qu'on lui réservait.

Les lumières diminuèrent et l'assistance se tut. Martin Jenkins surgit de derrière les rideaux, accueilli par une salve d'applaudissements.

— Mesdames et messieurs, bienvenue à la première et dernière représentation du prestigieux spectacle *Le Fabuleux Destin d'Olverin Waters et son triomphe sur la maîtresse des îles* ! (Tonnerre d'applaudissements.) La plupart d'entre vous auront certainement lu le journal d'aujourd'hui. Vous savez donc que ce spectacle inclut des interprètes uniques ainsi que l'actrice la plus talentueuse de Kaolin, lady Gwendivere, et sa star montante, le seul et unique James Roth ! (Sifflements et acclamations noyèrent ses paroles pendant quelques instants.) Évidemment, c'est une tragédie pour la communauté du spectacle de perdre un homme comme Xavier McLellan, mais nous lui souhaitons le meilleur dans sa nouvelle aventure, un projet qui ne manquera pas de renforcer les richesses naturelles de Kaolin ainsi que son peuple. Merci Xavier de tout ce que vous avez fait pour le théâtre d'Old Port. Et maintenant, sans plus attendre, je vous invite à vous asseoir, à vous détendre et à profiter du spectacle !

39.
LEO

Force était d'admettre que la pièce était de grande qualité.

Le jardin créé par Boris conférait plus de vie et de couleurs à la scène que n'importe quel décor factice. Les fleurs qui bordaient l'eau produisaient une faible lueur ; du bassin émanait une aura magique. Le public avait vraiment l'impression d'être transporté dans une forêt lointaine et ensorcelée. Le dôme en verre, peu habituel dans un théâtre, ajoutait à l'atmosphère envoûtante, donnant le sentiment au spectateur de se trouver à la belle étoile. James Roth était incroyable, Grayson Riggs hilarant comme toujours, et lady Gwendivere jouait le rôle de la méchante Pélagienne à la perfection.

Errol fit son apparition au milieu du premier acte, lorsque le filet descendit du plafond pour le recueillir dans ses mailles. Un arc-en-ciel de couleurs balaya ses écailles tandis qu'il se débattait dans son piège sous les regards stupéfaits du public. Leo révisa alors son opinion sur la pièce. C'était lamentable. Assise à la gauche de leur père, Agnes était à la fois fascinée et écœurée. Il se rappela qu'elle n'avait jamais vu Errol qu'en photo.

Pendant que lady Gwendivere caquetait, expliquant à l'assistance son intention de garder jalousement le mertag pour alimenter et fertiliser l'étang de son parc, l'attention de Leo se détourna de la scène. Il songeait à Sera. Se trouvait-elle encore dans son horrible caisse ou bien l'avait-on déplacée pour gagner de l'espace dans les coulisses ? Il se demanda si elle était aussi nerveuse que lui.

Il tapota la poche de son pantalon pour la énième fois de la soirée. Ouf ! le collier y était toujours. Avec Agnes, ils étaient convenus de n'emporter que le strict minimum de manière à ne pas éveiller les soupçons de leur père. Leo était prêt à parier les quatre mille krogers qu'il avait dissimulés sur lui (dans les poches intérieures de sa veste, à l'extrémité de ses mocassins, et dans l'élastique de son caleçon) qu'Agnes avait pris la photo de leur mère. Leo ne possédait aucun objet de valeur sentimentale. En revanche, il avait promis à Sera qu'il lui rendrait son collier. Et plutôt mourir que de ne pas tenir parole.

Il avait laissé ses boutons de manchettes favoris sur sa commode à l'intention de Janderson. Il les avait accompagnés d'une note : « Merci de m'avoir supporté. » Son valet avait amplement mérité ce cadeau.

Le premier acte s'acheva sur le départ de James pour Pelago dans le but de libérer Boris et Errol des griffes de lady Gwendivere et de les ramener à Kaolin pour sauver son exploitation et mettre un terme à la famine qui rongeait son pays. Le rideau s'abaissa et le public éclata en applaudissements. Xavier se caressa le bouc sans applaudir. Il ne le faisait jamais lors de ses propres spectacles. Avant, Leo prenait ça pour un signe de force et de pouvoir. Aujourd'hui, il trouvait qu'en agissant ainsi son père passait simplement pour un grossier personnage.

Les lumières se rallumèrent. Agnes était blême et fébrile ; elle avait le front luisant. On aurait dit qu'elle était sur le point de vomir. Il fallait qu'elle prenne davantage sur elle. Si jamais Xavier avait le moindre soupçon, ils seraient fichus. Heureusement, leur père n'accorda pas même un regard à sa fille. Le maire et sa femme, qui étaient assis dans la loge juste derrière la leur, s'étaient penchés en avant pour le féliciter.

— Mon Dieu ! Cet homme-poisson était extraordinaire, Xavier. J'ai bien cru qu'Arabella allait s'évanouir.

— Mais cet arbre est absolument charmant. Quant au jardin… Je n'ai jamais vu des fleurs pareilles !

— Je vous demande pardon, Père, intervint Leo. Kiernan m'a demandé de jeter un coup d'œil aux créatures durant l'entracte. Simple mesure de précaution.

Xavier lança un bref regard à Leo.

— Vas-y, dit-il en le congédiant d'un geste de la main.

Leo jeta un regard éloquent à Agnes. Elle se leva, visiblement mal à l'aise.

— Je vais me chercher un rafraîchissement, dit-elle d'une voix qui manquait de naturel.

Leur père fit mine de ne pas l'avoir entendue ; il s'était tourné vers le maire sans prendre la peine de l'écouter. Leo et Agnes rejoignirent tous deux le foyer du public ; il la prit par le coude.

— Ressaisis-toi, siffla-t-il. On dirait que tu es sur le point de tourner de l'œil.

— Père sait que je me suis rendue au port.

— *Quoi ?*

— Il m'a prise en aparté avant le début de la pièce. Il m'a menacée. Je suppose qu'il va être déçu…

— Il sait que nous sommes de mèche ?

Elle secoua la tête.

— Il pense que je cherche à échapper à mes fiançailles en m'enfuyant à Pelago. (Elle afficha un visage triste.) Pauvre Errol, murmura-t-elle. Dans ce filet… Et Boris est si charmant. Ils sont réels, Leo. Ils sont merveilleux et réels et… bon sang ! Père est un vrai monstre ! Comment peut-il les traiter de cette manière ?

— Oui, oui, nous savons déjà tout ça. Mais nous avons notre propre rôle à remplir. Il faut faire confiance à Sera maintenant. Elle les aidera à s'enfuir.

— Pas Boris, répliqua Sera. (Leo crut qu'elle allait pleurer. Mais elle prit une profonde inspiration pour se donner du courage.) Je sais. Tu as raison. Mais c'est très perturbant. (Elle poussa un grognement.) J'aurais dû me douter qu'un de ses espions me surprendrait au port.

— Au moins, il ignore tes véritables intentions, marmonna Leo en balayant les lieux du regard.

Les gens discutaient du premier acte tout en sirotant du champagne et en grappillant du caviar. Il fallait qu'il se rende dans les coulisses. Il désirait revoir Sera une dernière fois avant qu'ils ne mettent leur plan à exécution.

— Je vais m'arranger pour qu'un taxi nous attende près de la porte de service. Tu partiras quand…

— Quand James Roth et Grayson Riggs commenceront à se battre en duel. Je sais. (Agnes pressa sa pochette contre son cœur et porta le regard vers lui. Ses yeux cannelle étaient nerveux.) Dis-moi qu'on va y arriver.

— On va y arriver.

Elle lui adressa un sourire hésitant.

Leo se fraya un passage parmi la foule et rejoignit les coulisses, où il fit semblant de vérifier la mousse dans le bassin d'Errol juste au cas où son père serait en train de le surveiller.

— Prépare-toi, Errol, c'est bientôt à toi de jouer, murmura-t-il.

Puis il gravit les marches de la scène et se glissa derrière le rideau. Les techniciens préparaient le décor du deuxième acte. Il ne vit pas la caisse de Sera.

— Elle est dans la loge numéro trois, lui apprit Francis. (Leo se retourna.) Celle qui est gardée par une armée de Pemberton.

— Merci.

— Je ne la laisserai pas tomber, promit-il.

— Je sais, répliqua Leo.

Il le pensait. Ce jeune homme avait un grand cœur et il était sincère. Leo se demanda comment une personne bien comme lui avait pu se retrouver au service de Xavier McLellan.

Il voulut lui parler mais les mots lui manquèrent. De toute façon, c'était trop dangereux. Il lui tendit la main.

Avec un sourire, Francis la lui serra.

— Bonne chance, dit-il. Prenez soin d'elle.

Leo hocha la tête, une boule dans la gorge. Il rejoignit la loge et les molosses s'écartèrent lorsqu'il mentionna son père. La pièce était petite et chaude. Une vasque en cuivre d'un côté, un bureau de l'autre. Sera était assise dans un fauteuil en cuir. Lorsqu'il entra, elle se leva.

— Leo !

Un sourire lui fendit le visage. Un sourire. Qui lui était destiné à lui ! Leo se sentit tout chose. On avait baigné Sera, on lui avait fait un chignon. Elle portait une stupide couronne en forme de soleil mais sa robe était magnifique – taillée dans un tissu champagne en satin qui épousait ses formes de manière très sexy. Il boutonna la veste de son smoking et s'éclaircit la voix.

— Il est presque l'heure, dit-il. Je vais chercher un taxi qui nous conduira Agnes et moi au port. D'après ma sœur, notre navire est petit et se situe à l'extrémité nord des quais. Il s'appelle le *Maiden's Wail*.

— C'est noté, répondit Sera avec un hochement de tête. Errol clame qu'il peut trouver n'importe quel bateau, de jour comme de nuit. Il a l'air très sûr de lui.

— Ça en fait au moins un.

Sera fit un pas vers lui. La chaleur de son corps l'irradia ; son parfum floral l'enveloppa.

— Je t'ai mal jugé, dit-elle.

Il déglutit avec peine, envoûté par son regard saphir.

— Non. Tu ne t'es pas trompée. Mais tu m'as changé. Et je... je t'en suis reconnaissant.

Il se baissa comme s'il s'inclinait devant une Kaoline de haut lignage. Sera était tellement plus précieuse que ces filles-là. Le rouge lui monta aux joues et il se redressa, embarrassé. Il se sentait un peu stupide. Sera avait pourtant l'air ravie.

— C'est comme ça que les Kaolins se disent au revoir ? demanda-t-elle.

— Euh, non. C'est une manière de témoigner son respect.

— Ah !

Sera enregistra ce nouvel élément et tâcha de le mettre aussitôt en application. Elle s'inclina à son tour.

— Comme ça ?

— Oui, répondit-il en laissant échapper un sourire. Au fait ! (Il glissa la main dans sa poche.) Comme promis, je te l'ai apporté. Je te le rendrai dès qu'on sera en route pour Pelago. Loin d'ici.

Leo lui tendit la pierre ; elle étincela au creux de sa paume. Sera observa la chaîne, les larmes aux yeux.

— Leela, murmura-t-elle en prenant le bijou en coupe.

— Cinq minutes ! cria une voix de l'autre côté de la porte.

— Il faut que j'y aille, dit Leo. (Elle lui rendit le collier à regret.) On se retrouve au port.

Elle hocha la tête.

— On se retrouve au port.

— Bonne chance, Sera.

Elle vrilla son regard au sien.

— Je n'ai pas besoin de chance. Mère Soleil veille sur moi.

— Demande-lui de veiller sur moi aussi. Et sur Agnes, tant qu'on y est.

Ils allaient avoir besoin de toute l'aide possible.

Sera afficha un sourire plus radieux que le soleil qui lui auréolait la tête.

— Elle prendra soin de vous.

40.

AGNES

— Où est ton frère ? demanda Xavier lorsqu'ils regagnèrent leur fauteuil pour le deuxième acte.

— Il m'a dit que la fille s'agitait, répondit Agnes. (Son frère et elle avaient répété la scène la veille au soir.) Il va rester avec elle en coulisse pour la calmer.

— Espérons qu'il en soit capable, bougonna Xavier.

Agnes préféra se taire. Elle ne mentait pas avec autant d'aplomb que Leo.

Les lumières baissèrent et le rideau se leva. C'est à peine si elle prêta attention aux dialogues. Sera était-elle montée sur la balançoire ? Pourvu qu'ils puissent vraiment se fier à ce Francis… Et Errol, serait-il vraiment en mesure de briser le dôme ? Tant de questions qui accaparaient ses pensées. D'autant plus qu'elle n'assisterait pas au déroulement de l'opération. Autrement dit, ses questions resteraient sans réponses jusqu'au tout dernier moment.

Agnes attendit et attendit encore, véritable boule de nerfs. Elle contint son agitation, les mains cramponnées à sa pochette.

Grayson Riggs apparut enfin sur scène, dégaina son épée, et provoqua James Roth en duel.

— Père, chuchota-t-elle. (D'un geste, il la somma de se taire.) Père, insista-t-elle.

— Quoi ?!

— Il faut que j'aille aux toilettes.

— Tu attendras la fin du spectacle.

— Non, c'est pressant. C'est… (Agnes prit son courage à deux mains.) Ce sont mes menstruations, Père.

Xavier devint blanc comme un linge. À croire qu'elle venait de lui avouer avoir assassiné quelqu'un.

— File, dit-il sans la regarder.

Elle quitta leur loge et dévala l'escalier jusqu'au foyer, réprimant un petit cri de victoire. Comme c'était facile de manipuler un homme à Kaolin ! Il suffisait de faire référence à un « problème de femme ». Lorsqu'elle avait présenté son idée à Leo, sa simple réaction l'avait convaincue. Il lui avait suffi de voir son expression pour savoir que ça marcherait.

Le foyer du public était désert, à l'exception des serveurs qui finissaient de ramasser les flûtes, les assiettes et les serviettes froissées. Agnes poussa la porte d'entrée et passa entre les Pemberton sans ralentir le pas, s'éventant le visage pour indiquer qu'elle avait besoin de prendre un peu l'air. Sa robe ne lui donnait pas une grande liberté de mouvement, et elle vacilla à cause des fichus talons que Leo l'avait obligée à chausser. Elle parvint finalement au coin de la rue et tourna.

Son frère était introuvable. Il devait l'attendre au bout de la rue, sauf que celle-ci était déserte. Il n'y avait personne, et surtout, aucun véhicule. Elle jeta un coup d'œil derrière elle et se rendit compte que la rue du Maribelle était également dénuée de vie. Elle réunit sa traîne dans une main et pressa le pas. Elle dépassa deux Pemberton postés devant la porte de service et détourna le visage pour qu'on ne la reconnaisse pas.

— Tout va bien, mademoiselle ? demanda l'un d'entre eux.

— Oui, ça va, je vous remercie, répondit-elle d'une voix totalement dépourvue de naturel.

Agnes ne ralentit qu'une fois arrivée à l'intersection suivante. La rue qui longeait l'arrière du théâtre était également déserte mais elle comprit pourquoi en apercevant un cordon sur sa gauche : la police avait délimité un périmètre de sécurité. Le quartier était assailli par la foule. Son père avait dû faire appel à l'un de ses contacts dans la police. C'était la seule explication possible. Comment justifier autrement la présence d'un si grand nombre d'agents ?

Mais cela ne lui disait pas où était passé Leo. Elle longea l'arrière du théâtre sans succès. Nulle trace de son frère. Que faire ? Il ne l'aurait jamais abandonnée ainsi. Naguère peut-être, mais plus maintenant. Il était aussi impliqué qu'elle dans ce plan.

Elle descendit la Cinquante et unième Rue pour rejoindre Loxman Avenue où se trouvait l'entrée principale du théâtre. Il allait peut-être falloir qu'elle parte chercher un taxi elle-même. Elle avait presque atteint l'angle de la rue lorsqu'elle vit Leo approcher. Il dévalait Loxman depuis le nord.

— Te voilà ! s'écria-t-elle. Où étais-tu… ?

— Pas de taxi, dit-il, à bout de souffle. (Il se plia en deux et appuya ses mains sur ses genoux.) Certaines rues sont bondées de monde ; il y a quelques voitures. (Il indiqua le théâtre d'un geste.) Des voitures de police pour la plupart. C'est un cauchemar. On va devoir marcher jusqu'à Oxbridge voire Wellfleet Avenue. Jamais un fiacre ne passera le périmètre de sécurité.

— Mais ça va nous prendre trop de temps, non ?

En outre, la police risquerait de les reconnaître. Et la foule leur bloquerait le passage.

— Vada ne peut pas veiller sur Sera le temps qu'on arrive ? s'enquit Leo.

— Elle ne sait pas qui est Sera ! répliqua Agnes, dépitée. Oh ! Leo ! Qu'est-ce qu'on va faire ? Qu'est-ce qu'on va faire ?!

Elle se tordit nerveusement les mains, se maudissant de ne pas avoir anticipé ce problème, et de ne pas s'être mieux préparée en cas d'imprévu.

— Je ne sais pas. Mais il ne faut pas rester ici. Sinon Père…

— Vous deux, là-bas, je peux vous aider ?

Un Pemberton aux épaules puissantes et au nez cassé à plus d'une reprise, qui était jusque-là posté devant le théâtre, s'approcha d'eux d'un pas peu rassurant.

Leo improvisa. Il était vraiment doué pour le mensonge.

— Je cherche notre voiture, dit-il d'un ton pompeux. La pièce était trop éprouvante pour ma sœur. Je crois que cet épouvantable homme-poisson lui a fait peur. À vrai dire, il m'a effrayé moi aussi. Vous avez vu cette créature ?

— Non, répondit le Pemberton.

— Eh bien, je ne vous le recommande pas. Ce vieux Xavier a perdu la tête, si vous voulez mon avis.

Agnes commençait à se demander combien de temps Leo allait pouvoir tenir lorsqu'une voiture verte se gara le long du trottoir, à leur hauteur. Eneas en jaillit et fit le tour du véhicule pour leur ouvrir la portière arrière.

Elle le fixa d'un air ahuri. Heureusement, Leo fut plus vif qu'elle.

— Où étiez-vous passé ?! s'exclama-t-il. Ça fait plus de cinq minutes qu'on poireaute !

— Toutes mes excuses, Monsieur, répondit Eneas en s'inclinant.

Leo saisit Agnes par le bras et la poussa sur la banquette arrière.

— Raccompagnez-nous sur-le-champ à la maison ! ordonna-t-il au chauffeur. Bonsoir, monsieur, ajouta-t-il à l'intention du Pemberton qui les observait d'un œil méfiant.

Eneas démarra et s'éloigna du théâtre ; il salua un officier de police qui, ayant l'air de le connaître, lui ouvrit la barrière de sécurité donnant sur la Cinquantième Rue. Le silence s'étira jusqu'à ce qu'ils aient quitté Central Square pour s'engager dans le quartier plus résidentiel de Graham Hill. Eneas mit le cap sur Seaview Drive, qui longeait la côte et débouchait sur le port.

— Comment saviez-vous que nous avions besoin d'aide ? demanda Agnes.

— J'ai aperçu votre frère qui courait dans la rue comme un dératé. Et je me suis dit que le plan que vous maniganciez depuis une semaine ne devait pas se passer comme prévu.

Il lui décocha un sourire espiègle dans le rétroviseur. Agnes était bouche bée.

— Vous saviez ? s'étonna Leo.

Eneas partit d'un petit rire.

— Je vous connais depuis votre naissance. Vous n'avez jamais cessé de vous tirer dans les pattes. Et soudain, vous vous mettez à vous parler poliment et vous cessez de vous battre ? (Il secoua la tête.) Vous avez de la chance que votre père ne supporte pas de poser les yeux sur vous, dit-il à Leo. Autrement, il aurait également remarqué votre petit jeu.

Leo crispa les mâchoires.

— Quant à vous, poursuivit Eneas à l'intention d'Agnes, j'ai entendu dire qu'une riche Kaoline était allée trouver une corsaire pélagienne au Wolfshead. Franchement, Agnes, le Wolfshead ? De toutes les tavernes, il a fallu que vous choisissiez la plus malfamée ?

Un sentiment de honte la saisit. Elle avait cru passer inaperçue, mais en réalité on l'avait remarquée comme un éléphant dans un magasin de porcelaine.

— Je sais, dit-elle. L'un des hommes de mon père m'y a vue.

— Ça ne m'étonne pas. Vous avez de la chance qu'il ne vous ait pas immédiatement enfermée à double tour, répliqua Eneas en dépassant un fiacre d'une extrême lenteur. Je suppose que vous avez réservé une place sur un navire en partance pour Pelago ? À moins qu'Ambrosine ne vous ait envoyé un bateau ? Vous ne m'avez jamais dit ce que racontait cette lettre.

— Quelle lettre ? s'enquit Leo.

Agnes l'interrompit d'un geste de la main.

— Non, ce n'est pas ma grand-mère. En revanche, elle souhaite me rencontrer. Un employé de l'université lui a appris que j'avais postulé là-bas. Elle était au courant de mon arrivée prochaine.

— Quelle univer… ?

— Une seconde, Leo. Eneas, nous voulons emmener Sera – la fille que Leo et moi avons trouvée dans les plaines –, nous voulons l'emmener à Pelago. Avec Errol, le mertag. Ils ne méritent pas le sort que Père leur réserve. Et je veux aider Sera à retourner chez elle, si possible. Nous pensons que les ruines sont liées d'une manière ou d'une autre à sa cité.

Eneas garda les yeux rivés à la route.

— Et il est impliqué dans tout ça ? demanda-t-il en jetant un coup d'œil à Leo. *Il* va aller à l'encontre de l'autorité de cet homme ?

— Oui, répliqua Leo en haussant le menton.

Eneas l'observa dans le rétroviseur. Son visage se fendit alors d'un grand sourire.

— Eh bien ! vous avez peut-être hérité davantage de votre mère, après tout !

Ils finirent par rejoindre le port. Eneas se gara près des quais.

— Et vous ? s'enquit Agnes. Si jamais mon père découvre que vous nous avez aidés, vous aurez de gros ennuis.

Eneas tourna la tête vers elle et plongea son regard noisette dans le sien.

— Ma chère, j'ai fait une promesse à votre mère sur son lit de mort. Celle de veiller sur ses enfants, de m'assurer qu'on s'occupait bien d'eux et qu'on les aimait. Quel qu'en soit le prix. Je n'ai pas toujours été en mesure d'honorer cette promesse. Mais c'est vous que je sers, pas cet homme. Je ne resterai pas dans cette horrible ville. Ne vous en faites pas pour moi. (Il les considéra tous les deux et reprit d'une voix attristée.) Elle aurait été fière de vous. Très fière, même. (Il se racla la gorge.) À présent, filez. Bonne chance. Si jamais vous faites une halte à Arbaz, mentionnez mon nom au marché local. Ma sœur pourra vous aider. Elle s'appelle Phebe Ofairn.

— Merci, dit Agnes. *Feados na thaeias dul leatsou.*

Il sourit.

— Que les déesses vous protègent, vous aussi.

Leo ouvrit la portière. Ils étaient sur le point de sortir lorsque Eneas ajouta :

— Une dernière chose. (Il hésita.) Méfiez-vous de votre grand-mère. Je sais que vous avez hâte de la rencontrer, Agnes, mais… essayez de voir les choses telles qu'elles sont et non pas telles que vous voudriez qu'elles soient. Maintenant, filez !

Ils s'empressèrent de descendre et claquèrent la portière. Eneas s'éloigna et ils suivirent la voiture du regard jusqu'à ce que les feux arrière disparaissent dans l'obscurité. Le port était moins animé que durant la journée, mais il y avait tout de même beaucoup plus de monde qu'en temps normal à cette heure de la nuit. Musique et éclats de rire s'échappaient d'une taverne proche. Un homme ivre passa près d'eux en sifflant d'un pas titubant. Agnes se rappela soudain qu'elle portait une robe d'un prix exorbitant et que, dans sa pochette, elle dissimulait une somme énorme. Elle serra son sac sous son bras et se tourna vers Leo, qui contemplait le ciel étoilé.

— Regarde, dit-il en pointant une constellation. Le Harem d'Aethus.

Elle esquissa un faible sourire.

— Les plaines de Knottle. J'ai l'impression que ça fait une éternité, n'est-ce pas ?

Il hocha la tête, le regard toujours rivé au ciel. Agnes eut le sentiment qu'il songeait à autre chose, à quelque chose de plus personnel.

— Elle va venir, hein ? Elle va y arriver. Elle va nous rejoindre.

— Oui, lui assura Agnes en lui touchant le bras.

Elle se demanda si la soudaine dévotion de son frère à leur cause n'était pas due à autre chose qu'une simple prise de conscience.

— Elle va nous rejoindre. Allez. Trouvons le bateau.

41.

SERA

Pendant que Sera attendait sur la balançoire, la pièce se poursuivait sur la scène en contrebas.

La jeune fille sentait encore la pierre de lune de Leela au creux de sa paume, comme si elle s'était imprimée dans sa peau. La gemme avait toujours été chaude. Mais cette fois, lorsqu'elle l'avait touchée, elle était presque bouillante, comme les mains de la grande prêtresse. Fidèle à sa parole, Francis lui avait mis les menottes sans les verrouiller. Une fois qu'on l'avait eu hissée dans les airs, il lui avait suffi de remuer les poignets pour se libérer des bracelets.

Elle se cramponna aux chaînes non par peur du vide, mais pour canaliser ses nerfs. La liberté était pour ainsi dire à portée de main, pourtant le plus gros restait à faire. Ses pouvoirs fredonnaient en elle, crépitant et tambourinant comme s'ils avaient conscience que l'heure était cruciale et que le moment était venu pour elle de se mettre en route et de rejoindre le cordon.

Elle jeta un coup d'œil en contrebas. James et le dénommé Grayson faisaient mine de se battre en duel. Elle se demanda comment elle se sentirait une fois de retour dans la Cité, sachant désormais ce qu'elle ressentait pour les hommes. C'était toujours mieux que de se croire incapable d'aimer. Elle se résignerait sans doute à mener une existence dépourvue de désir, de ce genre de désir.

En revanche, elle serait de nouveau entourée de ses mères et de Leela. Il faudrait s'en contenter.

Pour une raison inconnue, le visage de Leo lui apparut à l'esprit. Elle le revit s'incliner face à elle pour lui témoigner son respect. Comme promis, il lui avait rapporté son collier. Tous les mâles n'étaient pas si mauvais, en fin de compte, même ceux qui avaient paru l'être au départ. Les gens pouvaient changer.

Le duel s'acheva et Gwendivere entra de nouveau en scène. Elle se disputa avec James et fit semblant de le poignarder.

Nous y voilà. La balançoire s'abaissa lentement. *Mère Soleil, donne-moi du courage.*

À son apparition retentirent des cris suivis d'un tonnerre d'applaudissements. Sera ne comprenait pas ce qu'ils célébraient ; elle n'avait rien fait. Pas encore, du moins. Elle sentit le feuillage de Boris lui caresser le pied.

Je peux le faire.

— Vole, petit arbuste, souffla Boris.

Et ses branches se ployèrent sous la balançoire et la propulsèrent par-dessus le bassin. Le public retint son souffle. À cet instant, la scène s'emplit de lutins surgis de la terre dans un tourbillon de flammèches, telles des abeilles dorées. Ils fusèrent dans toutes les directions en formant diverses figures au grand plaisir du public, extatique, qui se leva de conserve et se mit à trépigner en frappant dans ses mains. À ce spectacle, James et Gwendivere s'étaient figés, médusés. Sera se balança d'avant en arrière dans un nuage d'elfes scintillants.

— Maintenant, Errol !

Le mertag jaillit du bassin, les bras tendus vers elle. Elle faillit le manquer mais le saisit de justesse par le poignet tandis que la balançoire repartait en arrière, en direction de Boris et de la nuée d'elfes.

Une dernière fois, songea-t-elle tandis qu'Errol lui grimpait sur le dos. Elle lui lâcha le bras et il se cramponna fermement à son buste, enfonçant ses griffes dans sa peau. Il était un peu plus lourd que prévu. Sera se pencha en arrière pour se donner de l'impulsion et soudain, un nuage de lutins se forma derrière elle et la poussa pour lui donner plus d'élan. Sera riva son regard au balcon supérieur, une loge privée qui ne contenait que quatre spectateurs.

Elle fit une dernière prière, invoqua le visage de ses mères, et sauta. Cinq secondes s'écoulèrent pendant lesquelles, propulsée dans les airs, elle éprouva une sensation de liberté enivrante. Elle orienta son corps fluet vers le balcon, les bras tendus en avant, et lorsque ses doigts agrippèrent la balustrade en bois lustré, elle eut envie de pleurer de joie. Son corps se heurta au balcon ; l'impact lui coupa le souffle et les sons s'étouffèrent autour d'elle tandis que des étincelles lui brouillaient la vue. Mais elle tint bon, plus déterminée que jamais.

Sa respiration revint brutalement ainsi que son ouïe. Elle eut l'impression qu'on avait monté le volume à fond. Le public poussait des cris extatiques, hurlait et l'acclamait, ignorant si cela faisait partie du spectacle.

— *Allez, Sera !* cria Errol. *Le plafond, le plafond !*

Sera serra les dents et entama son ascension. Dans la loge, les gens étaient hystériques. Une femme hurlait :

— Chassez cette chose ! Chassez cette chose !

Sera épousa la forme du mur et les moulures en bois lui servirent de prises. Elle y cala ses mains et ses pieds et grimpa avec la même aisance que si elle avait escaladé le temple. Une fois en haut, elle se retourna et posa le regard en contrebas.

Les lutins tournoyaient toujours sur scène ; Gwendivere avait fui, James s'acharnait contre les créatures, et les premiers rangs commençaient à comprendre que tout cela n'était pas prévu. Dans la loge d'en face, elle aperçut le père des jumeaux qui la pointait du doigt. Près de lui, un homme en costume la visait avec un long objet métallique. Un sifflement lui effleura l'oreille et une fléchette munie d'une petite plume se planta dans le bois près de son poignet droit.

— Maintenant, Errol ! s'écria-t-elle.

Il faufila sa main palmée par-dessus l'épaule de Sera et la plaqua sur le dôme en verre.

— *Pardonne-moi, mon amie*, dit Errol.

Ses écailles furent balayées par une série d'éclairs.

Sera éprouva une douleur inouïe, une décharge parcourut tout son corps. Un feu se propagea dans ses veines et lui ébouillanta le cœur. Elle hurla – enfin, elle n'en était pas sûre. Une seconde plus tard, le plafond se fissura et éclata en mille morceaux, arrosant la salle d'une pluie d'éclats de verre. Le public céda à la panique et se rua vers les issues.

La douleur s'atténua lentement et Sera réussit à se hisser sur le toit du théâtre, Errol agrippé à son dos. Les morceaux de verre encore fixés à la structure métallique du dôme s'enfoncèrent dans sa peau et l'entaillèrent. Elle baissa les yeux pour observer le chaos en bas. Les lutins pourchassaient les spectateurs ici et là, les femmes hurlaient et pleuraient tandis que les hommes tâchaient de les repousser en vain. Sur scène, Boris oscillait doucement. Sera l'entendit fredonner.

— Merci, lui susurra-t-elle d'une voix pareille au vent.

L'arboréal orienta ses trois yeux vers le dôme.

— *Va-t'en*, dit-il.

Et son chant se mua en sifflement. Les lutins se regroupèrent autour de lui en tourbillonnant tandis que son appel se faisait de plus en plus pressant et strident. Ils éclatèrent les uns après les autres, générant une sorte de feu d'artifice qui embrasa l'arboréal.

— Boris ! s'écria Sera. Non !

Mais l'arbre était déjà en proie aux flammes. Et le feu se propagea rapidement du feuillage aux branches inférieures, calcinant sa belle écorce argentée, réduisant ses magnifiques feuilles bleu canard en cendres. Il se consuma en silence.

Dans la salle, la voix tonitruante de Xavier McLellan retentit :

— Éteignez-le, bande d'incapables !

— *L'arbre a été très courageux,* commenta tristement Errol. *Mais il nous faut fuir, Sera Lighthaven.*

Les larmes ruisselèrent sur les joues de Sera. Cependant, il avait raison. Ils n'avaient pas le temps de pleurer Boris. Il fallait qu'ils rejoignent le navire. Elle se redressa et s'habitua à son poids. Elle releva ses jupes et les noua autour de ses cuisses pour être libre de ses mouvements.

— Quel chemin, Errol ?

Il huma l'air :

— *Par là.*

Le monde était si différent, vu du dôme. Toits plats et pentus, tours sombres et fenêtres éclairées. Si leur vie n'avait pas été menacée, Sera aurait pris le temps de s'émerveiller face à l'étrangeté des demeures humaines, chacune étant unique et constituée de matériaux étrangers.

Au lieu de quoi elle se laissa glisser jusqu'au rebord du toit où courait une large gouttière, s'élança vers l'extrémité du bâtiment et sauta.

Le gémissement de terreur d'Errol fut aspiré par le vent. Sera atterrit sur le toit d'en face, un peu en contrebas du théâtre. Par chance, il était relativement plat. Elle remercia Mère Soleil et se remit à courir. Le toit suivant était en forme de triangle et couvert d'étonnantes écailles en bois auxquelles elle s'agrippa pour rejoindre le bâtiment voisin.

Tuile luisante.

Béton.

L'un des édifices était même surplombé d'une flèche dorée, comme le temple.

Le poids de tout ce temps passé emprisonnée se désagrégea peu à peu. Elle ôta brutalement la couronne de sa tête et la jeta, savourant la sensation du vent sur ses joues. À en juger par ses gémissements, Errol vivait un calvaire. À la suite d'un saut particulièrement mouvementé, elle l'entendit régurgiter et sentit un liquide visqueux se répandre sur son épaule. Mais elle s'en fichait. Elle était *libre*. Leur plan avait marché, si incroyable que cela paraisse. Des sirènes résonnèrent au loin et se rapprochèrent peu à peu mais elle n'y prêta pas attention.

Bientôt, une odeur âcre lui piqua les narines. Le corps mou d'Errol se raidit et il se réjouit :

— *La mer, la mer ! Tu la sens, Sera Lighthaven ?*

— Oui.

C'était salé et ça lui rappelait le goût des larmes. Elle se mit à se déplacer plus vite et bondit une dernière fois pour atterrir sur le toit d'un établissement très bruyant d'où s'échappaient de la musique et des gloussements. Et devant eux, une vaste étendue sombre. Le parfum était plus fort et mêlé d'une odeur de poisson. Le toit surplombait un large passage quasi désert à cette heure-ci. De l'autre côté, des navires incroyables, semblables à des monstres massifs habillés d'immenses voiles, drapés de cordes et plantés de poteaux aussi grands que des arbres.

Aucun signe d'Agnes ou de Leo.

Elle sauta de toit en toit tout en sondant l'obscurité.

— Tu vois le navire, Errol ?

Il ne répondit pas et elle s'inquiéta. Mais soudain, il coassa :

— *Là-bas.*

Sera était parvenue au dernier toit. Elle sauta par terre et s'élança vers la créature en bois qu'Errol lui avait indiquée. Elle était plus petite que les autres, et, peut-être pour cette raison, elle lui parut plus avenante.

Elle aperçut alors ses deux amis. Ils l'attendaient sur le quai.

42.

LEO

— Vous n'étiez pas censés arriver avant demain, dit Vada. Et tu m'as dit que la place était pour une fille et non pour un garçon. (Elle pointa Leo du doigt.) C'est un garçon.

— Je sais. La fille arrive, expliqua Agnes. Et… il faut qu'il nous accompagne.

Vada tira longuement sur sa cigarette.

— Non, Agnes. Tu en demandes trop.

— J'ai de l'argent, intervint Leo. Quatre mille krogers. Je t'en prie.

Des sirènes retentirent au loin. Les jumeaux sursautèrent.

Vada fronça les sourcils.

— C'est pour vous ?

— Euh oui, c'est possible, répliqua Agnes.

Il fallait qu'elle apprenne à mieux mentir.

— C'est pour une bonne cause, insista Leo. On cherche à aider quelqu'un.

— Ce n'est pas mon problème, rétorqua Vada en descendant la passerelle. Agnes, ma mère est de retour avec le reste de l'équipage. Déjà qu'elle m'en veut, tu me demandes maintenant de prendre à bord trois passagers pourchassés par la police ? Hors de question. (Elle fouilla dans la poche intérieure de sa veste et tendit une épaisse liasse de krogers à Agnes.) J'en ai déjà dépensé un peu, mais voici le reste. C'est à toi. Je ne peux rien pour vous.

— Je t'en supplie, l'implora Agnes. Tu as promis. Elle… elle a besoin de notre aide.

— Tu ne m'as toujours pas dit qui était cette fameuse personne. Tu dis qu'elle n'est ni pélagienne ni kaoline.

Agnes secoua la tête.

Vada leva les bras en l'air, exaspérée.

— Vada ? lança une voix depuis la goélette.

— Merde, marmonna-t-elle en écrasant sa cigarette sur son talon.

Sur le pont apparut une femme flanquée de plusieurs matelots. Des femmes au visage buriné et à l'expression sévère.

— À qui parles-tu ? demanda la femme avant d'apercevoir Agnes et Leo. Ah ! c'est la Kaoline qui t'a dupée en te forçant à accepter deux passagères au lieu d'une.

— Je n'ai dupé personne ! protesta Agnes. J'ai payé mon dû !

La femme dévala la passerelle, son équipage à sa suite. Elles étaient toutes sveltes et musclées, chaussées de boots et vêtues de vestes en cuir.

— Et nous pouvons vous donner encore plus d'argent, dit Leo.

Il fouilla dans sa veste et sortit une poignée de krogers.

Les sirènes se rapprochaient.

— Tu as mené les autorités kaolines jusqu'à nous, ma fille ? siffla la femme.

— Maman, elle est riche et bien habillée. Comment aurais-je pu me douter qu'elle nous attirerait des ennuis avec la police ?

— C'est ton devoir de protéger ce navire en mon absence, et non pas de le vendre au plus offrant des Kaolins.

— Mais ce sont des Byrne, maman.

La mère de Vada poussa un cri moqueur.

— Elle ? Une Byrne ?

Leo n'avait jamais été aussi reconnaissant d'avoir hérité du visage de sa mère.

— C'est exact, nous sommes des Byrne, déclara-t-il en sortant de l'ombre pour qu'elle le voie. Je m'appelle Leo McLellan et voici ma sœur, Agnes. Notre mère était Alethea Byrne.

La femme écarquilla les yeux.

— Par la grâce des déesses, murmura-t-elle. Vous êtes un Byrne, ça ne fait pas de doute. Je reconnaîtrais ces yeux entre mille. (Elle fronça les sourcils.) Elle peut monter à bord. Vous non, dit-elle à Leo. Les hommes kaolins ne sont pas les bienvenus sur ce bateau.

— Mais…

— Je vous en supplie, dit Agnes. Notre père le tuera si jamais il ne vient pas avec nous.

Pour la première fois, Leo eut le sentiment que sa sœur n'exagérait pas.

— Agnes ! s'écria-t-on. Leo ! Je suis là. J'arrive !

— Sera !

Une vague de soulagement le submergea. Il se retourna tandis qu'une des femmes de l'équipage marmonnait quelque chose en pélagien.

Sera s'élança vers eux tel un éclair bleu-argent. Elle s'arrêta net, le souffle saccadé.

— Je suis là. Nous avons réussi !

Sa robe était sale, en lambeaux ; son chignon s'était dénoué, et elle avait relevé ses jupes, révélant ses jambes. On aurait dit une créature sauvage.

Les sirènes se rapprochaient.

Errol glissa de son dos ; ses filaments s'illuminèrent tandis qu'il rampait le long du quai. Certains membres de l'équipage poussèrent un cri en l'apercevant. Il plongea dans l'eau dans un « plouf ».

— Il est heureux de retrouver l'océan, dit Sera. (Les larmes lui montèrent aux yeux.) Boris nous a quittés, malheureusement. Ses lutins l'ont embrasé. C'est lui qui le leur a demandé. Il s'est immolé pour faire diversion et nous permettre de nous enfuir.

Leo eut la gorge nouée et la poitrine serrée. Il ne comprit pas pourquoi. À ses yeux, l'arboréal n'avait jamais été qu'un arbre. Ou peut-être pas. Peut-être que ses sentiments pour Sera s'étaient étendus à Errol et Boris. Peut-être portait-il désormais un nouveau regard sur le monde.

Agnes était moins empotée que lui. Elle sut immédiatement comment réagir pour consoler la pauvre créature.

— Oh ! Sera, murmura-t-elle. Je suis vraiment désolée.

Elle la prit dans ses bras et Sera pleura pendant quelques instants avant de se ressaisir.

— Alors c'est donc ça, un navire, dit-elle en admirant la goélette.

Leo se tourna vers Vada et sa mère. Toute animosité s'était volatilisée du regard de la capitaine, remplacée par du respect. Mais ni pour lui ni pour Agnes. C'était Sera qu'elles contemplaient.

— C'est elle ! s'exclama Agnes. L'amie dont je vous ai parlé. Elle est exceptionnelle. Et elle a besoin de notre aide. Alors vous devez…

À la grande surprise de Leo, la mère de Vada tomba à genoux. Vada et le reste de l'équipage l'imitèrent aussitôt, s'agenouillant les unes après les autres, comme des dominos.

— *Thaeia*, murmura la mère de Vada en appliquant deux doigts sur son front.

— *Thaeia*, répétèrent les autres en esquissant le même geste.

— Qu'est-ce qu'ils disent ? chuchota Leo à sa sœur, sachant qu'elle se débrouillait en pélagien.

Mais ce fut Sera qui lui répondit. Il aurait dû s'en douter. Cette fille parlait toutes les langues.

— Ils m'appellent déesse.

Agnes ouvrit des yeux ronds. Leo secoua lentement la tête, d'un air dubitatif.

— Pardon ? dit-il bêtement.

La mère de Vada se releva.

— *Thaeia*, je m'appelle Violetta Murchadha ; je suis originaire de l'île de Feinlin. Je navigue entre Kaolin et Pelago depuis ma plus tendre enfance. J'ai affronté des tempêtes qui auraient fait pleurer n'importe quelle femme adulte. Je serais honorée de vous emmener à Pelago. Le *Maiden's Wail* ne paye pas de mine mais c'est un navire solide.

— C'est adorable de votre part, la remercia Sera.

Les membres de l'équipage se dévisagèrent d'un air perplexe et Leo se souvint que personne ne comprenait le langage de Sera.

Il traduisit ses paroles.

— Comment se fait-il qu'un Kaolin puisse comprendre les paroles d'une déesse pélagienne ? s'étonna Violetta.

— Il vaut mieux garder cette histoire pour plus tard, intervint Agnes. Lorsque nous serons loin d'Old Port.

L'une des corsaires fit une remarque en pélagien et Vada la rabroua. Violetta se mit à aboyer des ordres en pélagien et les femmes remontèrent la passerelle au pas de course.

— Que se passe-t-il ? demanda Leo.

— L'une des filles de l'équipage a dit que lever l'ancre la nuit portait malheur, traduisit Sera. La fille de la capitaine a répondu : « Ne sois pas stupide, Saifa nous protégera. » Et ensuite, Violetta leur a ordonné de préparer les voiles et ensuite, c'était trop technique.

Errol sortit la tête de l'eau. Ses filaments clignotaient, rouge et or.

— Errol est prêt à partir, annonça Sera.

Vada apparut sur le pont du navire, les bras croisés sur la poitrine.

— Alors ?

Leo eut l'impression qu'elle taquinait sa sœur et son instinct protecteur s'éveilla.

— Tu viens, petite lionne ? dit Vada.

Agnes esquissa un sourire. Elle glissa son bras sous celui de Sera.

— Prête pour le grand voyage ? dit-elle en l'entraînant sur la passerelle.

Leo éprouva une pointe de jalousie. Sera pivota alors vers lui.

— Viens, Leo, lança-t-elle en tendant la main.

Il s'empressa de la rejoindre. Puis il s'arrêta net, fouilla dans sa poche et en sortit le collier.

— Tiens, dit-il. Il est grand temps que tu le récupères.

Ses yeux s'illuminèrent. Elle prit la chaîne et la passa autour de son cou. Elle glissa le pendentif sous le corsage en satin de sa robe.

— Merci, susurra-t-elle.

Elle lui prit la main et ils montèrent à bord de la goélette ensemble.

Les Pélagiennes étaient rapides et expertes dans leur domaine. Moins de dix minutes plus tard, elles avaient levé l'ancre et le bateau appareillait. Les lumières du port s'estompèrent lentement dans l'obscurité. Les sirènes furent englouties par la mer.

Leo contempla sa terre de naissance, tandis qu'elle s'effaçait, avalée par la nuit noire. Et il se sentit prêt à embrasser sa nouvelle vie, peu importait ce que le destin lui réservait.

43.

LEELA

Les marches étaient glaciales. Glaciales au point de lui brûler les pieds.

L'escalier était raide et sinueux, et elle dut se tenir au mur pour ne pas tomber.

Mère Soleil, où me conduis-tu ?

Elle nourrissait un espoir fou, celui de retrouver Sera en bas de ces marches. Après tout, Estelle n'était-elle pas revenue d'entre les morts ? Et Leela n'avait-elle pas entendu la voix de Sera à deux reprises ? Non, ce n'était pas le fruit de son imagination ! Sans oublier les deux visions et la réaction de la pierre de lune à son contact…

Une lueur s'élevait des profondeurs, perçant les ténèbres. Parvenue à la dernière marche, elle balaya les lieux d'un regard émerveillé. Tout autour d'elle se dressaient des colonnes majestueuses qui produisaient une lumière bleue. Parmi elles se faufilaient des sentiers diffusant une lumière verte ; ils contournaient des mares limpides à travers lesquelles Leela aperçut la planète du dessous. Dans cet endroit régnait un silence absolu. Pas le moindre signe de vie. Ni bourdonnement d'insecte ni chant d'oiseau. Où avait-elle mis les pieds ?

Elle leva les yeux.

Une forêt se déployait au plafond, comme si Leela avait eu la tête en bas. Des arbres luxuriants et des fleurs sauvages, des buissons couverts de ronces qui poussaient vers le bas, dans sa direction. C'était désorientant. Leela suivit l'un des sentiers lumineux. À mesure qu'elle s'éloignait du temple – du moins de l'endroit où elle se figurait qu'il était –, la végétation se racornissait. Les arbres se faisaient plus chétifs et rabougris, les fleurs étaient fanées, et les fourrés fragiles et desséchés. Cette forêt dans le ciel dépérissait.

Le silence qui l'enveloppait était insupportable, de même que le feuillage mourant. Plus elle s'éloignait, pire c'était. Bientôt, le plafond ne fut plus que cendres et moisissures.

Un bruit quasi imperceptible résonna.

« Plouf. Plouf. »

Il se répéta.

« Plouf ! »

Cela provenait de l'escalier. Elle rebroussa chemin, évitant les mares d'eau cristalline – son petit doigt lui disait qu'elles étaient dangereuses. Sera était-elle tombée dans ce gouffre, cette face cachée de la Cité dont elle ignorait l'existence ? Estelle se trouvait-elle ici elle aussi ?

Leela avait dépassé l'escalier et les bruits s'étaient accentués. Soudain, elle perçut une voix qui lui glaça les sangs et la cloua sur place :

— Mangez, mes beautés, disait la grande prêtresse. Il faut que vous soyez fortes pour moi, maintenant.

Leela prit sur elle et trouva le courage de bouger. Elle s'avança lentement, tâchant de se déplacer à l'ombre des colonnes tout en restant sur le sentier pour éviter les mares. Elle parvint à un grand espace circulaire qui était apparemment de la taille et de la forme du temple. Elles devaient se trouver juste au-dessous de l'édifice. Les mares disparurent, remplacées par des cercles glacés sur lesquels étaient gravées des inscriptions. À la place des arbres morts, des vignes couvertes de givre dégoulinaient du plafond, chargées de fruits étranges semblables à des boules dorées. Elle aventura son regard derrière la colonne. Où était la grande prêtresse? Elle plaqua soudain ses mains sur sa bouche et réprima un cri.

Le cordon apparut devant elle, plus lumineux que jamais. Il jaillissait d'un cône de pierre de lune fixé au plafond dans un entrelacs de vignes blanches de givre, et traversait un bassin d'eau translucide pour rejoindre l'espace. Au centre de la pierre de lune palpitait une lumière rouge-orangé; on aurait dit un cœur. La grande prêtresse tournait autour du bassin en parlant toute seule. Puis elle s'arrêta, s'accroupit et glissa la main par terre. Elle tendit l'autre main en l'air et un fruit doré tomba au creux de sa paume. Elle le jeta à ses pieds. « Plouf! » Puis elle caressa encore le sol.

Elle réitéra ce procédé plusieurs fois, s'accroupissant à divers endroits, y laissant tomber un fruit puis répétant la même caresse.

— Ça devrait suffire pour l'instant, dit-elle en se redressant. (Elle se frotta les mains et poussa un soupir.) Pour l'instant.

Elle secoua la tête et sa posture changea. L'espace d'un instant, elle parut très vieille. C'était la première fois que Leela la voyait ainsi.

— Ce n'était pas du tout ce que j'avais prévu, murmura-t-elle comme si elle se justifiait auprès du sol. Mais ça dépend de moi et de moi seule. Comme c'est le cas depuis si longtemps. Je fais de mon mieux.

Elle tendit le bras vers le cordon, comme si elle se réchauffait la main au-dessus d'un feu. Sous le regard horrifié de Leela, une lumière d'un blanc éclatant jaillit des cercles où elle avait jeté les fruits. Le sol se mit à trembler et le visage de la grande prêtresse se déforma, affichant une grimace de douleur atroce. Pourtant elle ne poussa pas un cri. Le cordon brilla de plus en plus fort et Leela songea à la lumière éblouissante qui avait empli la coupe, le récipient utilisé lors de la cérémonie de sélection. Elle devint bientôt aveuglante; Leela ferma les yeux et s'appuya contre la surface froide de la colonne.

D'un seul coup, la lumière disparut et le sol s'immobilisa. Des bruits de pas se rapprochèrent et la grande prêtresse passa à quelques mètres de la cachette de Leela; celle-ci retint son souffle.

Elle compta jusqu'à cent avant de s'autoriser à bouger de nouveau. Elle se dirigea vers le cordon d'un pas saccadé. Il était encore plus beau que dans ses rêves. Traversé d'une lumière tantôt bleue, tantôt dorée, constitué d'un entrelacs de chaînes si fines et si fragiles qu'aucune joaillière céruléenne n'aurait su le reproduire. Parvenue au bord du bassin, elle s'arrêta. Elle avait pénétré dans un lieu à la fois sacré et oublié.

À ses pieds se dessinait un cercle de glace. Leela s'accroupit pour l'examiner. Qu'est-ce que la grande prêtresse avait fabriqué ? Les inscriptions gravées à sa surface étaient différentes de celles de l'obélisque. En revanche, elles lui rappelèrent vaguement les symboles sculptés sur les portes du temple. Mais alors qu'elle les observait, ils formèrent un mot.

« Estelle. »

Un cri étouffé lui échappa. De minuscules éclats de glace étaient éparpillés sur le nom; elle passa sa main sur les lettres pour les chasser. Aussitôt, la glace jusque-là opaque devint limpide comme l'eau des mares. Leela poussa un hurlement et bascula en arrière, atterrissant lourdement sur ses fesses.

Sous la glace, il y avait *une Céruléenne.*

Estelle était nue, le corps recroquevillé dans la position du fœtus, le visage tourmenté, comme si elle était coincée dans un cauchemar. Mais sa poitrine se soulevait et s'abaissait. Elle se trouvait à l'intérieur d'une stalactite. Leela tendit la main pour la toucher, la réveiller, mais la glace était froide et résistante. Impossible de passer la main au travers.

Soudain, son attention s'égara sur sa gauche.

Une autre stalactite.

Sans attendre, elle se leva et passa au cercle suivant. Un autre nom : « Inora. » Elle glissa la main sur la surface et découvrit une autre Céruléenne. Plus menue qu'Estelle, elle était placée dans la même position fœtale et arborait elle aussi une expression soucieuse. Leela approcha son visage de la glace et son nez s'engourdit sous l'effet du froid. Elle jeta un coup d'œil à gauche puis à droite.

Des stalactites s'étendaient dans les deux directions, tout autour du cordon et bien au-delà. Elles jaillissaient de l'antre de la Cité comme des chandelles de glace.

Et à l'intérieur de chacune d'entre elles, il y avait une Céruléenne.

Leela passa d'un cercle à l'autre, prenant connaissance de tous les prénoms, posant le regard sur chacune de ces femmes figées dans la souffrance. Aucune d'entre elles n'était Sera.

Épuisée et accablée, elle s'assit sur ses talons. Le cœur rougeoyant de la pierre de lune palpitait devant elle. Mais sa pulsation ne lui apporta aucun réconfort. Cet étrange endroit recelait plus de questions que de réponses.

— Je ne sais pas ce que tu attends de moi, murmura-t-elle à la pierre de lune, les yeux embués de larmes. Je ne sais pas ce que je suis censée faire. J'ignore comment porter secours à ces Céruléennes; j'ignore dans quel but la grande prêtresse les conserve ici. Je… je voulais juste retrouver mon amie.

Elle s'essuya le nez du revers de la main. Elle s'était trompée. Sera n'était pas là – elle n'était sans doute plus en vie. Elle s'était bercée d'illusions.

Leela se releva, les épaules basses. Il valait mieux ne pas s'attarder ici ; la grande prêtresse pouvait revenir à tout moment.

Elle passa devant le grand bassin et le cordon se mit à fredonner un accord sublime, plus délicat encore que celui d'un violon. Elle s'arrêta net, attirée par la musique. Ses yeux se posèrent sur les profondeurs claires de l'eau, à travers laquelle elle distinguait le territoire de Kaolin et de Pelago, loin en dessous. Puis la surface de l'eau ondula et une image lui apparut, plus nette et plus puissante que les précédentes, qui aspira Leela. Les pieds de celle-ci restèrent sur le sol froid de la caverne, mais c'était comme si elle était transportée dans un endroit totalement inconnu.

Leela se retrouva sur un voilier poussé par le vent. Comment savait-elle qu'il s'agissait d'un bateau, n'en ayant jamais vu de sa vie ? Aucune idée. Elle se tenait à la proue, les cheveux agités par la brise. Les vagues se brisaient contre la coque, aspergeant son visage d'une eau salée. Dans le ciel, les étoiles étaient minuscules, tels de petits points de lumière.

Soudain, un second cœur se mit à battre dans sa poitrine, un pouls si familier… le seul qu'elle ait senti en elle à l'exception de celui de ses mères. Un pouls qu'elle aurait reconnu entre tous.

Le cœur de Sera.

L'espace d'une demi-seconde qui lui parut une éternité, elle aperçut son amie, étrangement coiffée, les yeux tournés vers le ciel étoilé. Le visage de Sera était empreint d'espoir ; son iris était plus vif que jamais. Elle murmura : « J'arrive » en fixant les étoiles.

La vision s'estompa, le bassin redevint translucide, et Leela s'écroula à genoux, le souffle court. Toutes les pièces du puzzle s'assemblaient. Ces lieux et ces gens étranges que ses visions lui avaient montrés… ils provenaient de *cette planète.*

Prise de vertige, Leela posa son front sur le sol froid. Si ce qu'elle venait de voir était réel, et elle n'en doutait pas, Sera était bel et bien vivante. Mais ce n'était pas ici qu'elle la trouverait. Ni dans l'immensité de l'espace.

Elle était sur la planète. D'une certaine manière, elle avait survécu à la chute.

Tremblante, Leela se redressa ; son cœur cognait fort, comme s'il avait absorbé celui de Sera et qu'ils battent désormais de conserve. À l'intérieur de la pierre de lune d'où jaillissait le cordon, la sphère rougeoyante palpitait à l'unisson de leurs deux cœurs, connectant Leela aux racines de la Cité qu'elle chérissait tant. Un sentiment puissant l'envahit. Une détermination froide et inébranlable.

Quel qu'ait été le plan de la grande prêtresse, elle n'avait pas réussi à tuer Sera.

Et Leela allait trouver un moyen de la ramener chez elles.